《人文》编辑部 编

人文

第三卷

中国社会科学出版社

图书在版编目(CIP)数据

人文．第三卷/《人文》编辑部编．—北京：中国社会科学出版社，2020.9

ISBN 978－7－5203－7228－2

Ⅰ.①人…　Ⅱ.①人…　Ⅲ.①中国文学—文学研究　Ⅳ.①I206

中国版本图书馆CIP数据核字(2020)第175339号

出 版 人　赵剑英
责任编辑　陈肖静
责任校对　郝阳洋
责任印制　戴　宽

出　　版　中国社会科学出版社
社　　址　北京鼓楼西大街甲158号
邮　　编　100720
网　　址　http://www.csspw.cn
发 行 部　010－84083685
门 市 部　010－84029450
经　　销　新华书店及其他书店

印刷装订　北京君升印刷有限公司
版　　次　2020年9月第1版
印　　次　2020年9月第1次印刷

开　　本　880×1230　1/32
印　　张　12.25
插　　页　2
字　　数　311千字
定　　价　78.00元

人文 第三卷

目 录

学人自述

书　评

史　料

王瑞来

“德业文章为一代之望”
——周必大文集叙录

摘　要：古典目录学的传统，不乏解题目录。著名的解题目录，远如宋代的《郡斋读书志》《直斋书录解题》，近如清代的《四库提要》。今人也有为别集作叙录的习惯，如张舜徽先生的《清人别集叙录》、万曼先生的《唐集叙录》、祝尚书先生的《宋人文集叙录》等。不过，无论是传统的解题目录，还是今人的叙录，皆为对一部文献进行的整体概述，很少深入文献的细部加以介绍，而后者对于读者具体了解一部文献的内容似乎更有裨益。现以宋人周必大文集为例，稍作缕述如下，既为文集本身构成内容之具体概述，亦期为古典目录学试作创例。

关键词：周必大；周必大文集；版本；南宋；内容解题

引　言

士大夫者，首先是士，是文士，知识人，由士入官，便成为士大夫。因此说，与其他官僚不同，文人是士大夫的主要身份特征，文才是士大夫的最大特长。这一特长在士大夫翘楚周必大那里显得格外突出。周必大除了有着显赫的政治地位，更有丰硕的著述成果。去世后朝廷赐谥“文忠”，涵盖立言、立功、立德，已经囊括了那个时代人们的终极理想“三不朽”。庐陵宋代并世两文忠，与欧阳修同谥，周必大至少在著作的分量上毫无愧色。《四库提要》如是评价说：“必大以文章受知孝宗，其制命温雅，文体昌博，为南渡后台阁之冠。考据亦极精审，岿然负一代重名。著作之富，自杨万里、陆游以外，未有能及之者。”① 刊刻周必大文集的清人欧阳棨也这样评价周必大：“公德业文章，为一代之望。”②

历来，传统的目录学有对文献作题解或叙录的习惯。不过，过去的题解或叙录大多是对一部书进行的笼统介绍，较少深入书中，对具体内容加以详细条分缕析地逐次解题。就周必大的文集来说，较为详尽的就是《四库提要》了，但要想通过这不足600字提要了解这部多达200卷的巨构，仍然是有很大困难的。鉴此，这里对周必大文集的各部分构成均加以叙录，以期读者可以对这部文集有一个概貌的了解。

现存周必大文集的名称各异，如宋刊本和澹生堂抄本叫作《周益文忠公集》，欧阳棨刊本叫作《庐陵周益国文忠公集》，四库本径作《文忠集》。因此，本文仅以略称，径名周必大文集，而不识以书名号。

一　周必大文集在宋代的流传与著录

周必大生前，就已经有著作流行。楼钥撰《周公神道前碑》就讲：“其行于世者已多，属文之士传诵以为模楷。”源自国史的《宋史·艺文志》在卷二〇三著录有“周必大《銮坡录》一卷，又《淳熙玉堂杂记》一卷”，卷二〇八则全面著录了周必大的其他著述：“周必大《词科旧稿》三卷，又《掖垣类稿》七卷，《玉堂类稿》二十卷，《政府应制稿》一卷，《历官表奏》十二卷，《省斋文

① 见《四库全书》文渊阁本《文忠集》提要。
② 见《庐陵周益国文忠公集》卷首《重刊周益国文忠公集叙略》。

稿》四十卷，《别稿》十卷，《平园续稿》四十卷，《承明集》十卷，《奏议》十二卷，《杂著述》二十三卷，《书稿》十五卷，附录五卷。”这一著录差不多囊括了传世二百卷文集的绝大部分。卷二〇九还著录了周必大编的《续中兴玉堂制草》三十卷。卷三九七《周必大传》也记载：“著书八十一种，有《平园集》二百卷。”来自国史的记载，又源自周必大的行状、神道碑等资料。楼钥撰《周公神道后碑》载[①]：“平日著述，为书十余种，总为二百卷，行于世。”楼钥撰《周公神道前碑》则载有具体书名：“有《省斋文稿》、《别稿》、《平园续稿》、《掖垣丛稿》、《玉堂类稿》、《词科旧稿》、《政府应制稿》、《历官表奏》、《奏议》、《奉诏录》、《承明集》、《玉堂杂记》、《龙飞录》、《亲征录》及《闲居纪录》等书，总二百卷，藏于家。其行于世者已多，属文之士传诵以为模楷。公之文不待赞扬，微至题跋之语，考古证今，岁月先后，通彻明白，读者叹服。”李壁撰行状[②]载：“公有《省斋文稿》四十卷，《平园续稿》四十卷，《省斋别稿》十卷，《词科旧稿》三卷，《掖垣类稿》七卷，《玉堂类稿》二十卷，《政府应制稿》一卷，《历官表奏》十二卷，《奏议》十二卷，《奉诏录》七卷，《承明集》十卷，《辛巳亲征录》一卷，《壬午龙飞录》一卷，《癸未日记》一卷，《闲居录》一卷，《丁亥游山录》三卷，《庚寅奏事录》一卷，《壬辰南归录》一卷，《思陵录》二卷，《玉堂杂记》三卷，《二老堂诗话》二卷，《二老堂杂志》五卷，《玉蕊辨证》一卷，《乐府》一

---

① 楼钥曾先后撰写过两通周必大的神道碑，故简称前碑、后碑，前碑为私撰，全名为《宋故少傅观文殿大学士致仕益国公食邑一万五千六百户食实封五千八百户赠太师谥文忠周公神道碑》，后碑为奉敕撰，全名为《宋故少傅观文殿大学士致仕益国公赠太师谥文忠周公神道碑》，分别载《攻媿集》卷九四、九三。

② 李壁撰行状载《庐陵周益国文忠公集》附录卷三。

卷，《书稿》十五卷。”按，观行状与神道碑所载周必大文集细目，参核已现存周必大著述，未及《宋史》本传所记“八十一种”，然多于《周公神道后碑》所记“十余种”。除了国史著录，宋代的私家书目也有著录。晁公武《郡斋读书志》卷五就著录有《玉堂杂记》三卷、《銮坡录》一卷，现存周必大文集，陈振孙《直斋书录解题》卷十八已经有了比较完整的著录：

> 《周益公集》二百卷，年谱一卷，附录一卷，丞相文忠益公庐陵周必大子充撰，一字宏道。其家既刊六一集，故此集编次，一切视其凡目。其间有《奉诏录》、《亲征录》、《龙飞录》、《思陵录》凡十一卷，以其多及时事，托言未刊，人莫之见。郑子敬守吉，募工人印得之。余在莆田，借录为全书，然犹漫其数十处。益公自号平园叟。[①]

除了书目著录，宋人著作中也间见引述。如《困学纪闻》就说“高宗庙号未定有议为光宗、宁宗者，见周益公《思陵录》”。[②] 陈叔方《颍川语小》也两度引述《周益公诗话》。[③] 岳珂《愧郯录》也分别引用了周必大的《奏议》与《玉堂杂纪》，[④] 而周必大的同乡后辈罗大经在《鹤林玉露》中多达二十多处引述周必大的文字，无疑是近水楼台，读到过周必大的文集。

从上述缕述的周必大著作细目可以推想到，周必大在生前很留

---

① 本文所引《直斋书录解题》，参校《文献通考》卷二四〇《经籍考》之转录。

② （宋）王应麟：《困学纪闻》卷一五，孙通海点校《困学纪闻注》本，中华书局2016年版。

③ （宋）陈叔方：《颍川语小》卷下，四库全书文渊阁本。

④ （宋）岳珂：《愧郯录》卷一、卷二，郎润点校本，中华书局2016年版。

心整理自己写下的所有文字，所以在去世后，其子周纶才有可能在短期间内很快编竣，加以刊刻并流传开来，前述陈振孙讲述在福建抄录周必大文集的经历就是证明。

二　周必大文集的分卷叙录

以下我们观察一下在周纶编定基础上刊刻的现存较为完整的清欧阳棨刊本二百卷的具体内容，以期明了周必大文集的价值。

卷一至卷四十是《省斋文稿》，从卷前的陆游序文所云“公既薨逾年，公之子纶以公遗文号《省斋文稿》者属予为之序”来看，似乎是出自周纶所编，但从卷八十一至卷九十又有《省斋别稿》来看，《省斋文稿》又像是出自周必大早已编竣，周纶在周必大去世后向陆游求序而已。《省斋文稿》的卷一至卷八为古律诗、编年序次，卷九赋、哀词、铭、颂、赞，这些均可成为考察周必大的文学成就的直接标本。卷十至卷十一是周必大省试策和试馆职策的试题与答卷，卷十二至卷十三是解试策和家塾策问等，由这些策问可以反映出周必大的思想认识和对包括经学在内的学术见解。卷十四至卷十九是题跋，从这些涵盖古今的题跋中，既可见题跋内容显示的史料价值，也可见周必大博学见识与考证功夫。卷二十是各种文献的序文，并附以为人写的名训字说，通过一些序文可以了解文献的内容，并可以考察周必大的思想。卷二十一至卷二十七是书信类的启、书状，借此可以观察到周必大的交游圈子。卷二十八是记传，是除了诗赋等体裁之外主要体现周必大文学才能的文字。卷二十九至卷三十六为行状、神道碑、墓志铭、墓表、葬记，这部分具有较高的史料价值，在当世已成为各种史书的取材源头。卷三十七为各种青词、疏文、祝文，除了用于家人的之外，还有周必大担任地方官时的祈晴、祈雨、劝农文等。这些看似套语的公式化文字，其实也可以反映出执笔者周必大的思想意识。卷三十八是悼亡祭文，从悼亡对象，有些可以考察周必大的交游以及周必大的人物评价。卷三十九是反映当时通行风俗的家庙坟山祝文，卷四十是与道释有关的颂、偈、赞、题跋、说、疏、记、塔铭等文章。南宋的士大夫极端排斥道释的较少，不仅道释思想为理学所融合吸收，士大夫与道释的实际交往也很多。周必大的这些文字就是这种状况的折射。

卷四十一至卷八十是《平园续稿》，卷首有徐谊写于开禧二年（1206）的序文，比《省斋文稿》的陆游序晚一年，从这一事实来看，又似乎《省斋文稿》与《平园续稿》都是周纶逐次编成，然后分别先后请人作序的。卷四十一至卷四十三是诗，系年接续《省斋文稿》卷八之诗。由此观之，《平园续稿》并非收拾遗佚，而是有意识有计划将周必大的主要文字分为两个时期各编为四十卷。关于这一点，从《平园续稿》的文体分类与《省斋文稿》基本一致也可以看出。卷四十四是铭、箴、辨，卷四十五为赞，卷四十六至卷五十一是题跋，卷五十二至卷五十五为序与杂说，卷五十六是启，卷五十七为谢状，卷五十八至卷六十是记与碑，卷六十一至卷七十八是神道碑、墓志铭、圹志、墓碣，卷七十九为青词、祝文、祭文，卷八十同《省斋文稿》的最后一样，是与道释有关的偈、铭、赞、题跋、记。从时期上看，相比较《省斋文稿》，《平园续稿》是周必大的后期所作，伴随着地位的增高，神道碑、墓志铭的写作明显较前期为多。这类文字，《省斋文稿》只有八卷，《平园续稿》则有十八卷。并且墓主对象或为政界显贵，或为乡曲闻人。从史料价值的角度看，也比前期的同类文字要高。此外，中年以后的周必大文字更为老到洗练。即使考察周必大本人一生文学特色的演变，《省斋文稿》和《平园续稿》也提供了宝贵的历时性的轨迹。并非专书的散篇文字的汇集，《省斋文稿》和《平园续稿》可以说构成了周必大一生诗文的主干。

接续《平园续稿》，卷八十一至卷九十是《省斋别稿》，体裁分类与《省斋文稿》《平园续稿》基本相同，不过所有文字均为代作之属。大约周必大很珍视这些少作，生前把为亲友、上司代作的文字都细心地收集起来了，所以，周纶会很容易不加辨析地编成了十卷《省斋别稿》。通过这种方式，周必大的儿子周纶把代人所作的文字著作权又收归父有了，这大概也很符合周必大的遗愿。虽为代人而作，展现的文采则是周必大的。

卷九十一至卷九十三《词科旧稿》是周必大为应试词科的作文，皆为模拟词臣为皇帝起草的制诰，虽有具体题目，但无关史实。作为高宗誉为“掌制手”的周必大，《宋史》本传评价“在翰苑几六年，制命温雅，周尽事情，为一时词臣之冠”，良有以也。由这三卷《词科旧稿》可见，年轻时的周必大曾认真研习和苦练。周必大早年习词科的经历在他一生的文字中留下了深深的印记。《文献通考》卷二四〇《经籍考》引述刘克庄的话说：“平园晚作，益自磨砺，然散语终是洗涤词科气习不尽。”《词科旧稿》在周必大生前就由福建的书商编成刊刻，友人拿给周必大，请他订正。为了勉励后辈，晚年的周必大还专门为《词科旧稿》写了一篇序文。

卷九十四至卷一百《掖垣类稿》是周必大在绍兴三十二年至乾道八年担任中书舍人、直学士院等词臣时写下的三百多首各种体裁的制词。据周必大本人撰写的《掖垣类稿序》，这些制词是周必大在拒不具草张说除签书枢密院制词，“丐免，随以他罪去国”，担任祠禄官提举江州太平兴国宫时，中书省吏人抄录后拿给他的。周必大将这些出自自己手笔的制词“乃序藏之”，这就是七卷《掖垣类稿》由来。

卷一百〇一至卷一百二十《玉堂类稿》是周必大在担任词臣期间以皇帝的名义写下的各种体裁的文字。情况跟上述《掖垣类稿》类似，这些文字是周必大升任参知政事之后，由学士院吏人编为二十卷拿给周必大的。作为内制，权直院、直院、翰林学士、翰林学士承旨，“或正或兼，前后十年而遍为之”的周必大，不仅是任免制词，各种应制文字都要写。如卷一百〇一为笺、表、诰、册文、功德疏、赦文等，卷一百〇二至卷一百〇九是内制，卷第一百一十是诏、记、札子、序，卷一百一十一至卷一百一十三是敕书、口宣，卷一百一十四至卷一百一十五是青词朱表，卷一百一十六是御札、册文、国书、贺词宣答，卷一百一十七是祝香文、祝文、祭文，卷一百一十八至卷一百一十九是上梁文、帖子词，卷一百二十则是周必大所拟召试馆职策题。这些应制文字不仅反映了周必大的文采，也有史料价值，比如口宣之下多附有传达口宣的内侍姓名，也可以窥见孝宗朝内侍的基本构成。

卷一百二十一《政府应制稿》是周必大在淳熙八年（1181）担任参知政事之后写作的与孝宗对应的文字，有代皇帝撰写的劝农桑手诏、禅位诏、皇帝初即位拟进上寿皇尊号诏、拟求言指挥、廷试策问等重要文件，还有周必大的奏札以及皇帝的御笔与回奏的一并收录。从编年汇编的这些文件可以考察这一时期施政之一斑。

卷一百二十二至卷一百三十三《历官表奏》编年收录了周必大从绍兴三十二年到去世的嘉泰四年（1204）自己写给皇帝的上表。除了可以欣赏工整华丽的四六文之外，也保留了周必大任免仕履等各种信息，借此也可以考察周必大生平的一些细节，特别是其中的不少任官辞表还附有不允诏等反馈信息。

卷一百三十四至卷一百四十六《奏议》是按时序和所任官职汇集的周必大本人一生各种主要奏疏，各个时期的政情以及周必大的政治见解和政务处理等丰富的信息可以借此窥见。并且奏议还保留有一些珍贵的史料。比如卷一三二《论知县俸》言及：“按《绍兴令》，外县知县供给不得过十五贯。仰事俯育，何以糊口？于是撰造名色，并缘增加。前后相承，其数反多。自非慕拔葵挂鱼之廉，安饭疏饮水之俭，则或惧违众，或乐用例，鲜有能自立者。”由此可知南宋中期知县的俸禄依然很低。

卷一百四十七至卷一百五十二《奏诏录》则是大多录以皇帝御笔或手诏，同时录以周必大的回奏，时期始自周必大担任参知政事之后。这种皇帝御笔手诏与大臣回奏并录的形式在宋人文集中是不多见的。通过君臣间往复的意见交换，具体展现了各种政事的决策经纬，从中也折射出君臣对待具体政事的反应与对应态度。这种政治高层的互动，在当年属于机密信息，今天我们则可以通过周必大不拘巨细的收录得以了解。这五卷《奉诏录》对于考察南宋中期的政治提供了极为直观而具体的珍贵史料。

卷一百五十三至卷一百六十二《承明集》则是另一类文字。卷一百五十三是担任起居郎的周必大在绍兴三十二年所上乞修今上起居注札子和他撰写的两篇《起居注稾》。这两篇《起居注稾》是宋朝起居注极为宝贵的遗存，对于考察宋朝起居注的基本面貌提供了直观的吉光片羽。卷一百五十四至卷一百五十六是周必大在兼任侍讲期间撰写的讲义教材。宋朝的经筵是皇帝的课堂，定期由担任侍讲的士大夫讲授经史。程颐说过“君德成就在经筵”，士大夫通过这样的政治设计来对君主实施教育，把皇帝规范于士大夫政治的“雷池”。经筵同时也成为皇帝了解外部信息以及同士大夫交流的重要场所。卷一百五十七至一百六十一为东宫故事，是周必大担任太子詹事期间对后来的光宗进行讲义的教材，内容跟经筵讲义类似。除了开国皇帝之外，宋朝的皇帝无论杰出还是平庸，都在皇太子时代接受过良好的帝王学教育。卷一百六十二是周必大代皇太子所撰写的各种文字。可以这样说，《承明集》的绝大部分内容是士大夫实施君德教育的集中展示。

卷一六三《亲征录》以编年体记述绍兴三十一年、三十二年两年间金完颜亮坏盟南侵与高宗禅位孝宗等重大事件。比较现存《建炎以来系年要录》、[1]《中兴两朝圣政》、[2]《中兴两朝编年纲目》、[3]《续宋中兴编年资治通鉴》、[4]《宋史·高宗纪》和《孝宗纪》之相关记载，互有详略。重要的不同在于，周必大是从朝廷的角度审视记述了这两年间的一系列事件，与上述史书的广角记述适可形成互补。

卷一六四的《龙飞录》接续《亲征录》，从绍兴三十二年（1162）六月戊寅孝宗受禅即位后至隆兴元年（1163）四月壬戌，即截至中书舍人周必大因抵制任命龙大渊除知阁门事、曾觌权知阁门事而奉祠出都为止。同样是以周必大在朝的视角记载了这一年多耳闻目睹的大事，包括隆兴北伐和宋金交涉。周必大的记述同样可以同上述相关史书形成互补。

卷一六五《归庐陵日记》从隆兴癸未（1163）三月甲辰至是年六月壬午，周必大因抵制任命龙大渊、曾觌奉祠出都。日记详细描述了归乡途中顺路游览的山水景观以及接触到的包括张浚等人物，尽管记如流水账，文笔也不乏精彩。并且跟着周必大的观察，也是考察当时社会的一幅流动的速写。

卷一六六《闲居录》记载了周必大奉祠归乡后三年间的乡居生活，从隆兴元年（1163）七月归乡到乾道二年（1166）九月。所记多为乡居交际或游览山水、探访寺观名胜。关于士大夫归乡后的生活情形较为缺少具体的史料记载，周必大的《闲居录》从特定角度形成了一定程度空白填补。

---

① （宋）李心传：《建炎以来系年要录》，胡坤点校本，中华书局2013年版。

② （宋）佚名：《中兴两朝圣政》，孔学辑校本，中华书局2019年版。

③ （宋）佚名：《中兴两朝编年纲目》，燕永成点校本，凤凰出版社2018年版。

④ （宋）刘时举：《续宋中兴编年资治通鉴》，王瑞来点校本，中华书局2014年版。

卷一六七至卷一六九的三卷《泛舟游山录》，从时间上是对《闲居录》的接续，乾道三年（1167）三月至当年十二月。如题名所示，这三卷以记录游览山水、探访名胜为主，形同一幅文字描绘的山水长卷。其中有些优美的描写，曾被后人截取下来作为独立的篇什。不过，周必大并没有完全寄情山水，还时常通过阅读邸报的途径关心朝政，并记录下文字。并且所到之处接触到了大量的士人，周必大都一一记载在案，甚至注明他们的社会关系。这些士人的人名很多仅见诸周必大的这三卷《泛舟游山录》。

卷一七〇《奏事录》也是长达四个月的日记，从乾道六年（1170）四月，中间经历闰五月，到七月。题为《奏事录》是缘于奉祠居乡的周必大接到知南剑州的任命，按规定需要入朝奏事。于是，就有了从庐陵出发到临安的一路纪行。周必大沿途游览了许多山水名胜，见了许多各色人等。入朝见过孝宗之后，本来准备出发赴任的周必大被留在了朝廷，担任秘书少监兼直学士院。此事除了《奏事录》记录了经纬之外，《宋史》本传也有记载：“久之，差知南剑州，改提点福建刑狱。入对，愿诏中外举文武之才，区别所长为一籍，藏禁中，备缓急之用。除秘书少监、兼直学士院，兼领史职。”

卷一七一《南归录》，周必大在前面首先记下了写作缘由：“乾道壬辰二月乙卯，予任权礼部侍郎兼侍讲、直学士院、同修国史、实录院修撰，坐不草新除签书枢密张说、王之奇不允诏，与在外宫观。”于是周必大又开始了新的一次归乡之旅。一路悠哉游哉，从乾道八年（1172）二月走到七月，与前述各种日记一样，记录了沿途看了许多风景，见了许多人。

卷一七二至卷一七三《思陵录》，周必大以日记的形式，记录了太上皇高宗从生病治疗到驾崩、安葬一年半年时间的朝廷内外亲见亲闻之事，这对于近距离观察当时的宫廷秘辛与包括内政外交的朝政大事都提供了不可多得的宝贵史料。

卷一七四至卷一七六《玉堂杂记》是周必大长期担任词臣陆续记录下的翰苑杂事，属于笔记类的著作。关于写作与成书，周必大在序文中有清楚地叙述："必大试馆职时，太上称其文，谕宰执陈公康伯、朱公倬云：他日令掌制。今上受禅两月，自六察擢左史。初对，玉音云：向在王邸，见卿词科拟制，雅宜代言。不旋踵遂兼三字。其后两入翰苑，首尾十年，自权直院至学士承旨皆遍为之，其荷两朝知遇至矣。岁月既久，凡涉典故及见闻可纪者辄笔之。淳熙庚子，进位二府，苏易简玉堂之思每切于中。因命小子纶裒为一编，略加厘订。其间多涉几微，非止温木，或删或留，仅得五十余条，前后脞录，词无诠次，厘为三卷。或可附洪氏《翰苑群书》后云。"周必大为什么说"可附洪氏《翰苑群书》后"呢？因为洪遵编纂的《翰苑群书》主要汇集的是唐代的翰林文献而成，周必大则着眼于宋朝翰林故实与亲历之事，对于考察宋代的翰林状况，这是更为难得的比较集中的史料。

卷一七七至卷一七八为《二老堂诗话》，是周必大评论与考辨古今诗文之作，其中不乏精彩的考辨，比如对陶渊明的"刑天舞干戚"考订为"形夭无千岁"。还有对诗的本事的记述，如通过文件真迹对乌台诗案的考证，不仅具有文学史史料价值，也是颇资政治史研究。此外，以各种个案切入的文学艺术论，可以说是周必大文学思想的集中体现。因此《二老堂诗话》也有集外单行。《四库全书简明目录》评价说："必大学问赅洽，又熟于掌故，故是编论诗考证之文为多精核者，居十之六七。"

卷一七九至卷一八三的五卷《二老堂杂志》，则是与宋代的其他士大夫有着同样雅好的周必大，对以两宋为主的各种遗闻轶事的记载，其间也不乏对一些以讹传讹的史实辨误。当世人所记的当世事，加之周必大的史学意识，使这些遗闻轶事本身具有极高的研究价值。除了遗闻轶事的记载，也有对关涉经史的典故语词考辨，足资参考。

卷一八四为《玉蕊辨证》，是周必大汇集有关唐昌观玉蕊花的诗文资料并加以考辨的作品。原本收录于文集中的这一卷曾被毛晋摘出，刻入《津逮秘书》。

卷一八五《近体乐府》收录了周必大撰写的长短句。词是具有宋代特色的文学样式，也为宋代文人所长。周必大所作之词虽然数量不多，但也很有特色，有这一卷在，也让周必大在这一文学领域中没有缺席。

卷一八六至卷二〇〇为《书稿》。书稿者，书信之稿也。这十五卷收录了周必大的大量书信。以书、札子或小简分类的《书稿》，与文集收录的启尽管都是书信，但还是有所不同。这些书信，不仅有致信人名，还在人名之下注有作年。书信有因私而写，有因公而作，从中不仅可以观察到周必大广泛的交友圈，还可以看到周必大透过个人关系进行的公务沟通，以及与友人往复问候、事项相托。这些都是重要的研究史料，仔细研读发掘，必会有所收获。

三　周必大文集的刊刻与主要版本

南宋开禧二年（1206），周必大去世近两年之后，生前所作诗文由其子周纶结集初刊，体例一依周必大主持校勘之欧阳修文集。周纶主要根据家中收藏的成稿很快地编成了周必大的文集，文集分类编辑，并以细分文体和注以编年。除了文集主干的《省斋文稿》和《平斋续稿》之外，次以代作，然后就是各种专集和专书。从前引陈振孙《直斋书录解题》可知①，周纶最初编辑的周必大文集，

① 按，郑子敬，名寅，《直斋书录解题》卷八《郑氏书目》载：“莆田郑寅子敬，以所藏书为《七录》，曰经，曰史，曰子，曰艺，曰方技，曰文，曰类。寅知枢密院侨之子，博文强记，多识典故。端平初，召为都司，执法守正，出为漳州以没。”郑寅在庐陵不仅补刻了周必大文集未刊稿，据《郡斋读书志》卷五上，还刊刻了吕本中的《东莱吕紫微杂说》一卷、《师友杂志》一卷、《诗话》一卷。

出于当时政治形势和人际关系等因素考量，没有收录《奉诏录》《亲征录》《龙飞录》《思陵录》等专书，十余年后的嘉定十年（1217），知吉州郑寅主持补刊，从而形成《周益公集》二百卷、年谱一卷、附录一卷的基本形态。

由于卷帙过多，刊印数量不多，并且据陈振孙在福建抄录时全书"然犹漫其数十处"来看，刊刻质量未必很好。周必大文集在元明之世未曾刊行，多以传抄方式流传。清乾隆年间编修《四库全书》，并未寻找到宋刊，慨叹"今雕本久佚，止存抄帙"。明抄本现存数种，其中以中国国家图书馆所藏澹生堂抄本最为闻名。迄至清世后期，方有欧阳棨感恩周必大刊刻其祖先欧阳修文集，于道光二十八年（1848）和咸丰元年（1851）分两次完成了《周益国文忠公集》的刊刻。除了宋刊残本之外，欧阳棨为唯一的较为完整的周必大文集刊本。

现存比较完整的周必大文集版本，主要有上述明抄澹生堂本、清欧阳棨刊本、四库全书本和宋刊残本。

澹生堂抄本，在避讳、空格、改行等形式上保留有宋刻原貌，并且较欧阳棨刊本收录文章为略全。不过由于抄录成于众手，质量不齐，讹误较多，如用作校勘底本，无谓之校勘记势必倍增，只宜作为主校本。

欧阳棨刊本是现存唯一完整的刊本，以张敦仁家藏钞本、彭邦畴知圣道斋钞本和所录清内府翰苑本汇校，用力良多，然在校勘质量上亦难称上乘。并且尽管维持了历代传承的周必大文集基本原貌，在诗文题目等处依照自行拟定的体例进行了变更。

《四库全书》本据《四库提要》称，来自浙江鲍士恭家藏本，当亦是钞本之一种。从欧阳棨刊本所附校记来看，其所云翰苑本多同《四库全书》本，可知翰苑本即为《四库》底本。《四库》本诗文残缺不完整之处较多，并且不仅对所谓违碍文字有所改动，一般语词也有不少无据擅改之处。《四库》本与接近宋刻原貌的澹生堂抄本具有传承渊源关系。比如卷七送胡子远出守汉州分韵得万字中“遥知四境内”，澹生堂本作“遥知境内”，阙一字，《四库》本于“遥知境内”下则注一“阙”字。由此可见二者的传承关系，而欧阳棨刊本则似以意补阙。关于这一点，自然也不能一概而论。《四库》本接近宋刊，欧阳棨刊本接近澹生堂抄本也有其例。如卷一二五《辞免参知政事札子》中“号为执政”一句，《四库》本与宋刊本同，但“执”字欧阳棨刊本和澹生堂抄本都记作“知”字。当然，宋刊与澹生堂抄本相同，欧阳棨刊本与《四库》本相同也有其例。此外，从宋刊以外各本脱阙相同亦可知，各本之间或有间接传承之关系。由此可见，尽管周必大集的祖本皆出周纶所编，后世辗转传抄流播，正误沿袭状况比较复杂。

作为残本，在日本静嘉堂还收藏有宋刊残本，刊刻于南宋开禧二年（1206）。从刊本对周必大及其父祖名字阙笔来看，当系周必大去世一年后，其子周纶所刊之初刻本。所存69卷，分装40册，内容有《省斋文稿》、《平园续稿》、《玉堂类稿》、《历官表奏》、《承明集》、《书稿》及附录。尽管于各部分也间有残缺卷页，但残本分量亦已达周必大全部文集的三分之一。残宋刊本不仅对于考察周必大文集的原貌具有极为重要的意义，更具有宝贵的校勘价值。不过，宋刊在保留原貌方面虽宝贵，但亦有不及后世之刊本者，如一百九十五书稿卷第十，宋刊误作“卷第中”，显系形误。同卷致钱师魏参政札子“顾岂若日接茵凭之为慰也”一句中，“慰”记作“尉”，亦不及欧阳棨刊本。又如卷三十三《秘阁修撰湖南转运副使萧公之敏墓志铭》“将代，举将犹阙”，后一“将”字义不可通，盖为“状”字之误。“举”或“举状”指选人改官时所需之推荐书。因可简称为“举”，校勘时据澹生堂本删除“将”字。再如卷五十一《跋陆务观送其子龙赴吉州司理诗》云：“吾友陆务观得李杜之文章，居严徐之侍从，子孙众多如王谢，寿考康宁如松乔，诗能穷人之谤，一洗万古而空之。”其中“寿考康宁如乔松”之“乔松”当为“松乔”之倒。松乔乃用赤松子、王子乔典故。扬雄《太玄赋》即有“纳傿禄于江淮兮，揖松乔于华岳”，校勘据澹生堂本、《四库》本乙正。类似的情况很多，不胜枚举。

自宋以来，周必大的文集种类、排列顺序以及卷数变化不大，个别篇目间有出入。综观现存诸多周必大文集版本，比较之下，均无最善者。欧阳棨刊本尽管不尽如人意，但毕竟是现存唯一完整的刊本，并且讹误相对较少，用作校勘底本当是不二之选择。

（作者系河南省讲座教授、日本学习院大学东洋文化研究所研究员）

游　彪　龙耀祥

由"鄞县"到"临安":两宋之际四明史氏的崛起道路

摘　要：本文以南宋时期曾任宰相的史浩及其家族为研究对象。四明史氏家族的早期渊源带有后世再建构的色彩，其中信史部分至多只可上溯到两宋之际。新发现的《徐氏夫人墓志》与《史师仲墓志》反映出了这一时期史氏家族成员在培养子弟、经营生计等方面所做的努力。史氏家族的第四代、第五代成员促进了史氏家族向士人家族的转型进程，在该家族发展史上起到承前启后的巨大作用。至南宋时期，家族成员史浩又得到了宋高宗的信任，成为宋孝宗的老师，并参与协调了两代帝王之间的关系，这在很大程度上提升了四明史氏的地位和声望。此外，当时的宋人已热衷于通过墓志、神道碑的书写探讨史氏家族的早期发家史。而他们普遍认为，史氏家族的兴盛是其早期家族成员的遗德所致，这种看法是当时社会主流思潮的一种反映。

关键词：四明史氏；碑志；史浩；德行；家族史

四明是宋代明州的别称，南宋时属两浙东路，府治设在鄞县，后因曾为宋宁宗潜邸所在，故在宁宗即位后的庆元元年（1195）被升为府，以年号为名，至元代又改称庆元路。南宋时期的明州已成为宋朝对高丽、日本等海外诸国进行贸易的重要港口，因其地近行都临安，经济与政治地位都格外重要，加之两宋之际的士人迁徙、教育普及等诸多因素，使得明州成为南宋时期士人活动的中心场所之一。大批四明地区的学者与官僚相继登上了历史舞台，在南宋中后期的政治、文化等诸多领域中产生了重要的影响，甚至在民间流传的杂剧中都有着“满朝朱紫贵，尽是四明人”的说法[①]。而透过梳理相关史料，不难发现，四明地区的士人之所以能够在南宋得到“满朝朱紫”的成就，无疑离不开其背后自北宋以来数代奋斗的士人家族的支持。

一　北宋时期四明史氏的族源及其早期发展

四明史氏就是南宋时期于四明地区兴起的一个宰相家族。在其家族成员之中，史浩、史弥远、史嵩之祖孙三代先后出仕孝、宁、理三朝，相继为相。清人赵翼在其所著的《廿二史札记》中即特设有“继世为相”一条，认为若单论宋代家门之盛，则四明史氏足可与东莱吕氏及相州韩氏鼎足而三[②]。自美国学者戴仁柱（Richard L. Davis）以来，学界对于四明史氏的探讨已产生了很多研究成果[③]，

---

① （宋）张端义撰，李保民校补：《贵耳集》卷下《史同叔为相日》，上海古籍出版社2012年版，第139页。

② （清）赵翼撰，王树民校补：《廿二史札记校正》卷26《继世为相》，中华书局1984年版，第557页。

③ 关于四明史氏及其家族成员的研究，夏令伟《四十年来南宋四明史氏家族研究综述》（《中国宁波市委党校党报》2017年第5期）做了简要的勾勒。美国汉学家戴仁柱（RichardL. Davis）的《丞相世家：四明史氏家族研究》是他于1980年完成的博士学位论文，也是最早系统地进行宋代家族史研究的一篇长文。该文整理成书后，出版于1986年，2009年经由刘广丰、惠冬译作中文，在中国大陆出版。本文所用即2014年中华书局版。近年来学者的讨论有黄敏枝：《南宋四明史氏家族与佛教的关系》（国际宋史研究会暨中国宋史研究会第九届年会会议论文，2000年），叶伟华：《南宋四明史氏家族研究》（硕士学位论文，华南师范大学，2007年），郑国画：《南宋四明史氏三相政治活动及其比较研究》（硕士学位论文，宁波大学，2009年），（转下页）

但另一方面，这些成果的分布却呈现出了一种“重南轻北”的倾向。究其原因，主要是由于四明史氏显达于南宋时期，而在北宋尚未引人注目，因而在文献中反映其早期发展状况的记载较为匮乏。此外，更为明显的是，其后世追记的家族早期历史也带有一些史氏后人重新建构的痕迹。这些都对相关的研究工作造成了极大的困难。

通常而言，这种家族早期历史模糊甚至错谬的现象在中国古代并不罕见，只有一些大家族的分支为了隐瞒某种讳莫如深的历史渊源，才会铤而走险地采取虚构甚至是伪造的方式重新书写家族历史。然而，大多数学者却认为四明史氏属于另外一种情况，即他们本身对于自己北宋以前的家世几乎也都是一无所知[①]。这种认识使得部分学者在处理四明史氏早期历史的时候会秉持一种更为谨慎的态度，即更乐于保留史氏家族内部成员的或准确或暧昧的认知，然后再在现有资料的基础上对其中的错误和疏漏作出力所能及的辨证。关于四明史氏的家族源流，生于南宋晚期的史蒙卿（1247—1306）曾有过较为翔实的记述：

> 余家虽四明，原其所自，昔帝高阳氏，有子曰称，称之子曰卷章，卷章之子曰黎，黎为火正，与重氏典司田地。黎之弟曰吴，回绍其职，历夏、商世守之。太史佚，其后也，子孙皆

（接上页）夏令伟：《南宋四明史氏家族及其文学研究》（博士学位论文，暨南大学，2009年）、《论南宋宰相史浩及其对家族的贡献》[《温州大学学报》（社会科学版）2010年第4期]、《论南宋四明史氏家族的史志传记及其争议》[《浙江师范大学学报》（社会科学版）2011年]、《南宋四明史氏家族研究》（科学出版社2018年版），乔东山：《北宋时期四明史氏家族史考论》（《宋史研究论丛》2013年第14辑），张显传：《史官、史氏与南宋社会》（北京师范大学出版社2015年版）。此外，另有专文论述史浩、史弥远等历史人物，兹不一一赘述。

① ［美］戴仁柱：《丞相世家：四明史氏家族研究》，刘广丰、惠冬译，中华书局2014年版，第41页。

为周史，由是以官氏焉。周氏东迁，鲁人请郊之礼于京师，天王命角往鲁止之，后仕于鲁。克作《駉》、《駜》、《泮》、《閟》，以颂其君。汉之时，恭生三子，曰高、曰曾、曰玄。高为大司马、乐陵侯。高生二子曰术、曰丹，自鲁徙京兆，为左将军、武阳侯。玄之孙均，均之子崇，封溧阳侯，遂为吴人。崇之裔孙环，事宋为乐乡令。环之八世孙曰务滋，有子曰惟肖，为清河令。惟肖之弟惟则，系万寿之子也。宋兴，游宦于东南，遂居于明之鄞邑。明州今升为庆元府。惟则公者，实明州之始祖。①

然而，要判断这份史氏先祖谱系的可靠性，却面临着一个巨大的难题。根据上述所记，四明史氏的“明州之始祖”史惟则是史万寿之子、史惟肖之弟，而史惟肖又是史务滋之子；但史务滋本是唐代武则天当政时的宰相②，天授二年（691）因为被酷吏来俊臣所诬陷而自杀③，那么作为其子侄辈的史惟则如何会于近三百年后“宋兴”方得“游宦于江南”呢？

出于更慎重的态度，多数学者也不愿轻率地否认这份宗谱的真实性。美国汉学家戴仁柱就分析认为，这份宗谱的前半部分是依据

① （清）史良书等纂修：《余姚史氏宗谱》卷首《宋咸淳年明州史氏谱序》，民国三年（1914），上海图书馆家谱藏书，索取号：902060－73。

② 此外也存在着另一种可能，即史蒙卿所言之“史务滋”并非唐宰相，而是与其同名的另外一人。但这种猜测可能性较低，事实上，这份史氏先祖谱系源自史浩所作的《五世祖衣冠招魂辞》（详见后文），而其中关于这段祖系的描述称“历三国六朝之寂寥兮，庆复钟于仙李。论一相于女主之朝兮，勋烈或疑而弗纪”。据“相于女主”云云，可知史浩所意图攀附的正是武则天时的宰相史务滋。

③ （宋）司马光：《资治通鉴》卷204则天顺圣皇后之下天授二年春正月，中华书局2011年版，第6587页。

《元和姓纂》“史氏”条中部分内容杂糅而成，清晰地展示出了其将四明史氏与溧阳史氏加以合谱的意图，从而推测四明史氏的始祖“史惟则”或许是源于溧阳史氏家族中的一支旁支①。而乔东山则通过比对，判断这份宗谱的后半部分是出自史浩所作《葬五世祖衣冠招魂辞》中的语句，“自杜陵而侯溧阳兮，舍溧阳而迁徙。既游宦于东南兮，遂卜荫鄞之桑梓。方躬耕于农亩兮，故韬晦而弗仕”，认为其关于四明史氏近世系由外地迁入的说法仍是可信的。②

而笔者认为，在这份显然是由四明史氏后代子孙为填补家世空白所“创造”的宗谱中，其中最明显的“破绽”反而可能是未加修改的真实信息，即四明史氏的第一代成员无论其是否名为“史惟则”，其迁入鄞县的时限都是在“宋兴”之后，换言之，四明史氏并非中古世家大族的后裔，而是在宋代之后方才新兴起来的近世家族。

按照史氏宗谱的记载，在第一代“史惟则”迁入明州鄞县后，第二代史氏家族的成员名为史成。史成的元配妻子名为陈氏，其后他又续弦了一名任姓女子，但更多的生平信息则无从知晓。史成育有三子③，长子无嗣，幼子史瀚偕一子二孙很早就离开了明州，从此杳无音讯，而此后的四明史氏皆是其次子史简的后裔，是为第三代。成书于元代的《（延祐）四明志》简略地记述了史简的生平。

冀公年二十五，为县从事。尉受赇杖平民，冀公独憖之，

① ［美］戴仁柱：《丞相世家：四明史氏家族研究》，刘广丰、惠冬译，中华书局2014年版，第41页。

② 乔东山：《北宋时期四明史氏家族考论》，《宋史研究论丛》2013年第14辑，第44页。

③ 另据乔东山所阅天一阁藏《鄞东上水横街史氏支谱》（史悠清、史济恂著，1947年本），史成似育有四子，笔者未亲见，兹录于此以备参考。

以杖首杂朱殷以进。初举杖，血流于尻。尉怒，以水拭拭之，诚伪。尉益怒，据桉，即以平民所受罪杖之。归数日，死。时夫人年二十有五，有娠。冀公死且嘱曰："若生女，当嫁良男也。幸谨视之。"夫人泣受其言。后得男曰"诏"。①

据此，史简是当时鄞县县尉麾下的一名从事，因不肯听从收受贿赂的县尉命令杖责受害人而遭到了县尉的打击报复，以致英年早逝。然而，这一记载却并不见于成书更早的《（宝庆）四明志》，不知袁桷依据从何处得到的资料补入。清代的明州学者全祖望也驳斥了史简是一名普通胥吏的观点，认为他应是明州当地著名学者楼郁的"高第"。这种说法既赋予了史氏先祖读书人的身份，又将其与明州当地的另一家族，即明州楼氏联系了起来。而更值得注意的是，全祖望还提供了关于史简不同于方志记载的另一种死亡说法，"冀公为明州吏，奉其母至孝。尝挥金治具，挽舟游湖中。而大吏，俗人也，闻之，恚其不告，催挫之。冀公坐是，拂郁以夭"。全祖望的这一说法得到了清代大儒黄宗羲的认可，并被其采纳编入了《宋元学案》之中②。

综上所述，凡是目前所见的史氏家族前三代成员的相关记载，在性质上多属后世追记，不仅各种说法之间互相存在抵牾之处，其史源也模糊不清。有鉴于此，笔者兹录取史氏第六代成员史浩所自撰的《五世祖衣冠招魂辞》中部分内容，以对上述说法的各种矛盾加以梳理。显而易见的是，这也是全祖望说法之源头所在。

---

① （元）袁桷等：《延祐四明志》卷5《冀国夫人叶氏传》，《宋元地方志三十七种》第九册，台北国泰文化事业有限公司1980年版，第5604页。

② （清）全祖望：《鲒埼亭集外编》卷18《真隐观洞天古迹记》，《清代诗文集汇编》，上海古籍出版社2010年版，第199页；（清）黄宗羲著，全祖望补修：《宋元学案》卷6《士刘诸儒学案》，中华书局1986年版，第266页。

暨吾五世之祖兮，始著令名于州里。鄙刀笔入萧曹兮，踵于公之業履。断以法而从恕兮，每哀矜而弗喜。遗高祖以清白兮，立里门而高峙。濬清源于两世兮，盖接夫前修之派委。滋滥觞于涓流兮，遂泓澄而演迤。故我曾祖之擢秀兮，笃孝恭於髫稚。甫弱冠而府辟兮，励廉勤而从事。郡有西湖之胜绝兮，十洲三岛错乎城之趾。卧双虹於澄碧兮，危亭翼然於中沚。纷竞渡於波间兮，游艦舳舻相衔尾。挽姻友以出遨兮，彼莫能承亲之志。祖独挥金而治具兮，列琼羞而行桂醑。慈颜悦怿而夷犹兮，不惜兰楫之频舣。大吏恚怒其不告兮，竟萧条於任使。氣怫鬱而短折兮，哀痛沦於骨髓。[①]

由于史浩是四明史氏的第六代，在他的这篇招魂辞中，“五世祖”即是日后宗谱中的第一代“史惟则”，“高祖”为第二代史成，“曾祖”即为第三代史简。史浩透露出的信息是，自史氏迁至明州鄞县后，至五世祖“史惟则”“鄙刀笔而入萧曹”，表明他已开始担任县里的公吏，其子史成继之，而第三代史简的吏职很大程度上是对上两代人的承袭。北宋时期，地方上的州县长官出于方便行政的考虑，习惯于挑选熟谙全县风土人情的当地人充当胥吏。而在上任官员离任后，熟悉县政利弊的胥吏往往被继任的官员留任。他们依靠相互引荐或父子相继，实现了“官无封建，吏有封建”，长期把持一方政务的实际运作[②]。正因为如此，史简的社会地位及其死因原则上要比目前文献所记更为复杂。而另一方面，在祖述史氏第二代向第三代的传承时，史浩采用的说法是“濬清源于两世”，这

① （宋）史浩：《鄮峰真隐漫录》卷49《葬五世祖衣冠招魂辞》，《史浩集》，浙江古籍出版社2016年版，第737页。

② 参见苗书梅《宋代县级公吏制度初论》（《文史哲》2003年第1期）；程念祺《科举选官与胥吏政治的发展》（《学术月刊》2005年第11期）。

或许是在暗示第三代的史简也曾有过读书的经历，但其最终却并没有因此步入仕途，仍是继承了父辈留传下来的吏职。但除此之外，史浩却从未提及其曾祖与楼氏的任何关系。由此可见，史浩的说辞作为四明史氏祖先渊源的唯一来源，却在后世被增添了许多真假难辨的细节。

事实上，史浩的说法本身也带有一些讳饰的痕迹。大概是出于笃信佛教的缘故，史氏家族的前五代成员都采取了火葬的方式下葬，因而史浩在不同的场合也说过自己几乎无法查找其五代祖先踪迹的话，“此五祖者因兵火之后，未详葬所。遍寻闾里，询诸耆老，无从查察”[①]。据此可知，史浩对其祖先事迹的记述主要是来自乡里长者的口述，其可信度本身也是令人怀疑的。

但抛开史简的死亡细节，史氏家族的一些重要信息仍然隐约可见。可以肯定的是，史氏先祖曾经担任过吏职，且大多英年早逝。史简在去世前，与夫人叶氏育有一子一女，另有一遗腹子，但长子在其父亲去世后亦随之夭折，遗腹子史诏遂成为四明史氏第四代的唯一传人。值得一提的是，由于史简的意外早逝，四明史氏在很长的一段时期内都是依靠叶氏夫人惨淡经营方能予以维持全家生计，故叶氏夫人在两宋之际的史氏家族中扮演的角色相当特殊，拥有十分崇高的地位。其孙辈的史浩就作了这样的评价，“吾爵崇禄重，得归安老，皆荷祖荫，复赖曾祖妣冀国夫人叶氏之大节遗德所致也”[②]，可知其在史氏家族兴起过程中起到了举足轻重的作用。

叶氏夫人，名字不详，明州慈溪人（今浙江省慈溪县），《（延祐）四明志》有其传记。在地方志的记载中，其夫史简去世后，叶

① （宋）史浩：《五祖堂记》，史美露编《南宋四明史氏》，四川美术出版社2006年版，第122页。

② （宋）史浩：《鄞东上水横街史氏支谱》卷11《祖训录六世伯忠王家训》，《史浩集》，浙江古籍出版社2016年版，第922页。

氏拒绝了邻里劝其再嫁的建议，潜心抚育孤女幼子，并供史诏读书求学。新出土的《史师仲墓志》基本上确定了史诏的出生年月及其大致的活动时期，“自君祖父讳简蚤丧，祖母叶氏有节行，保遗腹子曰诏，字升之，是为君之父，寿今七十矣”①。因为墓志所记志主的下葬时间为“靖康元年十二月十二日癸酉”，则墓志的完成时间应与其相当或稍早，那么史诏的出生时间大约是宋仁宗嘉祐三年（1058），而其读书求学大致在神宗元丰元年（1078）至哲宗元祐三年（1088）之间。从北宋历史的演进可知，作为史诏主要活动区域的鄞县、慈溪等地，在宋仁宗庆历、宋神宗熙宁年间，是两次兴学运动推行的重点区域。这使得官方与民间的学校在这一地区日益普及，也为当地士人子弟读书求学提供了基础条件。而早在宋仁宗时期，这一地区就出现了杨适、杜醇、楼郁、王致与王说五位著名学者，他们以教书育人和学问精湛闻名乡里，合称为“庆历五先生”。学校的兴盛与名师学者的引领作用潜移默化地改造着当地人的教育观念，所谓“必欲门户焕发，莫如择良子业儒”②，求学业儒成为鄞县各家族在培养子女时选择的首要途径，而叶氏对于史诏的期待正是这一时空环境的巨大影响所致。

然而，史诏最终却并未通过科举考试获得功名。后世对此的解释是“（史诏）遇大比，辄引避。常曰：‘无母之节，已无史矣。’誓终身母子不相离”。③ 这说明史诏是出于遵循“孝”的理念，为避免母子分离而一直拒绝参与外界事务。大观二年（1108），州县

① 《宋故史希道（师仲）墓志并盖》，章国庆编《宁波历代碑碣墓志汇编》，上海古籍出版社 2012 年版，第 140 页。

② 《宋故樊氏夫人墓志铭》，章国庆编《宁波历代碑碣墓志汇编》，上海古籍出版社 2012 年版，第 116 页。

③ （明）凌迪知：《万姓统谱》卷 74《史姓》，文渊阁《四库全书》景印本，台湾商务印书馆 1986 年版，第 1281 页。

长官有意举荐年过五十的史诏参加以儒家伦理作为考核标准的“八行取士”①，但他也没有答应。从此，史诏便彻底放弃了功名的念想，与母亲和妻子避居东钱湖大田山。

值得深思的是，记述叶氏夫人主要事迹的地方志及墓志都是明显有着带有浓烈的“褒美”色彩的文献资料，而其所叙述的“贫窭孀妇依靠悉心培养儿子宦业成功，最终获得财富”的情节，正是一个典型地能够体现宋代妇女美德的故事。类似的记述起源自宋代士人对于财富的认识，即将财富的增加与德行的堕落联系起来，而贫穷反而成为一种标志德行清白的重要表现。② 但这种程式化的叙述却掩藏了史氏家族经济状况得到改善的真实情况。可以确定的是，无论是史诏早年的求学经历，

---

① “八行取士”是北宋徽宗大观元年（1107）年推行的一种特殊的征辟制度，是通过乡举里选的形式获得进入太学学习的名额。所谓“八行”即是孝、悌、睦、姻、任、恤、忠、和八种标准。其具体内容可参见宋人杨仲良《皇宋通鉴长编纪事本末》卷126“八行取士”条，另参见刘培《北宋科场改革与律赋沉浮——以熙宁变法为中心》［《北京大学学报》（哲学社会科学版）2015年第4期］；王晓辉《论宋代八行取士》（《历史教学》2017年第20期）两文。史浩描述其祖此段经历云“属在位之推毂兮，升鹗书於当宁。卒辞聘而弗至兮，若阳城之居晋鄙”，或可推知史诏是于乡人推荐其至县一级时得到通过，但其拒绝了县学的邀请，并未往县学就读；然据《四明史氏谱序》，则宋徽宗曾赐颁御书《宋征聘八行太师敕命》给史诏，以官方形式肯定了史诏“八行先生”的身份，笔者以为此文或许为后人伪造，概因其时因参与八行取士而在乡间被称为“八行先生”者并非孤例，如“徐中行，字德臣，临海人。……谓与山阳节孝徐绩齐名，称为八行先生”（《宋元学案》卷1《安定学案》，第47页）、“崔贡，字廷朔，仁和人……乡人尊曰八行先生”（《两浙名贤录》卷1《儒硕》）、“吴师礼，字安仲，钱塘人……乡人尊曰八行先生”，大致推测此一称呼应为民间或友人间的称呼，史诏没有独享此殊荣的理由。另外，在《宋史师仲墓志》中，只言其父史诏“以德行为乡里师表”，并未强调“八行取士”的问题，其实际影响或许有限。

② ［美］柏文莉：《权力关系：宋代中国的家族、地位与国家》，刘云军译，江苏人民出版社2015年版，第21页。

还是其晚年作出放弃举业的决定，都需要一定经济基础的支持，而这种强大的经济实力正是来自叶氏夫人经年累月的苦心经营。

综上所述，笔者可对史氏家族前三代的发展作一个阶段性的总结。依据其六世孙史浩的说法，四明史氏自外地迁入鄞县后，遂“躬耕于垄亩”，但实际上却是在州县担任吏职。史氏家族第一代的吏职后又为第二代、第三代所继承，俨然已呈现出一个胥吏家族的雏形。另外，这一时期的史氏家族在人丁上似乎并不兴旺，甚至可以说是一直显得比较单薄，以致在第三代的史简意外早逝后，竟然使该家族经历了绝嗣的巨大风险。史简的夫人叶氏联结起了史氏家族的第三代和第四代，是具有纽带性的关键人物。在叶氏夫人的经营下，史氏家族的经济状况得到了很大的改善，家族的男性成员开始接触儒学与科举，并由此开启了该家族“士族化”的缓慢进程。至政和八年（1118）叶氏夫人逝世时，其身后的四明史氏已经是鄞县当地的一个人丁兴旺、衣食有余的家族了。

二　两宋之际四明史氏的继续发展——以两件宋代墓志为中心

从某种程度上说，由于家族核心男性成员的单薄，早期的四明史氏其实是有些名不符实的。以第四代史诏为例，因为父辈单传的缘故，当时所谓的史氏“家族”其实只是一个史诏与他的母亲和妻子同居共财的小家庭。而除此之外，第四代以前的史氏家族成员皆为庶民，在宋代社会各阶层中尚属于普通人家，长期活动于明州地方的区域特性更使得他们无法深刻地感受全国政治风向的变化。四明史氏的这些早期特点，直到宋神宗元丰元年（1078）史诏与徐氏结为婚姻，并育有四子六女后才产生了较大变化的趋势。21世纪后新发现的《宋徐氏夫人墓志铭》与《宋故史希道（师仲）

墓志铭并盖》则为考察这一时期四明史氏的发展提供了一个崭新的视角。

(一)《宋徐氏夫人墓志铭》

二〇〇九年八月，在浙江鄞县东钱湖镇绿野村村民家中发现了该墓志。墓志详细记载了墓主徐氏的家世和早年事迹。

> 夫人徐氏，明州鄞县人也。三代皆不仕，父防，有乡里重望，少许可名知人。夫人蚤慧，常见称赏，每家室疑未决，夫人见辄处可如理。父顾叹曰："尔曷不为男子，吾何忧异日谁妇汝？吾意其家庶己乎。"年二十，归里士史升之。升之自龆髫孝爱异常，长以学行闻。慕联姻好者多矣，而母叶夫人少寡，以节行自持家政，肃然度难，其为妇辄不敢。徐公闻之，喜曰："真吾家偶也。"遂以夫人妻焉。①

然而，恰如章国庆所指出的，此篇墓志的叙述方式同样带有一些程式化的倾向。刘静贞认为，宋人长期秉持着"女正位乎内""妇人无外事"的家庭观念，使得宋代妇女很少参与到家族之外的事务中去。而女性墓志的撰写者又为了避免"无事可纪"的尴尬，故而只能将"早慧""善理家政""姑媳和睦""教子成才"等主题作为书写的主要模板进行参考②。譬如同收录于《宁波历代碑碣墓志汇编》中的《宋故樊氏夫人墓志铭》也记载樊氏夫人"自脱襁褓已慧爽""观夫人性行秀出，盖颖然一奇男子趣操，未肯以龌

① 《宋徐氏夫人墓志铭》，章国庆编《宁波历代碑碣墓志汇编》，上海古籍出版社2012年版，第132页。

② 刘静贞：《女无外事？——墓志碑铭中所见北宋士大夫社会秩序理念》，《妇女与两性学刊》1994年第4期。

龊等辈婿吾女也”[①]。这种通过他人观点所表达的对女性墓主的赞誉，其实不过是宋代士人眼中女性的理想形象而已，而未必是真实情况。

但另一方面，作为以记述功德为主要目的的墓志而言，其所记录的事迹也不能完全依靠程式化语言的堆叠或捏造事实。据墓志透露，徐氏的外家有着“乡里重望”，这一说法可以得到史浩所撰写的《建家庙祭祖文》一文的印证。在该文中，史浩称徐氏夫人为“祖妣齐国夫人徐氏廿四娘子”[②]，这说明徐氏在家族同辈女性成员中排行第四，可见徐氏至少应是出自一个人丁兴旺的大家族。然而，这一说法或许也是为了掩饰后文所提及的家族“三代皆不仕”的尴尬现实。若是徐氏家族上溯三代都无可以记录的官僚或士人的话，那么其祖上至多也不过是一个依靠积累财富而逐渐起家的乡村地主，可以说与出身胥吏而又“世无达官”的史氏家族大体上是门当户对的。

此外，墓志还记载了徐氏与史诏的子嗣及其对待子女的态度，这对日后史氏家族的发展产生了重要影响。

> 生子能言以上，昼抱夙兴，常口授诗书，而时以旨意论之。比长就学，则先生逸而功倍。诸子彬彬克嗣家学，膝下之训为多。中外有贫不自给者，第其亲踈，岁时赒之以为常。而嫁遗女数十人，皆得所归。其赖以立家，而子弟以儒名者甚众。……（中略）有子十二人，而夫人出者四男六女。男师仲、才、木、禾，皆举贡士，有美名。才登上舍第。女嫁贡士

① 《宋故樊氏夫人墓志铭》，章国庆编《宁波历代碑碣墓志汇编》，上海古籍出版社2012年版，第116页。

② （宋）史浩：《建家庙祭祖文》，《史浩集》，浙江古籍出版社2016年版，第918页。

贝必先、姚孚、温州平阳县主簿王敏，一为比丘尼，二蚤亡。孙男十人，孙女六人。①

在这段材料中，最为重要的一点无疑是在宣和五年（1123）徐氏去世之前，徐氏的四个亲生儿子史师仲、史才、史木与史禾四人都通过了地方科举的发解考试，获取了贡士的功名。戴仁柱分析认为，史氏家族的新一代之所以能在短时间内迅速成为士大夫，主要是由于父亲史诏与母亲徐氏优秀的家庭教育，但同时也得益于自宋哲宗元符二年（1099）以来重新开始推行的三舍法改革②。三舍法的推行扩建了中央太学的设施，增加了太学的录取名额，并允许州、县推举州县学中成绩优异的学生进入太学读书。而北宋政府实行太学取士的政策，乃至于在北宋晚期曾一度取消了科举取士的功能③。另据《宋史·选举志三》所记，“开封始建府学，立贡士额凡五十，而士子不及三百，尽额而取，则涉太优，欲稍裁之。诏曰：‘王畿立学，若不优诱使进，何以首善？其常解五十额勿阙。’”④ 入太学就读的优越性不仅在于得到名师等教育资源，更在于能够享受到远比其他军、州宽裕的录取名额。史诏的长子史师仲、次子史才都有先后赴太学就读的经历，而史才更是因成绩优异升入了太学上舍，释谒得官，成为史氏家族中的第一位进士。

---

① 《宋故徐氏夫人墓志铭》，章国庆编《宁波历代碑碣墓志汇编》，上海古籍出版社 2012 年版，第 132 页。

② ［美］戴仁柱：《丞相世家：南宋四明史氏家族研究》，刘广丰、惠冬译，中华书局 2014 年版，第 49 页。

③ 《宋史》卷 157《选举志三》有“崇宁元年，（中略）用国子生额解试”；《文献通考》卷 42《学校三》记“诏取士皆从学校三舍废科举法”。

④ 《宋史》卷 157《选举志三》，中华书局 1977 年版，第 3677 页。

徐氏夫人墓志即由其次子史才的上司石端中所撰写，墓志所题结衔为“朝奉郎、通判处州军州、同管勾神霄玉清万寿宫兼管内劝农事、借绯鱼袋石端中”。另外，《徐氏墓志》的后半部分也记载了其次子史才的部分事迹，兹录于下文。

> 初，才为遂昌丞也，睦州贼陷衢、婺，犯县境，官吏惊溃。才即日集勇士，举兵复邑。贼平，以省侍告于郡，未报。夫人闻之，贻书曰：“政须安集，遽惶将母邪？勉就功名，毋为我为怀”，才始安职。其达义命，大体如此。①

由于种种原因，作为四明史氏重要成员之一的史才，无论在地方志还是官方的正史中几乎都没有他的传记。然而，经过清代学者全祖望的搜集与整理，其（史才）的部分事迹方得以保留，“参政字德夫，一字闻道。政和八年王嘉榜进士，由遂昌丞改余姚尉。丁父艰。服阕，知余杭县。倅温州，以李庄简公荐除右正言，进右谏议大夫，拜端明殿大学士，签书枢密院事，权参知政事。既罢，以旧职提举临安府洞霄宫。”② 若将此两段材料结合起来看，则大致可梳理出徐氏次子史才的早期仕官经历。史才，字德夫，一字闻道。政和八年（1118）中进士第，初授官为遂昌县丞。宣和三年（1121），史才率领乡勇参与了宋军收复为方腊军队攻占的衢、婺两州的军事行动，后迁余姚县尉。建炎四年（1130），史才因丁父忧而离职，复官后历任余杭知县、温州通判，在此与短暂出知温州的李光相识，“参政李庄简公守

① 《宋故樊氏夫人墓志铭》，章国庆编《宁波历代碑碣墓志汇编》，上海古籍出版社 2012 年版，第 132 页。

② （清）全祖望：《鲒埼亭集外编》卷 45《答万九沙编修问史参政遗事帖子》，《清代诗文集汇编》，上海古籍出版社 2010 年版，第 509 页。

永嘉，枢密为签幕，待遇极厚”[①]，时间大致在绍兴六年（1136）。其后史才也得到了李光在政治上的大力帮助，可见他们之间的私人关系也极为特殊。

（二）《宋故史希道（师仲）墓志铭并盖》

史师仲，字希道，是前碑徐氏与史诏的长子、史才的长兄，也是日后南宋名臣史浩的父亲。此篇墓志于二〇〇一年十二月出土于鄞州区东钱湖镇横街村乌竹坪。

据墓志内容，史师仲出生于宋神宗元丰三年（1080），年少时便以文名称于乡里，未冠即凭借州学优异的成绩获得了前往太学的资格。但在太学中，他的学习经历却并不顺利，“久之，试有司数不售，一贡下第，拂袖而归”[②]，仅取得贡士身份便返回了家乡。而关于史师仲离开太学的原因，史氏宗谱与其子史浩的解释存在明显的差异。据《古藤史氏宗谱》的记载，“（史师仲）未冠，由郡庠陞贡太学，三试补上舍。大观、政和间，‘八行’以书招之，即拂袖归”。所谓“三试补上舍”并非指三次具体的考试，而是指由外舍生升入内舍的两次公试成绩与由内舍升上舍的上舍试。根据这一说法，史师仲得以通过州县的选拔进入太学，又通过太学内部的升舍试升入上舍，自然谈不上“试有司数不售”，至于其离开太学的原因，则是因为受到了家族的召唤。而史浩在记述他父亲的太学经历时却写道，“当宣和之全盛兮，风俗穷奢而极侈。立州桥而睇岧峣，不觉唏嘘而流涕。乃拂袖而出关兮，归即谋于避地。众方骇其无伦兮，曰盛极乱危之

① （宋）楼钥：《攻媿集》卷105《朝请大夫史君墓志》，《四部丛刊初编》，上海书店出版社1989年版，第2页b。

② 《宋故史希道（师仲）墓志铭并盖》，章国庆编《宁波历代碑碣墓志汇编》，上海古籍出版社2012年版，第140页。

必至”[①]，明确说明史师仲是因预感到了宣和末年乱世将至而避祸家乡，以求明哲保身。

相较而言，由于身为墓志撰写者的夏承正是史师仲年轻时的友人，他对史师仲在太学的学习情况应该是最为了解的。因而，史氏宗谱上记载的所谓“三试补上舍”的经历恐怕是后人的溢美之辞。但若史师仲受其父史诏“以书召之”一事并非捏造，那么或许是史师仲本人因受挫于学业等方面的不利因素，而又适逢家中有事相召，遂顺水推舟地离开了太学，并就此放弃了举业。但当史师仲离开的时候，其二弟史才尚同在太学求学[②]，因而史浩所谓他父亲预见到了乱世将至而避祸回乡云云，实为后见之明，绝非史师仲本人的意愿。宣和六年（1124）三月，就在徐氏去世后的一年内，史师仲因“居母夫人忧，哀毁过甚，俄感疾不起”，仅留下寡妻洪氏与六子二女[③]就撒手人寰。

值得一提的是，《宋故史师仲墓志》的撰文、书丹、题盖者的姓名和结衔令墓志本身增色不少，也透露出了早期史氏家族成员社交圈的部分信息。

（A）撰文者夏承，字元茂，鄞县人。《（宝庆）四明志》卷八

---

① （宋）史浩：《鄮峰真隐漫录》卷49《葬五世祖衣冠招魂辞》，《史浩集》，浙江古籍出版社2016年版，第738页。

② 据前文所记，史才得中进士在政和八年（1118），史师仲具体何时离开太学不详，《古藤史氏宗谱》谓“大观、政和间”，而史浩则称是“宣和”。若依前说，则史师仲离开太学之时，史才尚未中进士，当还在太学中求学，而若依后说，则其时史才应已授遂昌丞，逻辑上虽无大错，但史浩之说为尊者讳的可能性仍然更大。另外，考虑到政和八年恰为叶氏夫人去世之时，笔者以为应以前说为是。另据张显传《史官、史氏与南宋社会》（北京师范大学出版社2015年版）一书所称，则史氏第五代中的三子史木宣和年间亦在太学中，但不知出处为何，兹不取。

③ 《宋故史希道（师仲）墓志铭并盖》，章国庆编《宁波历代碑碣墓志汇编》，浙江古籍出版社2016年版，第140页。

有传："以太学上舍免省中崇宁五年第，靖康间任开封少尹。北骑犯阙，散文榜根括皇族，冀以免死。承奋身力争，潜令诸厢毁弃文榜，放散苛留之人。绍兴二年，臣寮疏列其事，国事方殷，未及褒表。隆兴初，有旨：承系忠义之人，送史馆编录姓名，特赠三官。二年，赠左朝议大夫。"①

（B）书写者王庭秀，字颖彦，《宋史》卷三九九有传。又据《（宝庆）四明志》卷八记载："先世居鄞，父徙慈溪。庭秀与黄庭坚、杨时之徒游，从其为学，旁搜远绍，不苟趋时好。其造诣崭远，操植坚正，发于文辞，深茂宏达。"徽宗政和二年（1112）上舍及第。历仕徽、钦、高三朝，"迁检正，与宰相议多龃龉，引疾丐闲，除直秘阁、主管江州太平观，归老于乡。"②

（C）题盖者郑瑴，字致远，建安人，同《宋史》卷三九九有传。《宋元学案》也说："上蔡高弟。初就学，能知圣人之道在中庸，父镇奇之。既冠，入太学，所为文不尚时好。执父丧，有吁天止火之异。第进士，调御史台主簿。以秘书郎守临江，遂丐祠归。"他是"程门四先生"之一谢良佐的弟子。撰此墓志时，结衔为"从事郎、新太学博士"③。

三人之中，夏承、王庭秀皆为明州当地人，而郑瑴也相传有在元符年间于鄞县县学做助教的经历④，这反映出史师仲的社交活动显然是以明州鄞县的乡里关系为基础和依托。另外，三人与史师仲

① （宋）罗濬：《宝庆四明志》卷8《夏承传》，《宋元地方志三十七种》第八册，台北国泰文化事业有限公司1980年版，第5174页。

② （宋）罗濬：《宝庆四明志》卷8《王庭秀传》，《宋元地方志三十七种》第八册，台北国泰文化事业有限公司1980年版，第5171页。

③ （清）黄宗羲著，全祖望补修：《宋元学案》卷24《上蔡学案》，中华书局1986年版，第937页。

④ 郑传杰、郑昕：《郑清之评传》，宁波出版社2010年版，第1页。

又皆于崇宁、政和年间在京城的太学求学。这些同乡青年一起受教育，共同学习，目标一致的经历培养了彼此之间深厚的友谊。若非史师仲的意外早逝，这层关系也必将成为彼此间互相支持、互为奥援的力量[①]。这也从侧面反映出，以史师仲为代表的四明史氏年轻一代已完全融入到了明州当地的士人群体与乡里关系之中，并依托科举制度而逐渐推动着四明史氏由一个地域型的小家族迈向政治权力的中央。

在长男史师仲去世后，由于次男史才长期在外地任职，因而实际主持家族事务的三男史木便承担起了赡养年迈的父亲、抚育弟妹和亡兄子女的责任。史浩在纪念其季父的《祭八十叔父文》中，对史木一生的重要事迹作了较为完整的记述。

> （前略）嗟我季父，孝于父母。入躬定省，出当干蛊。（中略）嗟我季父，友于昆弟。我父云没，实赖以济。（中略）嗟我季父，信于州里。急人之急，奋不谋己。（中略）嗟我季父，耽于典籍。志穷精微，不堕尘迹。（中略）嗟我季父，美于词翰。气飘飘而凌云，自谓所得在于西汉。（中略）呜呼！备此数德，不堦贵位。两上礼闱，事左不利。（中略）今岁始春，虏骑破鄞，公奉严亲，奔于海垠。曰姊妹姑，五族以趋。不问疏戚，通其有无。盗将压境，俄有归命。公以一身，活百人命。谓当百岁，福禄是遒。胡为一疾，止于四十有四之秋。方公病亟，祖丧三日。尚未带絰，哀号而卒。[②]

① 黄宽重:《宋代的家族与社会》，国家图书馆出版社2009年版，第238页。

② （宋）史浩:《鄮峰真隐漫录》卷50《祭八十叔父文》，《史浩集》，浙江古籍出版社2016年版，第759页。

上引文段属于悼念亡者的祭文，难免存在有虚美隐恶之嫌。史浩笔下的季叔史木孝顺父母，接济亡兄子女，并且在经学与文章上都有较高的造诣，尤精于汉赋骈文，这对于日后史浩的文风和学识等方面都产生了很大的影响。史木曾两度通过解试，但在省试中都告失败，以致一生未能出仕。建炎四年（1130）正月，金兵南下攻陷明州，史木负责组织了家族的逃亡和避难，据称保护了数百人的性命①。但在逃亡过程中，父亲史诏与史木本人或许都受到了惊悸与过度劳累的影响，短期内便先后去世。此后四明史氏的家族事务可能由四男史禾主持②。

三　“今日有用之才”：史浩及其家族势力的崛起

在上文中，笔者以尽量客观而公允的语言对四明史氏早期发展的历史作了一番必要的梳理。史氏家族自迁居鄞县后，至叶氏夫人主持家政的时期日益富足，为其第五代能在科举仕途上取得“一进三贡”的辉煌成绩奠定了重要的物质基础。而史氏家族成员在科举上取得成绩的同时，也意味着家族形态已完成了“士族化”的转型，从而能够就此享受到制度性的经济、政治等多方面的特权，其家族的部分重要成员由此开始步入仕途。

与此同时，值得注意的一点是，上文所引的两篇新出墓志有助

---

①　史木事迹另可参见《水心先生集》卷22《史进翁墓志铭》，其中补充了部分信息，例如史木曾中贡元等，但其中也多有夸大之处，如史木组织家族逃亡一事，即称“依而免踰二千人”。笔者认为叶适与史木并无交流，其所撰墓志信息来源应主要来自史氏后人所提供的行状等，故该文与史浩所言之抵牾之处，仍以史浩为真的可能性更大。

②　据戴仁柱所绘《四明史氏族系图》，则史氏第五代共有史师仲、史才、史木、史禾、史光五人，此说亦合于史浩称逃难时“五族以趋”的用语。然据上引《徐氏墓志》，“有子十二人，而夫人出者四男六女”，则史光或非徐氏夫人所生，而是庶子。

于学界对史氏家族第四代成员的贡献重新进行评估。从过去学者就史氏家族早期历史的研究成果来看，史氏家族第四代成员史诏的重要性没有得到足够的关注，往往只是被当作联结第三代与第五代成员之间的过渡性人物。戴仁柱敏锐地意识到了此段时期史氏家族社会地位的提升，但也只是将这种提升归结为史诏放弃“八行取士”而隐居的抉择，同时也不得不承认尚有诸多问题亟待解释，譬如“史诏的大半生近乎与世隔绝，他的谋生手段是个谜团”、“史诏从没参加过科举，从没出版过文集，也没有在乡里受教；他既不是一位学者，也不是社会领袖，当地官员是以什么标准选定他作为明州的儒家道德典范和最有可为的子弟呢？”① 可知史诏本人身上仍存在许多未解之谜。

新出墓志对类似的疑惑作出了适当的诠释。由明州士人夏承为史师仲所作墓志云：“祖母叶氏有节行，保遗腹子曰诏，字升之，是为君之父，寿今七十矣。以德行为乡里师表，史氏称望姓自升之始。”② 又《宋徐氏夫人墓志》亦云：“升之自龀髫孝爱异常，长以学行闻。慕联姻好者多矣，而母叶夫人少寡，以节行自持家政。”③ 这说明，史诏在年轻的时候就以德行和学业闻名鄞县乡里，他在史氏家族中的地位在生前就得到了明州士人的认可，而不是来自后世子孙的重新书写与再创造。通过北宋晚期明州士人的墓志书写表现出来的是，这一时期的四明史氏在在明州士人的心目中已经是一个以德行门风著称的、包含“孝子”与“节

① ［美］戴仁柱：《丞相世家：南宋四明史氏家族研究》，刘广丰、惠冬译，中华书局2014年版，第47—48页。

② 《宋故史希道（师仲）墓志铭并盖》，章国庆编《宁波历代碑碣墓志汇编》，上海古籍出版社2012年版，第140页。

③ 《宋故徐氏夫人墓志铭》，章国庆编《宁波历代碑碣墓志汇编》，上海古籍出版社2012年版，第132页。

妇”的名门望族了。据《文献通考·职役考二》谓：“唐制：（中略）孝子、顺孙、义夫、节妇同籍者，皆免课役。”① 宋承唐制。尽管尚无任何材料直接证明四明史氏“节妇”、“孝子”的道德身份曾以旌表门闾的形式得到了官方的认可，但我们同样很难想象地方州、县会完全忽视这种民间声望所产生的或有形或无形的巨大影响。宋代的道德表彰不仅仅象征着拥有免除课役的经济特权，更重要的是这进一步提升了四明史氏在士人群体中的声望。作为明州士人心目中“望姓”，四明史氏的家族成员，无论是在乡里宗族姻亲的缔结，还是在交游对象的选择等诸多方面，都享有明显的优势。

靖康之变后，北宋灭亡，宋高宗遂南渡至杭州建立了新政权，而原本地处江浙路最东端的明州遂由边区一跃而成为京畿腹地。这种政治空间的变化使得明州地方士人与中央官僚的交往互动愈发密切，为江南士人的选拔和任用提供了极多的便利条件，譬如史氏家族第五代最重要的成员史才即是受到李光的举荐方才有机会进入临安府任职。绍兴十七年（1147），史才任丞郎，擢国子监主簿。二十二年（1152）又升任御史台检法官，后改任右正言，迁试谏议大夫兼殿中侍御史。次年十月，自谏议大夫迁至端明殿学士并兼签书枢密院事、权参知政事。然而，史才当政之际，正是寺地遵所谓的“绍兴十二年体制”下秦桧的专政时期，《宋史·秦桧传》将史才与孙近、韩肖胄、楼炤、王次翁、范同、万俟卨等人并列，谓其“率拔之冗散，遽跻政地。既共政，则拱默而已”②，并未有何实绩。但也正如叶伟华所评价的，“史才虽然做执政的时间不长，而

① （元）马端临：《文献通考》卷13《职役考二》，中华书局1986年版，第388页。

② （元）脱脱等：《宋史》卷473《秦桧传》，中华书局1977年版，第123765页。

且还是在秦桧手下充当一个类似鹰犬的不光彩角色……但他在朝做官的经历所积累下来的丰富经验及其在家乡的影响，对整个家族的兴起都起了促进的作用，并会对后辈，特别是其后进入中央做官的侄子——史浩造成影响的”①。

史浩是四明史氏第五代长房史师仲的嫡长子。当宣和六年（1124）史师仲去世时，史浩只有十九岁。作为家中长子，他不得不早早地承担起照顾母亲与弟妹的责任。而尽管史浩此时已拥有了贡士的身份②，但直至绍兴十五年（1145），他才通过进士考试，得授官职，正式跻身于士大夫行列。史浩初仕余姚县尉，后转为温州州学教授，在任上他得到了知州张九成的赏识，并于绍兴二十五年（1155）受同乡中书舍人吴秉信的举荐赴临安任太学正。令人难以理解的是，自进入中央后，史浩很快就得到了高宗的认可，被派入到建王藩邸担任属官而得以际遇孝宗。绍兴三十二年（1162），孝宗受内禅，作为帝师的史浩亦得授中书舍人、兼侍读。后又除翰林学士、知制诰。八月，除参知政事。隆兴元年（1163）拜尚书右仆射、同中书门下平章事兼枢密使。楼钥在为其身后所作的《纯诚厚德元老之碑》中云：“自此六年以至相位，近世未有也。”③ 可知其仕途可谓平步青云。

同时，早已有学者指出，史浩是四明史氏在南宋得以崛起的关

---

① 叶伟华：《南宋四明史氏家族研究》，硕士学位论文，华南师范大学，2007年，第10页。

② 据上引《宋故史师仲墓志铭》记，“生六男，若讷、若愚举进士”，若讷即史浩旧名。此墓志作于靖康元年（1127）十二月，然据《纯诚厚德元老之碑》则谓“（史浩）年四十始登进士科”，则史浩于绍兴十五年（1145）才获得进士身份。前说所言之“进士”并非为登科进士，而更可能是乡贡进士或同里进士。

③ （宋）楼钥：《攻媿集》卷93《纯诚厚德元老之碑》，《史浩集》，浙江古籍出版社2016年版，第926页。

键人物[①]。与他的叔父史才相比，史浩对于家族的发展显然投入了更多的关注与精力。在学术上，史浩本身就颇有造诣，“推究经旨，多先儒所未发”[②]，再加上交游广泛，其在明州士人群体中的声望颇高。宋孝宗淳熙年间，史浩以陆庆童事件辞去宰相职位后，遂返乡与明州士人魏杞、汪大猷、赵粹中、楼钥、周模等人“作真率集，率以月为期”[③]，可知他与这些官员之间定期聚会，可以相互结为奥援，这无疑也大大增强了他们在朝廷内外的话语权。而与此同时，他还和明州各大家族合作创办乡曲义田[④]，以救助经济状况遇到困难的士人，大大提升了四明史氏在明州乡里的声望，使得史氏家族得以更深地融入了明州士人的乡里关系网络之中。此外，史浩也颇为重视提携后学与明州士人，“荐江、浙之士十五人，有旨令升擢，皆一时选也。如薛叔似、杨简、陆九渊、石宗昭、陈谦、叶适、袁燮、赵静之、张子智，后皆擢用”[⑤]，这些都构成了四明史氏重要的人脉资源。曾受过史浩推荐的朱熹也对此做过近乎直白的评价，“史丞相好荐人，极不易，然却有些笼络人，意思不佳。”[⑥]这无疑是相当委婉地批评了其笼络人心的本质。

---

① 夏令伟：《论南宋宰相史浩对其家族的贡献》，《温州大学学报》（社会科学版）2010 年第 4 期。

② （宋）楼钥：《攻媿集》卷 93《纯诚厚德元老之碑》，《史浩集》，浙江古籍出版社 2016 年版，第 926 页。

③ （宋）楼钥：《攻媿集》卷 6《适斋约同社往来无事形迹次韵》，《四部丛刊初编》，上海书店出版社 1989 年版，第 6 页 a。

④ 乡曲义田的内容可参见梁庚尧《家族合作、社会声望与地方公益：宋元四明乡曲义田的源起和演变》（《家族与社会》，中国大百科全书出版社 2005 年版）。

⑤ （元）脱脱等：《宋史》卷 396《史浩传》，中华书局 1977 年版，第 12068—12069 页。

⑥ （宋）黎靖德编，王星贤注：《朱子语类》卷 132《本朝六·中兴至今日人物下》，中华书局 1986 年版，第 3173 页。

可以肯定的是，随着北宋的灭亡，新生的南宋政权在政治空间格局上发生了较大的变化，这为江南地区的士人步入中央提供了难得的重要机遇。江南士人进入中央后，凭借制度设计的缺陷而彼此之间互相援引推荐，将乡里地域的人际网络与中央的政治权力结合起来。在这张网络之中，史浩则是史氏家族，乃至于整个南宋时期江南士人崛起的关键人物，而通过对史浩仕途履历的分析，不难发现其与孝宗、高宗的际遇实是其政治生涯的转折点。那么，史浩的身上究竟有何特质吸引了高宗的注意？高宗在当时对这名年近五十的士大夫又有何期待呢？

据楼钥《纯诚厚德元老之碑》记载：“高宗皇帝以孝宗君德日就，将属以社稷，妙选天下学行端粹之士以辅导之。绍兴二十有九年，太师、会稽郡王史浩以国子博士奏事殿中，高宗一见契合，属目送之，谓大臣曰：‘浩今日有用之才也。’”① 可知当高宗接见史浩的时候，已经选定了普安郡王赵瑗（引者注：即后来的宋孝宗）作为皇位的继承人，只是对于可靠的辅佐之人一直踌躇未定。而当高宗会见史浩的时候，很快便被史浩的才能与行为举止所打动，认为史浩就是最合适的人选。

但《（宝庆）四明志》卷九《史浩传》却对这段经历有着不同的记载，“轮对，高宗皇帝器之。温言访问，浩乃言曰：‘小臣敢冒死毕愚忠。闻两郡王皆聪明，臣谓宜取其最贤者，寖别异之，以系人望。’上颔首。两王者，普安王孝宗皇帝及恩平王璩也。上方遴选辅翼之人。遂迁秘书郎……浩常力勉二王以孝。”② 这段记述说明，高宗与史浩的初次会面最初只是一场按部就班

---

① （宋）楼钥：《攻媿集》卷93《纯诚厚德元老之碑》，《史浩集》，浙江古籍出版社2016年版，第924页。

② （宋）罗濬：《宝庆四明志》卷9《史浩传》，《宋元地方志三十七种》第八册，国泰文化事业有限公司1980年版，第5177页。

的君臣轮对，并不是什么“妙选天下学行端粹之士”的特殊举动。在绍兴后期，没有子嗣的宋高宗实际上已经放弃了生育的希望，转而遵从臣僚的意见，从宗室中挑选继承人立储。在这次轮对上，史浩就意外地抛出了这个南宋臣僚普遍关心、但又格外敏感的皇位继承人问题，也暴露出了高宗在这个问题上的矛盾心境。在两位郡王候选人中，高宗本是更倾向于年长而懂事的赵瑗，但吴皇后则更属意于恩平郡王赵璩，再加上权臣秦桧从侧面加以阻挠，以致皇子的选择始终难以决定下来。但值得注意的是，在两位继承人中，史浩并没有任何偏向，而是建议高宗“宜取其最贤者，寖别异之”，这一意见表明史浩在政治上是相当成熟的。

史浩在纷繁复杂的政治环境中向高宗进谏后，很快也获得了回报，被升任为秘书郎，负责王府的教习工作。而在史浩劝诫教导建王赵瑗的过程中，儒家“孝”的道德原则似乎得到了刻意的强调，俨然成为史浩教导皇子的纲领。

> 完颜亮南牧，边廷用兵。建王抗疏请为前驱，誓不与贼俱生。公方以疾移告，闻之，亟往问：“孰为大王计？误矣！国步方艰，父子岂可须臾离！使唐肃宗能随明皇幸蜀，安得有灵武事。”建王大悔，立俾公草奏，请扈跸以供子职，辞意恳到。高宗闻议出于公，叹曰：“真王府官也。”庙堂方议以建王督师，由是不果。遂从视师之行，而内禅之意决矣。[①]
>
> 高宗将过德寿宫，公议嗣皇当乘马扶辇。高宗谕公曰：“执前导，不足为法。”公对曰：“臣于肃宗何取！父行而子

① （宋）楼钥：《攻媿集》卷93《纯诚厚德元老之碑》，《史浩集》，浙江古籍出版社2016年版，第926页。

随，万世不易之道也。”孝宗竟用公议。[①]

所谓“事君以忠，事亲以孝”，对于皇子而言，君、父二重身份恰巧是统一的。史浩反复以唐肃宗“灵武故事”为前车之鉴，促使赵瑗主动放弃出镇外藩与执掌兵柄的机会，其目的正是为了打消高宗对建王赵瑗的防备之心，借以居中调和父子二人之间的复杂关系。在辅弼建王赵瑗的过程中，对于史浩而言，“孝”这一传统的儒家道德理念是一种政治上的润滑剂。他通过强化高宗与建王“父子”身份的认同，进而淡化了彼此之间极为特殊的“君臣”身份，借此以避免出现因父子反目而可能引发的政治上的决裂。

由此可以看出，影响高宗选择的除了来自内廷外朝的反对意见外，更重要的还是其本人对于能否在让出帝位后仍保尊荣的问题始终存在巨大的疑虑。为了避免唐玄宗后半生遭到肃宗软禁的命运在自己身上重演，宋高宗所意图禅位的继承人必须是“一个感恩而易于控制的人”[②]。换言之，正是出于保障自身安全的考量，宋高宗才会提拔史浩，以使他充当向两位皇子施加影响的重要媒介，进而缓解高宗与两位皇子的矛盾。

考虑到此时宋高宗最忧心的问题及史浩的实际作为，那么宋高宗口中的“今日有用之才”的内涵就不再是泛泛的治国能臣，而是更看重能够协调宋高宗与孝宗之间复杂利害关系的特殊人才。这一角色不仅要足够机敏，能够及时而充分地理解高宗的意图，并将之传达给皇子，更需要高尚的道德品质，以期对皇权的继承人产生积

---

① （宋）楼钥：《攻媿集》卷93《纯诚厚德元老之碑》，《史浩集》，浙江古籍出版社2016年版，第926页。

② 何忠礼：《略论宋高宗的“禅位”》，《宋史研究论丛》2012年第13辑。

极影响，借以使得高宗在让渡皇位后仍能不减尊荣。无独有偶的是，时人楼钥为史浩所撰的神道碑论述了史浩在政治上的重大贡献，他也认为关键之处在于史浩能够运用“孝”的品质调和孝宗与高宗之间的关系，并用这种品质感染孝宗，与其相互吸引，“君臣道合，脗然无间”、“盖近古人主躬行通丧自孝宗始，而公又以此事之。其能不胶漆而固，岂无所自哉!”①

四　“积善之家，必有余庆”：宋人对四明史氏家族崛起的认知

南宋时期四明史氏的迅速崛起及其家族成员的特殊际遇不仅吸引着后人的关注，即使是对南宋当代的士人而言也是一件稀罕之事，因而在诸多时人为史氏家族成员所作的碑铭圹志中，关于史氏家族崛起原因的探讨成为一个重要话题。

宋光宗绍熙五年（1194）四月，作为史氏家族第六代重要成员的史浩去世，终年八十九岁。为犒赏其在世时的功绩，宋光宗特追封其为会稽郡王。同年七月，新近继位的宋宁宗又为史浩赐谥号曰“文惠”，并“亲洒宸翰，书‘纯诚厚德元老之碑’以赐焉”②，使得四明史氏一时殊荣备至。

《纯诚厚德元老之碑》又作《太师、保宁军节度使致仕、魏国公、谥文惠、追封会稽郡王史公神道碑》，2002 年被发现于宁波东钱湖度假区横街村的史浩墓道前，然而碑身早已倒塌，字刻大部被毁，仅余碑基残存。通常而言，神道碑是对重要大臣一生功劳的臧否，有着盖棺定论的意味。但与具有类似文本性质的墓志不同，“志铭藏于圹中，宜简，神道碑立于墓上，宜详。”因为放置空间的

---

① （宋）楼钥:《攻媿集》卷 93《纯诚厚德元老之碑》，《史浩集》，浙江古籍出版社 2016 年版，第 936 页。

② 同上书，第 925 页。

不同，立于碑主墓前的神道碑能够享受后世祭拜的子孙与过往行人的瞩目，从而具有彰显家族荣耀与政治权威的作用。正是因为御赐神道碑额于人臣而言本身就是一种难得的殊荣，故而南宋历朝的君主在对其的使用上也格外谨慎。《建炎以来朝野杂记》中即列有“渡江后赐墓碑额”条，可知得此殊荣者仅寥寥数人。

渡江后，大臣未有赐墓碑额者。绍兴初，上始书韩文定神道曰：“世济盛德之碑”。其后得此赐者亦不多，秦丞相父“清德启庆”、秦丞相“决策元功精忠全德”、陈文恭“精忠显德”、杨和王“安民定功佐运兴德”、刘忠显“旌忠袖节”、吴信王“安民保蜀定功同德”、韩蕲王“中兴佐命定国元勋”、史太师“纯诚厚德元老”、周益公“忠文耆德”。①

此篇碑文由宁宗时任中书舍人的楼钥所撰。楼钥，字大防，明州鄞县人，《宋史》有传。撰者楼钥出身于明州地区与史氏齐名的另一大族明州楼氏。楼、史两家素来过从甚密，如果说史氏第三代史简曾向楼钥祖父楼郁求学的经历尚存在疑问的话，那么可以肯定的是，叶氏夫人的墓志确系由楼钥之父楼异所撰写，这是于文献有征的确凿史实②。除此之外，作为晚辈的楼钥与史浩本人的私谊也是一直以来就相当好。而更重要的是，在此碑文撰写之时，作为史氏第七代最重要成员的史弥远官职仅仅是太常寺主簿，无疑是极低级别的官员而已，远未达到日后“独秉国政”的地步。由此可知，这篇碑文的撰写虽然带有一定官方评价的政治宣传意味，但尚不至

① （宋）李心传撰，徐规点校：《建炎以来朝野杂记》甲集卷9《渡江后赐墓碑额》，中华书局2000年版，第189页。

② （宋）楼钥：《攻媿集》卷74《跋叶氏夫人墓志》，《四部丛刊初编》，上海书店出版社1989年版，第13页a。

于为政治权力所胁迫，反而更能展示出史浩去世后不久官方与南宋士人对四明史氏家族的真实看法。

在碑文中，楼钥重点论述了史浩与孝宗之间的君臣关系，“窃伏思自古君臣以遇合为难，而笃眷不替，善始以终，殆千载而不一遇也”[①]。具体而言，史浩与孝宗之间的关系可分为“公”、“私”两个层面。于“公”而言，孝宗是对史浩是有知遇之恩的君主，而史浩于孝宗则是“奏陈如龟兆，数计无一不验”的能臣，君臣二人彼此互相成就，善始善终。而从“私”的层面上来看，二人于君臣之外，尚另有一层“师徒”的关系。据王曾瑜先生统计，在孝宗十六岁后先后担任普安郡王府、建王府教授、直讲、赞读等官职者，除史浩之外，尚另有赵卫、钱周材、王墨卿、魏元若、刘章、赵逵、黄中、杨邦弼、陈俊卿、魏志、张阐及王十朋、刘藻等十数人，但他们皆不及史浩与孝宗之间的关系亲密[②]。故这种“师徒”之谊不仅仅指学问的传授，更重要的是指史浩参与形塑了孝宗的人格与政治性格。从这个层面上而言，史浩之所以被宋代士人所推崇，正是由于其部分实践了儒家理想中“得君行道”的最高目标，可谓“师臣”这一理想身份的具体形象，楼钥亦在碑文中赞其“帝谓圣父教诲之功”。而与之相对的是，孝宗也毫不介怀地探问史浩的家事，将对史浩个人的恩泽惠及整个史氏家族。

> 会洪夫人属疾思归，力丐祠。不允，乃许谒告迎侍。未

---

① （宋）楼钥：《攻媿集》卷93《纯诚厚德元老之碑》，《史浩集》，浙江古籍出版社2016年版，第925页。

② 王曾瑜：《宋孝宗时的佞幸政治》，《宋史研究论文集第十辑——中国宋史研究会第十届年会及唐末五代宋初西北史研讨会论文集》，2002年，第22页。

几，罹内艰。公性至孝，平日奉母甚周，孝宗素知之。在王府时，得上方珍馔，必以分遗。登位之后，间问动静，以正旦赐酒为寿，特于洪夫人生朝拜公为相。又尝以御笔径赐之，曰：“丞相今日正谢，赐酒果为太夫人之庆。”期归自帅阃，旌旄行前，公拥版舆于后，人子之荣极矣。①

史浩与孝宗特殊的君臣关系固然是四明史氏得以步入鼎盛的一个关键点，但这毕竟是四明史氏在已成为一个颇具规模的士人家族之后的事情。那么，宋代士人又是如何看待四明史氏早期的起家史呢？关于这一问题，史浩本人亦在晚年作过思考与总结。

吾家自汉唐以来，祖宗积德深厚，于是世不乏人。逮今圣朝，枝叶蕃衍，青紫盈门。及至吾爵崇禄重，得归安老，皆荷祖荫，复赖曾祖妣冀国夫人叶氏之大节遗德所致也。昭著传谱，此不复书……况吾家每由儒业以兴，而忠孝世传，毋自懈怠……我曾祖妣冀国夫人嫠居贫窘，以组绩而严教祖考读书业儒，尝诫之曰：“纵观圣贤而操笔作语，为士者孰不能？要当慕古人之德行为贵耳。”于是克诚母训，八行纯备，乡举于朝，得分大国，乃流庆于今日也。②

此文出自史浩于光宗绍熙二年（1191）所作的家训。在这篇家训的开头部分，史浩通过祖述家史得出“吾家每由儒业以兴”的结论，并以叶氏夫人教导史诏读书作为四明史氏发家之始，而以后世

① （宋）楼钥：《攻媿集》卷93《纯诚厚德元老之碑》，《史浩集》，浙江古籍出版社2016年版，第931页。

② （宋）史浩：《鄞东上水横街史氏支谱》卷11《祖训录六世伯忠王家训》，《史浩集》，浙江古籍出版社2016年版，第923页。

子孙的功绩皆为祖先的“遗德”、“流庆”所致。这种厚古薄今的倾向固然是家训这一文体所必然有的特点，但也并非没有道理。若从家族士族化的角度考虑，则重要家族成员开始读书，借以从事举业，本身确实是一个极富象征意义的现象。但史浩本人却有意回避了这一联想，转而借叶氏之口表达了读书业儒的目的不是“操笔作语”，而是为了习慕德行的观点。

在论及叶氏夫人的事迹时，对四明史氏的掌故颇为熟悉的楼钥也作出了相同的判断，即以德行的积累而非对科举仕途的追求作为四明史氏兴起的重要原因。

> 而求其源流之所自，则出于八行之一人。又溯而上之，则八行之母叶氏夫人流庆也。夫人以子孙赠典凡十七封为冀国夫人。太师文惠王推原本始，追崇极品之外，上及五世之祖，叙至积庆之由，可谓极其至矣，然犹未能知叶夫人之详也……至其言曰人皆谓“天之报施善人”在此，而余独以为曷止是哉。盖本固则叶茂，源生则流长，累行积德厚矣，后必有显者，未易量也。①

据前文所述，当叶氏夫人主持史氏家政之际，四明史氏无论在经济地位抑或社会地位上都有了显著的提升，同时她也从事了一些有益于乡里的善举，“待妯娌和而有礼，御仆妾严而有恩，赒人之急无吝惜，鞠养遗女凡数人，使各得所归”②，使得四明史氏极大地提高了在鄞县士人与民众心目中的声望。然而，如果从后世的视

① （宋）楼钥：《攻媿集》卷74《跋叶氏夫人墓志序》，《四部丛刊初编》，上海书店出版社1989年版，第13页a。

② （宋）罗濬：《宝庆四明志》卷9《冀国夫人叶氏传》，《宋元地方志三十七种》第八册，台北国泰文化事业有限公司1980年版，第5190页。

角来看，这种家族声望的作用似乎并不显著。如果史氏子孙想要步入仕途，仍需要同普通的寒门士人一样，通过努力读书、参加科举后才能够获得进士资格，否则也只能在家族中庸碌一生，史浩的三叔史木与四叔史禾就是这一现象的实例。这种后人的看法有一定的道理，但作为生活在宋代士人家族中，能够切实地感受到家族意义的史浩和楼钥却都有着不同的看法。他们认为，家族成员的个人努力及其在科举上取得的成功只是一种表象，是"短时段"的内容，而家族的经营与家族声望、德行的积累是长时段的事情，后者的作用是更为根本和深层次的原因。正因为秉持着这样一种理念，在宋人关于四明史氏家族史的叙事中，"家族德行的传承"无疑就成为其核心的主题，这也是宋人主要的关心之处。

或许有读者认为这种说法只是宋代时人借以评价四明史氏的一种略带谦逊的褒美之语，并不能反映史氏家族发展的真实情况。但更为重要的是，为何宋人会以"家族德行的传承"作为四明史氏兴盛的核心原因？究此一说法的诞生根源，或是如楼钥所说的是出于一种"天之报施善人"的天道观，又或是有其更为深刻与复杂的社会原因。总而言之，这种叙事本身就是宋代士人的社会观念与其心理预期的一种反映。这种将四明史氏早期成员的美好德行与后来子孙的功业加以联系的观点，使得宋代士人自发地将后者予以正当化的解释，而这种解释本身又进一步地成为四明史氏的后代得以跻身仕途的重要政治资源。

五　结语

鄞县是宋代明州的府治，亦是四明史氏的乡贯所在，"临安"则是南宋政权的政治中心。所谓由"鄞县"到"临安"，即是以这种政治空间上的变化象征着四明史氏家族自两宋之际至南宋中期逐渐走出地方乡里，步入政治权力的中心，从而实现自下而上的社会流动的过程。这也是笔者对四明史氏早期家族成员活动进行探讨的初衷，无非是更多地借助了文献记载与碑铭圹志而已。

传统的四明史氏家族史研究多是采用流传后世的宗谱、族谱或家谱材料来搭建基本框架，再以家族成员的文集和地方志等传世文献补充人物事迹。然而，家（宗）谱这种材料通常具有相对封闭、看重宗系渊源而不重视时代环境的特点，其间记叙也难免夹杂夸饰乃至虚构的成分。换而言之，家（宗）谱反映的内容本身并不是研究者追寻的真实过去，而是活在家族子孙心目中的选择性记忆。四明史氏的早期家族历史正反映出这一特点。作为目前新出土的两方四明史氏早期家族成员墓志之一的《史师仲墓志》，在追溯家族世系渊源时称“四明史氏，世无达官，故其世次不可考”。然而，这种家族早期历史的缺环却反而在后世得到了增补，实在难以令人不对它的可靠性产生怀疑。

相对而言，尽管出土墓志也有诸多问题，却能更多地保留一个家族及其成员相关的重要信息。一方面，出土墓志成文时间更早，能够更为真实地记录墓主生活的时代。而另一方面，由于墓志长埋于地下，这也减少了其所记载的内容因为社会环境的变迁被人为修改的可能。通过将新出土的两方四明史氏早期家族成员的墓志与目前的传世文献结合起来分析，可以对其早期家族历史的发展特点得出如下结论。

第一，四明史氏家族自始祖从外地迁入明州后，逐渐展现出了一个胥吏家族的雏形。尽管四明史氏的“明州之始祖”是否如宗谱所记名为“史惟则”已无从查证，但宗谱所保留的信息是，四明史氏是自宋代之后方才迁入明州的一个新兴家族。而据后代子孙史浩的记载，自迁入明州后，四明史氏的早期成员祖孙三代相继出任州县的胥吏，迄至第三代的史简早逝才告中断，这大致反映出了四明史氏的早期积累过程与社会地位的变化。

第二，四明史氏的第三代至第四代是实现家族“士族化”的关键时期。至第四代的史诏开始，四明史氏家族中的重要成员尝试通过读书求学，参加科举，跻身于士大夫行列。尽管史诏本人最后放弃了举业，并未步入仕途，但他掌握的学识却成为他与其他宋代士人共同交游、彼此认同的前提。这也说明，在北宋晚期的明州乡里社会中，“士人”这一概念的界限已经变得模糊，或者说多元化了。由官方予以发放、认可的官职差遣已不再是这一时期士人群体内部互相认可的必要条件。除此之外，尚未诞生过任何进士的史氏家族不仅积累了大量的财富，更依靠部分家族成员的道德品质与善行提升了家族声望，获得了明州乡里的认可，成为明州的“地方精英”。

第三，在南宋中期时人对于四明史氏早期发家史的认识中，“德行传承”是一个重要的主题。在两宋之际政治空间格局发生剧烈变动的条件下，史氏家族的部分核心成员依靠科举考试得以进入南宋政权的核心，并在特定的历史条件下在中央政治权力的演变过程中扮演着重要的角色，使得家族的政治地位也得到了关键性的提升。故从后世的视角来看，四明史氏在南宋的崛起一方面得益于其家族成员的努力，另一方面则得益于高宗、孝宗两朝统治者的赏识与信任。但在南宋时人看来，四明史氏的兴盛却并不是来自政治权力，而是其早期家族成员的“流庆”所致。这种“流庆”不是选举制度层面上的“推举”或者“荫补”，而是一种为士人群体所认可的道德品质在家族内部流转的结果。这也说明，四明史氏发展的轨迹符合了南宋士人对于当时士人家族的要求，使得南宋士人对于四明史氏的家族成员有一种积极的预期，这本身也构成了四明史氏进一步发展的动力。

笔者认为，一个家族在政治上的崛起，不仅取决于个别家族成员的奋斗，也离不开时代环境与各种偶然性的因素，但正是在这多重因素的共同作用下，才塑造了史籍中的那个“一门三宰相，四世八公卿”的史氏家族。

（游彪：北京师范大学历史学院教授、博士生导师；龙耀祥，北京师范大学历史学院硕士生。）

对话

张宝明　赵　牧

人文与科学：历史的难以承受之重

——关于学科与科学的另类叙事

在《人文》创刊号上，以“人文学科：行走在路上”为题发表了张宝明教授谈人文学科困境与前途的访谈文章。访谈之后，张宝明教授对于近现代以来学科建设的历史，又进行了话语考古式的溯源。他发现在人文与科学之间横亘着的巨大鸿沟，一方面是西学东渐的结果，但另一方面，却也跟传统学术的汉宋之争有着不解的关系。我们很难在古今中西之间划分出一个截然的界限，而很大程度上，西方及其文明，已经进入了我们的文化血液，成为我们文化传统的一部分。现代学科建制下的人文与科学的矛盾，也内在于这个传统，我们身在其中，既遭遇文化身份的困惑，也经受职业认同的尴尬。人文学科从博大到精深，从会通到专门，其瘦身过程也带来了一些意想不到的后果。然而，撇开这一从中心到边缘的放逐带来的“无枝可依”之感，单是人文学各自为战的“惺惺相惜”就不能不让我们频频回首：当科学以“方法”将其“开窍”，必将招致以“会心”识大体的“混沌”式微。人文学的边缘化以及动辄得咎的尴尬处境大都源于这一“说不尽”的隐忍与委屈。就此，特对张宝明教授进行了一次新的访谈，且听他如何在百年来的“新文化运动”史和相伴而生的中国高校学科建构史的角度，给我们讲述一个学科与科学的“另类”叙事。

一 “西学东渐”：学科建构及其话语考古

赵牧：张老师您好，咱们之前曾经做过一次访谈，谈到人文学科永远在路上的一种奔流不息的状况。最近又拜读了您的一些文章，发现您更进一步拓展了您的研究领域，除坚守“五四”研究的思想阵地之外，又开辟了几个重要的文化战场。比如关于“人类命运共同体”的探究，比如人文学科发展前途的忧思，比如您对于人文学科学术史的考察，这些都极富启发意义，并且在很大程度上，是您就以往研究的更进一步深化。这些思考与成果，也让我们这些学术晚辈汗颜。您担任那么繁忙的行政工作，却还有这么强烈的学术思考，而我们这些其实也并不年轻的“后生”，却生而碌碌。但自惭形秽之余，学生还是很想知道，是哪些因素触动您去做人文学术史的考察的呢？

张宝明：谢谢你的关注。行政讲的是服务，学术乃是出于本心，如果我们回到对于学术和学科的理解，不妨从最近一些想法开始。首先，学术之思，我想对于任何人来讲，可能都根源于现实的困惑。说到这，我却又不得不承认，我有关学科建制问题的思考，却还真的跟我所从事的行政工作有关。因为这几年，我在所任职的高校负责过一些学科建设方面的工作，而在这个过程中，我发现不同学科之间，竟然超出我的意外的，有着那么深的学术壁垒。我们常常说的一句话是，文史哲不分家，但事实的情况却是，它们彼此之间，缺乏必要的交流。这就促使我对人文学科学科建构历史做一些梳理。

在这个过程中，我发现我们已经习惯于将学术分科简称为学科，并且在长期的学科建设实践中，我们逐渐认同了这一个知识系统的创建工作，但认同之外，却对于这一概念背后的逻辑线索，缺乏理解。知其然，而不知其所以然，这是我们今天的很多学者尤其是人文学者所最不应犯的错误，但这样的错误，却又实实在在地发生着。曾有西方学者指出，“称一个研究范围为‘学科’，即是说它并非只是依赖教条而立，其权威性并非源自一人或一派，而是基于普遍接受的方法和真理”。他这段话，强调的重点，就是作为一门学科，一定要有普遍接受的方法和真理，现在我们的人文学科，因为后现代主义各种观念的深度介入，比较忌讳谈论“真理”，而更愿意强调相对正确的“认识”，但很久以前，人们对于知识的苛求，就是对于真理的苛求，格物致知，放弃了求真，其实就是屈从于蒙昧，所以我对于这一点，是抱有强烈的怀疑态度的。撇开这一点我们不谈，我们就谈“普遍接受的方法”，我就觉得这里面就包含了一个历史性的问题，就是任何学科的形成，必须有长期的历史积淀，才会形成有关于自我的被普遍接受的方法。所以现实的经验，理论的思考，专业的素养，都促使我对于学科的历史建构做一番考察。

赵牧：您说得对，学术研究就应该像您这样不但要知其然，而且知其所以然，对于学科的分类及其建构的历史，要有历史的考据癖，这样的话，才不至于将自己所属学科的门类视为本来如此，一向如此，本该如此的东西。做学术研究，应该抛弃本质主义的幻觉，要将学科以及具体的研究对象等充分历史化。但同时从您的言谈中，我也感觉到您强调学术活动的价值和意义，坚持将知识的求真、爱美、向善三个维度结合在一起，所以，对于后现代主义的观念和方法有所保留，您觉得后现代主义的一些观念和方法，将一切都相对化了，去除了知识的本质属性，消解了学术活动的价值和意义。这一根本原则，学生很是认同，但同时阅读您的文章，您又特别强调学科的历史维度，认为我们今天所理解的学科建制，是一个历史形成的过程，而对于这一过程的考察，则又带有知识考古学的意味。对此，您是如何做到这两者之间的辩证统一呢?

张宝明：我赞成你做的总结。但我需要强调一点，历史的方法，也就是将研究对象历史化，并不等同于历史的相对论。福柯提出的“知识考古学”的方法，其实在我们历史学界并不觉得新鲜。或者我们可以这么说，“知识考古学”，作为一种方法，它具有普适性，但在不同的认识论前提下，却可以导向不同的知识路径，而并不是必然地与历史相对论捆绑在一起的。就以学科史而论，英文的“Discipline”，它原初曾经意指寺院的清规戒律，后来演绎并衍延为军队、学校的训练方法，而最终在西方的学术语境中，达成我们今天常常所说的跟自主、自成、自持（self-mastery）关联在一起的学术门类。有关这一点，雷蒙德·威廉斯曾经在他的《关键词》一书中做过考察，但威廉斯是一个西方的马克思主义学者，他的文化研究综合了多种文化现象的讨论，最终指向社会问题，而这些指向，其实在根本上都是辩证唯物主义的。但同时，也可以说它是“知识考古学”的。所以，在这里，我觉得有必要向你强调一下，方法论和认识论是两个不同的维度，不能够混为一谈。

回头我们再说学科史的研究。首先，从西方的学科发展史的视角来看，教会大学原初意义上的学科都不越“文科七艺”。这里的七艺带有很大程度的人文意念。基于这些人文信念发展出来的实验哲学、自然哲学终于形成自然科学与社会科学两大类，而自然科学和社会科学从具有母体意义上的人文学科脱胎之后，逐渐成长为体格健壮的孩子，无论身高、体量还是惹眼程度，都远远超过了人文学科。当然，这只是一个比喻，但我们在这个过程中，也确实感受到人文学科的尴尬。因为它既不是那个涵盖一切的“七艺”，也不是人们习惯于两间的一门，而是变得名不正言不顺了。鲁迅有言，“两间余一卒，负载独彷徨”，而人文学科，就是那个自然科学和社会科学之间所“余”的一“卒”，彷徨、纠结乃至自惭形秽。正是基于这样一个前提，一位学科史专家说：“‘人文学科’是二十世纪对那些遭排拒在自然科学和社会科学之外的学科的简便的总称。现代哲学是由科学形成时清除出来的东西界定的，其他现代人文科学则首先以古典语文学的形式出现，其后衍生出历史、现代语言甚至艺术史。”

赵牧：那么在中国的学科发展中，人文学科是一种什么状况呢？

张宝明：我们通常都认为，现代中国的学科建制，是现代化的产物，是向西方学习的结果。这说法当然不无道理，但中国确实又有中国的独特性，也就是我们近现代以来的人文学术和学科的发展，确实不能完全与中国的学术传统隔离开来。尤其是在这一过程中人文学科的彷徨无奈、无地自容的状况更是具有典型性。毫无疑问，问题产生于现代，但根源却在于传统。

不容怀疑的是，一八四〇年以后近代学术体系的重建和学科分类，是随着新式学堂的建立而变迁的。而继张之洞主持的以欧美发达国家大学课程设置为蓝本的学制改革之后，中国固有的以经、史、子、集为主体的“四部之学”很快转向以理、工、医、农、文、法、商为基本架构的“七科之学”。不难看出，这个过程中，中国几千年凝聚成的那些“老家底”一夜之间被关进一间所谓的“文”之学门。在看似简单的由“四”到“七”的数字变化中，其背后饱蘸的是一把无奈的辛酸泪。要知道，中国古代学术的分科观念与西方近代意义上的学科理念有着天壤之别。掐指算算我们的这些家底，乃是一部地地道道的“博通之学”；而欧美的体系呢，则是明明白白的“专门之学”。

所谓“博通”，其分类的标准乃是以“人”这样一个主体以及地域这样一个方位概念来裁度的；所谓“专门”，则是以客观研究对象作为标准来裁定一切的。这里的“博通”也就是“通人”。孔子曾说过，不学诗，无以言，因为诗是来自民间的音乐，反映的是人世间的状况，而所谓的“言”，就是人与人之间的交流，不学诗就是不会跟人交流，因为你不“通人”啊，不了解人世间的曲折复杂的关系啊。所以传统学问，一言以蔽之，就是人学，或者说人文之学。但是，在我们近现代学术转型发展的过程中，移植与转化是同时进行着的。以“七科”为基本依据，“文”之外的“六科”基本属于移植范畴，而“文”之一科，则是就地打滚，做着不得不的让步：文、史、哲的独立门户。

赵牧：张老师，您的说法实在是太生动，太形象了。

张宝明：咱们先撇开“六科”不论，单就“文”一科而言，这一创造性的转化过程既有欣然接受也有艰难折磨。中国近代以来的社会转型无论是政治、经济还是文化都在“中学为体西学为用”的模式下亦步亦趋，教育自然也不可例外。但是，这里却有一个不能忽视的“例外”。这个“例外”就是北京大学的学科建设，它的历史，充满了中国特色，这个特色，充分反映出现代中国大学体制和学科建制既要学习西方，又要克服传统，但最终却不得不在古今中西之间寻找平衡，并因此而走出了一条独具中国特色的学科建设之路。从一八九八年京师大学堂筹建之初，其学堂章程里就明明白白地写着：“中学为体，西学为用”八字方针，而后还有一个更进一步的十二字补充阐述：“中西并用，观其会通，无得偏废。”学科创制在“西学为体中学为用”的框架下与“中学为体西学为用”渐行渐远。

赵牧：我对于京师大学堂的历史及其学科建制，约略有所耳闻，但毕竟自己跟其没有多少学缘上的联系，所以一直也就没有深究。但您提及的体用之说，似乎是“洋务运动”时期众多开明官僚的信条。这可能是一种不得已的防守姿态，因为自“鸦片战争”以来，西方靠着自己的船坚炮利，在中国的国境之上所向披靡，让这些传统的士大夫不得已将自己的目光投向海外，投向西方世界，而实现了近代化的转型。但这个过程无疑是艰难的，并且包含了现实的利益考量。近来读过一些晚清史的著述，发现这些洋务派官员在很多方面言行不一，他们一方面兴办洋务，一方面则又腐朽堕落。以往我们的历史叙事，不是将他们打翻在地，就是赋予他们崇高的历史进步意义，但实际的情形，却是不仅思想上，而且行动上，华洋杂陈和唯利是图。即便是如此，到了一九〇〇年前后，向西方学习这一点，已经成为那个时代的知识分子共同的信仰。京师大学堂的“八字方针”应该就是这一共识的体现，但它在“八字方针”，却又加上“十二字”补充，显然是跟洋务派的提法有了一些新的变化。我就想知道这些办学理念在现实中如何得到理解和落实的呢？

张宝明：京师大学堂乃至后来的北京大学几任校长的办学理念而言，对学科创制的思路虽人各有志，但总的来说，朝着西方大学章程规约下的管理方向迈进，确实反映了高等教育的历史真实。我们看到，继孙家鼐、张百熙、刘廷琛之后教育部委任的校长都是“兼有两个头脑”的“海归”。大学堂开堂伊始，以普通学和专门学为两个大类，其中经学、理学、中外掌故学、诸子学、初级算学、初级格致学、初级政治学、初级地理学、文学、体操学为普通学科。外国语言文字学、高等算学、高等格致学、高等政治学（法律学）、高等地理学（测绘学），农学、矿学、工程学、商学、兵学、卫生学（医学）视为专门学科。所谓的普通科也就是今天我们所说的公共通识课，专门科则是以专业为系统的门类划分，即我们后来称为的学科建制。京师大学堂在开堂不到两年的时间内对学科建制也是频频变道，从对“门类太多”的诟病到设立西学总教习，再到上午经史、下午科学课程的设置，都体现了大学创建之初变动不居的筚路。一九〇二年，复学后的大学堂由张百熙主理，从聘请吴汝伦为总教习到明确政治、文学、格致、农学、工学、商务、医术等七科，无论如何加强“中体”意识，但学科改制的路子总的来说还是清晰的。然后到了一九一二年，清政府已经灭亡，随之京师大学堂被易名为北京大学，严复、蔡元培等到海归学校视事后，七科虽然未曾发生重大变化，但是文、理为基础学科的意识已逐渐明晰。尤其是蔡元培就任后，更是加大了以“西体”为依托的学制改革力度：不断扩大文理两科，意欲让其他五科另立门户，成立自带家底的大学。一九一七年，在蔡元培的倡导下，聘请陈独秀为文科学长、夏元瑮为理科学长、王建祖为法科学长就是这一理念下的具体布局。

二　“新旧之争”：学术思想的内在转轨

赵牧：从您的描述中，可以见出您对于中国高校尤其是北京大学这一在中国现代史中有着举足轻重地位的第一高校的教育史、学科史有着全面充分的研究，而且您提到蔡元培聘任陈独秀担任北大文科学长，这实在是意义非凡的一件事情，它直接关联到此后新文化运动的发生。这已经触及到您的老本行了，对此，您一定还能提供很多秘辛，挖掘了很多不为人所知的史料吧？

张宝明：这个就说来话长了。北京大学在京师大学堂时代，是多以状元、进士或举人主掌。我们很难说这些有着传统功名的状元、进士、举人，就一定是保守落后之人，但也不能否认，他们中的绝大多数，是受到传统的乾嘉之学的影响，普遍有着坚实的经学功底和“小学”的训练，学问方法上的确偏向于保守。那时候，虽然有“中西并用，观其会通，无得偏废”的倡导，但现实中，因为这些有着传统功名的人士执掌京师大学堂，由来已久的经世致用思想却还是限制或者影响了西学思想的接受和传播，毕竟语言和行动在中国的语境中一向是有着“两张皮”的传统的。任何理论的倡导，如何没有强势的关键人物的推动，它终究只能停留在纸面上。但梁启超所谓“三千年未有之大变局”，并不是说说而已，而是几乎所有的敏感的知识分子都强烈感受到了，变已经成为大势所趋，守成之学已经强弩之末。所以严复之后则呈现出西大于中的趋势。

对此，我们可以在新旧之争的张力中找到蛛丝马迹。如果说旧学的余晖如同帝国落日的夕阳次第，那么，新学恰恰如一轮朝日晨曦难以遮掩。作为当事人的严复就这样描述新旧之学的情形：“将大学经、文两科合并为一，以为完全讲治旧学之区，用以保持吾国四五千载圣圣相传之纲纪彝伦道德文章于不坠，且又悟向所谓合一炉而冶之者，徒虚言耳，为之不已，其终且至于两亡。”对此，作为教育总长的蔡元培的认识更是到位：“当时署理校长的是严又陵先生，自兼文科学长，其他学长也都是西洋留学生。当国体初更，百事务新，大有完全旧弃之概……那时候，中学退在装饰品的地位了。”应该说，这一时期的北大之中西学问呈现出一个过渡时期的景象：西学归西学、中学归中学。这一各自为战的格局，颇有井水与河水的悬隔。

赵牧：但是据我所知，严复作为晚清洋务运动的积极参与者，中西博通，翻译了很多重要的西方社会学著作，在当时的知识界产生了很大影响，但在文化观念的前卫，却不妨碍他与桐城派文人的密切交往，而“桐城派”，却是“五四”新文化运动中的最为重要的保守力量之一。很大程度上，“五四”时期的“白话文运动”就是以“桐城派”古文为反对对象而提出自己的理论主张的。严复也曾经提倡白话文，但他所主张的白话文，更多的是在实用的层面上，服务于洋务运动的需要，帮助那些识字不多的工人学习和掌握西洋技术，而自己仍坚持以桐城派古文进行散文创作。那么，在这样的背景下，严复担任北京大学校长兼文科学长期间，他的新旧杂糅的用人机制，是如何贯彻和落实您刚刚所谓的“八字方针”和“十二字”补充的？

张宝明：历史确实有着其复杂的面相。处在历史转折期的精英知识分子，却是有着新旧杂糅的一面，而在实施现代化的办学方针和进行学科建设的时候，有时候他们历史性格的矛盾性，就充分地暴露出来。从北大掌门人的“走马灯”即可以蠡测到时事的更张，而若详解北大教员或说师资之更迭，则又帮助我们意识到大学音调的改弦。

蔡元培视事之前的北大，还在严复兼任文科学长之时，因公务缠身，一度放权桐城派著名传人姚永概（叔节）协助自己打理文科事宜。无独有偶，其兄姚永朴（仲实）同时执教于北大。二姚的姐夫马其昶也曾在此段时期任教。要知道，他们共同的恩师乃是大学堂的首任总教习吴汝纶。吴汝纶去世后，推崇桐城派古文的林纾也在北大执教，而严复作为林纾的同乡交往甚密，在北大期间为桐城派遮风挡雨。“桐城派”在北大早期人文学科的办学历史中虽不能说历久弥新，但却堪称守成历久。

但这时候，“桐城派”在北大其实也已经是明日黄花。一九一二年十一月严复的辞去北京大学校长职务，一九一三年十一月也从北大辞职，导致了桐城派在北大的快速衰落。所以说，北大人文学科的变局早在蔡元培视事之前就初见端倪了。这其中有很多历史细节，其实很值得我们探究的，但可惜目前为止，我们对于姚永概辞职的原因仍然是知之不详，但也禁不住让我们感叹，在很多时候，一个人可以充当文化的守夜人，可最终的殉道与改道却身不由己。那么，话说回头，一九一三年二月，沈尹默的到来，让北京大学的人文学科转型加速。沈尹默乃当时在学界大名鼎鼎之学问家兼革命家章太炎先生的弟子。随后，在沈尹默的引荐和介绍之下，朱希祖、钱玄同、周作人、马裕藻、沈兼士及其黄侃、刘师培接踵而至，这很快就形成了对昔日北大“桐城派”势力的冲击。所以，在“五四”新文化运动之前，北大的文科就已经发生了前于“文白之争”的一次所谓“新旧之争”。

赵牧：您的这些丰富的历史还原，让我再一次意识到，历史的重大变动，其实从来不是空穴来风的，也不是一蹴而就的，而是在这些变动发生之前，就已经埋下了伏笔。您这里所提到的“新旧之争”，对于北大的学科体系建构究竟有着怎样的关系呢？我们在以往的历史研究中经常倾向于叙述历史大事件，并热衷于赋予这些历史大事件以丰富的、重大的、决定论式的意义，但在这些宏大的历史事件背后，却可能还包含着更多的人际关系。您刚刚提到姚永概的去职，沈尹默的到来，对北大人文学科教职人员的变动产生了很大的影响，但实质上，这些变动学术观念的转轨，其背后埋藏的，却可能是一些经常为我们所不解乃至于诟病的裙带关系、老乡关系、亲戚关系、同学关系，甚至省籍关系、留洋经历以及迥异的海外经验，也都会为这些大的历史变动提供生动的历史注脚。

张宝明：其实这也正是我的意思。我们做历史研究的，尤其是思想史、概念史、学术史研究，实在是不能局限于抽象的历史观念演绎，也不能完全聚焦于“大人物”的言行，而是充分注意到人与人之间的复杂关联。学术思想的内在转轨，其实也关联着众多人事纠葛。很多时候，不是那些“大人物”的言论而是众多彼此关联的人物之间的同声相求，真正起到推动历史的作用。所以，我一再主张，思想史和学术史的研究一定要和知识分子关系史的研究结合起来。任何一个个人，都不可能喊出他所属的时代任何人都听不懂的话语来。而是应该发出那个时代的人们共同意识到，但却没有形成概念、没有找到合适契机的声音。就在前几天，我听到一段胡适的录音，其中他提到周氏兄弟的《域外小说集》的发行，他说这套上、下两册的书，是使用章太炎所倡导的古文的方式翻译的，但书出版后却乏人问津，总共才销售出去二十一本，而其中还包含了鲁迅自己所买的一本。这时候鲁迅就意识到，古文的时代已经过去了。但仅仅是鲁迅意识到却没有用，他那时所发出的“呐喊”，却还需要更多同道，但这样的“同志”找不到，所以，他才会意识到

"寂寞犹如大毒蛇"。

发生在一九一三年的北京大学的"新旧之争"，确实是很多留学日本的浙江籍学者同声相求的结果。这次新旧之争包含了基于文化地域和海外经验上的话语权争夺：以章太炎领衔的浙江学派与安徽桐城派的较量。沈兼士是沈尹默的弟弟，上面提到的诸位章派弟子多数都是浙江籍人士。清末革命家章太炎流亡日本期间，这些弟子都在东京听其讲学，即使湖北籍的黄侃也慕名前往。正是章派弟子的群居北大，让桐城派盘踞于此的势力日薄西山。要知道，时任北大校长的何燏时与预科学长的何仁源都是留日浙江人士。

赵牧：从您的描述中，不难看出发生在一九一三年的这场"新旧之争"，所反映的是学贯中西之东渡海归与本土古文家的对峙。从"五四"一代人来看，其实他们都只能算作"旧派人物"。当然，不能不承认，章派古文与"桐城派"文风与学风上格格不入。"桐城派"以"文以载道"之"文法"享誉盛名，而章太炎以宗承乾嘉朴学为正轨，在小学等考据、训诂工夫上非桐城派所能匹敌。这样在北大内部，就形成了以学风相亲的黄侃、刘师培为"文选"主流、以章太炎弟子为主体的"新"流统合，结果后浪将前浪驱逐殆尽。讲到这里，我不妨插入一句，最近一段时间以来，"后浪"的概念在网上非常流行，好像新的一代人物，九零后甚至零零后已经大肆登场，那些七零后、八零后的学者已经被他们拍死在沙滩上了。但从您的描述中，其实这样的悲观论调，是毫无道理的，因为每个世代都有一些他们所需要面对的现实问题，只有问题的不同，而没有先后之别，但这样的争论却又折射出来，晚清以来的知识界盛行的社会进化论思想，虽是我们今天所谓"后浪说"的历史依据，但在当时却还没有用作他们彼此论证自我合法性的工具。您看同样是古文，章派古文却和桐城派古文竟然势同水火。这里面既有人际关系的矛盾，也有学术观点的争论，但有意思的是，像沈尹默这样学贯中西之东渡海归的章派弟子，却并不以“新”作为斗争的工具，而是仍然贯彻了传统的“托古改制”的旧例。

张宝明：你说得很有道理，但是这次的“新旧之争”，却已经不能再用“托古改制”的旧例来做说明了。我们不能不承认，这时候学风转移已经成为更为根本的内在驱动力。毕竟沈尹默所张罗的这些人，大多东渡扶桑，借助日本这个地域的和文化中介，接收到了大量西方观念，他们中的很多人，可能一辈子还保留着“长袍马褂”的习惯，但实际上他们思想上早已经是“西装革履”了。我们看到，这一次“新旧之争”虽难免有地方门派、江湖义气的成分，但时势的因素，已经在其中发挥了极大的作用。当时言论界就曾有这样的观察：对“桐城派之古文家”“学无所根”早已为“文选派”所不屑。“假文以载道”更是被视为“假义理为文章之面具”。文人相轻，自古皆然。像这样就文风与学风的汉宋之争也由来已久，在北大内部发生的这一次“新旧之争”仍然不越“义理”与“考据”的意味，与此同时，一个不能忽视的现象是：重视考据、训诂、实证之治学风向的转舵，也预示着以日本为中介的西学思潮已经率先落地。这个“新旧之争”为升级版的“新旧之争”吹响了前奏曲。胡适在一九一七年即将回国前夕日记中引用的荷马史诗中的一句话不幸言中：“You will know the difference now that we are back again!”也就是“吾辈已返，尔等且拭目以待”。这句话构成了胡适初入北大演讲时的口头禅。此中有真意，当时人或者不以为然，但其实时代真的是不同了。

三　“北大易帜”：“新文化运动”的三驾马车

赵牧：胡适进入北大，已经是陈独秀担任文科学长之后的事情了。而陈独秀能够担任北大文科学长，又和蔡元培出任北大校长有着很大关系。张老师，您觉得蔡元培为何要起用陈独秀，就北大文科而言，您觉得陈独秀可堪此任吗？他作为一个社会活动家和重要报人，蔡元培把他请来，是否也会遭遇一些阻力呢？

张宝明：一九一六年，蔡元培就任北大校长后，北京大学文科易帜，邀请陈独秀担任北大文学学长，而陈独秀携《新青年》杂志北上，从此高举“新文化”的义旗，促使中国的思想文化进入了一个新的历史阶段，也标志着现代人文学科建制的现代转型。陈独秀能否堪当北大文科学长的重任，历史已经给出了证明，但蔡元培为什么聘用陈独秀，这里面确实有着复杂的原因。陈独秀曾经在《我在北京大学的经历》中回忆到他入住北大的原因，在他看来，他早年在上海与蔡元培共过事的经历，被他当作自己受到蔡元培赏识的重要原因，尤其是《警钟日报》以及暗杀团那段研制炸药时期，陈独秀就强调，那时候蔡元培校长“本来就有一种不忘的印象”。

但实际上陈独秀的入掌北大文科，可能与沈尹默的举荐有着很大关系，因为最初蔡元培北大并无多少班底，他主要是仰仗老乡沈尹默打理盘根错节的关系，而沈尹默就是一九一三年那次新旧之争的代表人物，所以，陈独秀入掌北大文科，可以看作严复和姚永概时期的“新旧之争”的余波。但说来奇怪，沈尹默是浙江人，陈独秀是安徽人，按说这两人应该是冤家对头才对，因为这一次的“新旧之争”，从学术思想上看，是留学日本的浙江籍学者同声相求的结果，他们的对手“桐城派”，就源出安徽。所以，如果从地域和文化出身来看，陈独秀应该和“桐城派”有着扯不清理还乱的关系。但事实上，陈独秀虽然是安徽人，但是早年间也是留学东洋，虽不曾与章太炎执弟子礼，但却跟章太炎有着广泛的交往，所以，从学缘上讲，他跟章派可能有着更深的渊源。

据周作人回忆，有一次在东京《民报》馆听章太炎讲座，因陈独秀谈及清朝汉学家时表示人才多出自苏皖，大有藐视湖北之意，在一旁的黄侃向陈独秀发难说：“湖北固然没有学者，然而这不就是区区；安徽固然多有学者，然而也未必就是足下。”黄侃是湖北人，辛亥革命的元老，为章氏门下大弟子，学术界的出了名的狂人，被人称为“乾嘉以来小学的集大成者”，“传统语言文字学的承前启后之人”，学问上的如此成就和如此自负，陈独秀竟敢当着他的面，菲薄他的乡党，他说气话来，哪里还会客气。从这里，我们可以看到，同是源出章门，但彼此之间，也有地域、乡党之争。有时候这种争执，可能影响到学术立场，但更多时候，这些留学东洋的精英分子，却是因为学术共识而团结在一起。我的意思是，并不一定因为陈独秀安徽籍，而桐城派源出安徽，沈尹默就会将他排斥在新派人物之外，而将他归入“桐城余孽”。从晚清到民国初年的各种“新旧之争”或者此后的“新文化运动”，都有地域文化因素的介入，也有同乡、同人的群分，但这些已不再是影响知识分子文化态度和立场的主要因素。代之而起的乃是以学科或学术谱系作为通约、类聚的中介。

赵牧：您说得对。像这样的乡土观念的淡薄，随着现代进程的加速，近几十年来，是愈演愈烈了。当然，这是题外话，但也说明，现代社会的文化交往主要是建立在学术共识上的。“五四”时期的知识分子，应还有着强烈的地域、乡党关系，但这种乡党的联合，却有着很大的偶然因素。恐怕陈独秀当初发表胡适的留美通讯谈文学改良的时候，并不是因为他们是安徽老乡，而是因为他们在文体变革上有着极为相似的观点。这相似的观点，又在很大程度上凝聚了当时一大批知识分子的共识，所以才会有胡适的《文学改良刍议》发表之后引起极大反响。那么话说回头，您提及陈独秀也曾团结在章太炎周围，那么陈独秀本人古文和小学上，是否也有些功力呢，用现在的话说，他有没有相关的学术成果呢？就是说，陈独秀执掌北大文科够不够格，他是否也有“小学”上的科研成果来给自己做个证明呢？

张宝明：在当时的北大，山头林立，陈独秀的名望和影响力是在报刊的舆论界与政界的革命性建立的，在高校，尤其是在北大，他就不免势单力薄。虽然有沈尹默的举荐、蔡元培的撑腰，但是要坐稳文科学长的位子并非易事。要知道，此前尽管他留过学、也有一定的小学基础，并且也在日本听过章太炎先生的课，但当时的很多人，认为他“只会写几篇策论式的时文，并无真才实学；到北大任教，尚嫌不够，更不要说出掌文科了”。随手拈来的“时文”或说“时论”与坐进冷板凳的严谨的学术不可同日而语，这样的观念，不仅是在我们当下，就是在当时在学术圈里也十分盛行。更何况此时的北大文科已是乾嘉学风、章派考据训诂占据上风。陈独秀的到来让新旧之争中的“新”人自然联想到曾经为安徽桐城派占据的北大老班底，由此引发的“窃窃私语”可想而知。陈独秀毕业于东京日本大学的简历、任职于安徽公学的履历，都不足以说服那些自信满满的北大资深教员，而当时教授治校的观念比起我们现在还深入人心。现在某某某被委任为某某学院的院长，大家可能会有所腹议，但是其奈我何？不服众不要紧，因为院长并不对下面负责。在当时，这些资深教员联合起来，其实是有能量将陈独秀给撵走的。但陈独秀不是吃素的。且不说《字义类例》等小学著述，单单是发表在《国粹学报》第68、69两期连载的《说文引申义考》就足以服众。这本唯有大家方有资格付梓的权威性期刊，毋庸说连载，没有几把刷子连只言片语的一字考证也不可见诸报端。正是因为陈独秀不但报刊时评写得好，而且精通训诂音韵，学有专长，甚至有人说过去连章太炎都把他视为畏友。

赵牧：您说到这里我突然想问一下，胡适那么年轻，就被聘为北大教授，这是否也会引起那些老资格教员的非议呢？这中间陈独秀起了怎样的作用?

张宝明: 非议当然也是存在的，毕竟胡适那么年轻，才二十六岁，就被聘为北大教授，那时候他的博士文凭还没到手呢。但胡适是在“新文化运动”的大势之下进入北大的，他的《文学改良刍议》一出，立马引起了极大的轰动，圈粉无数，要知道就是在知识界也是流行粉丝文化的。我们可以用现在某某的突然走红网络想象当年胡适的人气。无论我们现在如何看待胡适的“八不主张”，但在当时，却是石破天惊。

当然，少年成名，自然也会遭人嫉恨，各种风凉话，也会接踵而至。比如黄侃这位训诂音韵等方面成就斐然小学大家，有一次在课堂上兴起，谈及胡适和白话文，他就调侃说白话与文言谁优谁劣，毋费过多笔墨，比如说胡适的妻子死了，家人发电报通知胡适本人，若用文言文，“妻丧速归”即可；若用白话文，就要写成“你的太太死了，赶快回来呀”十一个字，电报费要比用文言贵两倍，令在场的学生们捧腹大笑，很多年后还被人广泛传播。这里面当然有黄侃对于白话文的不满，但是，也可以从侧面让人感受到他对于胡适这个新进同事的不以为然。

但是，胡适也并非赖着北大教席不走的人。北大和胡适，应该是相互成就的。陈独秀对于这个小老乡，也是极力鼓动，许以重金，给以重位，胡适才决定来的北大。今天的很多高校也是不断抢人才，许诺了很多待遇，但也设置了很多障碍，有待遇却没情感，官僚主义盛行，让人感受不到温暖，体会不到人情，也不能给以施展才能的空间，相比之下，蔡元培之于陈独秀、陈独秀之于胡适，却都是值得我们学习的榜样。正是因为有蔡元培“那就把《新青年》搬到北京来办吧”的授意，这一在社会上尖角初露的刊物和北大发展相得益彰，乃至于差不多可以堪称其“机关”刊物，以至于后来当北大内忧外患深陷纷扰之际，在社会上将这个杂志和其“混为一谈”时，《新青年》杂志同人不得不连篇累牍地在报刊上发表声明文责自负，以正视听。

赵牧：听您这么说，我心有戚戚焉。一个提出“兼容并包”办学方针的校长，确实让人感怀啊。那时候，蔡元培、陈独秀、胡适，这三位“五四”新文化运动的三驾马车，围绕着《新青年》，就像您曾经说过的一样，可谓开启了一场“铿锵三人行”的新文化之旅。“五四”新文化运动以及《新青年》杂志，是您长久以来关注的领域。“五四”时期的重要人物也是您重点关注的对象。这样看来，您对于中国高校教育及其学科发展的历史的考察，似乎也可以从“五四”新文化运动中找到根据了。

张宝明：“五四”新文化运动，是现代中国的文化原点。不仅仅是高等教育，学科建制乃至于文化观念，这一切都当从一九一七年春胡适的《文学改良刍议》与陈独秀的《文学革命论》两者在《新青年》上的唱和说起。“首举义旗”的胡适已经把“须言之有物”与“不用典”同时作为刺挠的对象，而陈独秀则后来居上，一举将“改良”的温情面纱撕破，以“革命”之猛勇与“十八妖魔”决裂：“所谓‘桐城派’者，八家与八股之混合体也；所谓‘骈体文’者，思绮堂与随园之四六也；所谓‘西江派’者，山谷之偶像也。”凡此种种，不一而足。一言以蔽之曰，绝不姑息，全盘“打倒”。这次的新旧文学之争是以文白之争为中介的。新文化运动中的新旧文学以“死活”论英雄。胡适率先为文言文发出“讣告”，这样一来白话文全面“复活”。当《新青年》带着这样唯新是从的观念进驻北大并唤起北大同人齐踊跃之时，北京大学尤其是人文学科的重新洗牌也就势在必行了。

这一新的布局与前此不久发生的新旧之争却有着明显的变化。一是已经超越了地域或门派之见，有着鲜明的学术共同体开放意识。欧美留学（胡适、陶孟和等）与日本回国（陈独秀、李大钊、高一涵等)的各方圣神联袂出拳，重创了以“中”为“体”之学问家的看家本领。无论是学术方法和学术规范都可说是所向披靡。二是在将“旧学”一网打尽的同时，新学之“西体”也渐入佳境。从以日本回归的章门弟子的小圈子里走出来是一方面，更重要的是他们已经从日本为载体的“西学”中走到以“西学”为主体的“科学”上来。三是在超越地域、超越门派、超越国门之后，一个学科重组与重建的时代应运而生：人文学科的加速转型并实现了质的飞跃。分析其中的缘由，应该说，科学及其科学化（主义）主导了那一时代的走势。

四 “德先生”与“赛先生”：学科建构的生死冤家

赵牧：从您的表述中，您显然是将《新青年》杂志上有关“德先生”和“赛先生”的呼吁与现代学科建构关联在一起了。“德先生”意指民主，“赛先生”意指科学，两者似乎分别对应了人文学科与理工学科，而从那之后的中国高校的学科建构，也基本上就是围绕着它们的此消彼长的关系来进行的。

张宝明：早在《新青年》上的“科学与人权并重”之“敬告”发出后，这个后来被尊称其为“赛先生”的“科学”便在对文言文、旧文学、旧学术等领域进行无所不在、无孔不入的袭击。胡适在新旧之争渐成大势之际曾放言道：“这三十年来，有一个名词在国内几乎做到了无上尊严的地位；无论懂与不懂的人，无论守旧和维新的人，都不敢公然对他表示轻视或戏侮的态度。那个名词就是‘科学’。”从北京大学蔡元培校长“大学者研究高深学问者也”的判定，到“重要教授”之治学理念淋漓尽致的发挥——“我要教人一个思想学问的方法”，“科学方法”可以说伴随了胡适一生。这一“尊重事实，尊重证据”几乎成为老字号“胡记”的独门生意。

但是作为文科学长的陈独秀，虽然热烈拥抱“赛先生”，不过对于“德先生”却也还是频频回顾，他坚信唯有“赛先生”与“德先生”联袂才可以“救治中国的道德上、政治上以及学术上的黑暗”。这当然也符合他作为文科学长的身份，毕竟“德先生”，是他所在的人文学科赖以存在的根基。然而作为校长的蔡元培，却在很大程度上被胡适的“科学方法”所吸引，他更多地强调：“科学发达以后，一切知识道德问题，皆得由科学证明。”三驾马车中的两驾，都偏向“赛先生”，陈独秀似乎也被说服了，所以到了二十世纪二十年代科学与人生观大战的时候，他也开始“必以科学为正轨”的呼吁，竟至于产生了诸如“一切宗教皆在废弃之列”的念头，动辄“厥惟科学”四个字，将科学代替“宗教”、包办“人文”、解决“人生观”问题推向了另一个极端。

赵牧：“五四”新文化运动时期，虽然“德先生”和“赛先生”并举，但“赛先生”的地位却如日中天，“德先生”却有些叨陪末座的感觉。

张宝明：《新青年》的舆论与北大的实践也可以说是天设地造。这在这一最高学府促成人文学的分科设置上有着鲜明的彰显。“五四”学人将（自然）科学的研究方法引入社会科学乃至人文学科，诚如朱希祖教授所言：“我们现在讲学问，把古今书籍平等看待，也不是古非今，也不尊今薄古：用治生物学、社会学的方法来治学问。换一句话讲，就是用科学的方法来治学问。”在实证主义的科学观念影响下，事实、数据、量化深入人心，深受其影响的年轻一代学人傅斯年将历史学简化为“剪刀加浆糊”的史料学：“近代的历史学只是史料学”，要“把历史学语言学建设得和生物学地质学等同样。”与其说这是学生的创建，毋宁说来自导师一辈的引导。当年的北京大学史学系课程指导书中就明确写着这样的教诲：“学史学者，先须习基本科学，则舍史料无从入门。……必须于二年以内先行学完，乃可以研究史学。”

赵牧：傅斯年给人的感觉，是有些极端，这个跟他在“五四”运动中的表现似乎如出一辙。不过，傅斯年的极端，似乎跟他的那些激进的师长是分不开的。胡适对于科学方法的强调，就是一个源头。傅斯年后来成为一个历史学家，他把“剪刀加糨糊”的史料学方法贯穿下去，在历史学界造成了深远的影响。

张宝明：史学如此，其实哲学也概莫能外。一九二〇年，陈独秀在《新文化运动是什么》一文中就明确表示：“用思想的时候，守科学方法才是思想，不守科学方法便是诗人底想象或愚人底妄想，想象、妄想和思想大不相同。哲学是关于思想的学问，离开科学谈哲学，所以现在有一班青年，把周、秦诸子，儒、佛、耶、回，康德、黑格尔横拉在一起说一阵昏话，便自命为哲学大家，这不是怪物是什么?”作为一代青年的精神导师，又兼任着北大文科学长，陈独秀甚至将从古至今笼统、抽象而缺乏分科意识的混沌古典学一并“打入了冷宫”。你看我这里正好打开《新青年》杂志的影印本，这上面，也就是一九二一年六月一日的第9卷第2号上，恰好有陈独秀的一篇“通讯”，他是这样说的：“我们中国人底脑子被几千年底文学、哲学闹得发昏，此时简直可以说没有科学的头脑和兴趣了。平常人不用说，就是习科学的人只是书架上放了几本科学书，书房里书桌上很少陈设着化学药品或机械工具；无论什么学校里都是国文外国语历史地理底功课占了最大部分；出版界更是不用说了。更进一步说，不但中国，合全世界说，现在只应该专门研究科学，已经不是空谈哲学的时代了；西洋自苏格拉底以至杜威罗素，印度自邬婆尼沙陀六师以至达哥尔，中国自老聃孔丘以至康有为章炳麟，都是胡说乱讲，都是过去的梦话。”

所以，在近代学科转型语境下，不仅陈独秀，那时代的众多知识分子普遍认识到了中国传统知识谱系“以文学概各种学术”的本相。傅斯年将中国学术无法见微知著的原因归结到了疆界不明：“中国思想界之病根，入于肌髓，牢不可破；混沌之性，偕之以具成，浮泛之论，因之以生衍。”你说傅斯年的极端是胡适、陈独秀等导师精心培养的结果，这也正是我的看法。正是这些导师的鼓动，傅斯年才上书北京大学校长，将哲学这一属于文科且“衡以为空虚之府”的门类纳入讲究逻辑和推理的理科建设：“今学生所以主张哲学门应归于理科者，不仅按名求实，以为哲学不应被文科之名也，实缘哲学入之文科，众多误会，因之以生；若改入理科，则大众对之，观念顿异，然后谋哲学与理科诸门课程上之联络。”

在史学和哲学之后，文学也逃不脱科学的规训：以科学作为铲除旧文学“虚文”、“粉饰”、“浮华”等弊端的特效处方。傅斯年将胡适的观点发挥到了无以复加的地步：“西方学者有言：‘科学盛而文学衰。’此所谓文学者，古典文学也。人之精力有限，既用其精力于科学，又焉能分神于古典，故科学盛而文学衰者，势也。今后文学既非古典主义，则不但不与科学作反比例，且可与科学作同一方向之消长焉。写实表象诸派，每利用科学之理，以造其文学，故其精神上之价值有非古典文学所能望其肩背者。方今科学输入中国，违反科学之文学，势不能容，利用科学之文学，理必孳育。此则天演公理，非人力所能逆从者矣。”

赵牧：傅斯年口口声声的“科学”，似乎只有一个西方的来源，像这样人文与科学的对立，我们只是一个被动接受的过程，但事实上，由来已久的“汉宋之争”，不也在形塑这样的对立吗？对此，您怎么看？

张宝明：审视以“科学”作为骰子的洗牌方案，一个明显的操作规程还在这里：千年来的汉、宋学风之争在北大得以五脏俱全的再现。是“求是”还是“致用”，正如侯外庐所言，其实可谓千年之问。余英时也在他的《历史与思想》中强调，这正是“尊德性”

与“道问学”内在学术理路的对峙。从义理、“载道”的桐城派到章氏门下的乾嘉学风的转变过程中，有两个明暗相间的线索为这个转型起到牵线搭桥的支撑作用：一个是“赛先生”的明里牵线，一个考据、训诂、实证之功的暗里搭桥。我们知道，那位“但开风气”的北大教授胡适素以“大胆地假设，小心地求证”闻名。但这个思想学问的方法背后，却潜藏着一个天大的机密，那就是他所尊崇的乾嘉朴学之治学路径：考据法“暗合科学的方法”，而其终其一生都在为何以“把‘汉学家’所用的‘不自觉的’方法变为‘自觉的’”。实证这一“拿证据来”的原始章法与科学“实验”路径在精神气质上有着天设地造的默契。也正是在这个意义上放眼二十世纪中国，北大学术风气与学科体制的变迁乃是近现代中国学术创建转型的一个典型缩影。

赵牧：听您谈到这里，我有两点感触，其一，是您将《新青年》杂志当成了案边书，怪不得您在“五四”新文化运动研究中，谈及那时候各种的知识分子的言行和秘辛如数家珍一般。做历史研究，确实需要下很大的功夫。其二，是传统的中国知识分子往往强调“中庸之道”，但到了五四时期，却一个个地趋于极端，这恐怕跟当时的国运有很大关系，从那个时候起，我们中国的传统士大夫阶层彻底实现了唯西方马首是瞻的转型，而不再是将传统经学的研读和阐释作为毕生追求的目标了。直到现在我们仍处在这样的一种思维定式之中，不惟学科，就是学术思想，政治观念，也无法逃脱西方观念的宰制。如今有不少的学者，试图从后殖民的视角介入，以清理西方文化在我们身心深处留下的印痕，但吊诡的是，这一后殖民视角也是从西方引入的。所以又另外有一种谈论思想史和文化史的角度，认为我们不应该将中西文化本质化，而应该将它们视为相互影响和相互生成的过程。经过了这一百多年的发展，“西方”已经成为我们传统的一部分，已经融入了我们的文化血液。鲁迅先生曾经在《墓碣文》中，欲知本味，必先“抉心自食”，但这个时候“创痛酷烈，本味何能知?”鲁迅的结论是，我们其实是没有办法知道“本味”的，也就是我们根本没有办法在传统和现代、西方与中国之间划出截然的界限。中国现代学术和高校学科建制，正如您所说，是中国主动和被动现代化的结果，但我们很难从这个结果中分辨中西文化的界限。

张宝明：这正是我们的共识。谈及近代学术从四部到七科的嬗变，我就每每会想到《庄子·应帝王》中的那个关于“浑沌之死”的寓言故事：“南海之帝为倏，北海之帝为忽，中央之帝为浑沌。儵与忽时相与遇于浑沌之地，浑沌待之甚善。儵与忽谋报浑沌之德，曰：‘人皆有七窍，以视听食息，此独无有，尝试凿之。’”结果“日凿一窍，七日而浑沌死。”无疑，在“科学”的主导下，以西学为圭臬的学术分科从传统走向了现代。但是这里的古今中西的划分其实真的只是一个笼统的看法，思考现代学科的建制，我们也不难想象由古典之经史子集转向七艺之蜕变过程中的阵痛与艰难。

科学的全覆盖固然让以文史哲为主体的人文学科在科学方法中的自我规训与自我加压中遍体鳞伤——这也正是后来学衡派对新青年派发难的本因，但是一个意外性的后果也在这里顺水顺舟：“科学”承担起的重要杠杆作用撬动了文学、史学、哲学等人文学科分科立学路径。一则以喜，我们为其开创了现代中国知识分类概念欢欣鼓舞；一则以忧，古典意义上的人文学其实有着“语”重“心”长的文化意蕴。这正如柳诒徵所观察到的那样：“惟历史事迹，视人之心理为衡，叹为道术分裂，则有退化之观；诩为百家竞兴，则有进化之象，故事实不异，而论断可以迥殊。”动辄得咎的人文学如范仲淹所言：“进亦忧，退亦忧，然则何时而乐焉?”借用一句令人欲仙欲醉的歌词：“那薄如蝉翼的未来，经不起谁来拆。”真有几分五味杂陈的牵挂。或许，这正是人文学科的初心所致吧。

最后不得不再补充一句，当人文学科这个关于“人”的学问在以博通或博雅为诉求的当下，我们对古典与传统的怀旧与暗恋就有了一些复古与做旧的情怀。应该说，学科建制与学术体制的变迁有着极为复杂的历史原因，因而也就有了仁者见仁智者见智的纷纭众说。事实上，在“一事不知，儒者之耻”的通才诉求到隔行如隔山的专家标准之间，这个张力从来没有中断过。但面对沧桑与世事，新旧之间的缠绕从来就不曾中断过。关于人文学无关新不新、旧不旧的笔墨官司古今中外都不乏诉讼。也许，二十世纪二十年代中期，梁启超在清华国学院的感想颇能说明问题：“在这新的机关之中，参合着旧的精神。”对于这由来已久并且持续不断的新旧之争，王安石很早就在诗中感叹，在“新桃”与“旧符”之间，岂能是一个“总把”了之？

由此，看似江湖的近代学科建制还有着更为真实的内设机关。古今（新旧）中外（东西）在人文学科那里并没有解不开的恩仇，或者说“浓得化不开”的人文情愫亲密无间，根本就不存在所谓的“假想敌”。如果说在“专”与“通”的一维上有那么一点点矛盾的话，那只能说是必要或说适当的张力，还构不成根本的冲突。就此而言，人文学建制的创立在终极意义上还是“政”与“学”的是与非。唯其超越了这些“是”与“非”，我们所说的人文情怀才有可能得以修成正果。

（张宝明：河南大学党委副书记，历史文化学院教授；赵牧：广西大学文学院教授，中国文学与文化研究中心研究员。）

张重岗

影像还是历史:《幌马车之歌》的多重叙述面向

摘　要：关于光复后《幌马车之歌》相关史事的讨论，提供了观察台湾历史叙述差异性的一个案例。围绕这一问题展开的叙述的政治，表现出多重的面向：其一，藤井省三对侯孝贤《悲情城市》的误读，隐藏着思理上的内在矛盾；其二，侯孝贤在电影中寻求自然法则与历史之间的张力，在艺术上拓展了叙事的可能性；其三，蓝博洲《幌马车之歌》系列的写作，以真实为第一要义，在历史还原中凸显精神的信念，使得历史呈现出了朴素而庄严的内涵。

关键词：台湾文艺；《幌马车之歌》；侯孝贤；蓝博洲

一九八七年七月台湾“解严”之后，供职于《人间》杂志的蓝博洲开拓出民众史写作的新路，以《幌马车之歌》《美好的世纪》等作品触动全岛敏感神经。随后，侯孝贤等电影人吸纳《幌马车之歌》素材，拍摄影片《悲情城市》（1989）和《好男好女》（1995）。《悲情城市》夺得当年第四十六届威尼斯电影节金狮奖，为台湾电影开创了新纪元。

伴随着影片和著作的传播，岛内外知识人的论议始终不曾休歇。对于其中的叙事美学和历史阐释，论者传达出的声音显示了不同的文化立场。本文梳理这一话题，旨在探究围绕《幌马车之歌》

展开的"叙述的政治",观察这一个案中所折射的文化生态和历史内涵。

一　藤井省三的质疑

日本学者藤井省三的文章《历史的记忆苏醒时——战前期台湾文学研究对日本人的意义》,提供了观察其思想演变的一个路标。这篇文章乃是作者为台湾新竹清华大学主办"日据时期台湾文学学术研讨会"会议论文日文版结集而作的序文。该文的汉译稿,刊发于一九九六年中研院文哲所《中国文哲研究通讯》第四卷第一期,后收录在二〇〇四年台北一方出版的《台湾文学这一百年》一书中。在文章中,他提出一个解释殖民地台湾及其文学的基本框架:

> 殖民地时期的台湾,不容分说地被总督府强制地近代化,另一方面,又被厉行了比日本国内更严格的言论统制。在这种殖民统治下的所谓文学,初期只属于少数的台湾知识分子;但是到了日语读书市场成立的战争时期,文学则是曲折委婉地叙述,台湾民众的情感与逻辑论理的新表现,是创造出历史记忆的卓越机制。①

藤井省三文章中的内在冲突稍后再论,这里先行厘清与本文题旨直接相关的部分。藤井省三的立论,指向的不只是日本国内对"日本和东亚各国所共有的战前史"的忽视,更直接提出了关于殖民地和战后台湾的历史记忆问题。他以《悲情城市》为分析对象,认定侯孝贤在影片中设置"狱友共唱《幌马车之歌》为临刑人送

① 藤井省三:《历史的记忆苏醒时——战前期台湾文学研究对日本人的意义》,见《台湾文学这一百年》,台北一方出版公司2004年版,第92页。

别”的片段，是由于历史理解上的主观意识，即“对国民党的憎恶，凌越了对日本统治的反感的记忆断层”。

这里的似是而非之处是不易察觉的。藤井省三引用日本女学者田村志津枝、台湾左翼人士林书扬、台湾史研究者周婉窈等人的说法来支持自己的论述；与此同时，他批评日本作家池泽夏树把侯孝贤的乡愁世界引向对“人类的普遍性资质”的认识的论调。这一批评，与林书扬所表达的电影中使用《幌马车之歌》好像是在赦免日本罪责之意似相吻合。但问题在于，藤井省三并未能把这种赎罪意识贯彻到底，反而在不自觉中转移了对这一意蕴的省察。

他所借用的田村志津枝的释读，提供了此方面讨论的一个视角。在《悲情城市》公映之后不久，田村志津枝作文《追寻〈幌马车之歌〉》，刊登在一九八九年十二月十五日《自立副刊》上。作为一个日本观影者，她觉察到了这部电影中背景的陌生和气氛的亲近之间的一种“奇妙的对比”。进而，她把日本人所感受到的这种距离感，归结为“似乎表示台湾对日本而言，正是一个‘很近的遥远国度’”。历史好像也在证明这个逻辑。经过她的知识考古，被证验为军国主义时代产物的《幌马车之歌》，在电影里与狱中左翼青年的思想氛围发生了冲突：“这种以驱唤前往侵略地满洲，及构筑日本人之梦的《幌马车之歌》，竟会在台湾二二八事件被捕、被枪杀的知识青年口中唱出来。”① 借此有意味的瞬间，田村志津枝试图进入历史，重现台湾与日本交往史上令人意外的场面。

藤井省三延续了田村志津枝的逻辑，但他转而用来批评侯孝贤的历史盲点：“作为电影导演的他在自成一家之后，想描绘向来被视为禁忌的‘二二八事件’的时候，在这凄惨事件之前的殖民地时

① 田村志津枝：《追寻〈幌马车之歌〉》，收入蓝博洲《幌马车之歌》，台北时报文化公司1991年版，第113—117页。

期，反映在导演的眼里，竟变成令人怀念的美丽回忆了。”[①] 与一般的议论者不同，藤井省三的目的在于推动战前史的研究，所以他在这里只是强调侯孝贤的殖民地描述的偏误。但是，藤井省三显然误读了侯孝贤。

就其脉络而言，藤井沿着田村一线所作的疏释，存在着历史事实与历史意图之间的落差。田村志津枝强调《幌马车之歌》在台湾人与日本人之间的“龃龉”特性，进而发掘“被弃置的受历史之浪潮翻弄的庶民的历史”。但实际上，这首歌曲的吟唱场景仅仅是一个特例而不具有普遍性，电影对此的处理也很淡化。作为电影原素材的钟浩东案例，更是对歌曲内质的净化和升华：“通过《悲情城市》中押房里合唱《幌马车之歌》的镜头，我们看到了侯孝贤所谓的拍出‘台湾人的尊严’与‘生离祖国，死归祖国’之间辩证统一的‘决定性瞬间’。”[②] 按照钟浩东夫人蒋碧玉的解释，《幌马车之歌》是被他们视作西洋名曲来唱的；藤井省三也提到了田村志津枝向蒋碧玉说明歌曲国籍时后者的惊讶情形，这恰恰是钟浩东等人无意中净化歌曲内容的一个例证。由此看来，田村志津枝的意图面临着落空的可能。

不过，这一文化事例若能落实在对战前史的激活之上，藤井省三仍有展开的余地。虽然他的释读时常有隔膜之感，比如，把侯孝贤的偏误简单归结为外省人的身份和国民党教育政策的影响，并称后者在“撩起对战前日本的怀古乡愁”；但事实上，侯孝贤不久即通过影片《戏梦人生》（1993）走进了战前的历史和人生。只是这里藤井与侯孝贤的定位，出现了可以预见的错位。侯孝贤对“自然

① 藤井省三：《历史的记忆苏醒时——战前期台湾文学研究对日本人的意义》，见《台湾文学这一百年》，第89页。

② 蓝博洲：《谁的〈幌马车之歌〉——致田村志津枝小姐》，载《自立副刊》（1989年12月25日），收入《幌马车之歌》，第129页。

法则底下人们的活动”情有独钟，藤井则转而以理论来主导对台湾战前史的研究。这样，二者之间的隔阂是难免的。在此更值得考察的是藤井所展开的史学视野的可能性。

正是在这里，藤井省三暴露出了思理上的矛盾。这种矛盾，固然是历史本身的混杂和暧昧所致，却也有研究者自身的原因。他对战前史的切入角度，就现实层面而言颇受九十年代台湾独立动机的激发。故而他表面上强调殖民地台湾言论被压制的状况，另一方面则突出台湾等身大的民族意识在其时的萌芽。日语读书市场的成立与否姑且不论。真正的问题在于，在受宰制的情形下，文化主体的独立成为梦想，民族意识将呈现何种可能的形态？殖民地时期固然有情感和思想的表达，但其中的曲折和痛苦，需要后来者全身心投入方能有所体认。藤井教授挪用安德森“想象的共同体”的理论，显然不能恰当地处理台湾意识中所内在的压抑、忍耐和反抗。当他把视线移向受教育者的数据统计时，真实而鲜活的主体生存反而遭到了漠视。如此被漠视的生存，又如何形成所谓的国民自我认同？

因而，藤井省三既没有在自己的台湾战前史研究中融入“对日本统治的反感”，也便不可能消弭共同体意识中的不谐之音。当他批评侯孝贤忽视历史连续性、产生记忆断层之际，却用数据堆砌起了一个空壳，试图统合进难以调和的各种杂音。可惜的是，台湾人在此并未能真正发出自己的声音。

二　侯孝贤美学与朱天文的声辩

身为日本学界的所谓“左翼自由派分子”[①]，藤井省三两次引用台湾左翼人士林书扬的评述来加强自己的论断。但是，林书扬的

① 王德威：《〈台湾文学这一百年〉后记》，见《台湾文学这一百年》，第308页。

言论毋宁是另一个向度上的反抗强音。林书扬虽然也曾在监狱中唱《幌马车之歌》，但却认为电影中使用《幌马车之歌》并不适当。这一悖谬现象引出一个问题：如何把握历史的真实与影像的真实之间的相通和相异之处？

面对“前进影评人”的责难，朱天文曾为《悲情城市》中的编导立场作出辩护：

> 对于电影里采用二二八事件为材料的部分，引起媒体多次报道，乃至前进影评人特殊的期望和失望，真是件不幸的事。不幸，因为那实在膨胀了编导所能做的，和所能给的。编导站在哪一边？左边？右边？中间？中间偏右？中间偏左？对不起，从头到尾似乎没有在编导的意识里产生过焦点。
>
> 在黑暗与光明之间的一大片灰色地带，那里，各种价值判断暧昧进行着。很多时候，辩证是非显得那么不是重点，最终却变成是每个人存活着的态度，态度而已。作为编导，苟能对其态度同声连气——体贴到并将之造形出来，天可怜见，就是这么多了。①

对侯孝贤和朱天文来说，电影人和影评人的出发点是根本不同的。抛开二者所使用的工作语言不谈，就二者的相关处辐辏，他们也有各自的聚焦之点：电影人注重的是人的生存，是人的存活态度；影评人则偏爱价值的判断。这样看来，侯孝贤之不能遂人心愿似在情理之中。

侯孝贤更愿以艺术的直觉呈现台湾的人情风俗气味：

---

① 朱天文：《悲情城市十三问》，见吴念真、朱天文《悲情城市》，台北三三书坊1989年版。

《悲情城市》想说些什么？

最早，想说哺哺哺的萨克斯节奏。

一篇访问里侯孝贤说，最早是来自于我对台湾歌的喜爱。那时候我听到李寿全新编洪荣宏唱的“南都夜雨”，那种哺哺哺的萨克斯风节奏，心中很有感触，想把台湾歌那种江湖气，艳情，浪漫，土流氓和日本味，又充满血气方刚的味道拍出。

闻言真让人频频皱眉头，何况那些期待他甚高的前进影评人。①

侯孝贤并不避讳日本文化对台湾人的影响，却也不属于藤井所说的怀古乡愁。他一方面说“日本文化其实是深入衣食住行、语言与生活的”；另一方面又强调“我感觉到台湾人的悲剧和压抑的心情”。于是，“表现台湾人的志气”、“拍出台湾人的尊严”才成为影片着力的焦点。② 不过，如何表现这志气和尊严，随之成为侯孝贤的电影美学需要解决的问题。

这里不谈已成侯孝贤电影风格代名词的长镜头疏离美学，而简略剖析一下他的人生理念与这种美学思想之间的勾连关系。受朱天文的影响，侯孝贤更多地化入了胡兰成的哲学理念即所谓“大自然五大基本法则”。③ 胡兰成认为，大自然有意志与气息、阴阳法则、有限时空与无限时空统一、因果性与非因果性统一、循环法则等。在这种理念主导下，侯孝贤一度颇用力于人与自然之间的相接之

① 朱天文：《悲情城市十三问》，见吴念真、朱天文《悲情城市》，台北三三书坊1989年版。

② 侯孝贤：《悲情城市答客问》（专访），见朱天文、吴念真《悲情城市》，香港创建出版公司1989年版，第16—17页。

③ 参卢非易《台湾电影：政治、经济、美学（1949—1994）》，台北远流出版公司1998年版，第300—309页。

处。他曾用“天意”一词来传达类似信息，只是一时难为人解，后才改为“自然法则”。随着这一主旨的确立，人反而退居次席，抒情与写意成为电影的主要旋律。不过这样处理，亦使摄取自然力的人的坚韧心志得以凸显出来。

进一步要问的是，承载着自然力将如何进入历史?

坊间对《悲情城市》所涉历史问题的议论，大概可分成两种类型：一种批评侯孝贤错置了故事发生的时间段；一种则泛泛认可《悲情城市》的历史感。前者虽然抓住了该部电影的明显漏洞，但蓝博洲随即反击，称《悲情城市》实际上延伸到了五十年代的左翼肃清，错误仅仅出在片尾的字幕即一九四九年而已。显然，在此方面的过多纠缠并不具有建设意义。后者则在观影感受中，似乎触及到了影像的真实。如有的学者评道：“《悲情城市》即以明显的历史叙事形式，立意要为那个时期不幸受难的台湾人写史。”① 更有观者提出：“故事给人一种强烈的历史感。与这种历史感相关的是《悲情城市》的叙述话语。在《悲》的讲述中，聚焦点不是故事中人物的感受，而是叙述者‘深情超然’的态度。”② 对历史的再现，在电影中是以隔一层的观照来进行的。影片中文清的角色定位，最充分地说明了这一点：他以一个大时代的失语旁观者，触摸、参与并感悟着那段动荡的历史。而侯孝贤的固定机位，则决定性地表达着叙述者的静观态度。

这种静观的朴素态度，在直接表现《幌马车之歌》钟浩东事件的《好男好女》中得到了省察的机会。这部影片，采取了一种

① 林文淇:《“回归”、“祖国”、“二二八”——〈悲情城市〉中的台湾历史与国家属性》,《当代》1995 年第 2 期，收于林文淇、沈晓茵、李振亚编《戏恋人生——侯孝贤电影研究》，台北麦田出版公司 2000 年版，第 159 页。

② “水牛 2097”（网友名）:《悲情城市》，见 http://www.xici.net/b2467/d28736944.htm。

相对复杂的结构，即戏中戏、现实与往事的三重叠合叙事方式。但这种为评论者津津乐道的形式，却并不能体现侯孝贤的真精神。他后来反省道："看来形式复杂，野心很大，其实可能是一种闪躲。闪躲当时我自己在面对这个题目时候，其实身心各方面皆准备不足的困境。如果今天我来拍，我会直接而朴素地拍。所以，世人将如何记得这些事呢？有人说：'我们从古至今都一个样，没有变得更好，也不会变得更好。历史上因我们的罪而牺牲的人，简直是死得轻如鸿毛，我们回报以更多的罪恶。'"① 推动侯孝贤的真正动力，是自然法则与历史之间的张力。在自然法则的彻悟中，历史并非无情之物。因此，他才在似乎无情的自然法则之外，同时强调蓝博洲所记录下的是活口，是证人，并用具穿透性的"历史之眼"一语来描述这种力量。

由此看来，侯孝贤是在一种背反的结构中把握历史的。通过艺术上的超越性，他打开了历史禁忌，并成就了其影片的丰饶意蕴，却也未能令历史的当事人完全释怀。当侯孝贤把白色恐怖影像化之时，林书扬等仍沉浸在历史的恐怖阴影之中反复咀嚼："恐怖政策的最大效果是产自恐惧感的自我抑制甚至自我麻醉。使人人非但不敢行，也不敢想，更无处可以窥知事情的真妄是非。……一段历史的空白中绝，如果其中隐含的真实和意义和这个社会的未来走向具有密切关系，那么如何把这一段缺落填充起来，应该是有良知的研究者、文笔工作者的责任了。"② 对历史的解纽，除了艺术上的救赎之外，仍需直面其实事本身。

---

① 侯孝贤：《凡记下的就存在》，《幌马车之歌》（增订版）"序三"，生活·读书·新知三联书店 2018 年版。

② 林书扬：《隐没在战云中的星团——代序》，见蓝博洲《幌马车之歌》，第 12 页。

三 蓝博洲的历史旨趣

蓝博洲的历史开掘，无疑是这种直面实事本身的本源路径。其直面实事的品性，被侯孝贤称赞为咬住历史不松口的牛头犬精神。对此，有一个问题值得追问，那就是作者的寄托何在？

在蓝博洲《谁的〈幌马车之歌〉》中，可以找到一些线索。当田村志津枝试图借《幌马车之歌》发掘“受历史之浪潮翻弄的庶民的历史”之际，蓝博洲却屡次强调“受难”的意义。他说，当时的政治受难者送别赴死难友，唱的是改编自俄国民谣的《安息歌》：“安息吧，死难的同志，别再为祖国担忧。……”而《幌马车之歌》作为一个特例，也经过钟浩东事迹的净化和升华，传达出对人间世界的离情和对崇高人格的敬仰。甚至聋哑人林文清在《悲情城市》中也通过难友吴继文赴死的洗礼，寻得了新的身份认同和生命意义。①

以别样方式触及蓝博洲《幌马车之歌》秘密的，是詹宏志。詹宏志在《未完的悲哀——评介〈幌马车之歌〉》一文中，曾经发出“它是小说吗？”的疑问。当时的背景是，他向尔雅出版社的负责人隐地推荐这篇习惯上称为报告文学的作品，作为一九八八年第七届洪醒夫小说奖的候选。这一疑问，无形中打开了一个缺口：历史实录也有它的言外之意。

詹宏志强调这篇作品不同于其他廉价翻案文章的地方，在于它的艺术品质，在于其中感情的节制和内敛，这使历史诉说充溢着一种“未完的悲哀”。若进一步追究，真正使之超越凡庸的，乃是内在的精神和情韵。这种力量，从作品“序曲”的《幌马车之歌》

---

① 蓝博洲：《谁的〈幌马车之歌〉——致田村志津枝小姐》，见《幌马车之歌》，第124—129页。

送别仪式开始，一直贯注到“尾声”中钟理和日记里的呼唤：“啊！啊！和鸣！你在那里？——钟理和日记：一九五八年二月二十二日”。而“尾声”由“第二封信”起兴更耐人寻味：“第二封信是西奥（梵谷的兄弟）寄来的：‘素描画得很好，我将尽全力卖掉它们。附上去阿姆斯特丹的路费二十法郎。祝你成功，老孩子。’——抄自史东著《梵谷传》。”[①] 这一点睛之笔，也暗示作品对历史的追诉，有跨越具体史事、传达微言大义的效用。

蓝博洲以他的实录精神，直面台湾的恐怖禁忌和历史悲情，固然有其颠覆性的意义；《幌马车之歌》这支送别歌的引入，则无异于以一首小曲唤醒了大时代。与这首歌相关的，是真的猛士，同时也是有血有肉又有情的普通人。蒋蕴瑜提到《幌马车之歌》时，充满无尽的哀思和遐想：“这首歌，是刚认识浩东时，浩东教我唱的。……他曾经告诉我说：‘每次唱起这首歌，就会忍不住想起南部家乡美丽的田园景色！’”[②] 通过这种记述，蓝博洲告诉我们，创造历史的，不是圣人，不是豪杰，只是这些不平凡的凡人。在这样的历史面前，怎能不肃然起敬？

因而，蓝博洲所触动的更有价值的议题，在于其历史追寻中所暗含的生存论的探问。这两种取向之间的张力，既使他对历史满怀敬意，又保持着实录之外的超越意味。不过，历史叙述如何从这种超越中获取其意义，仍是有待进一步考究的问题。从这个意义上来说，蓝博洲历史叙事的品质，并不仅仅体现于情感情绪的控制，而更扎根于深层的人学内涵。历史的缺口，往往是由这种力量打开的。

在这里，蓝博洲跨越形态论的审美趣向，触及到了具有实质内

---

① 蓝博洲：《幌马车之歌》，第 51、104 页。

② 同上书，第 52 页。

涵的历史洞见。钟浩东等随之成为他追问历史价值的人格载体。在钟浩东等人的身上，体现着对于生存本质、自由内涵的诠释。《幌马车之歌》系列的写作，因此可视作蓝博洲以真实为第一要义的历史理念的超越性表述。

作为台湾民众历史写作的代表人物，蓝博洲是从《幌马车之歌》开始他的历史发掘工作的。其写作的原动力，首先在于对历史的还原。由此出发，形成了隐秘的失踪者系列。这些思想上的失踪者，居于庙堂文化和民间文化之外，在常规的社会群落中找不到他们的位置。面对他们，实际上意味着如何面对历史本身，这也就是蓝博洲说“历史选择了我”的原因。

令人意想不到的是，由于思想失踪者的现身，历史显现出了庄严的一幕。这些失踪者，以亲身的经历诠释着苦难和求索的含义。与此同时，一种精神的信念凸显出来，成为推动历史前行的强音。对这种强音的追寻，正是蓝博洲写作的秘密所在。

（作者系中国社会科学院文学研究所世界华文文学研究中心研究员）

王金虎

卡特·G. 伍德森的黑人史事业及其历史声誉

摘　要：在二十世纪五十年代之前，美国史学为白人种族主义史学家所支配。他们认定黑人是一个劣等种族，故在他们的美国历史著述中无视或否认黑人的历史和贡献。这种白人种族主义史学不仅对黑人的历史评价失之公允，而且阻碍了黑人争取平等进步的努力。有感于斯，作为黑人学者的卡特·G. 伍德森选择了黑人史为志业，为黑人史研究和黑人史知识的普及奋斗了终生。其之所以能毕生对黑人史事业坚毅执著，是其作为一个黑人史学家所具有的使命感、美国社会提供的可行条件及其顽强的意志三者结合的结果。伍德森在世时颇遭学术界的歧视和冷遇，但其为美国黑人史学兴起做出的开创性贡献在当代美国得到高度肯定，被誉为“美国黑人史学之父”。

关键词：卡特·G. 伍德森；种族主义史学；黑人史

卡特·G. 伍德森是二十世纪前期美国的黑人史学家，美国历史上唯一父母曾为奴隶而本人获得了博士学位的人，也是继杜波伊斯之后第二个从哈佛大学获得历史学博士学位的黑人。有感于白人种族主义史学对待黑人历史的不公，认识到黑人史学发展对于推动黑人争取平等和进步的斗争具有重要作用，伍德森便选择了黑人史作为个人的终生事业。他的黑人史研究领域宽广且成果多产，他为推动美国黑人史研究和黑人史知识普及所做的组织工作尽心竭力。伍德森为美国黑人史学的兴起做出了奠基性贡献，被学界后辈誉为“美国黑人史学之父”。

一 学术著述

从其著述成果来看，伍德森的黑人史研究有两个突出现象，其一是成果多产，“仅以其著述数量来论，同代人或后代人中很少有谁堪与其匹敌。从一九一五年到他的《我们历史上的黑人》再版第九版的一九四七年，伍德森共出版了四部学术专著，五部教材，五部编辑的史料文献集，发表了十三篇文章，还与人合作完成了五项社会学研究。”① 其二是研究的领域广阔，“就其研究主题而论，伍德森的著述涵盖非裔美国人历程的所有方面：奴隶制、奴隶贸易、文化、家庭、宗教、工作和黑人组织的建设。”② 研究范围宽广而又成果多出，这就足以表明伍德森治学的勤奋与辛劳。

伍德森的黑人史研究基本上是在进行学术拓荒工作。其著作较为集中的领域是黑人教育史和经济生活史。一九一五年他出版的第一部学术著作《一八六一年以前的黑人教育》就是对奴隶制时代黑人教育的探究。伍德森发现：内战前的黑人教育分成两个时期。一八三五年以前很多生活在种植园中的奴隶受到了教育，从一八三六年到一八六一年，种植园主不再让奴隶接受教育，其因是丹马克·维齐和纳特·特纳奴隶造反事件引发了种植园主的担忧，他们害怕受到教育后奴隶就可能反抗对他们的奴役，故在这一时期黑人奴隶

---

① Jacqueline Goggin, *Carter G. Woodson*: *A Life in Black History*, Louisiana University Press, 1993, p. 187.

② Jacqueline Goggin, “Carter G. Woodson” in Kelly Boyd, ed. , *Encyclopedia of Historians and Historical Writing*, Vol. 2. London and Chicago: Fitzroy Dearborn Publishers, 1999, p. 1329.

仅能受到职业教育。一九二一年出版的《西弗吉尼亚的早期黑人教育》，对该地区的早期黑人教育情况进行了缕析。一九三三年出版的《黑人的误教》对黑人教育的现状进行了尖锐批评，对当时黑人教育家的教育资格提出了质疑。伍德森指责说："这里我们关心的唯一问题是，那些'受过教育的人'是否真正有能力面对他们面前的考验，还是他们无意识地通过延续压迫者的制度帮助了他们自己的毁灭。"他认为"那些'受过教育的黑人'对自己的人民持轻蔑态度，因为在他们自己的学校和种族混合学校中，黑人受到的教导是崇敬希伯来人、希腊人、拉丁人和条顿人，贬低非洲人"。伍德森对黑人教育家的评价言辞辛辣，实际上是他对黑人教育关心至极心态的反映。不过这种过于苛刻且有失公允的指责，难免就伤害了与他一样为黑人平等自由而奋斗的其他黑人知识分子。伍德森的黑人经济生活史著作有：一九一八年出版的《一个黑人移民的世纪》，该著的研究主题是黑人从南部向北部和西部移民运动的原因和结果，其中既关注了内战期间很多黑人随着联邦军队向南迁移而导致北部一些黑人社区瓦解的现象，又审视了内战后黑人向西部的移民情况，还论述了"一战"期间黑人的大迁徙。一九二九年出版了与小约翰·H. 哈蒙与阿内特·C. 林赛合著的《黑人商人》。一九三〇年出版了与洛伦佐·格林合著的《黑人挣工资者》。一九三〇年出版了《乡村黑人》，该书审视了南部乡村黑人的健康、农耕、租佃、债务、工业、贸易、宗教、教育和娱乐等方面情况。一九三四年又有《黑人专业职业者和社区》，其中尤其关注了黑人医药和法律专业职业发展情况。这部书几乎没有文献注释，原是作为《黑人挣工资者》一书的阅读指南而编写的。[①]

---

① Earl E. Thorpe, *Black Historians: A Critique*, New York: William Morrow and Company, Inc., 1971, pp. 117, 123, 120, 129.

除了学术著作外，伍德森还撰写发表了多篇专论文章。一九一八年的“白人与黑人种族通婚的开始”一文提出，白人与黑人的种族通婚在非洲就存在，而在美洲白人与黑人的通婚现象更多。“在英属殖民地，作为人口多数的白人种族，在他们维护自己的种族纯洁性需求明显能够实现之前，是有着很多异种族通婚现象的。”① 一九二〇年的“马萨诸塞的黑人与印第安人关系”一文研究了殖民地时期马萨诸塞的种族混合现象。伍德森认为，黑人与印第安人的关系是美国史上被长期忽视的一章。从十七世纪中期开始，马萨诸塞殖民地存在着黑人和印第安人之间很多的交合混血。印第安人由于遭到忽视，很少得到生活供应，很少有思想、道德和宗教上的改进机会，渐渐地印第安人就成为一个国中之国。有些黑人寻求在印第安人中间避难，宁愿忍受生活的艰难也不愿在白人基督教文明社会遭受种族偏见的打击和嘲弄。黑人、白人和印第安人之间的男女交合生育的后代成了难以进行种族归类的人。② 一九二一年的“美国最高法院认定的黑人公民权五十年”一文，揭露了美国政府在保护黑人公民权问题上的失职。他指出：尽管美国宪法给了黑人与其他人一样的权利，尽管联邦政府拥有非同寻常的权力，但“作为公民政治代理人的联邦政府精心审慎地规避其保障黑人权利的责任”。③ 一九三〇年的“黑人洗刷妇：一种正在消失的人物”一文指出，很多黑人不满白人对“种植园黑人嬷嬷”的描绘。不过在伍

① Carter G. Woodson, “The Beginnings of the Miscegenation of the Whites and Blacks”, *The Journal of Negro History*, Vol. 3, No. 4 (Oct., 1918), p. 339. http://www.jstor.org/stable/2713814 Accessed: 28/01/2010 01: 35.

② Ellen Fitzpatrick, *History's Memory: Writing American Past*, 1880 – 1980, Cambridge, Massachusetts: Harvard University Press, 2002, p. 112.

③ Carter G. Woodson, “Fifty Years of Negro Citizenship as Qualified by the United States Supreme Court”, *The Journal of Negro History*, Vol. 6, No. 1 (Jan., 1921), p. 1. http://www.jstor.org/stable/2713827 Accessed: 28/01/2010 01: 29.

德森看来，黑人应该带着敬意看待那些在奴隶制下承担着繁重劳动的黑人洗刷妇。那些奴隶妇女承担着双重责任，她们白天整天地劳作，是为了能够在白天结束之后回到自己家中做杂活。他强调自由黑人妇女的劳动对于维持黑人家庭的重要作用，北部的黑人妇女往往是家庭中唯一挣钱人，因为黑人男人面对着外来白人移民的就业竞争往往难以找到工作。黑人妇女的劳动使得她们的家庭得以提高生活标准，教育子女，帮助有求于己的亲戚和邻居。由于这些原因，黑人妇女成为黑人社区的支柱。①

在学术研究工作之外，伍德森还编写教课书、通俗读物和历史资料。一九二二年他出版了《我们历史上的黑人》这部教科书，主旨是“向一般读者提供一部简明的受黑人的存在所影响的美国史”。该书首先概括介绍了非洲早期黑人文明，继之便讨论殖民者对非洲人的奴役，黑人早期争取解放和迁移的努力，以及废奴运动、内战和重建，还有黑人自由民争取社会正义的努力。这部教科书受到极大欢迎，一再修订再版，“无疑，在使得黑人史得到社会普遍接受的诸多力量和事件中，这本书发挥了突出作用。”② 一九二八年伍德森将此教材改编成《历史的黑人塑造者》出版，作为小学生的黑人史读物，一九三五年又出版了面向中学生的《黑人故事重述》。其编辑出版的史料文献集有一九二四年的《一八三零年美国自由黑人奴隶主》，一九二五年的《一八三零年美国自由黑人家庭的家长》和《黑人演讲家暨他们的演讲》，一九二六年的《从危机时期的书信看黑人的思想，一八零零——八六零年》，一九四二年的《弗朗西斯·格里姆克文集》。

---

① Ellen Fitzpatrick, *History's Memory*: *Writing American Past*, 1880 - 1980, pp. 178 - 179.

② Earl E. Thorpe, *Black Historians*: *A Critique*, pp. 120, 119.

在诸多领域进行大量著述，伍德森研究成果的质量自然难以等齐划一。有的著作谨严细致受到好评，如他的第一部学术著作《一八六一年以前的黑人教育》，“这部书以其文献精良、论见超常和文笔流畅而一举成功”，受到学术界的好评，“到一九一九年该书再版时，伍德森显然已经为自己确立了无可挑剔的史学家资格。”① 也有的著作不尽如人意，就是伍德森自己也不满意，如一九二一年出版的《黑人教会史》，伍德森自己就承认这部书的质量并不理想，因为“由于有几个教派未能保留记录，以及由于冷漠或未能理解本作者的动机，致使关于现在教会中活跃人物的史实不能收集”。② 伍德森学术著作质量的参差，自然就使他人的褒贬俱有口实。

二　组织工作

在黑人史研究领域著述立说仅是伍德森黑人史事业的面向之一，其另一个奋斗面向，也是其成就最显著最为人所称道的方面，是为推动黑人史研究和黑人史知识的普及承担组织管理工作。他于一九一五年创建黑人生活及历史研究协会，作为黑人学者学术交流的组织；一九一六年创办学术刊物《黑人史》杂志，作为黑人史成果发表的平台；一九二六年创办黑人历史周活动，推动向黑人中小学生和普通黑人群众传播黑人史知识。伍德森所做的这些组织工作业绩显著，所产生的影响持久深远。伍德森去世后，他开创的黑人史事业更加兴旺，黑人生活及历史研究协会一九七二年改名为非裔美国人生活及历史研究协会，成员数千人。黑人历史周在一九七六年变成了非裔美国人历史月。《黑人史》杂志二〇〇二年已换名为

---

① Edward L. Cox, “Carter G. Woodson”, in *Twentieth-Century American Historians*, Ed., Clyde N. Wilson, Detroit, Michigan: Gale Research Company, 1983, p. 461.

② Earl E. Thorpe, *Black Historians: A Critique*, p. 121.

《非裔美国人历史杂志》，至今仍在出版。

创建黑人史学组织和创办黑人史研究杂志的直接缘由是当时美国史学界的白人种族主义对黑人学者和黑人史研究的拒斥。在那个白人种族主义声势正盛的时代，由白人主导的史学机构对黑人学者态度冷淡，黑人学者基本上被排斥在史学组织之外。W. E. B. 杜波伊斯、布克·T. 华盛顿和伍德森等几个著名黑人学者一度加入美国历史学会，但是他们留在美国历史学会的时间都很短暂。黑人学者更是完全被排斥在美国历史学会的领导层之外。“二战”以前在美国历史学会中担任过职位的一百五十人都是白人。① 黑人学者的文章也很难在白人史学家控制的史学杂志上发表，“从一八九五年《美国历史评论》首次出版到一九八零年，W. E. B. 杜波伊斯一九一零年发表的关于重建的文章是《美国历史评论》刊载的唯一一篇黑人学者的文章。”而在二战结束之前，《密西西比河谷地史学评论》和《南部历史杂志》这两个美国主要史学杂志都没有发表过一篇黑人学者的文章。既然黑人学者和黑人史研究受到史学界白人种族主义的直接围困，那么要推动黑人史事业的发展，黑人学者就需要有自己独立的学术组织和刊物。伍德森创建黑人生活及历史研究协会和主办《黑人史》杂志的心机正在于斯，长期与伍德森共同编辑《黑人史》杂志的洛伦佐·格林回忆说：“伍德森博士创建《黑人史》杂志的主要目的之一，就是为黑人学者提供一个发表研究成果的渠道。”②

---

① Robert B. Townsend, “The Social Shape of the AHA, 1884 – 1945”, in *Issue of Perspectives on History*, (Dec 2009), http: //www. historians. org/perspectives/issues/2009//0912/0912tim1. cfm Accessed: 28/01/2010.

② Jacqueline Goggin, “Countering White Racist Scholarship: Carter G. Wood son and The Journal of Negro History”, *The Journal of Negro History*, Vol. 68, No. 4 (Autumn, 1983), pp. 358, 359. http: //www. jstor. org/stable/2717563 Accessed: 28/01/2010 01: 50.

伍德森在世时，黑人生活及历史研究协会和《黑人史》杂志一直在他亲自管理下运作。端赖他的努力，“到二十世纪三十年代早期，伍德森已经聚集在自己周围一队具有卓越著作能力的黑人学者。在一九四〇年以前获得历史学和教育史博士学位的总共十四个黑人中间，有八人属于黑人生活及历史研究协会这个群体。这些黑人博士中有九人到三十年代末已经出版了重要著作，他们中三分之二的人属于伍德森的群体。正是这一代与伍德森结交的受过专业培训的黑人博士，承担起了为使非裔美国人史成为一种真正的学术研究而奠基的首要责任。”① 作为黑人史研究的实际组织者，“在其担任编辑的三十四年间，《黑人史》杂志发表了五百多篇有关黑人经历和种族关系的文章。伍德森向有志趣的人写信征求文章进行发表，要求他们就他感到需要研究的课题提供论文。”伍德森的组稿选择并无偏向，他采用的文章涵盖黑人史的方方面面，“关于奴隶贸易、黑人文化、奴隶家庭、宗教、奴隶待遇、对奴隶制的抵抗、反奴隶制和废奴主义等方面的文章，还有美国黑人名人的传记文章，他都发表。他所采用的文章研究涵盖的时段从十六世纪到二十世纪，尽管大多是研究十九世纪的文章。就地理范围而言，他采用几乎研究美国所有地区的文章，但重点是研究美国南部诸州的文章。另外还选用研究大不列颠、加拿大、非洲和拉丁美洲黑人经历的文章。”有了《黑人史》杂志作后盾，有志于黑人史研究的黑人学者和白人学者便可以摆脱史学界白人种族主义的羁绊，通过他们的研究去揭示黑人历史的真情实相。“学者们在《黑人史》杂志上发表的文章挑战了白人社会流行的黑人种族劣等观念，强调了黑人的反奴隶制斗争，揭开了非裔美国人在受奴役之时还保持的丰富文

---

① August Meier and Elliott Rudwick, *Black History and the Historical Profession, 1915 – 1980*, Urban and Chicago: University of Illinois Press, 1986, pp. 94 – 95.

化传统。利用涵盖人类学、心理学、社会学和历史学的跨学科方法，黑人学者开拓了社会史研究。普通非裔美国人在美国历史上的成就和贡献在《黑人史》杂志发表的文章中得到了强调。”①

在为推动黑人史研究的开展而尽心的同时，伍德森还为黑人历史知识的普及而尽力。其一，伍德森发挥自己的黑人史学识优势，采用演讲和通信方式，亲自从事黑人史知识普及工作。“在种族隔离时期，伍德森和他的同僚在美国黑人社区属于最受追捧的演讲者之列。在其一生中，伍德森在很多场合以微不足道的报酬发表演讲。”此外，伍德森通过与世界各地对黑人史有兴趣的读者书信往来，解答他们的提问，评点论文，给他们邮寄与黑人史有关的资料。其二，伍德森将其主持的黑人生活及历史研究协会向职业史学家以外的各界人士开放，将其办成一个包括地方公务员、中小学教师、教会领导人、妇女群体和慈善组织在内的全国性组织，并鼓励各地建立黑人史俱乐部作为黑人生活及历史研究协会的成员机构。到二十世纪二十年代中期，在黑人人口较多的城市这种黑人史俱乐部已经纷纷建立了起来。② 这样，黑人生活及历史研究协会及其附属的黑人史俱乐部就成了黑人史知识普及活动的组织者。其三，伍德森于一九二六年发起了专门为普及黑人史知识而开展的黑人历史周活动。他选择每年二月的第二周举办这个活动，以纪念弗雷德里克·道格拉斯和亚伯拉罕·林肯的生日为名，开展形式多样的黑人

① Jacqueline Goggin, “Countering White Racist Scholarship: Carter G. Woodson and The Journal of Negro History”, *The Journal of Negro History*, Vol. 68, No. 4 (Autumn, 1983), pp. 361 – 362, 360. http://www.jstor.org/stable/2717563 Accessed: 28/01/2010 01: 50.

② Pero Gaglo Dagbovie, *The Early Black History Movement, Carter G. Woodson, and Lorenzo Johnston Greene*, Urbana and Chicago: University of Illinois Press, 2007, pp. 47, 48.

史知识传播活动。黑人历史周活动包括由游行者化妆成黑人名人的化装游行，有黑人史讲座和展览，有演讲、诗朗诵等活动，还提供餐饮。这种活动受到黑人民众的欢迎，“到了二十世纪四十年代，黑人历史周的庆祝活动越来越成熟，参加者越来越广泛。伍德森为黑人历史周编辑资料、招贴画和关于黑人历史各种时期的大型图片。黑人妇女组织和社会服务群体主办讲座和聚会。图书馆、博物馆和教育机构举办特别展览。全国各地都有学校组织教师参加黑人历史周活动，教师安排学生写作黑人史论文，帮助他们编写剧本，主办演讲和论文比赛。”① 其四，一九三七年十月伍德森又创办了知识普及性的《黑人史通讯》。伍德森通常围绕一个主题安排该杂志每期的内容，如废奴和反奴隶制，艺术、文学、科学、教育、娱乐和商业界的黑人，非洲、亚洲或拉丁美洲的黑人，美国各地区的黑人和军队中的黑人。从一九三七年至一九五〇年，《黑人史通讯》登载的有人物小传、简短的书评、读者问题解答、图片和黑人史问题讨论，报道与黑人学校、黑人历史周、黑人生活及历史研究协会和黑人史俱乐部的相关事件，发表黑人艺术家的艺术作品，有每月读书推荐栏目，发表诗歌和由学校教师和业余学者编写的短剧，有对黑人历史周活动的建议，刊载历史资料，还有伍德森的评论专栏和教师讨论栏目。在一九四〇年十一月应女性读者的建议又增加了一个“儿童之页”栏目。②

三　执着因缘

自选择了黑人史事业起，伍德森便将自己的毕生精力投入其

---

① Jacqueline Goggin, *Carter G. Woodson: A Life in Black History*, Louisiana University Press, 1993, pp. 85, 119 – 120.

② Pero Gaglo Dagbovie, *The Early Black History Movement, Carter G. Woodson, and Lorenzo Johnston Greene*, p. 56.

中。他没有结婚成家，不追求个人生活的舒适，直到晚年仍过着近于严酷的个人生活。在华盛顿他的办公地，“在那里他几乎过着斯巴达式的生活。”① 直至其去世前夕，还在为编撰黑人百科全书而筹划。约翰·霍普·富兰克林深感伍德森为黑人史发展的奉献精神无人企及。② 伍德森为黑人史事业而奋斗的毅力与精神，殊足惊人。其能一生坚毅执着于此事业，究竟由什么因素支撑？

一个人能够终生矢志不移地献身于一项事业，必然是受强烈使命感所驱使。伍德森投身于黑人史事业，其心志是通过黑人史的研究和黑人史知识的普及来推动实现美国社会的种族平等。选择这样一个宏大目标，表明伍德森具有为黑人平等进步而奋斗的使命意识。在伍德森所处的时代，这种使命意识是人数不多的黑人知识分子所共有的。因为那是一个白人种族主义猖獗的时代，黑人在社会生活中受到赤裸裸的种族歧视和压迫。在史学界的绝大多数白人史学家具有种族偏见，“总的来说，他们同意黑人种族低劣学说。”③ 白人学者的美国历史著述中很少提及黑人，即使在提到黑人之处也把黑人断定为劣质种族。“在伍德森和杜波依斯的著作出现以前，绝大多数关于黑人的著述是由立场偏颇的作者带着狭隘的眼光撰写的，他们对黑人的历史文明没有多少了解。黑人在美国的位置几乎完全是从黑人对联邦和地区问题的影响这个角度来审视。有关黑人的著作主要来自白人作者的笔下。像黑人在科学、医学、教育和音

① Rayford W. Logan, “Carter G. Woodson”, *Phylon*, Vol. 6, No. 4 (1945), p. 320. http://www.jstor.org/stable/271377 Accessed: 28/01/2010 01: 41.

② John Hope Franklin, *Mirror to America: The Autobiography of John Hope Franklin*, New York: Farrar, Straus and Giroux, 2005, p. 137.

③ Dickson D. Bruce, Jr., “The Ironic Conception of American History: The Early Black Historians, 1883 – 1915”, *The Journal of Negro History*, Vol. 69, No. 2 (1984), p. 60. http://www.jstor.org/stable/2717597Accessed: 29/01/2011 21: 17.

乐中的贡献几乎完全忽略。……常用的参考书对黑人或者是未加关注，或者是做出了不准确的描绘。南部和北部自由黑人的地位仍无人论及。”① 伍德森和同时代的其他黑人史学家一样，不仅在社会生活中亲身经受着白人种族主义的伤害，而且由于他们具有了学识和思辨能力，对白人种族主义史学的荒谬和危害的认识要较一般黑人民众更为深刻，自然也就更感痛切。正是这种痛苦激发了他们通过开拓黑人史研究来推进黑人争取民权进步实现美国社会种族平等的使命感。对此目的伍德森毫不隐瞒，他在创办黑人历史周活动时指出，黑人实际上对自己的历史一无所知。而不了解自己种族的历史，这个种族在世界上就微不足道，就有被灭绝的危险。对黑人的种族偏见和压迫之所以盛行，是因为很多人认为黑人没有为世界文明做出过任何有价值的贡献。如果将历史真相讲出来，如果在学校里也像学习其他种族的成就那样学习黑人的历史，那么不仅黑人青年会产生自豪感和自重意识，种族主义也将被废除。他呼吁：“让真理来摧毁分裂民族的偏见，教导不分种族、业绩或等级的普世之爱。让我们带着这个伟大导师的崇高热情和天国梦想，帮助人们超越他们时代的种族仇恨，升华到一个复兴世界的利他主义境界。”② 伍德森选择黑人史事业，就是自觉地担当起了通过黑人史研究和知识普及来促进美国种族平等的重大使命。

一项事业能够在社会中开展并且取得了一定的成功，则必然还需可行的社会条件。伍德森的黑人史事业之所以能够开展并有所成就，是得到了两个社会条件的支持。第一个条件是黑人史运动得到

① Frank J. Klingberg, “Carter Godwin Woodson, Historian and his Contribution to American Historiography”, *The Journal of Negro History*, Vol. 41, No. 1 (1956), p. 67. http://www.jstor.org/stable/2715721Accessed: 29/01/2011 05: 33.

② Pero Gaglo Dagbovie, *The Early Black history movement, Carter G. Woodson, and Lorenzo Johnston Greene*, pp. 48 – 49.

白人主流社会的容忍和甚至部分白人的支持。开展黑人史研究和在黑人民众中普及黑人史知识属于教育活动范围，而不是直接在政治和经济生活中挑战白人的优势地位。白人主流社会对于黑人教育持容忍态度，白人慈善家和知识界对于黑人教育一向持支持态度。伍德森的黑人史事业就得到过白人慈善家的支持。一九二〇年通过美国著名史学家J. 富兰克林·詹姆森做工作，“卡耐基公司承诺在五年内资助二万五千美元，用于支付黑人生活及历史研究协会的债务和作为该机构的运转经费，以便伍德森能够放弃教学工作，把全部时间投在黑人生活及历史研究协会的工作上。”① 一九二二年二月劳拉·斯佩尔曼·洛克菲勒纪念基金会决定资助伍德森二万五千美元，用于调查重建时期黑人的作用和内战前自由黑人的活动。一九二六年该基金会再次做出资助二万二千八百美元的决定，并另外提供一万五千美元帮助黑人生活及历史研究协会设立一个长期出版基金。“从一九二二年二月到一九二八年十二月劳拉·斯佩尔曼·洛克菲勒纪念基金会总共捐助给伍德森和黑人生活及历史研究协会近六万二千美元。”② 黑人历史周活动也得到白人有识之士的认可。“到二十世纪四十年代，白人政治家每年都宣告庆祝黑人历史周活动的开展，白人开始参加一些特别的活动。伍德森在世时，这种庆祝活动广受欢迎，远在拉丁美洲、西印度地区、非洲、菲律宾和维京岛的白人和黑人都参加黑人历史周活动。”③ 美国不是一个极权社会，白人对待黑人的态

---

① August Meier and Elliott Rudwick, “J. Franklin Jameson, Carter G. Woodson, and the Foundations of Black Historiography”, *The American Historical Review*, Vol. 89, No. 4 (Oct., 1984), p. 1013. http://www.jstor.org/stable/1866402 Accessed: 28/01/2010 01: 45.

② Darlene Clark Hine, “Carter G. Woodson, White Philanthropy and Negro Historiography”, *The History Teacher*, Vol. 19, No. 3 (May, 1986), pp. 412, 415-416. http://www.jstor.org/stable/493381 Accessed: 28/01/2010 01: 44.

③ Jacqueline Goggin, *Carter G. Woodson: A Life in Black History*, p. 120.

度并不一致。既有不愿看到黑人取得进步的极端种族主义者，也有对黑人持同情态度希望黑人取得进步的人士。第二个条件是城市黑人社区的出现为伍德森的黑人史活动提供了不可或缺的支持。“一战”期间南部黑人向北部城市的大迁移导致北部大城市出现了黑人社区。伍德森的黑人史活动得到了黑人社会的支持，在白人慈善组织在大萧条时期停止了对伍德森的资助后，黑人成为伍德森黑人史事业最坚定的支持者。“到二十世纪三十年代结束之际，伍德森几乎完全依靠黑人的订购和捐赠来维持黑人生活及历史研究协会的运转。在一九三九年该组织募集的一万三千美元中，至少百分之七十五来自黑人。”[①] 正是有了这两个方面条件的支持，伍德森的黑人史运动才得以开展。如果没有任何可行条件，则伍德森纵有志向，也难以竟成。

伍德森一生执着于黑人史事业，显证了他具有坚忍不拔的意志力。不过，个人意志虽是一种心理素质，却不是超社会的存在。每个人的意志力都是在其社会经历中修炼而成的。就伍德森而言，其超越常人的顽强意志可从生活与事业中的艰难、幸运和奋斗过程中受到的刺激和鼓励交织结合中来推断。他的朋友雷福德·洛根分析说：“十七岁前伍德森主要是在自学求知，这种情况帮助他形成了意志坚定的习性，这些习性成为他后来学习的特点。我相信，少年和青年时期的工作习惯在很大程度上练就了他的强健体格和自力更生的性格。无独有偶，那时的生活还必然需要他对饮食保持节制。”[②] 确实，伍德森早年的生活艰辛和求学不易磨炼了他坚强不屈的意志。伍德森一八七五年十二月十九日出生于弗吉尼亚州白金

① Darlene Clark Hine, “Carter G. Woodson, White Philanthropy and Negro Historiography”, p. 421.

② Rayford W. Logan, Carter G. Woodson: Mirror and Molder of his Time, 1875 – 1950, *The Journal of Negro History*, Vol. 58, No. 1 (Jan., 1973), p. 3. http://www.jstor.org/stable/2717153 Accessed: 28/01/2010 01: 49.

汉县的一个贫穷黑人家庭，父母在内战前是奴隶。由于家境贫寒，伍德森年少时只是断断续续上过一所简陋的黑人学校。但他勤奋好学博闻强记，靠着自学积累知识。一八九二年伍德森前往西弗吉尼亚的亨廷顿打工，一八九五年得以进入亨廷顿的道格拉斯高级中学学习。他用了不到两年时间就完成了学业，随即于一八九七年秋和一八九八年冬到肯塔基的伯里亚学院求学。一八九八年至一九〇〇年伍德森到西弗吉尼亚法耶特县的维诺那学校教学。一九〇〇年至一九〇三年又回到道格拉斯高级中学工作，先是当教师，很快成为校长。在此期间，经过间间断断的学习，一九〇三年从伯里亚学院毕业，获得文学学士。此后直到一九〇七年伍德森去菲律宾当学监。一九〇七年他到欧洲和亚洲游历。一九〇八年进入芝加哥大学，同时选修本科和硕士课程。一九〇八年三月获得学士学位，同年八月获得硕士学位，接着他就去哈佛大学攻读博士学位。为了充分利用国会图书馆的图书资料，一九〇九年伍德森到华盛顿特区，一边在中学任教，一边进行学术研究。经过努力，一九一二年获得博士学位。[1] 从其早年经历来看，生活的艰难，求学的不易，并没有压垮伍德森的进取努力，反而磨炼了他自强不息的精神。不过应该看到，在伍德森艰难曲折的早年人生经历中，既有艰苦的磨炼，也有幸运的眷顾。例如，伍德森完成高中学业后，他所在的西弗吉尼亚州没有黑人高等教育机构，而肯塔基的伯里亚学院那时仍旧接受黑人学生，这就为伍德森提供了接受高等教育的机会。在伍德森毕业后不久，该学院就像南部其他大学一样不再接收黑人学生了。再则，伍德森能够到菲律宾去工作，也是美国通

---

① Anderson Thompson, “Association for the Study of Negro Life and History” in *Encyclopedia of Race and Racism*, Ed., John Hartwell Moore, The Gale Group, 2008, Vol. 1, p. 128.

过美西战争夺取菲律宾给他造成的意外机会。正是个人努力与机遇的结合，才使得伍德森成长为那个时代美国少有的黑人学者。在投身于黑人史事业后，伍德森的遭遇中同样既有挫折的磨难，也有幸运的降临，如他在二十年代就得到白人慈善组织的大笔资金支持，这就使得他的奋斗既有压力也有动力，从而使得他的志向可以坚持不变。人在社会中生活，如果只有挫折永无机遇，则再坚定的意志也必然最终被压抑而灭。只有既有痛苦的磨难，又有幸运的眷顾，才能激励人坚志不移继续奋斗。伍德森的人生历程就验证了这种个人奋斗矢志不移的因缘。

四　学人声誉

学者的声誉可作当世和后世之分。当世声誉即其在世和去世之初同代人对他的评价。后世声誉则是在经历了一定时间的历史沉淀之后，后世学者对其做出的评价。从学术道德上讲，对学者的评价应该以其学术著作和人品为基础。可是实际上在学术界的评价中，学者的当世声誉在更大程度上不是取决于他的学术贡献大小，而是取决于他的社会关联。伍德森的当世声誉就是一个鲜明案例。终其一生，伍德森在史学界没有获得任何奖项和荣誉称号，白人史学家把持的主流史学界对他的活动和贡献采取了视而不见听而不闻的态度，甚至对于他的去世，美国主流学术刊物也未加以报道。如《密西西比河谷史学评论》和《美国史学评论》这两家主流史学刊物对伍德森的去世未加任何报道。《南部史杂志》只是在其“史学新闻与通告”栏目中用一句话报道了伍德森的去世。[①] 伍德森之所以

① Pero Gaglo Dagbovie, *The Early Black History movement, Carter G. Woodson, and Lorenzo Johnston Greene*, Urbana and Chicago: University of Illinois Press, 2007, p. 22.

遭此公然漠视，根源就在于他是一个选择了与白人种族主义史学对抗的黑人史学家。那是一个社会上白人种族主义肆虐而学术界白人种族主义史学滥觞的时代，黑人在社会上受到赤裸裸的种族歧视，黑人学者在学术界遭到或明或暗的排挤打压。在史学界，白人主导的美国历史学会对于接纳黑人学者的加入和参与就少有热情。一些著名的黑人学者，如 W. E. B. 杜波伊斯、布克·T. 华盛顿和伍德森的名字曾一度在美国历史学会的会员名录上出现，但是他们只是这一时期知名的非裔美国人历史学者中的极少数人，而且就是他们留在美国历史学会的时间也都很短暂。杜波伊斯参加了一年就离开了，尽管他在六十年后又再度成为会员。伍德森是在刚刚获得博士学位后加入的，但是一九三三年他也不再参加这个组织。其他黑人历史学者参加该组织的时间也在五年以下。非裔美国人历史学者更是被完全排斥在美国历史学会的领导层之外。对一八八四年至一九四五年一百五十位在该学会有任命职位的会员调查发现，他们都是白人。[①] 在这样一个时代，伍德森作为一个黑人学者，见容于占据主导地位的白人史学家群体都很难，期望他们对伍德森美言有加就更是妄想了。

同代学人之间的评价，也往往更多地受到非学术因素的影响。同代人之间恩怨纠葛易生，意见分歧难免，个人的情绪和利害考量往往影响着学术评价。个人的爱恨情绪和偏执往往都会自觉不自觉地表达在评价用语中。伍德森去世后不久受到的评价有褒有贬，其实就是学术评价中这种潜规则的反映。曾于伍德森长期共事关系融洽的查尔斯·H. 韦斯利对伍德森大加赞誉，他在一九五一年发表

---

① Robert B. Townsend, "The Social Shape of the AHA, 1884 - 1945", in *Issue of Perspectives on History*, (Dec. 2009), http://www.historians.org/perspectives/issues/2009/0912/0912tim1.cfm Accessed: 28/01/2010.

的纪念文章中宣称：伍德森的人生和职业生涯否定了那种以为学者不能成为称职管理者和组织者的意见，“因为他就是一个真理的发现者，真理的贡献者，真理的传播者和一个为真理而战的斗士。我们这些与其一起工作过的人都知道，他是以特别的方式表现出这些学术特质的。他的学术著述和对人判断的敏锐显示了他的思想能力，他具有一般人少有的那种能够以处理小事而成大事的能力。他在论辩中坚持不懈，几乎达到教条主义地步。一个人可以不同意他的观点，但是必须准备好与他战斗。他性情淡泊，这使得他能够在逆境和孤独中生活。他勇敢地走到自己人生的终点，关上了自己的门并把门锁住，默默地迎接死神。我们认为他是这一代学者中的佼佼者。”① 然而，杜波伊斯却对伍德森基本上予以否定。伍德森与杜波伊斯是同代黑人学者精英，在为黑人争取平等的斗争中本来同属一个阵营，但两人思想认识和气质差异极大，致使他们在事业上不能合作，彼此相互不满。杜波伊斯在一九五〇年发表的悼念文章中就发泄了他对伍德森的不满情绪。他认为伍德森并不是杰出的人，缺乏进行广泛历史著述的背景。杜波伊斯宣称：伍德森言语夸张，做人冥顽不化，既无家庭关系也无社会关系，是一个孤独者，他“视野狭隘，是一个装在套子里的人，他身上缺少和蔼，少有幽默。对于他来说，生活自然是艰难和嘲弄。他的著述机械枯燥没有情感。他从未有机会形成对人类的同情。对美国和全世界白人，他如果不是仇恨的话，也是刻骨的不悦”。② 杜波伊斯对伍德森的这

① Charles H. Wesley，“Carter G. Woodson-as a Scholar”，*The Journal of Negro History*，Vol. 36，No. 1（Jan.，1951），p. 13. http：//www. jstor. org/stable/2715774 Accessed：28/01/2010 01：38.

② Pero Gaglo Dagbovie，*The Early Black History Movement*，*Carter G. Woodson*，*and Lorenzo Johnston Greene*，Urbana and Chicago：University of Illinois Press，2007，pp. 23 – 24.

种过于情绪化的贬评，应该说是有失宽厚。一九五〇年底黑人中产阶级杂志《艾博尼》（*Ebony*）对伍德森的评价则褒贬含混：“其成就为其赢得了很多敬仰者，但是敬仰他的人中很少人成为其亲密朋友。伍德森是一个顽固的、一意孤行的个人主义者。对于他来说，朋友寥寥可不是无关轻重。他从未有意识地争取别人的好感，从未培养那些能让其亲近公众的习惯和个性特征。极可能是他太忙了。几十年里他习惯于将几乎全部醒着的时间用于研究、写作和编辑工作，雷打不动，地动不摇。他与任何人都没有个人关系，不依赖任何人，他接近于成为一个孤岛。”① 这种评价实际上是伍德森与黑人中产阶级教育家们关系不睦的反映。

当然，一个学者在世时声誉的高低，在一定程度上还要看他本人是否有意博取名声。学术著作具有高度专业性，不要说社会大众，就是专业学人也很难理解自己研究领域之外学术著作的质量高低。学术著作质量高低分辨的不易，就为沽名钓誉之辈提供了巧取豪夺个人声名的可趁之机。伍德森毕竟领导着黑人学术组织黑人生活及历史研究协会，主编着《黑人史》杂志，他当然可以利用这些平台对自己进行炒作，营造美誉。然而伍德森并不是那种打着学术研究旗号博取声誉的机巧之徒。“在其整个学术生涯中，伍德森推进黑人史的目的不是获取个人的美名或收益，而是为了非裔美国人文化的总体进步。”② 心中怀着如此崇高宏大的目标，伍德森既没有在自己主持的刊物上或明或暗地自吹自擂，也反对其他人撰文著述对自己歌功颂德。所以其在世时，评价伍德森学术贡献的文章少之又少。

然而，时易世变，经历了二十世纪五六十年代民权运动对美国社

---

① Pero Gaglo Dagbovie, *The Early Black History movement, Carter G. Woodson, and Lorenzo Johnston Greene*, Urbana and Chicago: University of Illinois Press, 2007, p. 41.

② Ibid., p. 19.

会种族歧视的扫荡，白人种族主义史学退出了历史舞台，“二战”后成名的历史学家大多对种族主义持批判立场，包括黑人史在内的少数族裔史成为史学研究的热点。时移世变才使得伍德森的历史贡献开始得到主流史学界的认真看待。而同代人之间的恩怨纠葛也被时间的长流所冲淡，伍德森的后世之名便基本上回归了学术评价本位。不过，在学术评价中，评价者即使在主观上完全持公允客观的态度，实际上也是在以自己的认知标准去判断被评价者的著作和为人。所以后世学者对伍德森的评价也是主要取决于各个评价者对伍德森学术作品和人品的认同程度。由于每个学人都是一个独特的个体，思维认识千差万别，学术评价自然也就言人人殊。时至当代，学术界对于伍德森人品的评价已经很少有苛刻讥讽的声音，但对于伍德森史学著作学术质量的评定还是有高有低。一种意见认为，尽管伍德森为黑人史发展做出了巨大的组织贡献，但是他本人史学研究成果的质量并不高。如奥古斯特·迈耶和艾略特·拉德维克把伍德森定位为事业家，认为伍德森并没有有影响的专题研究成果，“与杜波伊斯不同，伍德森并没有写出至今仍被阅读和赞赏的专题研究成果。不过他创立了一个组织，创办了一个杂志，使得非裔美国人历史走上了成为一个可以开展的史学研究专业的道路。他主持了重要的开拓性研究；通过《黑人史》杂志为那些研究黑人史的黑人和白人学者提供了一个重要的成果发表平台。尽管他有着很多个性特征，但他还是能够引领一小批黑人知识分子的研究，……这些人在二十世纪二十和三十年代撰写出了非裔美国人历史的主要著作，且对于伍德森和黑人生活及历史研究协会保持着一如既往的发自内心的忠诚。总结而言，杜波伊斯在一个被孤立的学术环境中写出了有影响的学术专著，而伍德森开创了黑人史运动。”①

---

① August Meier and Elliott Rudwick, *Black History and the Historical Profession*, 1915 – 1980, Urban and Chicago: University of Illinois Press, 1986, p. 71.

艾伦·诺雷认定："他是一个孜孜不倦的重要的黑人史文献收集者，在一个白人至上主义者支配的社会里，若非他的努力，这些文献可能会遗失。他的很多书实际上不过是他不遗余力收集的文献的摘录，例如《从危机时期的书信看黑人的思想，一八零零至一八六零年》（一九二六年出版）就是这样的书。"① 当代美国著名的黑人史学家约翰·霍普·富兰克林在二十世纪五十年代曾撰文就伍德森对美国黑人史发展的贡献给予很高的评价，他写道："那时美国社会的所有层面和几乎所有生活领域都流行着对黑人史的扭曲。认识到这个无可争辩的事实，伍德森便到处进行纠偏补弊的工作。他本人的学术著述和论著，以及另外几个人的论著，包括杜波伊斯的论著，为黑人史的研究提供了材料。《黑人史》杂志为全世界任何认真研究历史的人提供了新的路径。黑人生活及历史研究协会及其分支机构开展着草根运动，旨在修正社会上绝大多数普通民众心目中的黑人史地位。《黑人史通讯》将新型的黑人史推广进中小学的低年级学生。黑人历史周则以多种多样的方式普及黑人史知识。"② 不过，他在晚年对于伍德森著作的学术高度含蓄地表达了保留态度。在二○○七年接受采访时他讲道："尽管伍德森受过高级培训，他从哈佛大学获得了历史学博士学位，他的著作在很大程度上却是赞誉之作，一种纯粹的对黑人成就的主观赞誉。"富兰克林的这种用语实际上是否定了伍德森学术著作的客观性和严谨性，否认了其学术价值。当然，富兰克林马上对伍德森的人品大加美言，说伍德

① Ellen Nore, "Carter G. Woodson", in Lucian Boia, ed., *Great Historians of the Modern age: An International Dictionary*, New York: Greenwood Press, 1991, p. 780.

② John Hope Franklin, "The New Negro History" in *The Journal of Negro History*, Vol. 42, No. 2 (1957), p. 94. http://www.jstor.org/stable/2715685 Accessed: 26/01/2010 05: 52.

森是一个对他慷慨、温和并多有助益的人，“他是一个极好的朋友，对于正处于彷徨之中不知所措的年轻人是一个伟大的导师。”①

当代史学界也有人对伍德森研究成果的学术价值予以高度肯定。艾尔·E. 索普指出：“伍德森认为历史学家应该尽力保持最大程度的客观性，应该严谨准确和诚实地展示事实。他总体上成功地保持了他撰写的历史的正确性，他的行文用语是不带情绪的。与乔治·华盛顿．威廉斯、威廉·威尔斯．布朗、杜波伊斯和其他一些学者不同，伍德森的著作读起来很少演说词和布道词味道。”② 弗兰克·J. 克林伯格对伍德森的学术贡献也予以高度置评，他认为：“卡特·G. 伍德森为重新评价黑人在美国生活中的作用提供了学术弹药。他在史学研究领域中的重要性就像布克·T. 华盛顿在教育中的重要性一样大。”他指出：“过去和现在的很多著作都是以他的开拓性研究为基础的。他所做的注脚变成了卷卷图书。他有过的一个思想变成了一个学派。”③ 杰奎琳·戈金同样认为伍德森的黑人史研究成绩卓著，他写道：“近来已有学者指出，伍德森论黑人教会的著作在很多方面仍未被他人超越，他的黑人城市史和劳工史研究，尤其是他的关于新世界奴隶制的著作，也可以说尚无人超越。尽管伍德森对于奴隶制本质的论述往往太过于概括，在对奴隶待遇的分析上严谨不足，但是他的著作预示了自二十世纪四十年代直至七十年代出现的对奴隶制的新学术诠释。他的很多论点，特别是他

---

① Brian Purnell, “Interview with Dr. John Hope Franklin”, in *The Journal of African American History*, Vol. 94, No. 3 (2009), p. 411.

② Earl E. Thorpe, *Black Historians: A Critique*, New York: William Morrow and Company, Inc., 1971, p. 132.

③ Frank J. Klingberg, “Carter Godwin Woodson, ‘Historian and His Contribution to American Historiography’” in *The Journal of Negro History*, Vol. 41, No. 1 (1956), pp. 66, 67 – 68. http://www.jstor.org/stable/2715721. Accessed: 29/01/2011 05:33.

在非洲文化的重要性、内部奴隶贸易和有技能和受雇佣奴隶在美国的经历等问题上得出的结论，甚至时至今日仍无可挑剔。伍德森在拉丁美洲奴隶制问题上的很多发现，包括发现那里解放奴隶行为的发生更为经常，以及那里存在着一个逃离枷锁的混血人群，这些因素有助于在当代拉丁美洲建立一种尽管更复杂但更好的种族关系，这些发现至今仍很确切。”[①] L. D. 雷迪克则高度称赞说：“伍德森是第一个也是最后一个个人主义者，一个独立自主的人。是一个真正的特立独行的人。他是一流的学者，一个能打动人的演讲家，一个迷人的健谈者，一个对话大师。”[②] 还有人为伍德森在美国学术界没有得到高度赞誉而鸣不平，认为“在关于社会研究课程发展的论著中，卡特·G. 伍德森的著作并未受到应有的关注。在研究社会研究领域发展史或课程史的重要著述中，伍德森的名字要么没有出现，要么就只是略微提及。”[③] 佩罗·伽罗·达博比还对伍德森在世时学术声誉幽微的因由进行了分析，他发现：“因为伍德森同代的黑人和白人把他看成专爱唱反调的人，他的成就在其有生之年在很大程度上未得到承认。伍德森强烈的个性独立，尽管常常引起与他人的关系紧张，但并未阻止他连结人脉以使得他的工作得以延续。尽管遭遇了重重障碍，他还是为黑人史的发展做出了重大贡献。在长达35年的时间里，伍德森几乎是单靠自己成功地管理着这个黑人生活及历史研究协会的经济和管理事务。鉴于他既要保持自主，又要说服同代

① Jacqueline Goggin, *Carter G. Woodson*: *A Life in Black History*, Louisiana University Press, 1993, p. 207.

② L. D. Reddick, "Carter G. Woodson (1875 – 1950): An Appreciation", in *Phylon* (1940 – 1956), Vol. 11, No. 2 (1950), p. 177. http://www.jstor.org/stable/271153 Accessed: 28/01/2010 02: 08.

③ Lagarrett J. King, Ryan M. Crowley, and Anthony L. Brown, "The Forgotten Legacy of Carter G. Woodson: Contributions to Multicultural Social Studies and African American History", in *The Social Studies*, 2010, p. 211.

白人和黑人相信他的事业具有价值，值得他们的支持，此中他面临的困难重重，他能够在黑人史领域取得这么多播种工作已经很了不起了。"① 杰奎琳·戈金提出伍德森的学术贡献已经得到了美国史学界主流的承认，"历史学家们最终承认了伍德森在黑人史领域的开拓性贡献。时至二十世纪七十年代，史学界研究南部史和非裔美国人历史学者中历史诠释的主调已经完全转变。很多学者的研究倚重伍德森的著作和发表在《黑人史》杂志上的其他学者的文章。现在黑人史已成为根基深厚的受人尊敬的正当研究对象。研究黑人史的学者们，其中很多是非裔美国人，被美国史学界同行们承认是出色的学者，如果伍德森真能看到这一切的话，他会很高兴的。"②

五　历史定位

伍德森去世已半个多世纪，他开创的黑人史事业仍在兴旺发展。黑人生活及历史研究协会一九七二年改名为非裔美国人生活及历史研究协会，在二〇〇七年"该协会成员数千人，在美国二十一个州有五十三个分会活动，在尼日利亚和西非还有分会。"而黑人历史周也在一九七六年变成了非裔美国人历史月，《黑人史》杂志二〇〇二年已换名为《非裔美国人历史杂志》继续出版。伍德森个人也成为受到纪念的历史人物。他的住宅在一九七六年被国民文物古迹托管组织确定为国家历史遗迹，二〇〇三年美国国会授权国家公园管理局将这个住宅改造为一个博物馆、一个该协会的办公处所和一个国家历史景点。二〇〇四年弗吉尼亚档案和历史部门在伍德

---

① Pero Gaglo Dagbovie, *The Early Black History Movement, Carter G. Woodson, and Lorenzo Johnston Greene*, Urbana and Chicago: University of Illinois Press, 2007, p. 139.

② Jacqueline Goggin, *Carter G. Woodson: A Life in Black History*, Louisiana University Press, 1993, p. 210.

森的出生地为他建立了一座纪念碑。① 对于他的“黑人史学之父”美誉当代美国史学界已经无人异议。对于在世时饱尝艰辛备受冷落却又矢志不移为黑人史发展呕心沥血的伍德森来说，这样的结果应该可以让他含笑九泉了吧。不过，对于伍德森史学研究成果学术价值的认定，史学界仍然存在分歧。那么，究竟应该怎样在美国史学史上给伍德森一个恰当的定位呢？

将其放置到时代背景下加以审视不难发现，伍德森历史著述成就正折射了一代学术奠基者难以逃脱的个人悲剧。在学术界，一个学者的学术成就是其治学能力及努力与其可利用的社会和学术资源相结合的结果。个人的能力和努力自然不可或缺，然而一个学人在学术生活中也不可能做无米之炊，能够在多大程度上获取学术研究所必需的社会和学术资源，直接制约着个人学术成就的高度。伍德森恰恰是在资源方面受到了极大限制。在“二战”以前，白人种族主义史学占据美国史学的主导地位，绝大多数白人史学家具有种族主义偏见，在史学研究中有意无意地忽略美国黑人的历史存在和贡献，从而使得美国黑人史陷于一种无人开拓的生荒状态。达琳·克拉克·海恩在一九八六年指出，尽管黑人史研究在当代美国史学中已经是一个成熟的分支，但是，“在本世纪起始之时，美国史学家中很少有人承认非裔美国人拥有历史，或者至少值得研究。黑人史学兴起的很大功劳应归于伍德森这一个人”。② 伍德森没有学术上的传世之作，原因不在于其没有写作精品佳作的治学能力和意志，

① Anderson Thompson, “Association for the Study of Negro Life and History” in John Hartwell Moore, ed. , *Encyclopedia of Race and Racism*, The Gale Group, 2008, Vol. 1, pp. 127, 132.

② DDarlene Clark Hine, “Carter G. Woodson, White Philanthropy and Negro Historiography”, *The History Teacher*, Vol. 19, No. 3 (May, 1986), p. 405. http: //www. jstor. org/stable/493381 Accessed: 28/01/2010 01: 44.

而是他没有进行这种工作的客观有利条件。时代和选择使得伍德森不得不承担起黑人史学奠基者的任务。伍德森在那时就像学术界的一个孤岛，一个人在开辟经营着一个学术天地。他不得不创建并终生亲自主持黑人学术机构黑人生活及历史研究协会，不得不创办并一生主编《黑人史》杂志。在学术研究方面，他没有任何前人的学术研究成果可供参考，没有任何前人整理好的资料可供利用。在此种境况下，他不得不进行大量的黑人史史料收集编撰出版这项基础性工作；他不得不尽可能地对黑人史的方方面面进行研究，筚路蓝缕，以启山林。人的精力和时间是有限的，纵然是全心全意的身心投入，也很难一个人建设成一座宏伟的学术大厦。可以说，缺乏前人整理好可直接利用的资料和前人的史学成果积累可以借鉴，决定了伍德森写不出自己的史学传世名作。不过，伍德森学术研究的开创性恰恰就是他的史学著述最大的学术价值所在。他的研究是在弥补美国史学研究中的重大缺失，他的论述中不乏真知灼见，纵然各项研究的程度有深有浅，但至少给后来学者的进一步研究铺垫了一个基础。所以说，即使单从学术研究方面论，伍德森也是美国黑人史学发展的奠基人。

对美国史学史进行审视可以发现，二十世纪的美国其实并没有出现大师级史学家。尽管史学著作如汗牛充栋，“但是，在这种史学繁荣的表象之下，却存在一个令人困惑的事实：具有世界性影响的史学著作，很少是出自美国学者的手笔，美国也未产生世界公认的史学大师。”① 具体到两次世界大战之间这一时期，美国职业历史学家并没有影响巨大的著作。“二战”后不久进行过一项对职业历史学家的调查，征询人们对两次世界大战之间最佳历史著作的意

---

① 李剑鸣：《关于二十世纪美国史学的思考》，《美国研究》1999 年第 1 期。

见。在那些被人们推举最多的作品中，有一些出自非专业历史学家，例如佩里·米勒、弗农·帕灵顿和范维克·布鲁克斯。很多只是延迟出版的著作，其大部分内容在“一战”前就已完成了，如特纳的《美国历史上的边疆》、詹姆森的《作为社会运动的美国革命考量》、钱宁的《美国史》。排在前十位的著作中有5部是大部头多卷本史纲（compendia），这些书人们更多是引用而不是阅读，如安德鲁斯的四卷本《殖民地时期》、吉普森七卷本的《美国革命前的英帝国》。两次世界大战之间的政治史与经济史一样萎靡不振，思想史方面除贝克尔的《独立宣言》外也成就微小。较著名的史学成就，如帕灵顿的《美国思想的主流》和佩里·米勒研究清教徒的著作，出自很少被历史学家们提及的非历史学家之手。[①] 勤于著述的史学名家虽不乏其人，但没有撰写出不朽经典的人。伍德森应该归为这一类中材史学家。

无论是赞扬还是批评伍德森的人都觉得他个性倔强，特立独行，让人难以亲近。这种个性是其人生经历的难免结果。伍德森出生于弗吉尼亚西部贫困的农民家庭，父母在奴隶制时代曾是奴隶。尽管生活艰难，求学不易，经过自己的不懈努力，伍德森却成为美国历史上唯一一个父母曾为奴隶而自己获得博士学位的黑人。在选择了黑人史事业后，他矢志不移地为黑人史研究的发展和黑人史知识的普及鞠躬尽瘁死而后已。生于贫困之家，属于受白人歧视的黑人种族，一生在白人种族主义史学的围困中为黑人史学的发展艰难奋斗，其人生和社会感受焉能不生凄凉悲苦之感，压抑愤懑之情。生活既不轻松，又怎会有轻松愉悦的心情。他终生未婚，孤身一人在逆境中奋斗，这样的人生经历培养了他超越常人的坚强意志和执

① Peter Novick：*That Noble Dream*：*The "Objectivity Question" and The American Historical Profession*，Cambridge University Press，1988，p. 178.

着的工作作风。伍德森个性的倔强、处事的偏执，生活和工作中的不苟言笑，人际交往中对非志同道合者的淡然冷漠，实为他人生经历塑造的结果。不过，正是他的个性支撑着他在逆境中几乎是靠一人之力为黑人史发展进行奠基。杰奎琳·戈金对伍德森的评定可谓恰切："生为曾为人奴的父母的儿子，伍德森的人生轨迹从分成农到煤矿工，再从哈佛大学研究生到中学教师、大学教授，最后集编辑、学者和管理者三种身份于一身。他从自己的家庭和其他非裔美国人的集体和文化记忆的源泉中汲取营养。如此作为，他为黑人史学做出了难以估量的贡献，为后来几代学者的成长奠定了基础。"①如果伍德森没有坚忍不拔的拼搏精神，没有孤注一掷的创业风格，没有挑战敌视冷漠环境的勇气，没有为了崇高目标奋不顾身的思想境界，那么很难想象，像伍德森这样一个出身卑微、饱受歧视压迫、创业中历经无数艰难困苦的人，能够成为美国黑人史学兴起的杰出奠基人。

伍德森的一生是奋斗的一生，抗争的一生。从一个贫家之子成长为一个著名黑人史学家，端赖他个人的顽强奋斗。他为黑人史事业鞠躬尽瘁，是个人的自觉选择。出身于遭受种族歧视和压迫的黑人群体，个人的经历和对社会的观察使得他强烈感受到了被压迫被歧视被侮辱的黑人所承受的痛苦和屈辱。正是这种痛苦和屈辱刺激他产生了强烈的反抗精神。个人努力与幸运的结合使他成为其时代少有的黑人史学家。他意识到了黑人史研究和黑人史知识的普及对黑人争取平等进步的重要性，便义无反顾地投身于黑人史事业。奋斗历程中挫折的磨难和成功的喜悦砥砺着他的斗志。固然其中的苦辣酸甜滋味唯其自知，但他的行动不言自明地展现了他超越常人的

① Jacqueline Goggin, *Carter G. Woodson*: *A Life in Black History*, Louisiana University Press, 1993, p. 207.

坚强意志。他为美国黑人史发展做出的学术研究和组织贡献使他成为美国黑人史学的奠基者，被称誉为“美国黑人史学之父”名副其实。然而，个人的能力、时间和精力毕竟是有限的，属于弱势的非裔美国人族群，选择了在史学领域与白人强势集团进行抗争，没有已有的学术研究成果积累可供借鉴，缺少前人收集编撰好的史料作资源，在这样的境况下进行学术开拓，他的史学研究当然步履维艰。伍德森的史学研究范围广阔而精度不足，这是时代给他这个弱势群体中的不屈者设定的学术著述上的必然结局。一句话，时代条件决定了他只可能成为一个美国黑人史学的奠基者，而不可能成为写出不朽巨著的史学大师。

Carter G. Woodson's Negro History Cause and His Reputation in History

Wang jin hu

(**History and Culture School, Henan University, Kaifeng 475001**)

Key words: Carter G. Woodson; racist historiography; black history

Abstract: American historiography had been dominated by white racist historians, Afro-American history and contributions had been neglected or denied in narratives of American past by most white historians who assumed negro an inferior race. This prevalence of white racist historiography not only is not fair and just to Afro-American past but hinder their struggles for equality and progress. Deeply sensitive to this harmful situation, Carter G. Woodson, among other black scholars, chose black

American history as his cause, took efforts to promoting black history research and popularization of black history knowledge for a life. Woodson's groundbreaking contribution to the rise of black history study in the United States won him high appraisal and he was honored and memorized as the father of black history by later generations. Carter G. Woodson's persistence in black history cause actually is a reflection of a combination of a mission calling for afro-American interests, possibility afford by American social diversity and his personal strong will.

（作者系河南大学历史文化学院暨河南大学世界历史研究所教授）

《古诗十九首》的文采与内容

一 《古诗十九首》的美感特质：文质彬彬

《陌上桑》这一首民间的歌辞，就是汉朝乐府的诗歌，亦名《罗敷艳歌行》，叙写一个叫作罗敷的女孩子的故事。罗敷是个美丽的女子，她来采桑，被一位使君见到，要追求她。罗敷说，“使君自有妇，罗敷自有夫”，就把使君给拒绝了。我现在还不是讲这首诗，是想借此说明当时民间流行的歌谣是五个字一句的体式。罗敷这首诗是用诗讲故事，民间传说的故事，所以比较长。但民间还流行着更短的歌诗，比如这一首：

> 江南可采莲，莲叶何田田。鱼戏莲叶间。鱼戏莲叶东，鱼戏莲叶西，鱼戏莲叶南，鱼戏莲叶北。

这首民间歌谣是当时的采莲曲。你们到大陆去，坐火车，从广州上车，一路往北京开，如果是春夏之交，你看那江南的水塘、水田，“江南可采莲，莲叶何田田”。“田田”就是莲叶茂盛的样子，一片荷叶接着一片荷叶。这“田田”两个字，我们现在把它写得四四方方的，其实你如果给它画个圆，就是一个小荷叶的样子，一片片的小荷叶。“何”，是“多么”，“莲叶何田田”，莲叶多么圆，多么绿，多么美丽，多么好看。采莲时低头一看，“鱼戏莲叶间”，荷叶之间有小鱼嬉戏游玩。民歌是朴素的，不要雕琢修饰，“鱼戏莲叶东，鱼戏莲叶西，鱼戏莲叶南，鱼戏莲叶北”，非常天真，非常朴素。这是民间的歌谣，是乐府诗的五言体式。

我们现在接着说《古诗十九首》。《古诗十九首》就是这个五言的体式。刚才讲民间的乐府诗是五言的，五言这种体式，后来进入了文士手中。中国文学有很多都是从民间兴起的，知识分子看了觉得不错，也下手去写了。我前几年在中华文化中心给大家讲词，词最早也是从民间兴起的，像敦煌的石窟洞穴里挖掘出来的那些歌谣，就是民间的，很朴素，然后文人下手去写，就把它写得非常典雅了。这个五言的乐府诗就是在民间兴起的，到文人手里以后，就被典雅化、文士化了。《古诗十九首》正是这个民间的五言乐府，进到文士手里的早期作品。

我上次说，文学作品如果写得太简单、太朴素、太幼稚、太笨拙，一点辞采都没有，这个不是很好。可是当你的技巧太高明了，不管是写作、绘画、书法，你作起来、画起来、写起来，就剩下技巧了，你那个本质的生命反而减少了，这样也不好。所以说是“质胜文则野，文胜质则史，文质彬彬，然后君子”。要“文质彬彬”，就是说这种创作的文采、技巧，跟你内中的生命，你情意的境界，要结合得恰到好处，“文质彬彬，然后君子”。《古诗十九首》就应该是这个境界的作品。

我们上次还讨论了《古诗十九首》的写作时代。根据前人的记载，如果说里边有枚乘的诗，那是西汉景帝时候的作品；如果说里边有傅毅的诗，那是东汉明帝前后的作品。《古诗十九首》里边有早到西汉景帝，晚到东汉明帝的作品，这十九首诗所跨越的作者的时代，有从西汉景帝到东汉明帝这么长久的一两百年吗？我曾经说过，按照文学发展的历史来看，不可能相差两百年的作品风格都一样。你想，唐朝几百年间不是分了初、盛、中、晚吗？不用说几百年，我们现在写的白话文，几十年间也是有变化的。有一位朋友跟我说，现在台湾有的人写的小说，那种现代化的，那种后现代主义的，把什么都解构了，我们简直看不懂，不知道他们在写些什么。推到我年轻的时候，没有这样的作品。所以文学的创作，一定是随着时代而改变的。这《古诗十九首》的风格是一样的，作者的生存年代不可能相差这么久。而且我们上次说过，班固的《汉书·艺文志》只记载了枚乘的辞赋，并没有说到他会写五言诗；与班固同时代的傅毅也不太可能写出这么美丽的五言诗。那么，这个五言诗是在何时成熟的呢？东汉到了建安年间——建安是东汉快要被篡夺的时候汉献帝的年号，魏、蜀、吴三足鼎立，国家分裂、战争不断，但它却是中国历史上一个诗歌兴盛的时代。因为早期，不管是《诗经》、《楚辞》，还是乐府，作品是有了，在社会上却没有形成一个诗人、文人的阶层。什么时候诗人的地位被承认？诗歌有了独立的价值？是在建安时代。建安时代是五言诗进到文士手里开始成熟的一个时代。这是从文学的发展来说。再从政治上来说，因为曹氏父子，从曹操到他的两个儿子曹丕、曹植，都是非常有文采的，这样的文学家族具有家学渊源，家族子弟从小耳濡目染，自然而然养成了文学才能，是很不简单的。而且曹操在汉献帝时官职做到丞相，后来封为魏王，文学为这样有地位的人所擅长，天下的人都会来追随。当时追随在曹氏父子身边的就有所谓“建安七子”，像孔融、王粲等等，我们不多说了。总之，建安是一个文学鼎盛的时代，五言诗走向了成熟。

在这个五言诗成熟的时代，你会发现，不用说一两百年间作诗的风气会有所改变，就是曹氏一家人的诗风也是不同的。你把曹操的诗，曹丕的诗，曹植的诗，三个人的诗做一个比较。曹操写了很多四言诗，曹操的诗风是“古直”。什么叫作“古直”？这是钟嵘《诗品》的说法，认为曹操的诗古朴、直率，有那种悲慨苍凉的感觉。曹操最有名的一首诗《短歌行》：“对酒当歌，人生几何。譬如朝露，去日苦多。慨当以慷，忧思难忘。何以解忧？惟有杜康。”真是悲凉，感慨到人生的短暂。他为什么感慨到人生的短暂？曹操作为英雄豪杰有志于功业，他五十岁了，可是他的功业以他的眼光看起来，还没有完成，所以他慨叹人生的短暂。据说曹操的《短歌行》就是赤壁之战的时候在战船上作的，后来当然就火烧战船了，可就在被烧以前，他带着八十万的大军来到东吴，两军对峙，却是志得意满，心想我这次要把你们这些人都消灭了。曹操的《短歌行》很有意思，前几句慨叹人生的短暂，期盼建功立业，结尾说“山不厌高，海不厌深，周公吐哺，天下归心”。山不会满足于它的高，海不会满足于它的深，中国古人有两句俗话，说“泰山不让土壤”，泰山从来不嫌它山上的土太多，越多越好，“故能成其大”，才能形成那么高大。又说“河海不择细流”，大海不会拒绝小流，“故能就其深”，才能那么深。曹操不是在跟东吴对阵吗？他想说的是，东吴那边有才华的人，有没有人愿意投降，到我曹操这边来？他自比周公，“周公吐哺，天下归心”，他说我就像周公接待天下的贤士。古人说周公每次洗头发，“一沐三握发”，他头发还没洗完，三次有才士来见他，他不是说等我头发洗完干了才来见你，他不是。他头发还湿呢，捉着头发就来见客了。又说“一饭三吐哺”，他吃一顿饭，还没吃完呢，这一口刚刚进到嘴里边，正在咀嚼，人忽然来了，他就把口里的饭吐出来，去见客人。这样的礼贤下士，才能“天下归心”。所以，你看曹操的《短歌行》是很妙的一首诗，他前面慨叹人生的短暂，后边就说，我像周公，“周公吐哺，天下归心”。

曹操的诗是一首四言诗，它的风格是古朴的。这古朴的风格，你知道被《诗品》的作者列到上、中、下的哪个品里？下品。他的大儿子曹丕呢，就比他高一点了，被放到中品去；他的小儿子呢，就是曹植，曹植是上品。所以爸爸是下品，哥哥是中品，弟弟才是上品。这是为什么呢？因为钟嵘是南北朝时候的人，南北朝是注重辞采的，曹植的诗最有辞采，所以钟嵘把曹子建列在上品。

我现在要说的，还是同《古诗十九首》有关系。《古诗十九首》要是从风格上来看，它比班固的《咏史》诗有文采，应该是班固以后的作品。可是，它一定是在曹植以前。当时有一些文士，开始写五言诗，就没有完全摆脱乐府五言诗的局限。《古诗十九首》在中国的诗歌发展史上，就是一个“文质彬彬”的作品，它保持着民间的朴素，可是也有了文士的辞采。

二 《古诗十九首》的两大主题：失志与离别

以上我们还都只是从它的文采来说，现在要进一步说它的内容。清朝沈德潜《说诗晬语》说，《古诗十九首》所写的大半是“逐臣弃妻、朋友阔绝、游子他乡、死生新故之感”。我说了，这种“逐臣弃妻、朋友阔绝、游子他乡、死生新故”的感慨，是我们人类一个共同的感情经历和体验。古今中外，不但我们东方人、中国人如此，西方人也有“死生新故”的悲哀。我们古人，在《古诗十九首》创作的时代，东汉末年的时代，有“死生新故”的悲慨，今人现在也有“死生新故”的悲慨。古今中外之所同然，古今中外每个人都有“死生新故”的经历，可是，每个人面对“死生新故”这种别离的时候，体会不同，感情的境界也不同。现在的人，写着后现代主义的作品，一切都讲速度，都是 instant，什么都是即时的，都是快速的，爱情，也是 instant，即时的爱情。所以现代人也有“死生新故”的经历，可是那个感情的体会完全不同了。而《古诗十九首》里边所写的我们人类最基本的“死生新故”的感情，是最中国化的，它所写的是一种中国传统式的情感意境。

我们现在继续看一段关于《古诗十九首》的评论。这段评论出自陈祚明的《采菽堂古诗选》。陈祚明是清朝的一个文学家，讲诗学评论的，“采菽堂”是他自己书斋的名字。他关于“十九首”的这段话很长：

> 《十九首》所以为千古至文者，以能言人同有之情也。人情莫不思得志，而得志者有几？虽处富贵，慊慊犹有不足，况贫贱乎？志不可得而年命如流，谁不感慨？人情于所爱，莫不欲终身相守，然谁不有别离？以我之怀思，猜彼之见弃，亦其常也。夫终身相守者，不知有愁，亦复不知其乐；乍一别离，则此愁难已。逐臣弃妻与朋友阔绝，皆同此旨。故《十九首》唯此二意，而低回反复，人人读之，皆若伤我心者，此诗所以为性情之物。而同有之情，人人各具，则人人本自有诗也；但人有情而不能言，即能言而言不能尽，故特推《十九首》以为至极。言情能尽者，非尽言之之为尽也，尽言之则一览无遗；惟含蓄不尽，故反言之，乃使人足思。盖人情本曲，思心至不能自已之处，徘徊度量，常作万万不然之想。今若决绝一言则已矣，不必再思矣。故彼弃予矣，必曰亮不弃也。见无期矣，必曰终相见也。有此不自决绝之念，所以有思，所以不能已于言也。《十九首》善言情，惟是不使情为径直之物，而必取其宛曲者以写之，故言不尽而情则无不尽。后人不知，但谓《十九首》以自然为贵，乃其经营惨淡，则莫能寻之矣。

“十九首”之所以为千古至文，因为能言人同有之情，我们说“死生新故”就是“人同有之情”。“人情莫不思得志，而得志者有几？虽处富贵，慊慊犹有不足”，我们说人心不足蛇吞象，贪得无厌，就是这样，“况贫贱乎”，更何况贫贱之人呢？“十九首”写的是人生的不得志、不得意。“志不可得”，你的志愿不能够完全满足，“而年命如流”，可是你的年华、你的生命像流水一样地消逝，“谁不感慨”？你要做的、要得到的，什么都没有完成，什么都没有得到，生命就过去了，人生长恨水长东。

“志不可得而年命如流”，这是一种悲哀。还有，“人情于所爱，莫不欲终身相守”，人生对于自己所爱的，就希望终身都相守。“然谁不有别离？以我之怀思，猜彼之见弃，亦其常也。”既然是人生共有的感情，我自己曾经有过死生离别，所以我有怀念，我有怀思，我以自己离别以后的怀思，猜想《古诗十九首》所写的被抛弃的那种悲哀，“亦其常也”，我们也可以共有那种感觉。“夫终身相守者，不知有愁，亦复不知其乐”，大家在一起就该厌倦了，不知道感情是值得珍惜的。所以王国维说了，“当时草草西窗，都成别后思量”（《清平乐》），本来在西窗下相守的两个人，在一起的时候，不知道在一起的可贵，“草草”，胡里胡涂、慌慌乱乱地；等到现在离别了，都成了别后的相思。“乍一别离，则此愁难已”，忽然间两个人别离了，那一种相思怀念的哀愁就不能停止。

不仅仅是男女的相爱，朋友的友情，比如杜甫跟李白两个诗人的友情，也是这样。说“诗人相得，如我与君稀”，就是诗人欣赏诗人，下流的文人，才会“文人相轻”，因为他自己一无所长，总嫉妒别人，可是真正的、一流的、高明的作者，他会欣赏跟他同类的人。李白和杜甫两个人，是感情很好的朋友。李白比杜甫大十一岁，可是刚一见面就成了好朋友，那个时候，李白从翰林苑出来，天下闻名，年轻的杜甫对李白真是倾倒、真是拜服。两个人就一起到各地游历，杜甫写得非常动人，写他们在一起游玩的时候，两人喝酒，喝醉了就去睡觉，“醉眠秋共被，携手日同行”（《与李十二白同寻范十隐居》），晚上一起睡在一张床上，第二天起来是“携手日同行”，这么好的感情。我在美国讲这首诗，他们当地人说，你这样讲，这儿的人会误会他们两个是不是同性恋，可是中国人没有这样的误会。你看汉光武帝做了皇帝，还跟他青年时代的好朋友严子陵睡在一张床上呢。李白跟杜甫两个人是那么好的朋友，本来每天都在一起，忽然间，因为各人有各人的生活，各人有各人的事业，两人就分别了。分别以后，杜甫写了一首诗怀念李白，说“寂寞书斋里，终朝独尔思”（《冬日有怀李白》），我一个人寂寞地待在书房里，是没有一个人跟我谈话了吗？不是。我和李白一起谈话，我们相视一笑，莫逆于心。我讲的话他也欣赏，他讲的话我也欣赏，我们每天有那么多话好谈。一旦离别了，“寂寞书斋里”，“终朝”，从早到晚，心心念念的，所想的都是你，而且是“独尔思”，我单单地，就是只想你。

何况有的时候，不只是“朋友阔绝”，还有“逐臣弃妻”。“逐臣”，被皇帝赶走、离开朝廷的臣子，像杜甫。杜甫那么忠君，那么爱国，那么关心皇帝，每天都给皇帝上奏疏，每天都关心政治，说你要这样，你要那样，哪个皇帝喜欢大臣每天说他政治这样那样？就把杜甫给赶走了。杜甫说，我离开朝廷，我离开长安，“无才日衰老，驻马望千门”（《至德二载甫自京金光门出间道归凤翔乾元初从左拾遗移华州掾与亲故别因出此门有悲往事》），皇帝把我赶走了，我什么时候能够再回来？如果我有才，皇帝总有一天要把我调回来。当然，说自己“无才”，是很谦虚的说法。如果我年轻，我来日方长，我一定会等到回来的一天。可是我既“无才”，又“日衰老”，我哪一天能够再回到朝廷，再回到我的首都长安来？今天当皇帝把我赶出去，离开首都的时候，我就“驻马望千门”，出了城门，停下马来，驻马回头看。“千门”就是朝廷的宫殿，说朝廷的宫殿是“千门万户”，你去看一下紫禁城的故宫，那不是千门万户吗。所以，“逐臣弃妻与朋友阔绝，皆同此旨”，离别的时候，都有这种感情。

“《十九首》唯此二意”，主题就是这两个主题，第一个主题就是我们刚才说的“志不可得而年命如流”，每个人都觉得自己还有很多事情没有做成，很多要得到的没有得到，而年命就尽了，这是人一种基本的失落的感情。第二个主题就是人的离别。这是我们古今中外都共同经历的感情，就看你怎样去体会，怎样去叙说。十九首怎么样？“低回反复”。“低回”，就是婉转缠绵，“反复”，是说来说去，一回一反复。“人人读之，皆若伤我心者”，每个人读起来，都觉得我们的内心真的被它感动。

“此诗所以为性情之物，而同有之情，人人各具”，所以，诗为什么是可贵的？诗可以给读者一个兴发感动的契机，就是这首诗读了，真的让你动心动情，诗一定要从你的性情中流出来。我现在因为当着老师，而且年纪大了，很多人寄他们的作品来给我看，请我提意见，请我给他们出的集子写序言。我实在没有办法，不过有的人写得真的是好。一位姓石的老先生，已经不在了，而且他不是文人，是自然科学家，当年那个写《中国科学技术史》的李约瑟跟他是很好的朋友。这个人已经去世了，我根本不认识，他跟南开大学校长是一起留学的同学，我也不知道他们认识。我不是常常回国吗？有一年，我就回到我的老家北京，忽然有一个人到我们家来了，带了一本词集，说我父亲喜欢作诗词，要请你写一篇序言。他就把他父亲的那个集子给我了，我拿过来以后，看了两页，我马上答应他，好，我替你写。果然是写得好。将来如果有机会的话，我要讲一讲他的词。他是家里有旧学渊源的，词真是写得好，真有一种词人的感觉，可是他后来学的是自然科学，而且在“文化大革命”的时候受到迫害，所有的书都被拿走了，这些书都要烧掉，被他一个学生看到了才抢救回来。我跟他没有一面之交，但我才看两页就被他打动了。但是有的人，他就算平平仄仄都对了，诗里面也没有生命，没有感情，我真的没有办法。我就告诉他说，诗要怎么样怎么样，可是他还挺不服气，因为他的诗格律都是对的。所以我近来就有一个 excuse（借口），因为我现在七老八十了，眼睛有白内障，所以我再也不给人写序言了。我还给一个台湾的现代诗人周梦蝶写过序言呢，那是四十年前的时候，他要出第一本诗集，我台大的一个学生也写现代诗的，把他带到我这里来，说老师你给他写一个序言，他要出他的一个集子。那周梦蝶的诗我还是蛮欣赏的，我不是很保守地只欣赏古典诗词，新诗写得好的我也欣赏，就给他写了。所以说诗真是有好有坏，有的人他没有感情，没有生命，我对这样的人无可奈何。他如果平仄不对，我还可以说，说你这里不对那里不对。他如果平仄都对了，可是那个生命不在那里，这个很难说。所以说，诗是性情之物，同有之情是“人人各具”，“人人本自有诗也”。

三 《古诗十九首》之言情：言不尽而情则无不尽

“但人有情而不能言，即能言而言不能尽”，每个人都有感情，可是每个人不一定都会作诗。我也碰到过一个人，非常好的一个人，是一位大学教授。我说过，我这个人除了好为人师，也喜欢做学生，所以我去听他们英诗的讲授，西方的文学批评的讲授，去听中国大陆的老先生讲诗。有一位教授讲诗讲得非常好，我就跟他说，某某先生，你是不是自己写诗啊？你诗讲得这么好，很有诗人的气质。他说，我有写诗的冲动，没有写诗的训练。人人都有这种感情，但就算你能够说出来，你说的不到家，也不使人感动。“故特推《十九首》以为至极”，所以我们说《古诗十九首》是写感情写得最好的。什么叫作“言情能尽”？他说“非尽言之之为尽也”。不是说你把什么都说出来，这叫“言情能尽”，说我十分地悲哀，我十二分地悲哀，“尽言之则一览无遗”，你完全都说出来了，一看都看完了，就没有余味了。诗要给人感动，也要给人回想，我们说“余音绕梁”还“三日不绝”，诗要有这样的作用。大陆的美学家朱光潜，讲西方美学，他说写景，写得越清楚、越明白越好，宜显；写情要有所隐藏，不要都说出来，宜隐。比如温庭筠写了一首词：

> 梳洗罢，独倚望江楼。过尽千帆皆不是，斜晖脉脉水悠悠。肠断白蘋洲。

“梳洗罢”，梳完头洗完脸。中国古代常常说女子以色事人，西方的 feminism（女性主义），说女子就是 second sex（第二性），是 being looked at（给男子看的），所谓“女为悦己者容”。这个女子要等她所爱的人回来，“梳洗罢”怎么样？“独倚望江楼”，就一个人靠在望江楼的楼窗那里，看她的爱人有没有坐船回来。“过尽千帆皆不是”，看一条船远远地来了，不是，千帆都过去了，不是。“斜晖脉脉水悠悠”，都是你的相思，都是你的怀念，一个字都没有说出来，都在那“斜晖脉脉水悠悠”之中，无穷无尽了。朱光潜说最后一句话要不得，因为“肠断白蘋洲”，全都说出来，我“肠断”了，就完了，没有余味，应该只写到上一句。所以陈祚明说不是“尽言”的就是“尽”。

当然，中国诗歌的美感特质有几种不同的类型。写情宜隐这是一种类型。写情还可以显。什么人可以显？杜甫。你的水如果只有一个脸盆底儿，你最好把这个脸盆盖上，不要给人看，人家会以为你满盆都是水，高深莫测。因为你的感情不够，你的力量不够，所以你不能全说，全说就露底了。如果你的感情真的像长江、大河，像广海、深渊，是无穷尽的，你打开给人看，他看也看不到底，因为你的感情是没有底的。这样的诗人是谁？杜甫。杜甫什么都说出来，他的《自京赴奉先县咏怀五百字》说，“朱门酒肉臭，路有冻死骨”，“入门闻号啕，幼子饥已卒”。我在路上看到的都是冻饿而死的饿殍，不要说别人饿死了，我回到家来，一进门听到家里人痛哭，我的小儿子就饿死了。我“所愧为人父，无食致夭折”，我真惭愧，我的儿子饿死了，我有什么资格做父亲？但杜甫很了不起的，他一转，说我虽然遭遇了这样的不幸，但我“名不隶征伐”，我不用去当兵，不用去打仗，我不用出租，我不用纳税，我比起一般的老百姓，我是幸运的。所以他后面还说，“忧端齐终南，澒洞不可掇”，“穷年忧黎元，叹息肠内热”，在这样困穷的年岁，我为黎元百姓的痛苦流离而忧伤。杜甫写得真是好。所以，写情的文学艺术，没有绝对的美丑好坏的评判标准，你要个别地来看待。显然，在这首诗不好，在那首诗可能就是好。

我们还要接下来看。陈祚明说言情不是完全说出来，“尽言之则一览无遗”，像“肠断白蘋洲”，一览无遗，所以一定要含蓄一点，不要说完。“反言之”，翻过去说一说，“乃使人足思”，才使人值得思恋。“盖人情本曲”，人的感情本来是委婉曲折的，“思心至不能自已之处”，这种怀思的心情到了完全不能自己停止的时候，“徘徊度量”，你就徘徊，内心忖度，内心思量，“常作万万不然之想”。比如有些女孩子，如果真跟男孩子闹翻了，说他今天晚上怎么不给我打电话，她就等来等去啊，她说我这么好，怎么能够就算了呢？就是“常作万万不然之想”。“今若决绝，一言则已矣”，说完了就是完了，所以“不必再思矣”。“故彼弃予矣，必曰亮不弃也”，他把我抛弃了，“亮”就是我大概想，他不会抛弃我的吧。“见无期矣”，不知道哪天才见，见面没有日期，“终相见”，将来总会有一天相见的。“有此不自决绝之念，所以有思，所以不能已于言也。《十九首》善言情，惟是不使情为径直之物，而必取其宛曲者以写之，故言不尽而情则无不尽。后人不知，但谓《十九首》

以自然为贵，乃其经营惨淡，则莫能寻之矣。”《古诗十九首》，不但看它内容所写的人生的短暂、人生的别离，是我们共有的感情，而且要看他是怎么样写的，为什么写得好。

（文稿文字整理：汪泽；文稿文字编辑及引文核对：一默）

（作者系加拿大皇家学会院士，南开大学中国古典文化研究所所长）

刘福春

加意求美的《诗帆》

《诗帆》应该是在南京最早创办的诗刊。一九三四年九月一日创刊，土星笔会编辑发行，第三卷第一期起版权页刊出编辑兼发行印刷人为汪铭竹。刊物初为半月刊，自第二卷第一号起改为月刊。每卷六期。32 开，第一卷每期十二页，自第二卷起页数有所增加。一九三五年六月二十五日《诗帆》第 2 卷第 5—6 号出刊后休刊。一九三七年一月五日《诗帆》复刊，开本改为 25 开。一九三七年五月五日出至第 3 卷第 5 期后停刊。

《诗帆》为土星笔会同人刊物，成员有汪铭竹、程千帆、孙望、常任侠、滕刚、章铁昭、艾珂，第 3 卷第 2 期起又有绛燕——程千帆夫人沈祖棻加入。刊物自第 2 卷第 2 号起增加《外稿推荐》栏目，刊有于一平、唐绍华等的诗；第 3 卷第 1 期起栏目改为《友朋寄稿》，发表有齐歔、邹乃文、李白凤、侯汝华等的作品。

孙望讲："我喜爱新诗。那时我还在南京，我和一些朋友有一个土星笔会的组织。我们除发行一个定期刊物《诗帆》外，差不多每隔若干时日，便有一次集会。所谓集会，说起来其实不过是五六个人的事；五六个人聚在一室，没有形式，无拘无束的随便谈谈。清茶一杯，倒也觉得别有风味。因为要求地点适中的关系，无形中

诗帆

我们都把铭竹的寓屋，认作了固定的会所。其中碰面机会最多的，除屋主铭竹而外，便要轮到我和滕刚、任侠、千帆、寄梅、铁昭等几个朋友。在这里，我们时常交换一些对于新诗的见解，也时常讨论一些关于诗的写作上的问题，或是互相报道一点诗出版界的消息。”“朋友中，铭竹是一个态度最冷静而审慎的人。他爱美，爱艺术，而更爱诗。这以外，他还有一种爱好搜藏新文学书籍的嗜好，尤其是对于诗部门的东西：不论是书志或是报章上的副刊，不论是新出版的或是早期出版的，也不论是大都市里出版的或是那些被一般人所忽视的很偏僻的地方的出版物，甚至于日本新诗界的书刊，他无不一视同仁地多方设法去求索。我们常常笑他把收藏新诗的工作，当作玩古董一样的去玩，未免有点过分，有点傻。然而在别一方面说来，这也正是他的可喜的地方。”“因之，我们的集合场所，是四壁图书，而且是琳琅满目。而我们因此也给这小小的书斋起了一个别号，名之曰‘诗巢’。”（《战前中国新诗选·后记》，绿洲出版社一九四四年十月出版）

一九三七年三月《书人月刊》第1卷第3期刊出齐歇的介绍文章《“诗帆”月刊》。齐歇在《诗帆》的《友朋寄稿》栏目中发表过作品，作为“友朋”对刊物情况自然有所了解。齐歇讲：“‘诗帆’是由土星笔会编辑发行，这个团体的会员并不多，只有七八个人；并且这几许人中，还有不问事的，所以实际上只有三四个人负责。”“经济来源说来有趣，每出一期，会员各纳（至少）五元，假使有人不交，也就算了，并不追究，并且有人隔一年不付第二年再起始交也可。总之他们是在意思上，艺术上着想，并非在人事方面来看。每期销路还好。同时几个特别热心的人还自动的以自己的薪金来贴补，他们这种为事业而牺牲的精神是值得人钦佩的！这样的，一期期的出了下去，虽然一度因人离京太多而稍停外，至今仍在出着。”“‘诗帆’形式美丽，售价极低，每册六分，是最便宜的诗刊。”

《诗帆》没有发刊词等表明刊物主张的文字，刊出的诗作精致，有程千帆《伽蓝寺》、汪铭竹《自画像》、常任侠《丰子的素描》、孙望《小春之味觉》、滕刚《都市底牧歌》以及波多莱尔《病了的诗神》、魏尔仑《天真之歌》等。齐歇的文章评价说：“南京的文艺界比较起上海、北平、天津来是相差得太远了。一种沉闷的气象！南京所产生的作品，不但很少，就连定期刊物都有限。”“然而‘诗帆’却在这寂寞的诗土上，开了一颗鲜艳的花朵，这朵花儿很小，但是总比没有强点儿。她很引人爱护，具有独特的风格与情调。——这不能不说是南京诗歌界的幸运，也可说是中国诗歌界的幸运。”“‘诗帆’在这诗园大变乱与最芜杂的时期里，以典丽的风调向前迈进。他们的诗是：辞藻和情感并重，含蓄与技巧并行。不过，他们眷眷于情感，辞藻，含蓄，技巧上，所以很引起一般所谓国防诗论者的非难。”

一九三七年二月二十五日《中央日报·贡献》第221期刊出杨启的《评诗帆》，其中讲：“诗帆，是胎产于中国诗坛大动乱的前夜而滋长于大动乱之中途的一个刊物。使我们意想不到的是它的作风底故步自封，那就是说，诗帆的作者的态度始终徘徊于典丽的途径上。它的甘心寂寞地稳步于各派交拼的场合里。它作风的步伐之一致，明白地表示了它是一个同人的集体。可是他们也依旧各人努力地建树着各人的风格。”“若说诗帆是怀着‘典丽’的主义，那我们倒不如说它是反映着诗帆作者的人生的来得妥当一些。”

除了刊出诗作，《诗帆》第2卷第1号还刊出“特辑”《十六年来新诗坛之阵容》，列入243位诗人的名单，按姓氏笔画排列；第2卷第5—6号又刊出“特辑之二”《诗册编目》，收录有一百二十八位诗人的近二百部诗集。这应该与孙望所说汪铭竹“还有一种爱好搜藏新文学书籍的嗜好”有关。此外，《诗帆》第三卷第一期刊出告白：“本会拟自今年起，计划刊行《一九三七年新诗年选》一种，力求周详，不遗珠玉。惟因限于地域，诗作资料之收集，多感不便。愿全国诗志诗刊之主持者及诗之写作者不吝赐以诗志或结集，则毋任感谢。俟《年选》刊成，当寄赠以答雅意。”可惜《年选》未能出版。

《诗帆》开本不大，页数也不多，但版式和装帧非常高雅。封面每期不同，体现了编者艺术之追求。常任侠讲：“1935年春天我去日本，购买了日本新出的多种诗刊与诗册，并且购买了《蕗谷虹儿画集》与《庇亚词侣画集》，供《诗帆》用作参考和装饰，寄赠给铭竹，使他的编辑室中，充满了资料和喜说。在1936年底，我从日本归来，带回不少艺术考古图籍外，又带来了斋藤昌三的《藏书票之话》、全译多图本十大册《一千零一夜物语》和精印本《一千零一夜诗集》，尤其我在高岛屋珍本书展中用重金购得一册英文珍本书《欧洲歌剧十大美姬》，其中版画插图的精美，至今尤萦梦寐，与铭竹、滕刚等友共赏，准备为《诗帆》加意装饰，使之走入国际诗坛，得到更多人的赞赏。美的内容还需有美的外表，尽我们的力量，要把她焕发出绝代的丰姿。”（《土星笔会和诗帆社》，见《新文学史料》1993年第1期）

如此唯美的诗刊，当时的反响并非全是正面的赞美。齐歘的文章就说：“他们眷眷于情感，辞藻，含蓄，技巧上，所以很引起一般所谓国防诗论者的非难。”查大象出版社二〇〇八年十二月出版的《常任侠书信集》，常任侠一九四〇年五月二十八日致沈祖棻程千帆信说：“重庆颇有妄人，訾骂《诗帆》同人，而白凤反称其人，弟已去信责之矣。近为《中苏文化》‘五四特辑’写一文，评论新诗过去战绩，特举《诗帆》，谓在新月、现代之上，独标古典一格，对于新月、现代，均摘其短，于标语口号之流，则一字不提也。兄等以为然否？”一九四〇年六月十九日致孙望信说：“《中苏文化》三卷四期登弟一文，为《诗帆》打气，兄曾见之否？弟仅有一册，亦不能寄与铭竹也，兄可购寄之。”常任侠的文章题为《五四运动与中国新诗的发展》，发表于一九四〇年五月五日《中苏文化》半月刊第六卷第三期。文章讲：“在过去新诗刊物中，延续得最长久，而成绩也最可观的要推《诗帆》与《新诗月刊》。《诗帆》发刊于南京，共出三卷，因为不喜宣传发售，只寄赠于国外和国内的较大的图书馆，所以流行于一般社会者很少。这是一个同人杂志，集合主张相同的人，出资发刊的，以汪铭竹孙望为出面代表者。他们既不喜新月派的韵律的锁练，也不喜现代派的意象的琐碎，标举出新古典主义，力求诗艺的进步，对于现实的把捉，与黑暗面的解剖，都市和田园都有所描写。他们汲取国内和国外的——尤其法国和苏联——诗艺的精彩，来注射于中国新诗的新婴中，以认真的态度，意图提倡中国新诗在世界诗坛的地位，并给标语口号化的浅薄的恶习以纠正。他们努力的创作并努力的翻译，译成法国和苏联的几个著名作家的诗集，在东方各国又译了两册阿剌伯的诗，也零碎的译过朝鲜和日本的诗，在质上并力求其优美无憾。在印刷上也是力求考究的。"

《诗帆》停刊后土星笔会同人曾打算在长沙复刊。常任侠一九三八年五月十五日致孙望信说："《诗帆》复活之议，弟甚赞同，将来在长沙印行，甚善。力扬惟木天、蒋锡金等马首是瞻，弟殊不愿更与商讨，且此辈好出风头，非忠实于诗艺者，惟艾青对诗修养颇佳，亦与穆木天等一帮人不合作，极赞《诗帆》之美，数向弟索取，弟虽只两份，已赠一份与之。今文坛中丑恶甚多，能如往昔吾人刻苦认真态度，固甚少也，于此益知其可贵。"六月二日又致孙望信说："如复活《诗帆》，当逐期撰稿。弟对联合同志，只重个人，不重团体，人数最好在十五人以下，多则讨厌矣。李白凤等本是旧同志，邀约甚佳。"然而努力的结果是创办了另一份诗刊《中国诗艺》。

《中国诗艺》一九三八年八月十日在长沙创刊，编辑为中国诗艺社，主要编者应该是孙望。常任侠一九三八年七月四日致孙望信说："中国诗艺社成立，极为快愉，加入发起，不成问题，不过我近来忙得要死，每天十小时还不够，额外做夜工，十时以后才下班，诗神简直无暇附体了。将来有诗，当即寄奉，现在请恕我吧。"八月二十三日又致孙望信说："《中国诗艺》两册收到，内容及印刷均可爱。在抗战期中，印刷艰难，能得如此成绩，良不易也。"

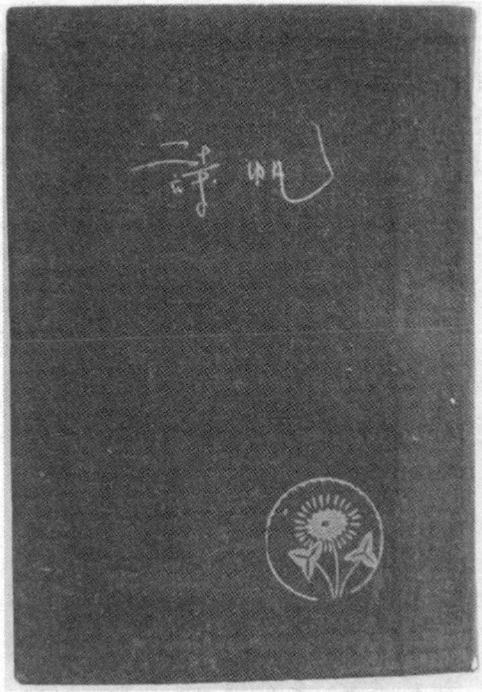

诗帆精装本

复刊《诗帆》一事为何不成，现无资料可询，至于如何创办了《中国诗艺》，上海三联书店二〇一一年十月出版的徐祖白、孙原靖《诗人学者孙望》一书讲："1938 年 4 月，孙望写信给《中国诗坛》编辑雷石榆先生，谈'诗歌大众化'问题，他的信被刊登在《中国诗坛》第二卷第四期上。雷石榆还专门回信说：'孙望兄：大示读悉，感甚。兄提出具体意见，很有研究价值。''我们很想和北方的诗友采取紧密的联络，请你此后给以我们多多的帮忙。'他还在信中建议孙望等人在长沙'联合起来办一个诗刊，同时可能的话，在长沙组织一个"中国诗坛社"的分社。'""根据雷石榆的建议，孙望等人在 6 月的一次聚会中，专门商讨了成立'中国诗艺社'的问题，决定出刊《中国诗艺》单行本。8 月，第一卷第一期《中国诗艺》出版。”《中国诗艺》第一卷第一期的作者主要是《诗帆》同人及相关朋友，有汪铭竹、孙望、程千帆、绛燕、林咏泉、李白凤、吕亮耕、葛白晚等。

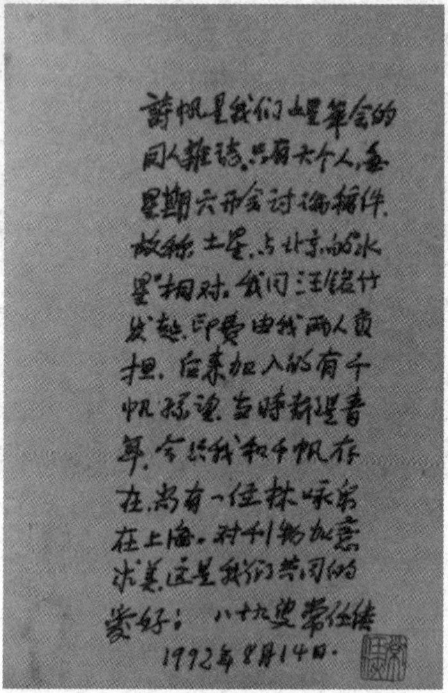
詩帆是我們四星筆會的
同人雜誌，只有六個人，每
星期六開會討論稿件，
校稿土星，与北京的水
星相對。我同汪銘竹
发起，印费由我两人负
担。后来加入的有千
帆、孫望、当時都是青
年。今只我和千帆存
在，尚有一位林咏泉
在上海。对刊物加意
求美，这是我们共同的
爱好。 八十九叟常任侠
1992年8月14日。

诗帆

《诗帆》的原刊我是一九九二年在上海图书馆查到的，其中第 1—2 卷为合订精装本。《诗帆》第三卷第一期刊出的告白有：“《诗帆》前出两卷，今拣出全帙若干份，合装成册，杜布书面。”数量怕不会很多。张伟兄想请常任侠先生为这本精美的合订本题跋，托我将刊物带回北京，于是这本珍贵的刊物又增添了如下珍贵的文字：

诗帆是我们土星笔会的同人杂志。只有六个人，每星期六开会讨论稿件，故称土星，与北京的“水星”相对。我同汪铭竹发起，印费由我两人负担。后来加入的有千帆孙望，当时都是青年。今只我和千帆存在，尚有一位林咏泉在上海。对刊物加意求美，这是我们共同的爱好！八十九叟常任侠　1992 年 8 月 14 日

王培元

看花满眼泪

钱锺书在《管锥编》里曾提到，欧洲古代有不少兵连祸结的战争皆由美女而起，古希腊历史学家希罗多德的名著《历史》一书，开篇即记述特洛伊之战起因于掠夺美妇人——希腊争抢美狄亚，特洛伊抢掠海伦。

而中国古代的帝王霸主英雄好汉们，却似乎极少“冲天一怒为红颜”，为一个美女而打得你死我活。“江山”与“美人”孰轻孰重，英雄豪杰大丈夫们心里是清清楚楚的。在他们的野心和欲望的天平上，“江山”的分量，恐怕不知要比“美人”重多少倍。前者简直等同于身家性命，后者则不过是可以随意弃取的一件玩意儿。他们的精明盘算基于“从来如此”的英雄气概、蛮霸逻辑——只要夺取了天下，稳坐了社稷江山，美女自然也就唾手可得不在话下了；“后宫佳丽三千人”，要多少有多少，喜欢谁就是谁。

魏武帝曹操和魏文帝曹丕，到底不愧是“一世之雄”。在戎马倥偬与各路豪雄争夺天下之际，这爷俩儿都是“顺手牵羊”，无须花费多大力气，就把所喜欢的女人弄到了自己手里。

兴平二年春，曹操南征张绣，率军抵达淯水之滨。张绣是汉骠骑将军张济的侄子，张济战死以后，其部下都归了张绣。张绣知道自己手里这点儿人马，实不足以抵抗“挟天子以令诸侯”的曹操的大军，于是马上率兵缴械投降。曹操没费吹灰之力，就兵不血刃地拿下了宛城。张绣的婶母，即张济的遗孀，也在城里。曹操进了城，见其面貌姣美，遂纳入自己的帐中。

俗话说“有其父必有其子”。兴平七至八年，曹操大败袁绍父子。十年春，又平冀州。跟随父亲征战的曹丕，纳袁绍中子袁熙之妻甄氏于邺。甄氏建安中由袁绍为儿子袁熙娶到家里，之后袁熙出任幽州刺史，甄氏未随夫前往，而是留在邺城侍奉婆母刘氏。邺城失陷后，甄氏不幸沦于曹丕之手。据《三国志·魏书》注引《魏略》所载：

> 及邺城破，绍妻及后（即甄氏）共坐于皇堂上。文帝（曹丕）入绍舍，见绍妻及后，后怖，以头伏姑膝上，绍妻两手自搏。文帝谓曰：“刘夫人云何如此？令新妇举头！”姑乃捧后令仰，文帝就视，见其颜色非凡，称叹之。太祖闻其意，遂为迎取。

所谓“迎取”究竟是何勾当，再清楚不过了。当时曹丕跟着父亲曹操入住袁绍的宅第，“余（曹丕）亲涉其庭，登其堂，遊其阁，寝其房”。已沦为他的掌中玩物的甄氏，有如刀俎间之鱼肉。作为一个成了女俘的弱女子，倘若甄氏还想活命，不包羞忍耻任凭曹氏父子肆意摆布，又能有别的什么办法呢？

曹操和曹丕在攻城略地之时，同样都并非出乎其意外地获得了各自格外青睐的特殊战利品——美女。子女玉帛，江山美人，英豪雄杰伟男子们是要一并收入囊中的。史载，甄氏归曹丕后，“有宠，生明帝及东乡公主”。明帝就是魏文帝曹丕驾崩后，继承了皇位的曹叡。

世人所知的息夫人的故事，与此颇有些相似之处。《春秋左传》庄公十四年记云：楚子灭息，以息妫归，生堵敖及成王，“未言，楚子问之。对曰：‘吾一妇人，而事二夫，纵弗能死，其又奚言？’”虽然息侯夫人息妫在亡国之后，被楚文王当作战利品掳回楚国，并给他生下了两个儿子，但她选择了沉默无言，始终坚持不开口和楚文王说一句话，可见其内心羞辱痛愤之深！“楚宫慵扫眉黛新，只自无言对暮春。千古艰难惟一死，伤心岂独息夫人？”清代诗人邓汉仪这首《题息夫人庙》所咏即为此事。唐代著名诗人王维和杜牧，也都写过感慨息夫人悲惨遭际的诗篇。

尽管同样是被劫夺被逼迫的屈辱婚配，生下一儿一女的甄氏，似乎比生了两个儿子的息妫更幸运些，因为她到底还得到了曹丕的宠爱。然而即便如此，后来到底又怎么样了呢？

黄初元年十月，曹丕篡汉称帝。曹丕践祚之后，以河内山阳邑万户奉汉献帝刘协为山阳公，“行汉正朔，以天子之礼郊祭，上书不称臣，京都有事于太庙，致胙”。这场“假禅让为攘夺”（赵翼语）的丑剧，居然扮演得郑重其事、一本正经。已经把你赶下了人主的龙位，还要黄鼠狼给鸡拜年一般，给你保留着“行正朔”啊、“郊祭”啊、“太庙致胙”啊之类只有天子才能独享的礼遇，以显示新朝君主之“天恩浩荡”，这实在不能不令人感到有些滑稽可笑！而下台后降为山阳公的刘协，自然也不能不努力地做一个乖角。在被迫知趣地交出皇位（禅让）之后，他又感恩戴德地把自己的两个女儿当成礼物，呈奉给刚登基的魏文帝曹丕做嫔妃。

据记载，献帝这两个女儿，与“郭后，李、陰贵人并爱幸”。既然如此，那么甄后又怎么样了呢？史书云：“后（甄氏）愈失意，有怨言”。感到失意也就罢了，竟然还敢有怨言，这岂不是逆了天子的龙鳞！果然，“帝（曹丕）大怒，二年六月，遣使赐死，葬于邺”。就这样，“颜色非凡”的甄氏最终死于非命。从哪里来又回到哪里，葬在了她即于此地落入曹丕手掌的邺城。

魏武、魏文二帝父子对待别的女人、别人的妻女是如此，那么他们又是怎样对待自家的女人、自己的女儿的呢？

建安十八年五月，汉献帝刘协遣使持节策命曹操为魏公。秋七月，曹操就急切地在邺城建立起魏国的社稷和宗庙。接着他又“进三女宪、节、华为夫人，聘以束帛玄纁五万匹，小者待年于国”。建安十九年，“并拜为贵人”。伏皇后被弑后，曹节立为皇后。曹操同时把三个女儿全都送给献帝，年龄太小者，暂留于国，以待其年长。可见他为了更有力更有效果地控制献帝，以实现蓄谋已久的篡汉目标，是何等迫不及待，何其不择手段，甚至于不惜以牺牲三个女儿的青春、一生的幸福及性命为代价。

曹节在皇后做到七年的时候，发生了曹丕逼迫献帝禅让退位的大事变。曹丕“遣使求玺绶，后（曹节）怒不与。如此数辈，后乃呼使者入，亲数让之，以玺抵轩下，因涕泣横流曰：‘天不祚尔！’左右皆莫能仰视”。

作为曹操的中女，即使贵为皇后，曹节也依然无法阻止曹丕篡汉称帝的“洪业”。魏文帝曹丕登坛受禅后，汉献帝刘协即被废为山阳公，曹节也随之由皇后降为山阳公夫人。又过了四十一年，曹节薨，与刘协“合葬禅陵，车服礼仪皆依汉制”。而刘协的另外两位贵人、曹操那两个女儿——曹节的姐妹曹宪和曹华，后来的遭遇、下落究竟如何，史家未记，不得而知。

曹节三姊妹的命运，也许会让善感的人们扼腕叹息吧。然而实际上，中国古代王朝对待女人，还有更冷酷更凶残的规则和方法在。在鲜卑人建立的北魏朝廷里，倘若女子有幸被选入掖庭，别人向她表示祝贺时，一定会说：“愿生诸王、公主，勿生太子！”为什么呢？因为北魏朝廷一直有一个令人恐怖的规定，皇子一旦立为太子，必杀其母。直到宣武帝元恪延昌元年，这个灭绝人性的做法才被废止。

在古代君主王侯这些男性征服者劫夺者杀戮者的眼里，女人究竟算是什么呢？大约不过是传宗接代的工具，提供享乐满足兽欲的器物，予取予夺的物品，可以待之如刍狗、弃之如敝屣、杀之如草芥一类的东西而已。假如这些伟丈夫想让她们从人世间彻底消失（眼下时髦的说法叫作“人间蒸发”），只需要像捻死一只小昆虫那样，动动手指即可。

也许有人会以为，杀太子母只是“非我族类，其心必异”的鲜卑人所为，而在自古以来即崇奉“仁义道德”的中夏王朝，是绝不会发生这类残酷冷血的事情的。《汉书》里不是写着“夷狄譬如禽兽”，“未尝闻中国礼义”；“夷狄之人贪而好利，被发左衽，人面兽心”吗？然而，史书上偏偏却记着一代雄主汉武大帝刘彻“赐死”其宠妃、号称钩弋夫人的赵倢伃的事实。

> 时钩弋夫人之子弗陵（即后来的昭帝），年数岁，形体壮大，多知，上（汉武帝）奇爱之，心欲立焉；以其年稚，母少，犹与久之。欲以大臣辅之，察群臣，唯封车都尉、光禄大夫霍光，忠厚可任大事，上乃使黄门画周公负成王以赐光。后数日，帝谴责钩弋夫人；夫人脱簪珥，叩头。帝曰：“引持去，送掖庭狱！”夫人还顾，帝曰：“趣行，汝不得活！”卒赐死。顷之，帝闲居，问左右曰：“外人言云何？”左右对曰：“人言‘且立其子，何去其母乎？’”帝曰：“然，是非尔曹愚人之所知也。往古国家所以乱，由主少、母壮也。女主独居骄蹇，淫乱自恣，莫能禁也。汝不闻吕后邪！故不得不先去之也。”

掌握着生杀予夺大权的汉武帝，为确保大汉王朝江山社稷的稳固，为使“国家不乱”而长治久安，把自己一度宠爱的钩弋夫人赵倢伃置于死地，完全是合理合法、天经地义、不容置疑的。

伟丈夫刘彻“不得不为之”的“杀人逻辑”背后，隐藏着两种极不平等的非人的权力关系：首先是女子深受男人贱视、凌辱与奴役的性别权力关系，其二是主子与奴隶、帝王与臣民百姓之间野蛮残暴的政治权力关系。

正如钱锺书所说，“盖男尊女卑之世，口诛笔伐之权为丈夫所专也”。“古久先生的陈年流水簿子”（鲁迅语）里所记录着充斥着的，大都是男性战胜者征伐者掳掠者欺凌者的声音；而卑弱者低贱者悲苦无告的惨痛哀泣与呼号，则完全被掩盖被遮蔽而湮没无闻了，更不消说备受欺凌、苦难深重的妇女。

“看花满眼泪，不共楚王言。”（王维）在黑暗漫长的几千年历史当中，后来被赞为“半边天”的她们，是沉默无声的。

2019 年 9 月 30 日至 10 月 2 日于山海旅次北窗下

短长篇

李兆忠

历史的镜子:回望《芙蓉镇》

《芙蓉镇》诞生，是20世纪中国文化史上一个引人注目的事件。它的出现，标志“新时期文学”由即兴的“伤痕”，上升到深邃的“反思”。

一九八一年二月，长篇小说《芙蓉镇》在《当代》杂志上发表，迅速风靡全国；经修订，于一九八一年十一月由人民文学出版社出版。此后一两年里，作者收到八百多封读者来信，《光明日报》、《中国青年报》、《作品与争鸣》、《小说选刊》、《文汇报》、《文艺报》和《当代》等报刊发表了相关的评论或报道。文坛前辈、巨擘沈从文、丁玲、沙汀、张光年对这部小说予以格外的关注和提携。在这种背景下，一九八二年，《芙蓉镇》荣获首届茅盾文学奖。

文学评论家雷达称赞《芙蓉镇》“写得真、写得美、写得奇”，进而这样论述：“它流贯着一种强大的客观生活实感，小说的人物如活人般呼吸可闻，小说的故事像生活中发生的事一样真实可信，仿佛作者只是把它们照生活本身的模样移到了纸上，很难看到斧凿的痕迹。它非但不像过去某些写农村生活的作品，用左的‘阶级斗争’、‘路线斗争’的现成结论，去过滤、宰割、砍削生活的真实，相反，它的作者有如一个勇敢的逆水行船的舟子，在历史的河道上，拨开阶级斗争扩大化的理论所布下的重重迷雾，寻踪辨迹，力求还历史以本来面目，还人物以本来面目。”（《一卷当代农村的社会风俗画——略论〈芙蓉镇〉》，《当代》1981 年第 3 期）

据作者自述：《芙蓉镇》问世后，不少读者来信说，小说中的芙蓉镇就像是他们家乡的小镇，里面的主要人物他们都很熟悉，都像做过邻居当过街坊；有一天，一位远在内蒙古草原上当中学教师的中年汉子突然闯进人民文学出版社的客房，自报家门，对正在修订《芙蓉镇》的作者说：“老古同志，我就是你写的那个秦书田，我因一本历史小说稿，‘文革’中被揪斗个没完没了，坐过班房，还被罚扫了整整六年街……”说着，泪流满面，泣不成声，作者也深受感动，为这位内蒙古草原上的“秦书田”感慨不已（《闲话〈芙蓉镇〉——兼答读者问》《作品与争鸣》1982 年第 3 期）。

然而，《芙蓉镇》广受好评之时，另有一股暗潮涌动，正如《芙蓉镇》责编龙世辉回忆那样：“对《芙蓉镇》的看法，并不是没有争议的。公开的、见诸文字的不多。但在读者中，在编辑部内部，在文艺界，甚至一些老作家在谈论它时候，都有一些不同的看法，有的意见还颇尖锐。”（《关于古华和他的〈芙蓉镇〉》，《当代文艺思潮》1983 年第 6 期）后人可以看得更清楚：是一种严酷的“真实”，给人心造成震撼，给现行体制带来颠覆性效应，引起争讼是必然的。作为时代的亲历者和文学从业人员，笔者了解，在各种诟病之声中，认为《芙蓉镇》是一部“反党反社会主义”小说的不乏其人。这种声音之所以没成气候，是因为十一届三中全会之后，整个社会氛围发生了根本性变化。但杂音始终存在，唯其如此，当时评论界流传这样一句话：“《芙蓉镇》好看不好评。”

沙汀前辈对《芙蓉镇》的看法，颇能说明问题。一九八一年五月的某一天，沙老就《芙蓉镇》的创作问题与古华作了一次长谈，肯定这是“创作界一个新的成就，从内容到形式都将引起广泛注意”的同时，也有所保留。沙汀先生的不满，主要集中在谷燕山这一人物形象上，认为作者写谷燕山的性机能缺陷，写他的自卑心理，把这个正面人物形象破坏了；沙汀进而强调：即使是在十年动乱期间，党还是存在着的，还是在发挥它的作用，不能低估党在人民中的长期影响；‘文革’中的问题可以写，但要划清界限，要写出党的影响和人民的力量，《芙蓉镇》里有人民的力量，但只是一点苗头，没有充分展开，没有具体内容。对小说的结尾，沙汀也提了意见：王秋赦发疯后在街上大喊大叫，尽管生动，但把居民写得心惊肉跳，就太过分，最好改成由镇委书记谷燕山把他喝斥一顿，赶回吊脚楼，或者让他在居民的讽刺嘲笑声中消失。沙汀认为作者写了粉碎“四人帮”后的新气象，但是没有化作具体的形象，给人感染力不强（《谈〈芙蓉镇〉——和古华同志的一次谈话》，《文艺报》1983 年第 2 期）。

必须承认，沙汀先生的观点带“庸俗社会学”的影子，其理论依据，是以“阶级性”为前提的“党性”原则。（按照这种理论，阶级斗争是推动历史进步的真正动力，“党性”是确保斗争胜利的法宝。这种思想在民不聊生、矛盾纷扰的中国拥有很大的市场。反讽的是，随着社会主义新中国成立，剥削阶级被消灭，私有制寿终正寝，这种斗争哲学不仅没有得到修正，反而变本加厉，直至引来“文革”十年浩劫。）这不能不与作者的创作宗旨相左。《芙蓉镇》的立意，是要否定“文革”，否定阶级斗争，呼唤久违的人性、人情，而沙老首先考虑维护的，是天经地义的“党性”原则，两者难免产生错位。从古华不久后发表的《闲话〈芙蓉镇〉》一文看，他并没有接受沙汀前辈的批评。关于谷燕山人物形象，作者这样写道：“谷燕山首先是个普通人，是山镇上的百姓中间的一员，跟山镇上的百姓们共着命运安危，也有着个人的喜好悲欢。然而他主要的是一个关心人、体贴人、乐于助人的正直忠诚的共产党员。他的存在，无形中产生了一种使小山镇的生活保持平衡、稳定的力量。在山民们的心目中，他成了新社会、共产党的化身，是群众公认的‘领袖人物’。当然，这样写党的基层领导者形象，特别是毫无隐讳地写了他个人生活的种种情状，喜怒哀乐，或许容易生产一种疑问：在‘英雄人物’、‘正面人物’、‘中间人物’、‘转变人物’等有限的几个文艺人物品种里头，他到底应该归到哪一类、入到哪一册去呢？要是归不到哪一类、入不了到哪一册又怎么办？由此，使我联想到我们的文学究竟应当写生活里的活人还是写某种类别化了的模式人，‘套中人’？所以我觉得，谷燕山这个人物尽管有种种不足，但作为我们党的基层干部的形象，并无不妥。”

《芙蓉镇》在中国当代文学史上的价值，可从两个维度看出：一是共时性的“反思文学”，二是历时性的乡村题材小说，尤其长篇小说创作。就前者而言，由于受不证自明的绝对真理（如党性）的局限，许多“反思文学”作品（如王蒙的《布礼》、茹志娟的《剪辑错了的故事》、李国文的《月食》）放不开手脚，反思的深度因此大打折扣，作家的艺术创造力无法自由释放。相比之下，《芙蓉镇》突破了“党性”的框框，对极“左”错误的根源——阶级斗争的神话，作了彻底的颠覆，从人性与社会的角度，彰显了“文革”的来龙去脉。就后者而言，《芙蓉镇》不仅是同类题材小说中第一部清算“文革”的作品，艺术上亦有重大突破。乡村题材长篇小说创作一直是中国当代文学的重头，在此之前，已经有赵树理的《三里湾》，周立波的《山乡巨变》，柳青的《创业史》，还有浩然的《艳阳天》《金光大道》。前三部出自艺术功力浓厚的老作家之手，其中不乏闪光的片段，精练的文笔，巧妙的结构，遗憾的是，由于历史的局限，时潮的裹挟，殚精竭虑的努力未能修得艺术正果；后两部出自学养匮乏、思想闭塞的农村文学新秀之手，主题先行，以阶级斗争、路线斗争的政策图解现实生活，尤其《金光大道》，几乎跌入四人帮“阴谋文艺”的陷阱。正是这种物极必反的历史背景下，《芙蓉镇》应运而生，给人石破天惊之感。无怪责编龙世辉首次阅读尚未完成的手稿时，一下子惊呆了：“我读过大大小小的农村生活题材的作品，也发过长长短短农村生活题材的稿件，像古华这样，从一个新的角度反映农村生活的真实面貌，提示‘左’倾错误在农村造成的危害，在中长篇中我还是第一次看到。”(《关于古华和他的《芙蓉镇》,《当代文艺思潮》1983 年第 6 期》) 无独有偶，苏联汉学家谢曼诺夫也认为：二十世纪七八十年代之交，中国文学的复兴几乎是从零开始的，《芙蓉镇》极其深刻地描述了二十多年来的中国农村生活，是一部极为生动而又十分尖锐的作品，是那时期出现的一部优秀的长篇小说（《〈芙蓉镇〉俄文版序》,《芙蓉》1986 年第 1 期)。

《芙蓉镇》以生动的人物形象演绎一个深刻主题：在一个封建专制文化传统根深蒂固，民智未开的国度，一种褊狭的、激进的阶级斗争理论与人性之恶相结合，将释放出巨大的破坏性能量，它不仅催生王秋赦那样的好吃懒做、不劳而获的“运动根子”，李国香那样的攀附权贵、心术不正的弄潮儿，也异化、扭曲正常的人性，扼杀美好的人情，败坏良好的民俗，将一个拥有悠久历史文化的民族卷入万劫不复的灾难之中。更为难得的是，《芙蓉镇》“寓政治风云于风俗民情图画，借人物命运演乡镇生活变迁”，由此产生强烈的艺术感染力，让人看到那个时代“阶级性”“党性”对“人性”“人情”的无情吞噬，将社会推向虚无疯狂的深渊。作者以丰沛的激情、朴素的文字将一切描写得栩栩如生，回肠荡气，小小的芙蓉镇于是有了宏阔的象征意味，成为那个时代中国社会的缩影。

古华写《芙蓉镇》时已届中年，其成功并非偶然。古华是一位多思善感，良知坚定、有远大抱负的文学痴迷者，自幼生长在湖南农村，稔熟那里的民情风俗。据古华自述：早在“文革”之前“文革”之中，他就曾深深陷于苦闷之中，为自己所能表现的生活是经过粉饰的，苍白无力的，跟平时耳濡目染的真实的社会生活相去甚远；看厌了同龄人、同事、朋友在运动中的忘我表演、升迁沉浮之后，山区小镇古老的青石板，新造的红砖青瓦房，枝叶四张的老樟树，歪歪斜斜的吊脚楼，对他有了一种新的吸引力和亲切感；他还发现：山镇上的物质生产进展十分缓慢，而人和人的关系则发生着各种急骤的变幻，人为的变幻。这表明：古华具有敏锐的艺术感知能力，在众人皆醉的精神黑暗时代，已在半自觉状态中积蓄创作势能。惟其如此，“文革”一结束，思想解放春光乍泄，就率先从“三突出”的写作套路中挣脱，艺术人生从此翻开新的一页。正如他自述那样：“三中全会的路线、方针，使我茅塞大开，给了我一个认识论的高度，给了我重新认识、剖析自己熟悉的湘南乡镇生活的勇气和胆魄。我就像上升到了一处山坡上，朝下俯视清楚了湘南乡镇上二、三十年来的风云际会，山川流走，民情变异……”

今天重读《芙蓉镇》，令人感慨万千。四十年来，中国社会发生翻天覆地、令人瞠目的变化。中共十一届三中全会引领中国走出“两个凡是”的精神桎梏，绽放思想解放灿烂之花，之后遭遇曲折，经济上的开放发展与政治上的稳固保守形成耐人寻味的对比。后者体现在对“文革”历史的“选择性遗忘”与用心良苦的涂饰上，由此影响年青一代对历史的认知，对未来的把握。在这种背景下重温《芙蓉镇》，别有一番滋味。尽管岁月飞逝，乱花迷眼，已使这部“新时期”筚路蓝缕的反思之作显出几分稚嫩，笔者依旧感受到它的生命力，沉重的历史感油然而生。

2019 年 11 月 13 日修订

孟昭连

圆凿·圜刃·铁锥筒
——关于“洛阳铲”发明的质疑

一 李鸭子与洛阳铲

洛阳铲是一种考古挖掘的工具，又名探铲，原来主要用于古墓的探查，后来也广泛应用于地质勘探。洛阳铲的基本结构与平常的铲子相同，前部为铲头，后部为铲柄。其与常见铲子的不同处，除了柄要比一般的铲柄长得多，更主要表现在铲头的形状不同。平常的铲头是平的，刃呈线形，而探铲的铲头是筒状的，铲刃呈弧形。根据弧度的不同，又可分为两种：一种弧度180度左右，近半圆形的，这种使用得较多；另一种称套铲，铲形弧度较大，已接近360度，实际上等于铁筒去掉一个缺口。铲肩上有铲裤，以细长的木杆插入为柄，尤以柔韧的白蜡杆作柄最佳。套铲主要用于土质水份较多的土层。洛阳铲的工作原理是，当用力将铲子垂直向下杵击地面后拔出时，半筒形的铲头可以将地下的泥土带出；如此一下一下不断深入，并变化铲子的方向，就逐渐挖出一个直径约十几厘米的深洞。通过分析带出来地面的土质变化，可以推测地下有无古代墓葬。

关于这件奇特工具的发明，古代典籍上并无明确记载，所以早在二十世纪五十年代，文物专家就断定其“由来已不可考”①，也就是对它的最早出现年代及发明人都不清楚，也无法再搞清楚。但这个考古难题在二十世纪末似乎突然间解决了，各种媒体上都在传播着一个大同小异的故事，且言之凿凿，人名、地名、时间、事情的经过一应俱全，不由你不相信。据这种说法，洛阳铲是民国年间河南一位名叫李鸭子的盗墓者发明的。下面姑录赵振华《洛阳盗墓史略》中的一段内容，以见此种说法的来龙去脉：

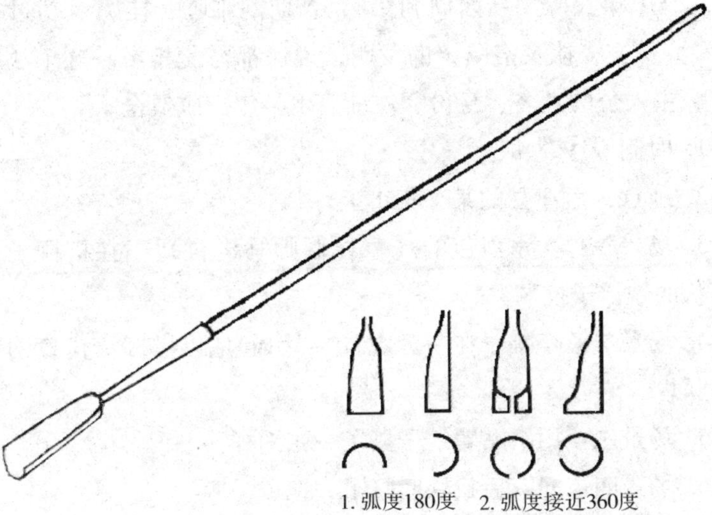

洛阳铲图

据李合全回忆，探铲的发明者是邙山南麓马坡村民李鸭子（李合全为其长子）。李生于清末，于今约 100 岁，死于解放初。李少时家贫，以刨古董（盗墓）为生。民国 12 年前后，李一次去孟津赶集，见集上卖水煎包子的偃师马沟村人正在搭

① 见若是、士斌文《洛阳铲》，《文物参考数据》1955 年第 7 期。

棚子，用一把筒瓦状的短柄铁铲子，在地上挖一竖直的小圆坑，以插棚杆。铲子往地下用力一戳，提起就带出不少土来，颇为便利。李正苦于钢锨找墓不易，即引起他以搭棚铲代替钢锨找墓的联想，于是用纸贴铲撕了一张图样，回去后找铁匠琢磨打造。李鸭子起用，众人效仿，探铲就传开了。①

此后，1992 年《炎黄春秋》王兆麟《从盗墓工具到考古利器》、2001 年《瞭望新闻周刊》第 16 期刘雅鸣、桂娟《功过“洛阳铲”》等文，谈及洛阳铲的发明，说法都与此相类。这个故事很完整，主人公的姓名、身份、住址、生卒年一应俱全。

1. 时间：1923 年。

2. 地点：孟津县的某个集市上。

3. 场景一：卖水煎包的（家住偃师马沟村）正在搭棚子，用瓦筒状的铁铲子挖洞。

4. 场景二：李鸭子在一旁观看，“引起他以搭棚铲代替钢锨找墓的联想”。

5. 场景三：用纸贴着铲子撕了一张图样。

6. 场景四：回家后找铁匠打了一把。

7. 一试果然好用，于是传开了，其他盗墓者便纷纷效仿。

犹如一段电影片的“分镜头”，故事是如此详细，就像发生在昨天，而不像是近百年前的往事。但也正因为故事太详细，反倒会叫人起疑心，故事的细节，尤其是主人公的心理活动，让人觉得更像是虚构加工而成的一篇小说作品。还应该注意到，这一切都是通过李鸭子的长子李合全（有说是孙子）口述出来的。那么这种说法

① 赵振华：《洛阳盗墓史略》，《洛阳古墓博物馆》1987 年创刊号，第 230 页。

的可信度如何？为什么五十年代搞不清楚的问题，几十年过去了，一幅“造铲图”如此清晰地展现在人们面前？这种说法随着互联网技术的发展流传越来越广，不少人信以为真，包括近年出版的某些考古学著作也予以采信①，说明已经形成一定影响。本文想以实事求是的态度，以材料说话，以事实说话，就此问题略陈己见，以就教于方家。

洛阳铲是因其特殊构造而产生了独特功能而成为一种盗墓工具的，所以要解决我们所要探讨的问题，可分为三个层次：（1）弧形构造的铲子是何时产生的？（2）它的本来用途是什么？（3）它是何时用于盗墓的？

二 “圜凿方枘”的来历

传说凿子是春秋人鲁班发明的，其实考古发现，早在石器时代就出现了凿子②。到了夏朝已经有了以青铜制造的木工工具，其中有铜凿、铜锛、铜椎等。铜凿是方柱形，一面刃，顶端留有使用过的痕迹③。依此计算，我国发明金属凿子起码已经有了四千多年的历史。这把凿子似乎全是金属的，没有木柄。但至迟到了六朝时期，凿子的柄就换成木头的，这样既可以节省金属，使用起来也比较轻便。成书于晋代的志怪小说《搜神记》中的一个故事，有这样一段情节：“至年十五，有置凿于梁上者，其末出，奴以为木也，自下钩之。凿从梁落，陷脑而死。”④ 这个家奴只看到木柄的一端，

① 如蔡全法主编《考古钻探知识与技术》，中州古籍出版社2000年版。

② 李济：《殷墟有刃石器图说》，《李济文集》卷三，上海人民出版2006年版，第293页。

③ 李民：《夏代文化》，中华书局编辑部编《中国历史的童年》，中华书局1982年版，第150页。

④ 干宝：《搜神记》卷十九，明津逮秘书本。

把凿子误当作木棒，要把它钩下来，不想凿子的铁头砸在脑袋上，死于非命。

那么圆凿是什么时候出现的呢？从情理上推测，恐怕离方凿子的发明时代不会太远。有一个“圜凿方枘”的成语提示我们，起码在战国时代就已经有了圆凿子，以圆凿子打孔也成了人们的生活常识。战国时期著名的辞赋家宋玉的赋中有这样的话：“圜凿而方枘兮，吾固知其鉏铻而难入。众鸟皆有所登栖兮，凤独遑遑而无所集。”① 后来“圜凿方枘”或“圆凿方枘”作为成语被广泛运用于各种文体中。《史记索隐》释云：“方枘是笋也，圜凿是孔也。谓工人斫木，以方笋而内之圆孔，不可入也。故楚词云：‘以方枘而纳圆凿者，吾知其龃龉而不入也。’谓战国时，仲尼孟轲以仁义干世主，犹方枘圜凿然也。”② 圆凿能打出圆形的孔，是相对方孔而言；方枘即方形的榫头，是相对于圆榫而言。榫和眼是木制品在结构上的基本要素。常识告诉我们，方形的榫头必须插到方形的眼里，才能安得进去，也才结实；同理，圆形的榫头也必须安到圆形的眼里去。如果反其道而行之，把方形的榫头安到圆形的孔里，结果自然是不可能做到的。我们还知道，凿子是木工的必备工具，木工做活，榫头是用锯子做，再用其他工具稍加修整；榫眼则是用凿子做。因为榫眼分方圆，所以凿子也分方形凿与圆形凿两种，方凿挖方眼，圆凿挖圆眼。方凿的头部是一斜面，而圆凿的头部则是一接近半圆的弧形（见图）。圆凿的这种特殊结构，使它既能在斧子的猛烈冲击下顺利钻进木头中去，又能在拔出时带出凿掉的木屑；不断变化圆凿的方向，就能很快在木头上挖出一个圆形的孔来。这种原理与洛阳铲能在地上挖出一个圆洞来是完全一样的。商周时代

① 《楚辞》，长江文艺出版社 2015 年版，第 127 页。

② 司马迁：《史记》卷七十四，清乾隆武英殿刻本。

车辆的制造技术已经十分先进，春秋末年齐国人的著作《考工记》记载，当时车辆制造已有专门分工，除所谓“车人”外，还有专门造轮子的“轮人”，专门制车厢的“舆人”等。制造车轮时，圆凿是少不了工具。

三　卓筒井与圜刃

如果说圆凿只是洛阳铲的“远祖”的话，那么宋代发明的一种打盐井用的钻具，与后世洛阳铲的“血缘关系”可能更近一些，这种钻具当时称作“圜刃”。众所周知，盐是人类生活的必需品，古代都属朝廷专卖，盐税成了历代朝廷的一项重要财政收入。中国古代的盐产约有五个品种：海盐、池盐、土盐、崖盐和井盐①，因地域不同而种类有别。沿海一带所产是海盐，而蜀地离海远，古代交通

① 如果细分品种当更多。《梦溪笔谈》卷一一《官政》云：“盐之品至多，前史所载，夷狄间自有十余种；中国所出，亦不减数十种。”

又不便，所以食用的主要是井盐。井盐的生产方法是先打井，从地下提取带有盐分的卤水，再加以熬制而成。宋代之前打井的方法比较原始，是所谓“大口井”，于平地人工开掘，井愈深而井口则愈大，卤水枯竭，再往下凿，循此往复开采一层，加深一层，有的“大口井”竟深愈五十余丈，费时费力。后来民间发明了一种开掘方便的小口盐井，称“卓筒井”。北宋文学家文同熙宁年间在陵州为政，曾调查过当地井盐生产情况。他在给朝廷的奏折中有如下记载：

明宋应星《天工开物》中的凿井图，

图右立者的凿井姿势与使用洛阳铲毫无二致。

> 伏见管内井研县，去州治百里，地势深险，最号僻漏。在昔至为山中小邑，于今已谓要剧索治之处。盖自庆历已来，始因土人凿地植竹，为之卓筒井，以取咸泉，鬻炼盐色；后来其民尽能此法，为者甚众。①

与文同同时的宋代文学家苏轼，在他的《东坡志林》中更细致地描述了这种卓筒井的打法及其工作原理：

> 自庆历、皇佑以来，蜀始创筒井，用圜刃凿如碗大，深者数十丈，以巨竹去节，牝牡相衔为井，以隔横入淡水，则咸泉自上。又以竹之差小者，出入井中为桶，无底而窍其上，悬熟皮数寸，出入水中，气自呼吸而启闭之。一筒可致水数斗。凡筒井皆用机械，利之所在，人无不知。②

后来陆游见到这种卓筒井颇为吃惊，并赞作“海眼”：“蜀食井盐，如仙井、大宁犹是大穴，若荣州则井绝小，仅容一竹筒，真海眼也。”③ 根据苏轼的记述，卓筒井最先出现在宋仁宗庆历至皇佑年间（公元 1041—1054）。又据宋李心传《建炎以来系年要录》记载，到公元 1129 年前后，四川地区有凿井的 30 个州县中，就有 17 个推广了卓筒井，可见普及之快。卓筒井打井的具体方法是：用一种特殊的“圜刃”挖井，井口的大小只有碗口粗细，井深可达数十丈。井壁用打通竹节的竹竿一根一根衔接起来，用来隔住从旁边渗出的淡水，那么咸水就自然在竹筒中上升。做井筒的竹子别是一

---

① 文同：《丹渊集》卷三十四，《文同全集编年校注下》，巴蜀书社出版社 1999 年版，第 880 页。

② 苏轼：《东坡志林》卷四，华东师范大学出版社 1983 年版，第 123 页。

③ 陆游：《老学庵笔记》卷五，中华书局 1979 年版，第 67 页。

种，曰“筰竹”：“卭筰人穴山数十丈，用此竹去节，牝牡相衔为井，谓之卓筒。牝者为笕，牡者名篊，以取咸泉煮盐。”[①] 下面还说到提卤水的方法，利用的是皮筏原理，与现在农村广泛使用的压水井的基本原理是一样的。

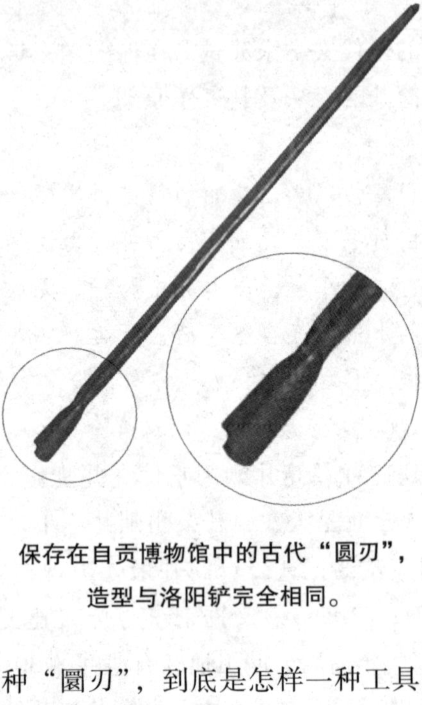

保存在自贡博物馆中的古代“圆刃”，
造型与洛阳铲完全相同。

苏轼所说这种“圜刃”，到底是怎样一种工具呢？根据苏轼的描述，可以归纳出这种工具的几个特点：其一，它是有锋刃的；其二，它的锋刃是圆形的；其三，它的大小约与碗口相似；其四，它可以安上长柄，而且长度可视井深而改变。

实际上就是与现代的洛阳铲造型一样的工具，因为刃成弧形，挖出的井自然也就是与碗口相似的圆筒形。四川自贡市有一个盐业博物馆，馆内还藏有各种钻井工具，其中就有多种古代的“圜刃”，

① 李衎：《竹谱详录》卷五，山东画报出版社 2006 年版，第 91 页。

尽管它们有大小之别，但共同点是它们的首端均为圆弧形，弧度较大的与洛阳铲几乎是一样的。

如果说木工的圆凿可能只是洛阳铲的“祖先”的话，那么宋代出现的圜刃就几乎是洛阳铲的“克隆”；当然，更准确地说，洛阳铲是宋代圜刃的“克隆”。

四 “锥探法”与铁锥筒

古代建筑中有所谓“锥探法”，用以检查城墙或堤坝的质量，所用工具在古代文献中称为“锥”、“铁锥”，实即一尖头的铁棍。我们知道，古代有一刑罚叫“铁锥贯顶”，铁锥所以能贯顶，就是因为它是尖头的；又有一个词叫“立锥之地”，也是说的锥头尖细。尖头的铁锥在古代既是一种刑具，也是一种武器，而且还作为一建筑检测工具来使用。据《晋书》一百三十：“阿利性尤工巧，然残忍刻暴，乃蒸土筑城，锥入一寸，即杀作者而并筑之。”① 古代夯土筑城，夯得结实，则锥刺不入，这在当时成为一种检验城墙质量的简易方法。其后，这种“锥探”之法也用于治河工程中，以检验河堤质量。《宋史·谢德权传》：“又命提总京城四排岸，领护汴河兼督辇运。前是，岁役浚河夫三十万，而主者因循，堤防不固，但挑沙拥岸址，或河流泛滥，即中流复填淤矣。德权须以沙尽至土为垠，弃沙堤外，遣三班使者分地以主其役。又为大锥以试筑堤之虚实，或引锥可入者，即坐所辖官吏，多被谴免者。”② 古代筑河堤，与筑墙类似，亦是夯土为之，故检验方法亦相同。若筑堤用土中含沙，或夯得不实，则铁锥易入，河堤就必须返工重筑，管辖官吏亦要受到处罚。

---

① 房玄龄等：《晋书》卷一百三十，中华书局1999年版，第2156页。

② 脱脱等：《宋史》卷三百九，中华书局2000年版，第8209页。

到了明代，这种用以检验河堤的“大锥”又有所变化。著名的水利专家浙江人潘季驯，于嘉靖、万历年间曾四次出任总理河道，主持治理黄河和运河。后来他将自己的治河经验总结为《河防一览》一书，成为古代水利巨著。在此书卷四“修守事宜”部分，有如下论述：

> 凡黄河堤必远筑，大约离岸须三二里，庶容蓄宽广，可免决啮。切勿逼水，以致易决。堤之高卑，因地势而低昂之。先用水平打量，毋一概以若干丈尺为准。务取真正老土，每高五寸即夯杵三二遍。若有淤泥与老土同第，须取起晒凉，候稍干方加夯杵。其取土宜远，切忌傍堤挖取，以致成河，积水刷损堤根。验堤之法，用铁锥筒探之，或间一掘试。①

这里谈的是黄河堤防修筑方法，从堤之高低、取土地点、土质及检验方法等，皆有规定。土质问题在潘季驯看来对堤防的质量有关键作用，他再三强调“务取真正老土”、“必真土而勿杂浮沙”、“远搜深取，务得胶淤老土”。淤土、胶泥粘性大，以之筑堤更坚固；若堤土中含沙，则为隐患。故严格规定“堤系沙土则不必论坚瑕，皆当改筑。盖沙能漏水，漏水则易溃”（《两河清汇》）。所可注意者是上面引文中的最后一句，验堤方法是“用铁锥筒探之”。那么这个“铁锥筒”是个什么工具呢？与宋代的“大锥”有什么区别呢？潘季驯在《恭报两河工程次第疏》中，把这个问题说得十分明白：

> 再照筑堤不难，而取土为难，或为水占，或为沙掩，远搜

① 潘季驯：《河防一览》卷四，清文渊阁四库全书本。

> 深取，务得胶淤老土，方许填筑，夯杵并举，务求坚实。臣等三令五申，诸司道朝乾夕惕，惟此而已。臣等犹虑官夫暗用飞沙填藏堤内，无从辨验，又制铁探筒数拾具，分散各工，令其时时锥探。臣等阅工之时，亦将前器探试。如筒内带出浮沙，捏不成颗，即将本管官究治，挖去改筑。①

这里说得很详细，无论是从形制、功能，还是从它的使用方法等诸多方面来看，这件工具与洛阳铲毫无二致，因此我们可以大胆地下结论：明代的“铁锥筒”与如今的所谓“洛阳铲”是完全相同的工具，二者实一物异名而已！铁锥筒的发明，是对尖头铁锥的发展，功能更为全面。尖头铁锥虽然凭手感能试出堤之虚实，但堤“虚”是因土中含沙，还是因为夯得不实，则不得而知，亦即潘季驯所说的“无从辨验”。但以铁锥筒探验，能带出堤内浮沙，则作弊之行无能遁其形矣。

在潘季驯《河防一览》及其后其他治河文献中，“锥凿”、“锥探”、“锥钻”之类的说法其广，所称的“锥”或“铁锥”所指不一，有时是指铁锥筒，有时则指传统的尖头铁锥。如清代《治河奏绩书》卷四：“堤稍瑕即溃，与无堤同。必选择淤土，每覆土一尺，即夯硪三回，筑毕用铁锥杵孔，沃以水，水不渗漏为度。”② 这里说的也是一种河堤检验方法，具体方法在清麟庆《河工器具图说》中有载，以木榔头将长不到四尺的铁锥打入新筑堤内，垂直拔起后，立即在锥孔中灌水，“若一灌即泻，名曰漏锥；半存半泻，名曰渗口；存而不泻，名曰饱锥”③。以此法验堤，亦可作弊，方法

---

① 潘季驯：《两河经络》卷二，又见《御选明臣奏议》卷二十九，清文渊阁四库全书本。

② 靳辅：《治河奏绩书》卷四，清文渊阁四库全书本。

③ 麟庆：《河工器具图说》卷二，清道光南河节署刻本。

是“兵夫于提拔之时有意旋转，则灌水易保，名曰泥墙；灌水之时，故将泥浆及胶粘之水灌入，名曰作料。”[①] 那么这里用的“锥”，因为只是单纯打孔，应该是尖头的。锥探之法亦运用于河床的勘察，以探明地下的情况，确定选址方向。如《河防一览》卷六：“自杨家林起至李家道口止一段，计长七十九丈，锥探砂石相兼”，“在水中既不能火煅又不得锥凿”。万历三年九月，尚书刘应节言修河事，谓“以水圭测之，高下有准。以锥探之，上下皆无石。事理甚明，可开无疑”。[②] 这两处所载的“锥”，尖头的和筒状的皆可。潘著《河防一览》卷八：“臣等即自潘家口，历丁家道口、马牧集、韩家道口、司家道口、牛黄堌、赵家圈，至萧县一带地方，委有河形，中间淤平者四分之一，地势高亢，南趋便利，用锥钻探河底，俱系滂沙，见水即可冲刷。”卷十一：“古洪内华二闸及护堤等处，逐一锥探，土堤委系老土夯实。”[③] 前者因为要带出地下的“滂沙”，后者是检验堤深处的土中是否含沙，都必须用铁探筒才行，尖头锥无能为力。

铁锥筒是否是潘季驯的发明，从考证的角度说，尚需更充分的资料证明。近见作家田桂林所著的长篇纪实小说《千古大运河》，有不少篇幅写到潘季驯修河的故事，其中有这样的描写：

> 大堤的修筑质量是潘季驯最为关切的。他日夜奔走在筑堤工地上，督促筑堤民夫选取真土胶泥筑堤，杜绝往岁杂沙虚松之弊；督促筑堤民夫要“夯杵坚实”，防止“豆腐渣工程”。

---

① 贺长龄编：《清经世文编》卷一百三，光绪十二年思补楼重校本。

② 潘季驯：《河防一览》卷六，清文渊阁四库全书本。

③ 潘季驯：《河防一览》卷八、卷十一，清文渊阁四库全书本。

他反复提醒民夫们：取土宜远，切忌傍堤挖取，以致成河积水，刷损堤根；大堤的高厚必须符合尺寸要求，勿惜巨费。

近运河边的一段月堤竣工。潘季驯闻报，命随从提督衙门办公处提来铁锥筒："本官要亲自前往验收。"

"铁锥筒？"随从不解地问道。

"是。铁锥筒。就是前些日子本官设计找铁匠制作出来的那件东西。你去给我提来。"

潘季驯一行，带着铁锥筒来到新竣工的月堤上。

潘季驯在月堤中段停了下来，他命人打开铁锥筒开始钻探，掘至堤底，从十余米的深处探上一锥土来。潘季驯拿过土，认真察看，的确是真土胶泥，完全不含沙，而且夯杵得很坚实。潘季驯满意地点点头。[①]

看来小说是把铁锥筒的发明权归到潘季驯名下的。

其实，到底是谁发明并不重要，重要的是这样一个事实：至迟在明代，被今人称为"洛阳铲"而当时称作"铁锥筒"的工具已经出现，而且成为明代河道治理中的必备工具。

五　铁锥用于盗墓

那么这种工具是何时用于盗墓的？就本文开始所引的那个传闻的情节来看，李鸭子并不是洛阳铲的发明者，他只是看到别人使用洛阳铲挖洞搭棚子，仿造了一把改作盗墓用。也就是说，他虽然不是最早发明者，却可能是最早用它来盗墓的。事实上，这种说法也不能成立。

文献资料显示，当明代嘉万年间潘季驯打造"铁锥筒"用作勘

① 蔡桂林：《千古大运河》，文化艺术出版社2007年版，第202页。

验黄河大堤的同时，洛阳人就已经把它变成了盗墓的工具。此段材料见明代王士性的《广志绎》卷三，其云：

> 洛阳水土深厚，葬者至四五丈而不及泉，辘轳汲绠有长十丈者。然葬虽如许，盗者尚能以铁锥入而嗅之，有金银铜铁之气则发。周秦汉王侯将相多葬北邙。然古者冢墓大，隧道至长里余者，明器多用金银铜铁。今三吴所尚古董，皆出于洛阳。[①]

这里所说的“水土深厚”是指土层厚，水位低。人所共知，墓葬怕水，所以要选在地势较高的地方，这样保存的时间才更长。洛阳多墓，一是因为它是千年古都；但更主要的恐怕是看中了它的地势高，风水好。引起我们兴趣的是，此处已将铁锥用作盗墓工具。盗墓人不需挖开坟墓，只需预先用一根铁锥插入地下，就可以嗅到“金银铜铁之气”。那么这个“铁锥”是我们前面所说的“铁锥筒”呢，还是那种传统的尖头“铁锥”？

我们不妨先假设这根铁锥也是尖头的，但有一系列技术问题在明代是无法解决的。

其一，据清麟庆《河工器具图说》，用于河堤锥探的铁锥，长仅二尺至三尺六寸，或有四尺的，这种长度用来锥探浅墓尚可，若墓深“四五丈”甚至“长十丈”，以此锥钻之，如何能透出“金银铜铁之气”？明代铁锥是以传统锻造方法制成，其时既无现代的钢筋拉丝技术，又未发明以镙丝衔接之法，可以把若干节接成长杆，那么这个十几米乃至几十米的铁锥是如何造成的？

其二，退一步说，即使有了这么一个长长的铁锥，又如何用它来钻孔打洞？也就是说，用人力如何将这个铁锥打入地下几十

① 王士性：《广志绎》卷三，中华书局1981年版，第38页。

米处？

其三，再退一步说，就算有办法能将铁锥砸入地下，然而接下来将面临一个更大的问题：如何再将铁锥拔出来？生活的常识告诉我们，即使将一根一二米长的尖头铁棍砸入地下，以人力再想拔出来都是很困难的，那么入地几十米的铁锥，又如何拔出来呢？

看来，以尖头铁锥强行打入地下的方法，无法使盗墓者嗅到墓中的气味。事实上，要想达到这个目的，只有一种可能：即用潘季驯验堤的“铁锥”——铁锥筒。因为只有这种形状的铁锥，才有可能打入地下几十米深，并能顺利地拔出来；也只有这种形状的锥头，才能最终形成一个细小的探洞，透出墓中的“金银铜铁之气”，甚至带出地下的土壤、木屑、碎砖石等东西。

中国古代水灾严重，历代治河是个“全民运动”，沿岸百姓每户均需出人，谓之“河工”，他们对修河工具都很熟悉。从情理上而言，既然明代万历年间锥探之法普遍运用于黄河与运河治理中，起码两河沿岸的人对两种铁锥——尖头的和圆筒形的，都不会陌生。洛阳地处黄河南岸不远，以盗墓者的钻营与心机，两种铁锥用于盗墓哪个更好用，明明就摆在那儿，他们怎能舍易而就难，用尖头铁锥而不用铁锥筒？再则，把铁锥筒简称为“铁锥”的并非王士性一人，稍后于王士性的浙江同乡周起元亦曾于明末主管修河，他说：“河官先立标记，然后挑用，不得希图省便，杂用松沙。查先年总河臣曾制铁锥，其锐造为团圈，于告完时巡行插取底土出验，分别功罚。此法甚善，则辨土以固堤根宜饬也。”[①] 他这里所说的“先年总河臣”就是指的潘季驯，“曾制铁锥”并把锥头造成“团圈”形的，就是指潘季驯造铁锥筒之事。王士性与潘季驯是同时代人，都在朝中为官，又是浙江同乡（潘为湖州人，王为临海人），

① 《周忠愍奏疏》卷上，清文渊阁四库全书本。

更重要的是，王士性对治河亦颇内行，当潘季驯主持治理黄河的时候，王还曾经上奏提过建议。考虑到这些因素，我们有理由认为，王士性在这里所说的盗墓工具铁锥，就是潘季驯用来验堤的铁锥筒，也就是现在更广泛运用于盗墓、采矿、建筑等领域的洛阳铲！

六 “洛阳铲”之名

如果铁锥筒确为潘季驯发明的话，那么“铁锥筒”这个名称也应该是他所创。虽然只是在原有“铁锥”名称上再加个“筒”字，但把它与尖头铁锥的本质之别区分开来。正因为是新创，它的叫法显然还没有固定下来，所以连潘季驯本人都不统一。在前面的两段引文中，潘一次称它为“铁锥筒”，一次又叫它“铁探筒”，但实际上指的是同一件东西。至于像王士性、周士元等，则仍然以“铁锥”的传统名称来称呼它，因为“锥”或“铁锥”之名其来甚古，虽然锥头由尖形的变成了圆筒形，但人们习惯上还是称它为“铁锥”，是很正常的。

二十世纪二三十年代，正是洛阳盗墓的高潮期，洛阳铲也成为盗墓者手中最便利的工具，但那时显然并没有“洛阳铲”之名，所以人们对它的称呼非常杂乱，有的叫“瓦铲”，有的叫或“铁铲”，还有的仍然承袭古代的叫法，称“铁锥”。

如1933年，当时的河南大学校长王广庆考察邙山东汉帝陵，后以考察情况著《洛阳访古记》一文，其中提到当时的盗墓情况：

> 按所谓以铁锥入地嗅之有金银铜铁之气则发者，曩者吾乡传述，亦有此说，证之事实，殊不尽然。近日掘古物用器，名为瓦铲，重七八斤，铲端铁刃为筒瓦形，略如打纸钱之圆凿，围径约三寸而缺一口，后施长柲，用以猛刺土中，土自铲心上

> 出，顷刻之间，凿穴深可寻丈[1]。

之所以称“瓦铲”，是因为铲头“为筒瓦形”，古代的瓦亦作弧形，与洛阳铲的形状极相似。王本人是洛阳新安人，既然他明确说当时这种工具名为“瓦铲”，应该是洛阳当地人的正式称呼，比较可信。直到现在，当地人一般还俗称为“瓦垄铲”“瓦垄锨”。

考古学家卫聚贤、李健人在描写当时的盗墓情况时都称“铁铲”：

> 由数人组织公司，或单独一人出资，雇用工人若干名，用铁铲曲为多半圆洞形，置长木柄，在地上隔五尺凿一洞。因持铲凿地，土攒入铲中，用手将土取出，看土为活土死土。所谓死土，即天然的地层，活土是地层混乱，地层混乱由于曾掘地埋人，将土翻过所致。遇见活土，凿能容身的大洞而下，十九必得古物[2]。
>
> 有一种专以掘发古墓为职业之人，有累世父子相传至数代者。本其经验，以铁铲（长木柄，端置铁制圆铲，口径寸余，中孔）试墓地之土色，即可辨明其为何代之墓，并有无贵重古物，他处所未闻也。[3]

后一则资料说这些盗墓人以此为职业，有的已经世代相传数辈人，都是用的这种“铁铲”，也可证明它的发明或用于盗墓绝非迟至1923年。因为李健人所说的这种情况是二十世代三十年代的事，

---

① 《河南文史资料》1987年第23辑，第126页。

② 卫聚贤：《中国考古学史》，商务印书馆1937年版，第114页。

③ 李健人：《洛阳古今谈》，史学研究社1936年版，第307页。

“数代人”起码也要往前推五六十年，不可能只十几年。

还有考古学家仍将洛阳铲称为“铁锥”。1936 年，时任北平图书馆馆长的文物学家袁同礼，在考察了洛阳的盗墓情形后这样记载：

> 洛阳为吾国旧都，古迹甚富，城北城东，古墓尤多。近十余年来出土古物，以铜器为大宗。土人以大利所在，私行盗掘者，几成一种职业，并发明一种铁锥，专作采试地层之用。沿城北邙山一带，盗掘痕迹，不计其数。①

称为“铁锥”，其实这是承袭古代的称呼。至于他也把此种工具归于当地盗墓人发明，那是他失于考证之故。

上面这些不同的叫法，说明即使在洛阳地区，那时也还没有“洛阳铲”之名。如此看来，“洛阳铲”之名出现较晚，很可能是解放前后才有的。笔者发现的最早一篇介绍洛阳铲的文章，发表于 1955 年第 7 期《文物参考数据》，作者为若是、士斌，题目即为《洛阳铲》。同年，新华社发布了一条题为“洛阳铲已被广泛采用”的报道，说“一种轻便好用的探测工具——洛阳铲，在基本建设和发掘古代文物中被日益广泛采用着。在洛阳、郑州和西安等市基本建设工地上和在黄河沿岸的勘察队伍中，洛阳铲处处受欢迎”。从此，“洛阳铲”之名广泛传开，成了这种工具的正式名称。

（作者系南开大学文学院教授）

① 《燕京学报》1936 年第 21 期。

宋战利

《兰亭序》与《临河叙》关系考辨

摘要：永和九年雅集，王羲之创作了传颂千古的名篇《兰亭序》。此外，传世的还有与会众人所作兰亭诗四十一首和孙绰序一篇。清人李文田认为《世说新语》注引之《临河叙》乃正文，而传世的《兰亭序》是后人添改。重新钩沉唐人辑录兰亭诗集的编辑顺序，可知《临河叙》实为《兰亭序》节录而成。

暮春之际，中国古人有到河边清除不祥的祓除仪式，以流水洁净身体、让灾厄与疾病随水而去。魏晋时期，“上巳节”逐渐固定在每年三月初三。晋穆帝永和九年（公元三五三年）这一天，王羲之与谢安一众四十二人在兰亭修禊，曲水流觞，赋诗怡情，各有所咏。酒酣耳热之后，众人拟将诗作结集，共推王羲之为序。右军先生欣然命笔，洋洋洒洒，有如神助，文墨高妙，为后人留下传颂千古的书法和散文名篇《兰亭集序》。

雅集当日，不仅有王羲之所作序，存世的还有与会诸人所作“兰亭诗”四十一首及孙绰序一篇。仔细研读、梳理这些诗、文，发现他们同王羲之《兰亭序》在思想和内容方面存在高度一致性。

一　《兰亭序》和《临河叙》孰为正文

《世说新语·企羡》刘孝标注引王羲之《临河叙》，从“永和九年”到“足以畅叙幽情矣”，与《兰亭序》差别无几；之后所录“右将军司马太原孙丞公等二十六人，赋诗如左，前余姚令会稽谢胜等十五人不能赋诗，罚酒各三斗”等文字《兰亭序》所缺。清人李文田据此认定《临河叙》为《兰亭序》最早文本，应是正文，且《兰亭序》比《临河叙》多出文字乃后添，非王羲之所书。二十世纪六十年代，郭沫若先生在李文田质疑基础上，认为传世《兰亭序》文本与书法皆非王羲之所作，由此掀起“兰亭论辨”波澜，多人支持郭老此论。这种说法忽视《世说新语》正文所言“王右军得人以《兰亭集序》方《金谷诗序》”，而贸然用《临河叙》之名代替《兰亭集序》，似为不妥。周汝昌先生认为《临河叙》非文章名称，而是“当临河之际即席而作文叙述之，曰，云云。‘临河’是古时常语”。①此说很有见地，应为实情。周先生列举几个例子，《史记·孔子世家》：“临河而叹曰”；《列子·汤问》：“当臣之临河持杆”；曹植《巢父赞》：“临河洗耳。”再检文献，补几则类似表述：李陵《与苏武三首》其二：“临河濯长缨，念子怅悠悠。”②陆云《寒蝉赋》：“四时云暮，临河徘徊。”③郭璞《游仙诗》：“翘迹企颍阳，临河思洗耳。”④

二　唐代“兰亭诗”的辑录

唐人辑录行世且今天能看到的“兰亭诗集”主要有以下三个版本：

（一）“怀仁集字本”。保存在宋桑世昌《兰亭考》一书中，桑

① 周汝昌：《兰亭秋夜录》，广西师范大学出版社2011年版，第162页。

② 萧统著，李善注：《文选》，1977年版，第413页。

③ 张溥辑：《汉魏六朝百三名家集》，《陆清河集》，江苏古籍出版社2002年版，第706页。

④ 萧统著，李善注：《文选》，1977年版，第307页。

氏依据“弘福寺沙门怀仁集写晋王右军书”刻本，对参与修禊的人员和诗作予以辑录，计四十二人三十七首诗，“乃裁而缀之”[①]，除《兰亭序》外，其他作品为节录，而非全篇。大致编排顺序为：

1. 王羲之序（《兰亭集序》）；

2. 按“列叙”时人次序系录所作四言和五言诗；

3. 孙绰后序。

（二）“柳书本”，即《唐柳公权书兰亭诗》。一七七九年，乾隆帝将内府所藏有关《兰亭序》的书法墨迹摹刻于八根石柱之上，即“兰亭八柱帖”：一是虞世南摹《兰亭序》；二是褚遂良摹《兰亭序》；三是冯承素摹《兰亭序》；四是柳公权“兰亭诗”墨迹；五是戏鸿堂刻柳公权书“兰亭诗”原本；六是于敏中补戏鸿堂刻柳公权书“兰亭诗”阙笔；七是董其昌临柳公权书“兰亭诗”；八是乾隆皇帝临董其昌书柳公权“兰亭诗”。“柳书本”不仅排在第四位，以下四帖均与其有关。由此可见，清代“柳书本”地位之显赫。徐邦达先生考证其并非柳公权之笔，但亦认定“大体还未离唐代一般风格”，“应是盛唐、中唐间一般书手所抄写的抄卷”[②]，与柳公权生活时代相近。因此，其文献价值不可低估。

“柳书本”共分录四言诗十四首，五言诗二十三首，共三十七首，与“怀仁集字本”同，同属节录本。其开篇道：“四言诗王羲之为序，序行于代，故不录。其诗文多不可全载，今各裁其佳句而题之，亦古人断章之义也。”[③]序、诗排列与“怀仁集字本”有所不同：

1. 王羲之四言诗序，即《兰亭序》。

2. 按“列叙”时人次序系录所作四言诗。

---

① 桑世昌：《兰亭考》，浙江人民美术出版社 2013 年版，第 23 页。

② 徐邦达：《两种所谓柳公权书的讹伪考辨》，《故宫博物院院刊》1982 年第 2 期。

③ 《唐柳公权书兰亭诗》，北京出版社 1987 年版。

3. 孙绰五言诗序。此序又被称为《三月三日“兰亭诗”序》，最早记载于《艺文类聚》卷四。《初学记》称“孙绰《诗序》”。“柳书本”亦作诗序。以上三种文献，皆说序，而非后序。

4. 按“列叙”时人次序系录所作五言诗。

（三）陆书“兰亭诗”，即陆柬之书王羲之五言诗五首。今所见应非陆书全貌，只是残卷。即便如此，所录王羲之五言诗比“怀仁集字本”和“柳书本”皆多出四首。故李长路先生认为，“根据现存《兰亭诗》，羲子本人有四言诗一首、五言诗五首。”① 是否可以推测，在唐代还有一个“兰亭诗”全集本行世呢？因此，就现有文献而言，兰亭雅集共四十二人与会，作诗四十一首。

三 “兰亭诗集”的编辑顺序

通过对唐人辑录“兰亭诗集”的梳理，大致可以推定“兰亭诗集”或王羲之本集完整钞本的序、诗编排顺序应为：

1. 王羲之四言诗序，即《兰亭序》。

2. 列叙时人。大致内容是：官号、姓名、字、年纪、籍贯等。比如：石崇《金谷诗序》曰：“凡三十人，吴王师、议郎、关中侯、始平苏绍字世嗣，年五十，为首。”② 又，《世说新语·容止》刘孝标注引《金谷诗叙》曰：“王诩字季胤，琅琊人。”③《世说新语·品藻》刘孝标注引石崇《金谷序》曰：“故具列时人官号、姓名、年纪，又写诗著后。”④ 周汝昌先生又举《广弘明集》为例，其卷二十《法宝联璧序》：“使持节平西将军、荆州刺史、湘东王

① 李长路：《〈兰亭序帖〉辩妄举例》，《兰亭论辨》上编，文物出版社1973年版，第94页。

② 余嘉锡：《世说新语笺疏》，中华书局2011年版，第463页。

③ 同上书，第531页。

④ 同上书，第463页。

绎，年二十七，字世诚”等三十八人。排列顺序和内容与《金谷诗序》基本一致。说明当时“列叙”的格式差别不大。

周汝昌先生说：“这种‘列叙’，实际是和集录的诗篇（这是主体）相连著的，严格说来，并不是‘序’的一部分”“‘序’是文学创作性的作品，‘列叙’不过是略如文牍性的一种‘记账’，一般委之于‘助手’事后代为汇录即足。”① 此说为确。

3. 编辑说明。《世说新语》刘孝标注引《临河叙》，“右将军司马太原孙丞公等二十六人”云云等四十字，不属于“列叙”内容，而是对众人作诗情况加以说明。严可均辑《全晋文》，收录《兰亭集序》和《临河叙》。在《临河叙》后案曰：“此与帖本不同，又多篇末一段，盖刘孝标从本集节录者。因《兰亭序》世所习见，故别载此。”②

此类说明在古人文集中常常使用。朱熹《四书章句集注》之《大学》第一章后注曰：“右经一章，盖孔子之言，而曾子述之。其传十章，则曾子之意而门人记之也。旧本颇有错简，今因程子所定，而更考经文，别为序次如左。”③

4. 按列叙人员次序系录四言诗。

5. 孙绰五言诗序。

6. 按列叙人员次序系录五言诗。

四言诗、序在前，五言诗、序在后，应与魏晋时人的文学观念有关，雅正之音首推四言。刘勰曰：“若夫四言正体，则雅润为本；五言流调，则清丽居宗”④；挚虞《文章流别论》亦云：“诗虽以情志为主，而以成声为节。然则雅音之韵，四言为正，其余虽备曲折

① 周汝昌：《兰亭秋夜录》，广西师范大学出版社 2011 年版，第 143 页。

② 严可均：《全晋文》，中华书局 1958 年版，第 1609 页。

③ 朱熹：《四书章句集注》，中华书局 1983 年版，第 4 页。

④ 刘勰、范文澜注：《文心雕龙注》，人民文学出版社 1958 年版，第 67 页。

之体，而非音之正也”；五言“于徘谐倡乐多用之”。[①] 王羲之乃雅集主人，孙绰为其长史，论资望高于孙绰，二人一前一后分别为四言、五言诗作序，理所当然。孙绰为五言诗作序，应与其文学成就有关，本传载其“少以文才垂称，于时文士，绰为其冠。温、王、郗、庾诸公之薨，必须绰为碑文，然后刊石焉”。[②]

由此来看，“柳书本”应比“怀仁集字本”更接近“兰亭诗集”或王羲之本集原貌，也可以证实《临河叙》乃从《兰亭序》节录而成。

（作者系河南大学教授）

① 严可均辑：《全晋文》，中华书局 1958 年版，第 1905 页。
② 房玄龄：《晋书》，中华书局 1974 年版，第 1547 页。

胡学常

“三结合”文学话语考源

作为一种规范化的文学话语，“三结合”是指文学创作要实行“领导干部、作家和群众的三结合”，换一种表述，就是更为人所知晓的“领导出思想，群众出生活，作家出技巧”。需要说明的是，“三结合”的“结合”是具体而非抽象的结合，即三种人员都各自以不同的方式具体地参与了同一作品的创作过程。

人们印象中，“三结合”是“文革”期间盛行的创作模式。便是用作教科书的当代文学史，也多是在“文革”部分提及“三结合”，往往吝于笔墨，不作深究，陈思和主编的当代文学史①是如此，洪子诚独著的当代文学史②也是如此。更有朱寨主编的《中国当代文学思潮史》③，只是在评述一九六二年的“广州会议”时，因要引述陈毅讲话才点了一下“三结合的创作方法”，然后，给出关于“三结合”的一个注释：“即领导出思想、群众出生活、作家出技巧的三结合，这是林彪杜撰和鼓吹的。”④

“三结合”即便是由林彪“杜撰和鼓吹”，那也是在一九六四

① 陈思和主编：《中国当代文学史教程》，复旦大学出版社1999年版。

② 洪子诚：《中国当代文学史》，北京大学出版社1999年版。

③ 朱寨主编：《中国当代文学思潮史》，人民文学出版社1987年版。

④ 洪子诚：《中国当代文学史》，北京大学出版社1999年版，第379页。

年，比陈毅的“广州会议”讲话晚了两年。可见，“三结合”的创作模式，其流行早于“文革”，早于林彪一九六四年时的“杜撰和鼓吹”，至迟在陈毅“广州会议”讲话的一九六二年，它已经流行开来。

实际上，“三结合”可谓“革命文学”的一种“源远流长”的文学话语，其形成以至流行，要远早于一九六二年，经历了一个不算太短的时段。“大跃进”期间，“三结合”正式出场并盛行一时，而它的思想源头，则可追溯至延安时期的那场深刻的“文学革命”。

一　“三结合”话语的思想原型

中国共产党的政治思想里有两条始终坚持的“红线”，一条是“党的领导”，另一条是“群众路线”。两条“红线”又是密切联系在一起的，一头是上头的“党”，一头是下边的“群众”，而大大小小的各级领导干部居两头之间，所谓“抓工作”，对于各级干部而言，关键就是始终做到“两个相信”，即毛泽东反复告诫过的：“我们应当相信群众，我们应当相信党，这是两条根本的原理。如果怀疑这两条原理，那就什么事情也做不成了。”[①] 至于具体“抓工作”，按照林彪“活学活用毛泽东思想”总结的“捷径”，就是“抓两头”或“吃透两头”。一九六〇年十月，按照林彪指示，经由中共中央军委扩大会议讨论制定的《关于加强军队政治思想工作的决议》指出：“思想工作在任何时候都要注意抓两头：一头是抓党中央、军委的指示、决议的传达贯彻，一头是抓部队的思想动态。”随后，林彪的权势愈益高涨，林彪指令全军学习空军大力整

① 毛泽东：《关于农业合作化问题》，《毛泽东选集》第五卷，人民出版社 1977 年版，第 173 页。

顿机关作风，运作模式仍然是“抓两头”：“重点是大抓雷厉风行作风，大抓两头，即：上边的东西（直属上级直至毛主席的指示、著作）及时向下传达，加以具体布置；下边的东西很快地反映上来，加以具体解决。”① 全国学习解放军，各行各业都狠抓“领导机关革命化”，此间《人民日报》针对工业企业“机关革命化”发表社论说：“工业企业领导机关的工作，需要革命化的方面很多，但我们认为，最根本最主要的方面，按照目前一些工业部门流行的说法，就是‘吃透两头’，也就是紧紧抓住上下两头。上头是党的方针政策，下头是企业的实际情况。……一些工业部门提倡‘吃透两头’，认为这是领导机关革命化的核心，是完全正确的。”②

“文革”兴起，林彪的“抓两头”或“吃透两头”，成为运动中的领导人常挂嘴边的“革命真经”。周恩来曾苦口婆心地告诫即将外出串联的北京红卫兵：“学习不仅从书本上学，而且要从社会实践中去学，也就是林彪同志说的吃透两头。一方面读毛主席的书，听毛主席的话，按毛主席的指示办事；另一方面深入群众，接触广大的不熟悉的群众：学生、工人、农民、兵士、一切的工务人员、一切的机关人员，还有广大的市民；接触他们，了解他们的情况，这也是另一方面的学习。”③ 李富春左支右绌、动辄得咎间也曾真诚表白：“文化大革命，我们的认识是逐步发展的。我们的思想是逐步跟着毛主席走的，因此，难免不说错话，不做错事。问题是如何紧紧跟着毛主席，紧紧跟着毛泽东思想，紧紧追随群众的革

① 《林彪关于整顿机关问题给毛主席的报告》，1964 年 2 月 20 日。

② 《紧紧抓住上下两头——从工业部门改进领导机关作风谈起》，《人民日报》1964 年 4 月 2 日。

③ 《周恩来在首都红卫兵外出串联战斗军团誓师大会上的讲话》，1966 年 9 月 10 日。

命创造精神。这是主席讲的相信群众相信党，林总讲的吃透两头。”[1] 而林彪自是洞悉诸色“当权派”夹在“毛主席”和“群众”中间狼狈不堪的惨状，一九六六年十月的中央工作会议上，林彪分析运动形势说：“几个月来文化大革命中的情况是两头的劲很大，中间的就有一点劲头不足，中间甚至还有一点顶牛，局势一度有些紧张。……两头的劲头大，一头是毛主席的领导，一头是群众。”

可以看到，“两个相信”或“吃透两头”，其思想逻辑隐含一种“一分为三”的结构。“党”和“群众”这两头之间，存在汪洋大海般的“中间状态”，几乎是每一个人，无论是何种政治身份，居于何种社会阶层，从事何种职业，无论是党的各级领导干部，还是一般群众，都可一一视作“中间状态”的存在物。也就是说，几乎是每个人都可成为“中间状态”的一头，而“党”可抽象也可具体，乃是一种无处不在的存在，“群众”也是如此，而且这两头非同小可，都是“最大的政治”，这样，每个人自己这一头会时时处处面对“党”和“群众”另外两头，很多时候，就必须考虑如何处置自己与“党”和“群众”这两头的关系。“文革”时期，无论是得意腾达，还是遭受冤屈，人们的口头禅说的就是这一句“相信党，相信群众”，原因就在这里。

阶级分析之下，作家属于“小资产阶级”或“资产阶级”，按照“皮之不存，毛将焉附”这样一种“皮毛理论”，作家“小资”这样的“毛”，原是附在“资产阶级”之“皮”上的，其前途是随着革命的进行，随着资产阶级被消灭，逐渐脱离原有之“皮”，转而附在“无产阶级”之新“皮”上。然而，这样一番“脱胎换骨”

---

① 《李富春在团中央机关及直属单位文革座谈会上的谈话》，1966 年 12 月 1 日。

的改造谈何容易，即使革命取得了阶段性成功，资产阶级在所有制意义上消灭了，“小资”之“毛”已无可附之“皮”，它也不愿意，或者愿意却无力改附新的“无产阶级”之“皮”，只好暂且飘散在空中，找不到自己的归属。或者如毛泽东所形容的，吊在半空中，成了“梁上君子”[①]。由此可见，面对“党”和“群众”两大“巨头”，作家“小资”较之于一般人，其存在更形渺小，其状态更是一种“漂浮”的“中间状态”。

正因如此，也就更有理由要求作家“小资”更用心力地向“党”靠拢，向“群众”靠拢，最终实现与“党”与“群众”相结合。早在一九三九年五月，毛泽东即撰文强调：“知识分子如果不和工农民众相结合，则将一事无成。革命的或不革命的或反革命的知识分子的最后的分界，看其是否愿意并且实行和工农民众相结合。”[②] 而到了一九四二年春，随着延安整风运动的全面开展，终于时机成熟，可以放手对作家、艺术家这样的“小资产阶级”知识分子进行思想改造。延安文艺座谈会正是在这样的大背景下召开的。毛泽东自始至终主导座谈会，并且两次亲临会场讲话。讲话要解决的中心问题，“基本上是一个为群众和如何为群众的问题”，而要解决这个中心问题，知识分子出身的文艺工作者，“屁股还是坐在小资产阶级方面”，“就得把自己的思想感情来一个变化，来一番改造”，“由一个阶级变到另一个阶级”，这就叫作“把屁股移过来”。这个过程，也就是“深入工农兵、深入实际斗争的过程”，一言以蔽之，是和工农兵群众相结合的过程[③]。

---

① 《毛泽东在最高国务会议上的讲话》，1957 年 4 月 30 日，民盟传达稿。

② 毛泽东：《五四运动》，《毛泽东选集》第二卷，人民出版社 1991 年版，第 559—560 页。

③ 毛泽东：《延安文艺座谈会上的讲话》，《毛泽东选集》第五卷，大连大众书店 1947 年版。

随后，毛泽东在中央学习组会上作报告，其中一部分专门谈及文艺座谈会及文艺问题。毛泽东说，此次召集三次座谈会，目的就是要解决“文学家、艺术家、文艺工作者和我们党的干部相结合，和工人农民相结合，以及和军队官兵相结合的问题”。他又强调文艺工作者思想改造的重要性，“解决了这个思想上的问题，才能够在思想上与无产阶级、与工农大众相结合；有了这样的基础，才可能在行动上和工农兵、和我们党相结合”①。这个面向党内高层的内部报告，问题讲得比文艺座谈会更为显豁透亮。处在中间“漂浮”状态的作家，必须走向两头，一头走向“党”（具体说来是“党的干部”）并与之结合，一头走向“工农兵群众”并与之结合。作家存在的意义，文学作品的价值，端赖作家与这“两头”的结合完成得如何。需要指出的是，毛泽东这里的“结合”，更多是一种相对抽象的泛泛描述，与“三结合”所规定的三种人员的具体结合之“结合”，还是存在明显差别。尽管如此，也应该看到，作为“三结合”里“有机构成”的三大部件，即党的干部、作家和工农兵群众这三种人员，不多也不少，刚好在这里“结合”在一起了。因此，可把这种“结合”视作后来“典范化”的“三结合”之思想原型。

一个新的文艺“启蒙运动”开启了，一种新的“革命文艺”随之降生。文艺工作者正在深自反省，丁玲写下两本反省笔记，封面上分别题作“洗心革面”和“脱胎换骨”②，这八个大字大约可以代表文艺工作者的心声。何其芳的反省，题目是八个大字：“改造自己，改造艺术”，也同样具有代表性，他说：“整风以后，才猛

① 毛泽东：《文艺工作者要同工农兵相结合》，《毛泽东文集》第二卷，人民出版社 1993 年版，第 426 页。

② 王增如、李向东：《丁玲年谱长编》上卷，天津人民出版社 2006 年版，第 173 页。

然惊醒，才知道自己原来像那种外国神话里的半人半马的怪物，一半是无产阶级，还有一半甚至一多半是小资产阶级。才知道一个共产主义者，只是读过一些书本，缺乏生产斗争知识与阶级斗争知识，是很可羞耻的事情。才知道自己急需改造[①]。周立波反省中表示“后悔已无及”，因为长期以来“还拖着小资产阶级的尾巴，不愿意割掉，还爱惜知识分子的心情，不愿意抛除”，因而“走了错误的一段路，没有好好的反映我所热爱的陕甘宁边区”[②]。最可注意的是，周立波在反省中抽绎出文学作品至关重要的三大构件，即“思想”“生活”与“形式”。他认为“思想的改造，立场的坚定，是最要紧的事”，“改造了我们的思想，站稳了立场，才能写出好文章”；同时，他强调了“生活”的重要性，认定“改造思想和改变生活，实际上是不可分开的”，仅仅参观人家的生活，还是远远不够的，“要紧的是带了自己的心去，去参加工作和斗争”；最后，他拈出了“形式”，认为“形式也应该讲究”，要摸索“好的形式”，“采取中国的和外国的各种形式的长处，创造自己的新形式”[③]。“思想”“生活”和“形式”，此三者能在周立波这里“结合”在一起，绝非偶然，显然是他被改造的结果，比照作家应与“党的干部”“工农兵群众”这两头相结合，即可发现“党的干部”、工农兵群众、作家这三者，与“思想”“生活”“形式”这三者之间，存在一种一一对应的关系。再联系到后来“典范化”的所谓“领导出思想，群众出生活，作家出技巧”的“三结合”，则可看到，就像毛泽东所说的“结合”还不是“典范化”的“三结合”一样，周立波把“思想”“生活”“形式”这三者“结合”在一起，也不

① 何其芳：《改造自己，改造艺术》，《解放日报》1943 年 4 月 3 日。
② 周立波：《后悔与前瞻》，《解放日报》1943 年 4 月 3 日。
③ 周立波：《思想、生活和形式》，《解放日报》1942 年 6 月 12 日。

能说已是“典范化”的“三结合”，而应当同样视作“典范化”“三结合”的思想原型。

文艺工作者不能只是在窑洞里改造思想，按照“讲话”的指示精神，改造思想还必须亲身参与工农兵的生活、生产与实际斗争，所以，还在文艺工作者反省之时，延安城即响起“文化下乡”的口号，而待思想改造告一段落，继之而起的就是文艺工作者一批一批下乡、进工厂或开赴前线。从抗日战争到解放战争，从根据地到解放区，文艺工作者以毛泽东文艺思想为最高指针，在与工农兵相结合的过程中，创作了一批“进了文学史”的经典作品。综观这些作品，大多可见“三结合”的思想原型，著名的像丁玲的《太阳照在桑干河上》，周立波的《暴风骤雨》，这两部作品自是不像后来“典范化”的“三结合”那样，“党的干部”和“工农兵群众”各自以不同方式具体地参与了作家的创作过程，或者机械地让“领导出思想，群众出生活，作家出技巧”，然后拼凑成篇。但是，这两部小说的创作过程，都具有毛泽东所说的抽象“结合”的浓重色彩。首先，两部小说的作者都自觉地以创作小说为政治服务，也都用心学习、领会来自党的指示、政策，有时还会向领导干部请教，或请他们阅读作品，听取他们的意见。如此，则完全合乎毛泽东所说的“和我们党的干部相结合”。其次，两位作家都走进农村，深入农民的生活，自觉地使自己的思想感情与农民的思想感情打成一片，并力图把作品写得通俗易懂，为工农群众所喜闻乐见，无疑都合乎毛泽东所说的“与工农大众相结合”。

二　“三结合”话语的正式出场

“工农兵方向”已经成为新中国文艺的新方向。中华人民共和国成立初期的几年间，文艺开展的核心主题，仍然是强调文艺服从政治，文艺要以党和政府的政策作为指针，而文艺工作者则必须积极地参加工农兵群众的实际斗争，彻底改造自己的思想，将创作和群众的生活，和群众的阶级斗争真正结合起来。与此主题同在的，自然还有延安时代已然成型的“三结合”思想原型。

此间，作家普遍相信，一件作品主要是“思想”、“生活”和“技巧”这三大构件的“有机合成”，而要写出成功的作品，则必须在此三个方面多下功夫。丁玲在一九五〇年的一段关于“创作与生活”的讲话，颇能说明问题。既然是谈“生活”之于创作的重要性，丁玲自然要强调“创作要有生活，没有生活就不能创作”，但是，丁玲又下了一个转语，“仅仅生活是不够的”。她接着道出了自己的观点：“作家们如何在生活中得到思想，如何以丰富的生活来说明思想，如何使这思想形象化，去感动人，去教育人，在人的脑子中放些新的健康的东西去，的确是我们现在要学习的。”① 除了“生活”，还要有“思想”以及“使这思想形象化”的“技巧”，丁玲这里仍然是“生活”“思想”“技巧”三大件缺一不可。

“生活”“思想”“技巧”在作家那里三者“结合”，或者作家与“党的干部”与“工农兵群众”的抽象“结合”，前文已说过，这样的“结合”还不能算是真正“典范化”的“三结合”。至于何种“三结合”才是“典范化”的“三结合”，那就需要考察“三结合”话语正式出场的史实，再从史实里勘定这种“三结合”的真实含义。

实际上，“三结合”一词，早已有之，它可以用来表述不同方面、不同内涵的情形，只要其结构是由三个部分组合而成即可就此命名。有一种新奇的“三结合”，出现在“大跃进”时期，并且以

① 丁玲：《创作与生活》，《跨到新的时代来》，人民文学出版社 1952 年版，第 13—14 页。

惊人的速度和力度广为流行。因为是“大跃进”的产儿，所以，“三结合”甫一降生，即洋溢着“大跃进”特有的思想底色和精神气质。

“大跃进”作为一场党领导下的群众运动，它的一个主要特点就是以高指标、高速度外加多个“大办”、“大搞”为表征的“多快好省”。与这个特点相伴随的，或者说为这个特点之形成大造舆论的，则是一种“破除迷信”、“不信邪”、“不怕鬼”、“敢想敢说敢做”的精神氛围。在此精神氛围下，真正的科学受到质疑，不时地被视作“清规戒律”或“迷信”而遭到破坏，诸种合法化、合理化的权威被侮辱、被损害，各种专门化行业的“技术门槛”被嘲笑、被蔑视，“卑贱者最聪明，高贵者最愚蠢”，“学问少的打倒学问多的”，“只有外行才能领导内行”，这些出自最高领袖的箴言警句，一时成为人们深深信服的“革命道理”。也是在说出这些名言的八大二次会议期间，一九五八年五月十八日晚，毛泽东接见会议各代表团团长并讲话。讲话涉及面广，但主旋律仍然是破除迷信，解放思想，打倒奴隶主义，为“大跃进”打气鼓劲。讲话中，毛泽东列举了多个例子，以证明近三百年来的各种科学技术发明家都是没有多少学问的人，他的结论是：“这些材料要证明这一条：是不是贫贱者最聪明，尊贵者最愚蠢，来剥夺那些翘尾巴的高级知识分子的资本。要少一点奴隶性，多一点主人翁的自尊心，鼓励工人、农民、老干部、小知识分子的自信心，自己起来创造。”说到这里，毛泽东说了这样一段话：“种试验田要三结合——领导、技术人员、老农（老工人）。工厂里办高明事情的都是工人，学工业工人，本事很大。”

这里的“种试验田”，既指农业方面，也形象化地指工业方面，还可以依此类推，指各行各业的“典型试点”。毛泽东号召用这样一种前所未有的“三结合”方法“种试验田”，各地方各行业，自然不敢怠慢，遂雷厉风行执行起来。农业方面的“种试验田”，浙江省委的反应即是典型的一例，他们下发的“创丰产典型经验”通知，要求各级党委负责人的试验田，“都应该研究相应的措施，吸收当地干部群众更多的合理意见，采取三结合的方法，普遍进行争取亩产万斤稻的试验”①。宁夏回族自治区第一把手刘格平指示领导干部大种“钢铁试验田”，并为他们鼓劲说：“只要我们真正作到领导、群众、技术人员三结合，搞好钢铁试验田，我们就一定能够像赢得农业丰收一样，赢得钢铁生产的大丰收。”②

要紧的不在“种试验田”本身，而在于“种试验田”的“三结合”方式。以新奇的“三结合”方式“种试验田”，流风所及，一切领域，所有行业，不管是否“种试验田”，都跟风式的操练起“领导、专业（技术）人员、群众三结合”的模式。后来被总结成“鞍钢宪法”五项原则之一的“两参一改三结合”，即“干部参加生产劳动，工人参加企业管理，改革企业中不合理的规章制度，实行企业领导干部、技术人员和工人三结合”，早就在1958年下半年即被鞍钢以外的其他多家工厂、企业实施过。比如，黑龙江省庆华工具厂，《人民日报》报道，“‘两参一改三结合’制度，是庆华工具厂用学习和独创相结合的精神在1958年总结出来和开始推行的”③。另有来自上海的“实践经验”：“从上海的实践经验来看，现在可以肯定的，工厂企业的领导和管理工作走群众路线的基本办法是在党委集体领导下实行干部参加劳动，工人参加管理，改革那

---

① 《浙江省委关于创造万斤水稻丰产典型经验的通知》，1958年6月26日。

② 《刘格平在全区钢铁生产电话会议上的讲话》，1958年9月21日，宁夏《星火》1958年第3期。

③ 《庆华“两参一改三结合”制度有重大发展》，《人民日报》1960年7月12日。

些体现资产阶级法权的和陈旧了的规章制度。这也就是邓小平同志所指出的‘两参一改’，而其基本内容就是要求做到领导、技术人员与工人群众三结合。”① 工厂、企业之外，科研工作甚至也要求实行“三结合”，湖北省领导告诫科研人员，“要领导、群众和技术三结合。艰巨的工程和科学研究没有这三方面的结合是不行的。任何技术革命的成就都要求这三方面结合得好，也就是外行和内行结合得好。专家只有与领导、群众相结合，才能使科学研究与技术改革得到迅速的发展，缺少哪一方面都是不行的。”②

本来，一九五八年上半年，与“大跃进”初起叠加在一起的还有一场名为“反浪费、反保守”的“双反”运动，它是“反右”运动的尾声，在高校里，运动一方面鼓励师生“向党交心”，进行“反右补课”，一方面发动学生批判教师尤其是权威教授的“资产阶级思想”，把他们当作“白旗”拔掉，插上“无产阶级红旗”。总之，从“反右”运动到“双反”运动，知识分子遭受沉重的打击，由他们所承载或象征的知识、学问和理性，也不能不遭到贬损和践踏。现在又有了“大跃进”蔑视知识和权威风气的叠加，那么，专业知识和技术领域里的混乱和非理性便不难想象。毛泽东“种试验田要三结合”的指示作出一个月后，六月下旬，北京师范大学即发起“教学改革运动”，第一仗就是“政治挂帅，群众动手，采取党委、专家、学生三结合的办法”，制定新的教学大纲③。据称编写教学大纲过程中，中文系的辩论最激烈，来自一位学生的

---

① 《正确认识人们在劳动中的平等关系》，上海《解放》半月刊 1958 年第 8 期。《人民日报》1958 年 10 月 27 日转载。

② 张体学：《破除迷信　解放思想》，《群众科学研究文集》第一集，科学普及出版社 1958 年版。

③ 《北京师范大学实行党委、专家、学生三结合制定新的教学大纲》，《人民日报》1958 年 7 月 17 日。

报道，“这次写古典文学大纲贯彻‘三结合’的方针是以唱对台戏的形式出现的，在同学们写大纲的同时，老教师也在写，这样，就决定了一场必然的激烈的讨论和争辩”。多次小型讨论会上，事关一些原则性的问题，年轻人决不肯对专家让步。党总支组织了全系的大辩论，发动广大群众对两份大纲进行评比，最后又接连开两天的全系辩论大会，“广大同学一致指出，学生写的大纲虽然还只是粗制品，但肯定是一面革命的红旗，而老教师的大纲并没有革命，一些资产阶级观点还顽强地或者改头换面地被保留着。终于，就是与学生唱对台戏的老教师也只得承认：‘我们的戏唱砸了，因为唱的还是老词儿。’‘我们的大纲只是一件修修补补的破布丁衫儿。’”①

一九五八年八月，北戴河会议上，毛泽东又一次称许“三结合”：“学生编教材，比教员先生编得好，先生就应该服从学生。编教材要党、学生和教员的积极分子‘三结合’。一门一门的科学来清理，资产阶级霸占的情况，必须攻破。”② 此时，“大跃进”已升至高热状态，中央召集的教育工作会议开过，“党的领导下群众路线的办学方针”获得一致认可。也是八月，稍早于毛泽东北戴河讲话，陆定一根据教育工作会议结论撰写的文章说，“群众路线也应该贯彻到学校的政治工作、管理工作、教学工作和研究工作中去，在这些工作中采取大鸣、大放、大字报的方法，采取党委领导下的‘三结合’的方法”，例如制定教学计划和教学大纲，“可以采取在党委领导下师生结合的方法”，讲授课程，“可以采取党委领导下聘请有实际经验的人同专业教师共同授课的方法”③。稍后，一九五

① 张恩和：《在古典文学教学中大闹革命》，《怎样又红又专——做个共产主义劳动者》，中国青年出版社 1958 年版。

② 《毛泽东在北戴河会议上的讲话》，1958 年 8 月 21 日。

③ 陆定一：《教育必须与生产劳动相结合》，《红旗》1958 年第 7 期。

八年九月，《中共中央、国务院关于教育工作的指示》下发，“指示”里“三结合”的“群众路线办教育”思想，与陆定一文章差别不大，但特别加写了一条：“高等学校的教材，应该在党委领导下采取党委、教师、学生‘三结合’的方法，经过大鸣大放大争大辩，认真予以修订。”① 加写这一条，原因很简单，盖因毛泽东在北戴河会议上已明确主张采取“三结合”方式编写高校教材。

从上文详细举证的史实可得出结论：“大跃进”时期出场的“三结合”话语，其“始作俑者”是发动“大跃进”的最高领袖；也正因这样一种奇特出场，“三结合”话语充分体现了政治挂帅、尊崇群众、贬抑专业知识或技能的“大跃进”精神；唯有“大跃进”的“三结合”才是“典范化”的“三结合”，尤其要注意它的一大特点，即“领导、专业（技术）人员、群众”这三方人员，必须是具体地、实质性地参与进去，结合在一起，共同工作。

而作为文学话语的“三结合”，则直接源自“大跃进”时期出场的“三结合”话语。“大跃进”的“三结合”既有如此“无远弗届”的力量，文艺领域事实上不可能不受其影响。电影界很快就有了自己的“三结合”创作方法，就是所谓“领导出思想，群众出内容、导演出形式”，短时间内，创制了一大批所谓“记录性艺术片”。上海导演谢晋按照“三结合”创作要求，带领摄制组进驻当时棉纺系统的先进单位上海国棉十七厂，与棉纺女工们同吃、同住、同劳动，拍摄了一部表现该厂全国劳动模范黄宝妹事迹的影片。影片主人公由黄宝妹真人扮演，片名就叫“黄宝妹”。除了《黄宝妹》，一九五八年一年间，谢晋按照“三结合”模式一共拍出三部这样的“记录性艺术片”。

---

① 《中共中央、国务院关于教育工作的指示》，1958 年 9 月 19 日，《建国以来重要文献选编》第 11 册，中央文献出版社 1995 年版。

有“文艺沙皇”之称的周扬，对“三结合”的反应似乎有些迟缓。到了一九五八年年底，周扬才在作协传达文教座谈会精神的会议上，明确发令要搞文学的“三结合”：“党委出思想，作家出笔，群众补充生活”①。

实际上，一九五八年的最后几个月，北京的文艺工作者也在操练“三结合”，且已蔚然成一时风气。电影导演谢添深入长辛店机车车辆修理厂，也要拍出一部反映“真人真事”的“纪录性艺术片”。厂党委来了，给予大力的支持和帮助；两个职工业余作者，甚至还有一个车工，被谢添一一找来。三方结合，一拍即合。先弄剧本，谢添与业余作者、车工共同创作，老工人以至工人家属都参加了创作讨论。中国评剧院作者和北京市郊区一个公社的党委、社员“三结合”，创作电影剧本《海淀花》，以期即时反映人民公社这一新生事物。另一评剧院剧作者高琛，要用自己的笔记录下令人振奋的“快速炼钢”，他来到石景山钢铁厂体验生活，又找到钢铁厂工人作者曹洪森，二人合作撰写剧本，许多塑造工人形象和生产过程的关键性场面，高琛都交给曹洪森执笔，有时还请来工人，一起讨论后再作处理。还有陆柱国等作家深入福建前线海军某部，同部队首长、参谋长以及战士们实行“三结合”，集体合写了一部反映鱼雷快艇战斗故事的剧本②。《人民日报》对北京文艺工作者“三结合”的创作活动进行报道之外，还特别刊发了编后评论，予以热情的嘉许和鼓励，称“三结合”的集体创作方式，“是在文艺创作中贯彻群众路线的一种重要方法”，“是值得提倡的一种

① 郭小川笔记，1958年12月29日，《郭小川全集》第11卷，广西师范大学出版社2000年版，第369页。

② 《北京许多文艺工作者和工农兵合作创作文艺作品》，《人民日报》1958年12月12日。

创作方式”①。

不难发现，无论是谢晋等一批导演摄制的“记录性艺术片”，还是北京文艺人创制的众多作品，多是对“真人真事”的艺术化加工，是一种“记录性艺术”。究其原因，首要的是如此操作，既能更加密切作者与现实社会的联系，又能正面反映“大跃进”热火朝天、欣欣向荣的美好现实，热情歌颂“大跃进”涌现出的先进人物，最是符合此间“政治正确”的铁律，不唯不出“政治风险”，弄得好还会有政治的“加持”。除了政治原因，从创作的“内部规律”看，可以说，“三结合”模式天然适合加工“真人真事”的作品。创作所需的原料，可现成地直接地整体性提取，省去了许多费时、费力、费心的环节，显然比一一采访的方式更加高效。“大跃进”的基本精神是“多快好省”，催逼之下，一切都在力争高速度的“短平快”，“三结合”原本应“大跃进”之“运”而生，它近似“集体会战”的方式正能体现“短平快”。而艺术化加工“真人真事”，不需虚构情节，不需具备特别的艺术想象力，不必长久酝酿，较之虚构性文艺创作，自然属于“短平快”。

如此“短平快”的“记录性艺术”，许多根本不能算是真正的艺术作品。“三结合”模式当然也可脱离“真人真事”的局限，施之于纯虚构性的文艺作品，但艺术效果只会更差，因为它违背了艺术创作的基本规律。艺术创作是艺术家个体独立自由的创造性活动，而“三结合”的集体创作模式完全颠覆了这种艺术天性。艺术创作同时又具有“主体性”，是“主体性”的创造性活动，而“三结合”实质上消解了艺术家的“主体性”，只见无以名之的创作集体，不见独立的艺术家主体。此外，艺术创作需要艺术家具备尽可能全面的素养和才能，即使按照传统的“革命文艺”所要求的，艺

① 《一种新的结合》，《人民日报》1958 年 12 月 12 日。

术家也需要“思想、生活、技巧”三个方面的素养或才能，而“三结合”将此三个方面进行机械切割，再想当然地匹配分发，到了艺术家这里，只分配到一个“技巧或形式”的份额。陈毅在一九六二年“广州会议”上曾发出一连串的诘问：“作家就没有思想啦？领导就可以包思想啦？群众出生活，作家就没有生活？领导就没有生活啦？领导就死掉啦？作家出技巧，这个作家就仅仅是一个技巧问题呀？”①

（作者单位：南开大学文学院）

① 陈毅：《在全国话剧、歌剧、儿童剧创作座谈会上的讲话》，1962年3月6日，《文艺研究》1979年第2期。

张铁荣

从《鲁迅研究动态》到《鲁迅研究月刊》

今年四月五日是《鲁迅研究月刊》（前身为《鲁迅研究动态》）创刊四十周年，这是鲁迅研究界值得纪念的一件大事情。《鲁迅研究月刊》是中国文学期刊中的重要核心刊物，今天在中国和世界现代文学研究界和各大学的学术地位众所周知、有口皆碑。记得鲁迅在一首《偶成》诗中写道："文章如土欲何之？翘首东云惹梦思。所恨芳林寥落甚，春兰秋菊不同时。"读着四十年来浩如烟海的鲁迅研究论文和信息，遥想人世沧桑走过的四十个春秋冬夏，追忆这样一份专门性学术期刊的前世今生，不能不引起我的梦思。作为她的读者和知情人，我愿意把所知道的创刊背景以及发展情况，也就是初期的一些材料和记忆介绍给大家，算是献上我自己的一份纪念。

一　关于创刊的时代背景

（一）鲁迅研究室的成立

一九七五年末，根据周海婴的提议，经毛泽东批示在北京成立"鲁迅研究室"，从南开大学调李何林教授赴京，任鲁迅研究室主任并兼任鲁迅博物馆馆长。根据我的感觉，这个鲁迅研究室开始时与鲁迅博物馆似乎并没有什么关系，是什么级别当时并没有人注意。只是记得那时的鲁迅研究室有两辆上海牌轿车，而鲁迅博物馆当时似乎还没有车。后来知道李何林先生进京后的待遇是副部长级，应该有相应的配车待遇。那时鲁迅研究室在皇城根北街 2 号的一所小楼里办公，对面就是毛家湾，这个地点是经国务院机关事务管理局批准借用全国人大的办公用房。调来的党政人员也是来自中央和国家机关的干部，全体研究人员大部分都是从全国及北京各校借调来的教师。鲁迅研究室有三个研究分支机构，即年谱组、手稿组和编辑部，还专门设有一个专门的资料室。鲁迅研究室的任务是整理资料、拓展领域，全方位地进行鲁迅研究工作。

年谱组是一个大组，负责编写《鲁迅年谱》的工作，大家分别撰写草稿，然后集中讨论定稿，记得当时经常开会讨论年谱的谱文，李何林先生就在这个组，听他的发言有时真是一种享受，这应该是鲁迅研究室的中心工作。后来四卷本的《鲁迅年谱》，由人民文学出版社出版。手稿组专门负责整理鲁迅未曾发表的往来书信，以及鲁迅整理古籍的文字辨认工作，后来随着研究的深入和对于周作人所涉及的鲁迅资料的搜集，又进行了《周作人日记》的整理工作，这是丰富鲁迅研究的一项重要的资料建设。编辑部负责编辑《鲁迅研究资料》，第一期是一九七六年十月出版发行的，直至第三期均由文物出版社出版，内部发行。从第四期开始转为天津人民出版社出版，向国内外公开发行。

一九七七年十月一日周扬出席国庆招待会的消息见报，很快被落实政策重新复出工作，十二月被中央组织部任命为中国社会科学院顾问、副院长兼研究生院院长。经过一段时间的准备，中国社会科学院文学研究所于一九七八年五月又成立了一个“鲁迅研究室”。鲁迅研究界的同人按照地理位置，把这个鲁迅研究室称为“东鲁”；最先由李何林领导成立的“鲁迅研究室”因为在西城，被称为

“西鲁”；人民文学出版社的鲁迅著作编辑室在两者之间，被称为“中鲁”。这“三鲁”之间的研究人员和编辑，彼此之间联系很多，相互帮助，有许多人还是同学和好友。

为了团结全国的鲁迅研究力量，集中整合资源、加强研究优势，在一九七八年六月召开的第五届全国人大第二次会议上，李何林写了两个提案，即二二七号《关于组织人力编写鲁迅大词典案》和二二八号《关于成立全国性的鲁迅研究所案》。在后一个提案中，李何林写道：“今年五月，社会科学院文学研究所也成立了鲁迅研究室。但都人力单薄（最多十几人，少则三二人），资料不多，虽各自任务不同，但研究项目亦或有重复之处。对现代中国这样一个少有的文学家、思想家和革命家，仿照其他国家成立的名作家研究所那样，成立一个全国性的鲁迅研究所，集中全国一部分研究人力和图书资料，有计划地进行一些重大的研究编写项目，比如编写《鲁迅大词典》和较详细的《鲁迅传》等等，并组织全国的鲁迅研究工作，都是很有必要的。正在筹备还未成立的‘鲁迅研究学会’是群众团体，不能担当这样的任务。”① 对这两个提案，大会提案审查委员会的“审查意见”是：“由中国社会科学院会同有关单位研究办理。”后来只落实了二二七号提案，关于成立全国性的鲁迅研究所的提案被搁置。李何林的这一设想最终也没能实现，成了他的遗愿。

一九七九年十一月“鲁迅研究学会”在北京成立，周扬当选为会长。李何林并没有参加这个成立大会，但是被选为副会长。

（二）冯雪峰的追悼会和夏衍文章的反响

也就是这一年的十一月，冯雪峰的追悼会在北京八宝山革命公

① 李何林：《在五届全国人大二次会议上的提案》，《鲁迅研究动态》1980年第3期。

墓举行。冯雪峰追悼会是从一九七八年四月开始筹备，整整拖了七个多月，到了十一月才开成的。个中缘由是涉及对悼词的评价问题，一直争论不休，互不让步，僵持搁置。主要分歧是两条：一是冯雪峰“在周总理领导下”受党中央派遣到上海从事地下工作；二是他“沟通鲁迅与党的关系”。据楼适夷回忆说：“中间主要就为了夏衍同志对出版社与出版局两个党委先后通过的《悼词》表示不能同意，他在北京医院的病床上跳起来说，如果追悼会上宣读这样的《悼词》，他是要公开写文章驳斥的。”① 因为夏衍对于冯雪峰到上海没有先找作为地下党员的他们，而去直接找非党员的鲁迅，长期以来一直心存不满；如果不写这样两条，家属和出版社及广大研究者又绝不同意。就这样追悼会因悼词的评价问题出现矛盾，争执了七个多月之久。最后在胡耀邦和中共中央的直接干预下，才开成了追悼会。追悼会上朱穆之宣读了包括这两条评价在内的悼词，对冯雪峰进行了比较公正的评价，因为冯雪峰是参加过二万五千里长征的老红军中唯一被错划为右派的人，他一生政治立场坚定，才华横溢，经历坎坷，死后的评价还有争论，因此令所有参加追悼会并知道这段经历的人，无不为之伤感、动容。

因为这个悼词未能符合夏衍的意见，于是乎，夏衍实践了自己的预言。他在一九八〇年《文学评论》第一期，发表了一篇长文，题目是《一些早该忘却而未能忘却的往事》。在这篇文章中，他重复一九五七年八月十七日在作协党组扩大会议上，把冯雪峰打成“右派”的那篇“爆炸性发言”，又一次把自己以前讲过的话进行毫无改动的重复，并且强调说一九五七年的他那次发言“现在想来，除了有点感情激动之外，讲的全是事实”。针对冯雪峰的悼词

① 楼适夷：《为了忘却，为了团结——读夏衍同志〈一些早该忘却而未能忘却的往事〉》，《鲁迅研究动态》1980 年第 2 期。

问题和发生在一九三六年的“两个口号之争”，进行了反驳。他说：冯雪峰到了上海以后“究竟造了多少谣言，简直是令人难以想象的”；“当一九三三年秋冬之间，冯从江苏省委宣传部部长职位调往中央苏区离开上海时，他早就对阳翰笙、周扬等当时文委的成员不满意，甚至有宗派、行帮情绪”；“对鲁迅晚期的某些文章，今后大学文科的教师们也很难把真相解释清楚”等等。公开指斥冯雪峰的种种错误，事情虽然过去了这么多年，夏衍的火气一直未消。他的文章在实际上也涉及了鲁迅，被认为是翻一九三六年的旧账。其实参加冯雪峰追悼会尤其是参加筹备追悼会工作的人们，都知道夏衍会发表这样的一篇文章，但是这篇文章一旦真的发表出来，还是立即引起了文学、出版和教育界许多研究者的惊讶和不满，反响非常大。据陈荒煤说：“夏衍同志的那篇文章发表了以后，引起了强烈的反应。”[①] 尤其是激起了一生以捍卫鲁迅己任的李何林的极度愤慨和反感。记得李何林在鲁迅研究室有一次对大家说：“没有这么欺负人的，现在冯雪峰同志已经去世了，不能讲话了，我们应该替他讲几句公道话！夏衍的这篇文章是冲着鲁迅来的！”[②] 此时，应该说在李何林的脑海里已经有了进行反批评的准备。

仅仅过了一个月，就有不少持不同意见的文章纷至沓来，而当时的《文学评论》对于这些稿件，不是退稿就是刁难，根本不可能发表持不同意见的文章。例如荣太之在《一些不想说而又不能不说的事——夏衍同志文章读后》一文中提及：“我的这篇东西写成后，几个同志看了，都劝我投给《文学评论》，我有些犹豫。有的同志则说，夏衍同志的文章是他们发表的，有不同的意见他们应该允许

---

① 李何林：《“敢不敢用历史唯物主义研究鲁迅”?》，《鲁迅研究动态》1980 年第 4 期。

② 根据本人 1980 年 1 月 15 日日记。

发表，况且他们已登出《启事》，重申要贯彻党的‘双百’方针，‘开展学术问题上的不同意见的探讨’，他们大概不会像以前那样了，应该发表的。就这样，我于二月二十日把稿寄《文学评论》。三月十九日告知可以在今年第三期发表。三月二十九日文学研究所副所长陈荒煤同志找我谈话，建议我修改几处，四月二日我依照他的意见改了排印的样稿。四月十七日《文学评论》编辑部来人反复表示歉意，说不能发表了，把已排在《文学评论》第三期九十四至一〇四页上的即将付印的样稿退给了我。我还有什么可说呢？唯一希望《文学评论》能够言行一致，认真贯彻执行‘双百’方针。”① 另外，朱微明在《死者未瞑目，生者有其责“附记”》中也写道：“今年九月五日我给《文学评论》的负责同志写了信（原文附后）及我的拙文《死者未瞑目　生者有其责》，挂号寄出。时隔一月，也无回音，使我大惑不解。”② 她在给负责同志的信中说：“我是彭柏山同志的妻子，是中共正式党员，现在上海电影制片厂工作。你刊今年一月号刊载了夏衍同志《一些早该忘却而未能忘却的往事》一文中，涉及彭柏山同志，说他是‘被捕自首’，这一个政治上不实之词，我认为是不恰当的，因此把当时的具体情况写成《死者未瞑目，生者有其责》一文寄给你，请你刊刊登，以便澄清。我认为这是你刊应负的责任。《文学评论》对国内外都是有影响的刊物，实践是检验真理的唯一标准。我和你或和夏衍同志，都是共产党员，都为追求真理而奋斗。一个刊物，勇敢负责，敢讲真话，是起码的条件。所以，我请你按照党的实事求是传统，为夏衍同志对我丈夫的不实之词肃清影响和流毒。你将如何处理？请及时告诉我。

---

① 详见《鲁迅研究动态》1980 年第 3 期。

② 详见《鲁迅研究动态》1980 年第 5 期。

我住在上海新乐路×号×室。”① 当然，这样一封信的遭遇也是石沉大海。

于是大家希望能够在《鲁迅研究资料》上发表一些持不同意见的文章，以体现另一种声音。由于鲁迅研究室创办的《鲁迅研究资料》是一本不定期的出版物，大三十二开本，每期三十多万字，印刷时间长，几乎一年一本。如果发表鲁迅研究新动态和新观点的文章，在时间上自然显得滞后。经过多次研究商讨，李何林决定以《鲁迅研究资料》编辑部的名义，编辑出版一个印出来快一点的，字数少一点的，内部发行的刊物《鲁迅研究动态》，以便迅速快捷地反映鲁迅研究的新成果、新资料和新动态。

（三）李何林的发言和《鲁迅研究动态》的创办

一九八〇年四月一日，李何林在中国社会科学院文学研究所召集的筹备撰写纪念鲁迅诞辰一百周年论文座谈会上发言，题目是《“敢不敢用历史唯物主义研究鲁迅”?》在这个发言中，李何林提到了冯雪峰。他说如果按照夏衍同志发表的这篇文章讲，“冯雪峰现在就不应该平反”，“冯雪峰的没有问题并不是这一次的平反才这样说的。冯雪峰的一生，很多人都是了解的。作为一个共产党员，历尽千辛万苦，不怕任何危险，在敌人的集中营里都毫不屈服地坚持斗争。一个在白色恐怖下久经考验的党员（他沟通了党和鲁迅的关系），怎么能是反党、反社会主义的右派？雪峰在逝世前还对人讲，他没有别的希望，他对一切冤屈都不辩白了，只希望回到党内来。这个感情是很感动人的！一个七十多岁的人了，一般人做得到吗？但是他还有这个愿望、有这个请求。这个对党的感情就很了不起！夏衍同志对于雪峰现在怎么还是这样搞?”

---

① 详见《鲁迅研究动态》1980 年第 5 期。

他还列举出冯雪峰的《革命与知识阶级》与杜荃的《文艺战线上的封建余孽》两篇文章，将其中对鲁迅的态度进行了比较，杜荃是谁大家都是知道的。李何林指出："一九二八年革命文学论争刚起的时候，创造社、太阳社办了很多刊物，每一期都有过半的篇幅攻击鲁迅。把鲁迅骂得一钱不值。""一九二八年五月，冯雪峰写了一篇文章叫《革命与知识阶级》，他大意是说，我们革命的追随者不懂得中国革命的性质。这样来搞鲁迅是不对的。他在文章最后说：'革命有给与知识阶级的革命追随者以极少限度的闲暇，使他们多多渗透革命策略与革命精神的必要。'那就是说，你们的马列主义没有结合中国实际，这是不对的。""我在一九二九年编《中国文艺论战》时，几方面的文章都看了。……我觉得冯雪峰的这篇文章是比较公平的，所以我把它放在全书不分派别的第一篇。创造社不应该把鲁迅作为革命文学的对象，这是不懂中国革命的性质，不懂革命理论的表现，需要'渗透'一下马列主义的革命精神，精神深入体会学习一下马列主义"。而创造社杜荃的文章攻击鲁迅说："他是资本主义以前的一个封建余孽。资本主义对于社会主义是反革命，封建余孽对于社会主义是二重的反革命。鲁迅是二重性的反革命人物。以前说鲁迅是新旧过渡时期的游离分子，说他是人道主义者，这是完全错误了。他是一位不得志的 fascist（法西斯蒂）。"李何林严肃地指出："同是对待革命文学论争，冯雪峰对鲁迅是什么主义？杜荃对鲁迅用的是什么主义？相差只有一个月，能不能用历史唯物主义研究鲁迅，是明摆着的。"他还说近一两年来，有些人写文章说鲁迅研究中也有"两个凡是"、鲁迅骂过的人也不一定糟糕等等，"表面上搞别人，实质上就是搞鲁迅。夏衍同志最近的一篇文章，发表在今年第一期《文学评论》中的《一些早该忘却而未能忘却的往事》，我看也是这个意思。大家都看出来了，直接搞冯雪峰、胡风，间接地搞鲁迅。他文章里有好多包含这类意思的话。”李何林义正词严地说：“我看有些人不是历史唯物主义地来对待鲁迅，是在贬低、伤害鲁迅，贬低伤害一个死去四十多年、不能再写《答徐懋庸并关于抗日统一战线问题》那样反驳信的鲁迅，我看他们不是英雄。”①

其实冯雪峰和周扬在左联内部关于批判“第三种人”的某些观点，也是相当不一致的。在这个发言中，李何林公布了鲁迅研究室要办一个《鲁迅研究动态》的决定。他说：“我们想搞一个印出来快一点儿的，字数少一点的，叫《鲁迅研究动态》，算是对《鲁迅研究资料》的一个补充。这个‘动态’就是印一些新发现的资料，有时间性的一些评论，研究文章。第一、二期已经编好送出去印了。”②

（四）《鲁迅研究动态》对于夏衍文章的批评

在李何林的这个发言过去四天之后，《鲁迅研究动态》第一期于一九八〇年四月五日出版，内部发行。《编者的话》这样写道：“《鲁迅研究资料》已出版了三辑，自第四辑起改由天津人民出版社出版，公开发行。因出版周期长，最近决定自第六辑改为季刊；即使这样，第六辑也非到今年秋天不能出版；对于有时间性的研究成果，动态和新发现的资料等，不能及时刊出，与广大读者见面，是一大缺点。为弥补这一不足，不定期的编印《鲁迅研究动态》，作为《鲁迅研究资料》的补充，乃有必要。在这里发表过的，有的我们仍将收入《鲁迅研究资料》中。鲁迅研究也要同其他学术领域一样，必须坚定不移地贯彻执行党的‘百花齐放，百家争鸣’的方

① 李何林：《“敢不敢用历史唯物主义研究鲁迅”?》，《鲁迅研究动态》1980 年第 4 期。

② 同上。

针，各种不同的学术观点应该允许自由地展开讨论，通过争鸣、讨论，才能活跃学术空气，繁荣社会主义文艺，促进学术民主，为四化做出贡献。我们是提倡在研究、讨论的过程中，摆事实，讲道理，实事求是，以理服人。反对扣帽子、打棍子。只要言之成理，持之有据，标新立异也应受到鼓励。不同的观点，只有通过争鸣，才可以明辨是非。我们欢迎鲁迅研究者，现代文学研究者，广大的读者，各地鲁迅纪念馆和鲁迅研究组织，及时地把各自的研究成果，活动情况，提供给我们。”① 这一期的《鲁迅研究动态》发表了三篇文章，两篇是新发现的有关鲁迅的资料，一篇是和茅盾论争的论文，基本是资料和研究文章。

过了半个月以后的四月二十日，《鲁迅研究动态》第二期出版，针对夏衍的文章，集中发表了三篇争鸣文章。这就是：楼适夷的《为了忘却，为了团结——读夏衍同志〈一些早该忘却而未能忘却的往事〉》；刘国盈的《一条早该填平而尚未填平的鸿沟》和赵英的《一件总想否定而又否定不了的事实》。其中楼适夷的文章影响最大，这篇长文从自己的经历出发，以夏衍的文章并无新意说起，谈到冯雪峰在“文革”中并没有对周扬等人落井下石，还以资料证明冯雪峰确实是受党中央派遣到上海从事地下工作并沟通了鲁迅与党的关系。顺便提及了一九五七年夏衍的那次发言和自己的痛哭，对“两个口号之争”的来龙去脉也作了说明，最后他主张应该忘却。楼适夷认为夏衍是把“四人帮”的言论，套到当年与自己主张有分歧的同志头上，好像其祸根乃在“‘冯雪峰搞乱了事实’，夏衍同志等所受的残酷迫害，似乎也有冯的一份罪行。有人看了《往事》曰：‘掘墓鞭尸，何怨毒之深也’！夏衍同志要报仇雪恨，大概是找错了对象吧！”并且通过调查了解，楼适夷证实夏衍对于冯

① 《编者的话》，《鲁迅研究动态》1980 年第 1 期。

雪峰无端指责毫无道理，因为许多历史资料都可以说明“夏衍同志的记忆是混乱的”。所以，“老头子吵嘴，年青一代可没有多大兴致”，“作为夏衍同志的同志和战友，作为经历过三十年代的一个老兵，为了忘却也就是为了今天文艺界的安定团结，深深感到有责任提出自己的意见。”①

《鲁迅研究动态》从第三期至第五期，发表了一系列的有关史料和评论文章。其中史料方面有：莫文华（刘少奇）一九三六年十二月十五日发表在《作家》月刊第二卷第一号上的文章《我观这次文艺论战的意义》，谈及了当时中央领导同志对于鲁迅和两个口号论争的看法；周恩来的《在鲁迅逝世二周年纪念会上的讲词》；魏晨旭、李光灿的《洛甫同志谈党中央对一九三六年两个口号论战的态度》；日本学者竹内实的《鲁迅远景》一书中摘录出来的《对〈我观这次文艺论战的意义〉的评价》等。评论文章有：荣太之的《一些不想说而又不能不说的事——夏衍同志文章读后》；叶淑穗的《一件不容易歪曲的事实——对夏衍同志文章的意见》；王得后的《读夏衍同志文后》；周姬昌的《问题在于想不想“忘却”——致夏衍同志》；等等。这些文章代表了研究界的民间话语和另外一种声音，均以资料和事实说话，对夏衍的文章进行反批评。论题之集中，态度之鲜明，前所未有，不容置疑。

由于夏衍这篇引起争议文章的题目是《一些早该忘却而未能忘却的往事》，即用了：“一些……而……”句式，这种夏衍体的标题在当时很流行，用这种句式作题目进行商榷成为一种模式。另外夏衍在文中说这个问题“大学文科的教师们也很难把真相解释清楚”，因此当时来自大学教师作者的反驳文章也很多。另外夏衍在

① 楼适夷：《为了忘却，为了团结——读夏衍同志〈一些早该忘却而未能忘却的往事〉》，《鲁迅研究动态》1980 年第 3 期。

他的文章中多次提到一九三六年的“两个口号论争”，并且一再说：“两个口号之争，充其量，也不过是文艺界的理论上、学术上的争论，性质应该属于人民内部矛盾，而不属于你死我活的敌我矛盾吧”，“假如这个口号不是胡风首先提出来，而是鲁迅用自己的名字发表出来的话，也许就不会引起这次论争了”。① 他的话虽然不无道理，但是在当时并不被大多数人所理解。为了弄清事实，八十年代发表的鲁迅研究文章中，以“左联”和“两个口号”论争为内容的颇多，也表现出一种学界的民间立场。两年后人民文学出版社还专门出版了《两个口号论争资料选编》（上、下册）。这一现象，与夏衍文章的逆促进不能说没有关系。同时也使得鲁迅的《答徐懋庸并关于抗日统一战线问题》一文，再次深受瞩目、广为流传。许多人又一次原原本本知道了所谓“四条汉子”的来龙去脉和他们对鲁迅的看法，诚如李何林所说：“‘四条汉子’的含义也并不像有些人所说的只等于‘四个男人’，这是从上下文可以体会出来的。”② 因为，这里面包含着一种鲁迅式的情绪成分。

一九八〇年七月四日，社科院文学所召开中国鲁迅研究学会在京理事和《鲁迅研究》编委会联席会议，就如何推动撰写纪念鲁迅诞辰百年论文进行讨论。

《鲁迅研究动态》第五期发表的彭柏山未亡人朱微明的《死者未瞑目，生者有其责》，也值得一提。该文附有一九八〇年六月二十九日《解放日报》发表的消息：《彭柏山同志追悼会在上海举行》，以及陈沂《在彭柏山同志追悼会上的悼词》。朱微明是看了夏衍的文章以后非常气愤，当即给《文学评论》负责同志写信并寄

---

① 夏衍：《一些早该忘却而未能忘却的往事》，《文学评论》1980 年第 1 期。

② 李何林：《“敢不敢用历史唯物主义研究鲁迅”?》，《鲁迅研究动态》1980 年第 4 期。

去这篇文章，但是没有回音，于是将此文转寄给《鲁迅研究动态》的。因夏衍在文章中写道：“……甚至连鲁迅答徐懋庸那封信中也提到了一个青年人被关在南京。而这个人，现在谁都知道，就是彭柏山。”接着又写道“……这也很清楚，那就是彭柏山被捕自首以后……”不知是有心还是无意，夏衍转引鲁迅的话时，进行了大有出入的篡改。鲁迅的原文是：“又有一个青年，也同样的被诬为‘内奸’，然而不是因为参加了英勇的战斗，现在坐在苏州牢中，死活不知么?”这个青年就是彭柏山。夏衍在一九五七年的“爆炸性发言”中也说过同样的话，现在彭柏山已经平反昭雪，夏衍还是这样说不知意欲何为?朱微明在文中写道：“我一直大惑不解，夏衍同志为什么对彭柏山同志那么鲠骨于喉呢?三十年代，柏山同志不过是鲁迅旗下的一名小兵，与夏衍同志无争，被捕出狱，从戎征战，更与夏衍同志无涉。解放后，虽共过事，但也似乎没有利害冲突，而且早已被剥夺了发言权，编入另册的了，夏衍同志为什么总也忘不了他呢?而我终于揣摩出一点道理来了，夏衍同志始终有一个不能忘却的大目标，柏山同志的悲哀大概就因他曾是伟人旗下的小兵，而且始终虔诚不肯背叛。要不然，又作何解释呢?”[①] 这篇文章对于夏衍的批评不可谓不激愤。再有下一期的《鲁迅研究动态》发表了胡风的《致冯雪峰同志追悼会的唁电》一文，也值得一提。胡风是鲁迅后期的亲密弟子，同时也是冯雪峰的亲密战友，胡风以他特有的排比句式和冗长语言，对冯雪峰的一生进行了全方位、多角度、充满哲理和深情的评价，读来令人沉痛扼腕、不胜唏嘘。[②]

---

① 朱微明：《死者未瞑目，生者有其责》，《鲁迅研究动态》1980年第5期。

② 胡风：《致冯雪峰同志追悼会的唁电》，《鲁迅研究动态》1980年第6期。

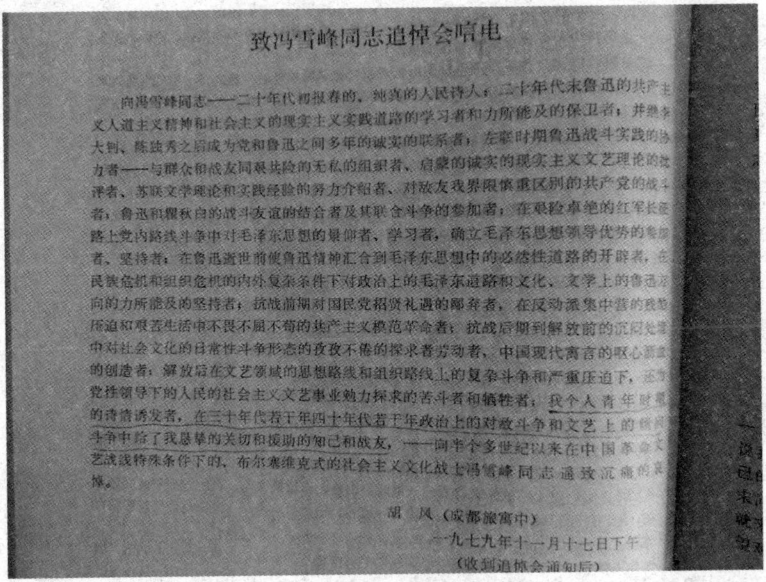

致冯雪峰同志追悼会唁电

向冯雪峰同志——二十年代初报春的、纯真的人民诗人；二十年代末鲁迅的共产主义人道主义精神和社会主义的现实主义实践道路的学习者和力所能及的保卫者；并继李大钊、陈独秀之后成为党和鲁迅之间多年的诚实的联系者；左联时期鲁迅战斗实践的协力者——与群众和战友同艰共险的无私的组织者、启蒙的诚实的现实主义文艺理论的批评者、苏联文学理论和实践经验的努力介绍者、对敌友我界限慎重区别的共产党的战斗者；鲁迅和瞿秋白的战斗友谊的结合者及其联合斗争的参加者；在艰险卓绝的红军长征路上党内路线斗争中对毛泽东思想的景仰者、学习者，确立毛泽东思想领导优势的参加者、坚持者；在鲁迅逝世前使鲁迅精神汇合到毛泽东思想中的必然性道路的开辟者，在民族危机和组织危机的内外复杂条件下对政治上的毛泽东道路和文化、文学上的鲁迅方向的力所能及的坚持者；抗战前期对国民党招贤礼遇的鄙弃者，在反动派集中营的压迫和艰苦生活中不畏不屈不苟的共产主义模范革命者；抗战后期到解放前的沉闷处境中对社会文化的日常性斗争形态的孜孜不倦的探求者劳动者，中国现代寓言的呕心沥血的创造者；解放后在文艺领域的思想路线和组织路线上的复杂斗争和严重压迫下，还为党性领导下的人民的社会主义文艺事业勉力探求的苦斗者和牺牲者；我个人青年时期的诗情诱发者，在三十年代若干年四十年代若干年政治上的对敌斗争和文艺上的倾向斗争中给了我恳挚的关切和援助的知己和战友，——向半个多世纪以来在中国革命文艺战线特殊条件下的、布尔塞维克式的社会主义文化战士冯雪峰同志通致沉痛的哀悼。

胡　风（成都旅寓中）

一九七九年十一月十七日下午

（收到追悼会通知后）

胡风唁电全文

次年《鲁迅研究动态》新年第一期（总第七期）出版，发表了由胡风口述的《关于“左联”与鲁迅关系的若干回忆》；皮远长的《关于“两个口号”论争评价的述评》和唐天然的《关于〈洛甫同志谈党中央对一九三六年两个口号论战的态度〉一文的补正》等。其中胡风的回忆左联与鲁迅关系的文章，是经过汤逸中和陈子善根据录音整理的，有着非常重要的史料价值。皮远长的研究述评是对于“两个口号论争”的国内第一次资料整理，在研究界起到了绕不过去的开山作用。唐天然的文章是在翻阅了《新中华报》一九三七年十一月二十六日的《特区文艺》之后，对魏、李二人的文章进行的补正。其中有两个方面：“首先它可以印证：魏、李的回忆是可信的。报道证明，洛甫同志一九三七年十一月间于陕北公学礼堂确实有过一次关于文化工作的长篇报告。这个报告主要论述了大革命失败以后十年期间的文化运动。他不仅正确估计了文化运动的功绩，同时也特别指出了三十年代‘左联’、‘社联’等文化团体存在的‘宗派主义’、‘教条主义’和‘第二党’的错误。这是对‘左联’时期的文化运动的一次公开批评。当时洛甫同志任党中央书记，中国讲话又是在‘特区文协’成立大会上所作的正式报告，对当时根据地和白区的文化运动都有着十分重要的指导意义。”其次指出“这次会议虽然是在陕北公学礼堂召开，但并非鲁迅逝世周年纪念大会，而是特区文协成立会议”，所以这“并不影响洛甫同志曾作过这一报告的可靠性”。①

从一九八〇年四月至一九八一年初，《鲁迅研究动态》用了近一年的时间，先后在七期杂志上，发表了资料和论文共计二十三篇，这段因为夏衍文章引起的论争终于告一段落。用王得后文章中的一段话可作为这次论争的总结，他指出：“夏衍同志很感慨，说鲁迅晚期的某些文章，今后大学文科的教师们也很难把真相解释清楚，我倒没有这么悲观，只不过深刻感到，今天幸存的当事前辈倘少写些前后不一致的回忆，就凭当年的白纸黑字，反而不是那么难以解释的。”②

从我们今天的角度来看，《鲁迅研究动态》一创刊就表现出一个刊物的骨气和风格，她独立自主，坚持原则、不畏权势，不平则鸣，这是一种非常难得的杂志精神。她乘着八十年代那个改革开放的东风，彰显了民间学者的人文情怀，使得这本杂志刚刚创刊就一时洛阳纸贵，大凡每一期新刊出版，关心鲁迅研究的人们，无不争先阅读，相互传阅。

---

① 唐天然：《关于〈洛甫同志谈党中央对一九三六年两个口号论战的态度〉一文的补正》，鲁迅研究动态》1981 年第 1 期（总第 7 期）。

② 王得后：《读夏衍同志文后》，《鲁迅研究动态》1980 年第 3 期。

（五）新时期鲁迅研究深入展开

一九八〇年十月二十二日鲁迅研究室迁至北京阜成门内大街鲁迅博物馆内新楼办公。

一九八〇年十二月中国社会科学院文学研究所编辑，以“鲁迅研究学会”名义发行的《鲁迅研究》第一期由上海文艺出版社出版。这一期的刊物首页是宋庆龄国家副主席的题词，首篇文章发表了周扬的《学习鲁迅　沿着鲁迅的战斗方向继续前进》；发表了新发现的鲁迅五四时期的佚文和一批重量级的研究论文；在《动态》一栏，介绍了“北京鲁迅博物馆鲁迅研究室”的工作近况和上海、西北的一些研究信息。在这个动态中，原来的“鲁迅研究室”成了“鲁迅博物馆鲁迅研究室”，从此一直延续至今。

一九八一年二月社科院文学所的《鲁迅研究》第二期出版发行。除了主要发表论文以外，还在“动态”栏目中发表了三条消息，即《纪念鲁迅诞辰一百周年撰稿座谈会在北京召开》，《鲁迅研究学会在京理事和〈鲁迅研究〉编委会举行联席会议》，以及《各地筹备纪念鲁迅诞辰百年活动简讯》。在“撰稿座谈会在北京召开”一则动态中，比较详细介绍了陈荒煤、胡乔木、周扬等人的讲话要点，仅用了三句话介绍李何林的那篇《敢不敢用历史唯物主义研究鲁迅?》的发言。《鲁迅研究》第三期，在《动态》一栏中发表了三组信息，其中《一九八〇年鲁迅研究简况》中，主要介绍了文学所召开的两次会议和江苏、浙江、广东、东三省等地的鲁迅研究情况。在鲁迅研究刊物介绍中，作者写道：“本年还增加了两种研究刊物：一是中国鲁迅研究学会主办的《鲁迅研究》；一是湖南人民出版社主办的《鲁迅研究文丛》，为研究工作者开辟了新的园地。另外，还有深受研究者欢迎的，西北大学鲁迅研究室编辑的《鲁迅研究年刊》，它是以汇集每一年度内重要鲁迅研究成果和资料为主的大型集刊。一九七九年的一集，已于一九八〇年初出版。”这个《一九八〇年鲁迅研究简况》对于北京的第一个鲁迅研究室的工作和同样是“本年”创刊的《鲁迅研究动态》丝毫没有谈及，是完全的视而不见还是根本就毫不在意？这只有当时的主要领导人自己知道了。只是在最后提及图书出版时有这样一句话“此外还有周海婴与鲁迅博物馆鲁研室合编的《鲁迅画传》”。如果说是作者大意无知，从来没有见过《鲁迅研究动态》的话，那么责任编辑和杂志的主要负责人应该不会不知道吧？因为它可是《一九八〇年鲁迅研究简况》啊，然而这就是那时的状况。

一九八一年三月十五日出版的《鲁迅研究动态》第二期（总第八期），有一则消息：《全国各地将陆续举行鲁迅学术讨论会》，其中两次分别介绍了鲁迅研究学会、社科院文学所的《鲁迅研究》杂志四月在南方扬州和六月在北方大连举行的学术活动。

以纪念鲁迅诞辰一百周年为标志，由于有了以《鲁迅研究动态》、《鲁迅研究》为引领的几种固定的鲁迅研究刊物，加之全国的文科学报及各种学术期刊的相继创刊恢复，全国性的鲁迅研究终于走上正轨，现代文学研究界开始呈现出一派欣欣向荣的局面。

二　关于刊物的发展历史

《鲁迅研究动态》发展成为今天的《鲁迅研究月刊》，我以为大致经历了三个时期。这就是：

首先，白皮本的《鲁迅研究动态》初创时期；

其次，改版后的《鲁迅研究动态》发展时期；

再次，由《鲁迅研究动态》更名为《月刊》公开发行时期。

（一）《鲁迅研究动态》的初创时期

是从一九八〇年四月五日创刊到一九八四年九月结束白皮本，

总共出版了三十七期，据统计有一百五十余万字。均为白皮本无封面，不定期，铅印十六开，骑马钉的内部出版物。在那个珍惜资料、读书成风的八十年代，这本薄薄的印刷品吸引了很多的读者，留下了不少难忘的回忆。她及时、快捷地反映了八十年代最初五年中国鲁迅研究的状况，代表了民间立场，张扬了学术民主，坚持了百家争鸣的学术精神，发表了一批注重史实的争鸣文章和重要的学术研究文章；在注重史实的前提下，整理和发表了许多鲁迅的佚文、佚信，特别是和鲁迅有关的中国现代文学史料以及老一代作家的回忆文章；对于中国鲁迅研究的信息、出版信息作了大量的介绍，在全国和海外产生了一定的影响。这一批初创杂志由于是单行本，册页单薄，没有合订，至今如果想找全凑齐的话已经相当难了。

（二）《鲁迅研究动态》的改版发展时期

为了扩大刊物的影响力、规范刊物的风格，更好地满足学界的期望和要求，从一九八五年五月开始《鲁迅研究动态》决定改版。借调当时在黑龙江社会科学院文学所工作的王世家担任责任编辑，王世家对于编辑工作一是喜欢，二是在行；他的特点是为人谦和、善于钻研编辑工作。自一九八五年五月始，新一期的杂志有了硬皮封面，套色印刷，古铜色的底色镂空映衬出白色的鲁迅书信手迹，封面文字、图标均用黑色。在封面的左上角印有一枚醒目的汉画像，上面标明年代和期数，并请当时在书法界声名鹊起的启功先生书写刊名。杂志印出后，显得凝重大方而又古朴厚重，颇有历史感，反应极佳。这次改版，标志着《鲁迅研究动态》在新时期有了走向成熟的重大的发展。

改版新一期的杂志在《敬告读者》中写道："为了适应目前的新形势，《鲁迅研究资料》编辑部决定从本期开始对《鲁迅研究动态》的内容和形式进行改革。试图办成一种既有学术性，又兼顾普及的内容充实、形式活泼的月刊，以活跃鲁迅研究气氛，沟通鲁迅研究信息，加快鲁迅研究横向交流的节奏，及时反映鲁迅研究新成果，让更多的人了解鲁迅，学习鲁迅，继承鲁迅精神，开创鲁迅研究的新局面。改版后的《鲁迅研究动态》为十六开本，每期四十八页，每月出版一期，暂定为内部发行。编辑部办理函购业务。我们有信心把《鲁迅研究动态》办成一个有个性、有特色的刊物，但缺点、错误也在所难免。我们殷切地希望广大鲁迅研究者和读者给她以关怀、扶持和帮助，使她成为您的朋友，能为您学习、研究鲁迅略尽绵薄之力。热切第希望您大力支持我们的工作，及时地将您的宝贵意见提供给我们。”①

改版新一期的杂志开辟了几个栏目，除前面的重点文章外，有：“当代作家论鲁迅”“杂感”“书话”“史料与研究”“书评”“学术动态”“新书简介”“补白”等等。后来我们进行了整合，集中设立了“史料与研究”“拾遗与补正”等保留栏目。

从这一年开始，每年的《鲁迅研究动态》在年终都要出一个《总目》，将十二期各个栏目的文章按期次排列，方便了读者，扩大了影响力，这个传统一直坚持到现在。所有这些都是王世家兄的功绩，他对《鲁迅研究动态》改版后的贡献有目共睹，功不可没。

说来奇怪，当时的责任编辑大部分都是从外单位借调来的，那个时候的鲁迅博物馆、鲁迅研究室的领导总是放手支持，虽然也是审稿，但是对于责任编辑非常信任，十分尊重，很少干预。在这种充满和谐的民主自由氛围中，我们也是常常夜以继日，全身心投入，使得工作进展飞快，虽然仅有三四个人，但是刊物很少误期。从新版第三期开始，我进入编辑部协助王世家兄编辑《鲁迅研

① 见《鲁迅研究动态》1985 年第 1 期。

究动态》。

改版后的《鲁迅研究动态》有这样几件大事值得记录。

一九八五年五月八日，鲁迅研究室和编辑部邀请十位参加“中国现代文学研究创新座谈会”的中青年学者，来编辑部就鲁迅研究的现状等问题举行了一次座谈会。他们是：王富人、陈福康、王国绶、王德禄、宋益乔、徐允明、龙泉明、胡润森、赵福生、王舟波等，这些人后来都成了鲁迅研究界的中坚力量。这个消息发表在《鲁迅研究动态》一九八五年第二期上，并说明“此次座谈会的发言内容，本刊将在下期发表”，署名是“本刊记者卢珊”。我是第三位借调来鲁迅研究室编辑部的，所以起了一个笔名“卢珊”。

一九八五年六月第二期的杂志，开辟了“纪念瞿秋白就义五十周年”专栏，发表了李何林的《〈鲁迅杂感选集序言〉的划时代意义——纪念瞿秋白同志为革命牺牲五十周年》；以及叶淑穗的《深厚的情谊　共同的向往——一封瞿秋白代鲁迅写的俄文信》；金草的《鲁迅得知瞿秋白牺牲的消息后》。

一九八五年六月八日胡风在北京逝世，作为《鲁迅研究动态》责任编辑的我们，闻讯后立即骑车前去采访慰问，然后连夜拜访李何林先生，约他写纪念文章。在同年八月出版的第四期杂志封二上首发通栏标题“沉痛悼念胡风同志”，并发表胡风同志简历以及他在鲁迅故居前的照片。该期设立了“悼念胡风同志”专栏，发表了胡风的文章《追忆鲁迅先生》，李何林的文章《悼鲁迅的亲密战友胡风同志》。

一九八六年一月三十一日是冯雪峰同志逝世十周年的纪念日，同年出版的《鲁迅研究动态》第一期出版了“纪念冯雪峰同志逝世十周年”专号，发表了聂绀弩、李何林、王士菁等人撰写的十九篇纪念、回忆文章，同时还发表了张怀江的木刻《冯雪峰与鲁迅》，以及冯雪峰遗容、追悼会会场照片等等，以悼念这位鲁迅的亲密战友、无产阶级的文艺战士。

一九八六年二月出版的《鲁迅研究动态》第二期，适值“鲁迅研究室”成立十周年，杂志开辟了通栏标题，发表了李何林、戈宝权、锡金等十四人的回忆纪念文章。

一九八六年十一月十二日，北京鲁迅研究室在鲁迅博物馆召开了一次“敌伪时期周作人思想、创作研讨会”。邀请有关专家学者四十余人，针对同年四月沈鹏年在南京师大《文教资料简报》上的一组材料进行甄别、研讨。这是中国现代文学界首次以周作人为题举行的学术研讨会，同时也正式开启了国内周作人研究的先河。并促成了次年十月十四日首届“鲁迅与周作人比较研究学术研讨会”的召开。一九八七年第一期的《鲁迅研究动态》作为专号发表了此次研讨会的发言、资料等，在国内外影响很大。

从一九八八年第一期开始，《鲁迅研究动态》的封面大为改观，刊名改为套色横排，封面底色淡雅，图案改为鲁迅作品的封面集锦，这是专门请人民文学出版社美术编辑室主任、编审李吉庆先生设计的。刊物显得更加庄严、美观、大气、典雅；文章质量也有显著提高；编辑水准则日臻走向成熟。

这一期的首篇发表了“鲁迅周作人比较学术讨论会在京举行”的新闻稿，还开辟了“资料专辑”、“论文选刊”和“史料选刊”三个专栏，对于这次学术讨论会进行了全方位的介绍。

一九八八年《鲁迅研究动态》第七期，开辟了“鲁迅与中国现代文化名人学术座谈会”的“资料专辑”，集中发表了这次会议的十四篇重要论文。

一九八八年《鲁迅研究动态》八期，开辟“全国鲁迅研究教学研讨会”的“资料选辑”，集中发表了参会专家的十五篇重要论文。对鲁迅作品教学产生了一定的影响。

在一九八八年十二月的《鲁迅研究动态》封底，刊登了一则广告："一九八九年《鲁迅研究动态》，国内外公开发行，随时可订，负责补寄，欢迎国内外研究者、读者订阅。"

从一九八九年开始《鲁迅研究动态》结束了内部发行的历史，进入了一个走向重要转折的新时代。这一年的《鲁迅研究动态》第五期，为纪念五四运动七十周年，开辟了"五四传统与鲁迅传统学术座谈会"的"资料选辑"，发表了楼适夷、唐弢的讲话和十篇研究文章。在全国影响很大。

（三）由《鲁迅研究动态》更名为《月刊》公开发行时期

一九八九年第十二期《鲁迅研究动态》封底，刊登了一则《更名启事》，公开表示："《鲁迅研究动态》是北京鲁迅博物馆鲁迅研究室编辑的有关鲁迅研究的学术性月刊。一九八七年获准向国内外公开发行，受到广大鲁迅研究者、读者的注目和好评。现行刊物辟有'论文'、'史料与研究'、'国外鲁迅研究'、'拾遗与补正'、'鲁迅同时代人研究'、'学术动态'、'书评书讯'等十几个栏目；从内容上看，已不是单纯的'动态'性刊物，成为有关鲁迅研究的综合性学术月刊。自一九八〇年创刊以来，一直沿用《鲁迅研究动态》名称，已涵盖不了刊物的实际内容；另外，不少读者反映，认为该刊名称含义太窄，名不符实，亦建议改名。现经编委会研究决定，国家新闻出版署批准，从一九九〇年始刊物名称更名为《鲁迅研究月刊》。"

一九九〇年第一期正式更名的《鲁迅研究月刊》（总第九十三期）公开出版发行，她以崭新的面貌走进二十世纪的最后十年。刊物表现出一种别样的风采，名家荟萃，新秀云集，使得资料不断丰富、时有更新，论文日臻扎实，学术氛围更加厚重，可以说完完全全引领了中国鲁迅研究的新时代和新潮流。这是一个时代的结束，同时也标志着一个新时期的开始。自此之后这三十年的成绩，是我们现代学者、读者都能够感受得到的，如果以十年为一个周期进行总结的话，写出来的文章一定会比我上面的文字更加丰满厚重，因此就用不着我来介绍了。

拉拉杂杂说了这么多，我关于这个刊物前十年的回忆应该就此打住。回过头来再说，一个刊物要有她的骨气和风格，独立自主，坚持原则、不畏权势，不平则鸣，是一种非常难得的杂志精神。研究型刊物要贴近研究者，彰显出普通学者的人文情怀，是十分重要的。今天想来一些细节仍在眼前挥之不去，那时读书氛围犹如发生在昨天的事情。人就是这样，时间飞逝而你自己并不觉得，好像还什么都没有做，不知不觉间你就老了。四十年前的往事，看似离我们很近，其实对于今天的中青年学者来说显得已经很有些遥远了。这是我对那个远去的时代的零星记忆，是一个从“不知愁滋味”的青年到“欲说还休”的老年人对《鲁迅研究动态》（月刊）的述说。文中应该还有太多当事人的名字应该提及，为了减少不必要麻烦，除了已经去世的王世家兄以外，我都省略了。对此如有兴趣或者想写史的人，可以参看第一个十年的刊物，想必会更有所得。

另外，文中可能会有记忆不清和评价失误的地方，还盼大家批评指正。

二〇二〇年二月二日夜初稿，
三月廿九日二稿，
五月十日三稿，
五月十五日再次改定。

邓　定

何为本真的自由？
——论《宗教大法官》中的自由问题

摘要：《卡拉马佐夫兄弟》是俄国作家陀思妥耶夫斯基的绝笔之作，在该书的《宗教大法官》一章里，陀氏在宗教大法官近乎独白式的对话中集中讨论了上帝存在、自由以及幸福等基督教哲学问题。陀氏巧妙借用蒙太奇手法，多次提到“自由”这个概念，同时从耶稣与众人、宗教大法官与众人以及众人之间这三层关系考察自由，最终呈现为信仰自由、良心自由以及“巴别塔”式自由。那么，什么才是真正的自由？我们为何必须要争取自由的灵魂？在基督教哲学语境下，陀氏对上述问题展开了深入艰辛的探索，其矛头直指现代虚无主义的危机。

关键词：信仰自由；良心自由；“巴别塔”式自由；现代虚无主义

《卡拉马佐夫兄弟》是陀思妥耶夫斯基的绝笔之作。对于这部作品，他在一八六九年的一封信中明确指出：“贯穿全书的主要问题——它使我自觉不自觉地苦恼了一辈子——是上帝存在问题。”[①]

① ［俄］陀思妥耶夫斯基：《陀思妥耶夫斯基通信集》第二卷，莫斯科：国家文学出版社1959年版，第263页；转引自［俄］陀思妥耶夫斯基《卡拉马佐夫兄弟》（上），耿济之译，人民文学出版社2005年版，第2页。

陀氏要把自己的信仰和怀疑通过艺术形象统统表现出来，让世人评说，这一点集中体现在该著的《宗教大法官》一章。《宗教大法官》是剧中人物伊凡·卡拉马佐夫虚构的一首诗，初看上去，它更像一篇故事、散文或短剧脚本，体裁是对话式的。巴赫金曾采用复调理论和共时性理论分析过这首诗，他认为陀氏不是在历时性进程中观察世界，而是把纷繁多样的世界内容作为共时的事物加以思考，探索它们在某一时刻横剖面上的相互关系。陀氏把自己掌握的所有思想和生活材料，都力求戏剧性地铺展在同一个时间范围内，让所有矛盾和双重性穷形尽相地对峙或争论，在每一事物中看出过去的痕迹、当今的高峰和未来的趋向，造成旋风般运动的情节，而且有一种加速结局到来的倾向，要在此时此刻就预感到世界末日①。

在这首诗中，陀氏设置了三组对话的双方，分别是作者与读者，伊凡与阿辽沙，宗教大法官与耶稣。从这三组对话双方所处的历史境域，我们至少可以设想四个共时的画面：第一，公元初年，耶稣在旷野上接受魔鬼撒旦的试探；第二，宗教大法官所生活的十六世纪，在西班牙的塞维尔村，宗教裁判制度最严酷，同时马丁·路德宗教改革轰轰烈烈地开展，欧洲地理大发现方兴未艾；第三，陀氏、伊凡与阿辽沙所处的十九世纪，欧洲启蒙运动尚未彻底结束，俄国农奴制改革高潮迭起；第四，读者所处的时代（对于我们而言，即二十一世纪），科技发展日新月异，价值取向趋向多元，宗教渐渐退出道德领域的中心舞台。透过巧妙地运用电影的蒙太奇手法，陀氏站在耶稣与众人、宗教大法官与众人以及众人之间这三个关系层面考察自由，在对信仰自由、良心自由以及“巴别塔”式自由的分析阐释中，探讨我们为何必须争取灵魂的自由，思索什么

---

① 参见［苏联］巴赫金《陀思妥耶夫斯基诗学问题》，白春仁、顾亚铃等译，河北教育出版社 1998 年版，第 27 页。

才是真正的自由。

一 耶稣与众人[①]——信仰自由

> 你也不应夺去人们的自由，这自由当初你在地上的时候曾经那么坚决地维护过。不管你新宣示些什么，因为他们将作为奇迹出现，因此必然会侵犯人们信仰的自由，而他们的信仰自由，还在一千五百年以前，你就曾看得比一切都更为珍贵。[②]
>
> ——宗教大法官

这段引文实际上影射了《圣经·新约》。《马太福音》中，耶稣曾经被圣灵引到旷野上，接受魔鬼的试探。在禁食了四十个昼夜之后，耶稣拒绝了撒旦提出的"将石头变成面包"的建议，只因为经上记着："人活着，不是单靠食物，乃是靠神口里所出的一切话"（马4：4）[③]。由此，在宗教大法官看来，亿万可怜的信徒只得忍饥挨饿，在不毛的沙漠中受煎熬，拿蝗虫和树根作食物；在"圣城"耶路撒冷的殿顶上，魔鬼诱惑耶稣往下跳，以向世人彰显他的神力，因为经上记载着："主要为你吩咐他的使者，用手托着你，免得你的脚碰在石头上"（马4：6）[④]。但是耶稣识破了撒旦的诡计，一旦往下跳，便是对上帝的怀疑和试探，那么瞬时便会完全丧失对上帝的整个信仰，从而摔得粉身碎骨。那样的话，引诱耶稣的聪明精灵就将欣喜若狂。然而，亿万愚昧的人们却因此没有了见证奇迹、从而虔拜

---

① 这里的"众人"，既包括极少数意志坚定的上帝选民，也包括亿万意志软弱的人们。

② ［俄］陀思妥耶夫斯基：《卡拉马佐夫兄弟》（上），耿济之译，人民文学出版社2005年版，第281—282页。

③ 《圣经》，爱德印刷有限公司2010年版。

④ 同上。

耶稣的良机，要知道，众人寻找的与其说上帝，毋宁说是奇迹[1]；在一座最高的山上，魔鬼愿意将世上的万国与荣华都赐予耶稣，只要他答应从此俯伏于自己。但是，耶稣再一次抵挡住了万国之王的诱惑，坚持了对上帝的信仰，因为经上记着说："当拜主你的神，单要侍奉他"（马 4：10）[2]。然而，以仆人姿态降临人世的耶稣，拒绝以彰显神力、权威强迫、面包引诱的方式致使众人臣服的同时，也把亿万软弱的罪人抛入了一个永久苦恼的问题：该崇拜谁呢？

面包、神秘和权威，能提出这三个问题本身就是一个奇迹。陀氏曾假设：设想那个可怕精灵所提出的三道难题已经在《圣经》里面消失无踪，现在必须予以恢复，重新设想，以便再记到《圣经》里，为此召集世上一切智者，包括政治家、总主教、学者、哲学家以及诗人，给他们出一个课题：构想并编出三个问题，它们不但必须切中主题，而且必须只用三句人类语言，便能说出人类尚未发生的全部历史。即便将地上的一切智慧聚合起来，是否就能想出足以与那位精灵媲美的三个问题呢？对此，陀氏断言：

> 单就这些问题来说，单就这些问题的提出这个奇迹来说，就可以明白，这是我们所看到的并非人类的一般智慧，而是永恒的，绝对的智慧。[3]

要知道，魔鬼对耶稣的诱惑不是发生在其承担拯救人类使命的中间时刻，而是早在投入这个使命之前，因此，那三个问题的提

① ［俄］陀思妥耶夫斯基：《卡拉马佐夫兄弟》（上），耿济之译，人民文学出版社 2005 年版，第 288 页。

② 《圣经》，爱德印刷有限公司 2010 年版。

③ ［俄］陀思妥耶夫斯基：《卡拉马佐夫兄弟》（上），耿济之译，人民文学出版社 2005 年版，第 283 页。

出，集中预示了人类未来的全部历史，同时还显现出三个形象，其中囊括了大地上人类天性无法解决的一切历史矛盾①。该历史矛盾聚焦于耶稣与意志软弱的罪人的对立上。

为了维护人类的信仰自由即辨别善恶的自由，耶稣拒绝了魔鬼提出的面包、神秘及权威三大诱惑。《圣经·旧约》中，人类始祖亚当、夏娃原本栖居在伊甸园中，由于经受不住比自己低级的存在者蛇的引诱，偷吃了智慧树上的果子，违背了上帝的命令，犯下了罪，遂被逐出伊甸园，从此丧失自由向善的可能。耶稣兼具神性与人性，不愿让世人驯服于食物、神秘以及权威之下，从而彻底失去信仰自由，不再能够打开信仰的未来，因此宁愿自己受苦挨饿，冒着遭受误解甚至牺牲生命的危险，拒绝听从魔鬼的劝告，用奇迹与神力迫使罪人信服。换言之，耶稣拒绝三大诱惑，维护人类的信仰自由，为已堕落的众人保留了最可贵的尊严，同时敞开了人类未来历史的无限可能。宗教大法官为此曾直言：

> 这自由当初你在地上的时候曾经那么坚决地维护过。……而他们的信仰自由，还在一千五百年以前，你就曾看得比一切都更为珍贵。你不是在那时候常说“我要使你们成为自由的”么?②

极少数意志坚定的信徒背负起耶稣曾经受难的十字架，宁愿数十年来忍饥挨饿，在不毛的沙漠里备受煎熬，拿蝗虫和树根作食物，却未曾放弃对上帝的信仰，坚决维护自己宝贵的信仰自由。但是，对于亿万意志软弱的芸芸众生而言，多少个世纪过去了，漫长

---

① ［俄］陀思妥耶夫斯基：《卡拉马佐夫兄弟》（上），耿济之译，人民文学出版社 2005 年版，第 283 页。

② 同上书，第 282 页。

的等待早已使他们失去耐心，如席勒所云：“没有得到天上的保证，只好相信内心的声音。”① 贫穷、令人忧郁的痛苦、冰冷的肢体以及饥饿的肚子早已压制他们内心的神性，使之急切地交出信仰自由，不惜敬拜能提供温暖食物却粗野低级的偶像。宗教大法官正是利用了这些人的软弱，举起面包的旗帜，篡改了上帝的事业，把它建立在奇迹、神秘与权威上面②。面包、神秘及权威正是打着上帝旗号的宗教大法官所说的“秘密”。

二　宗教大法官与众人③——良心自由

> 我能把我们的秘密瞒住你么？也许你只是想亲耳听到从我的嘴里说出这个秘密来吧？那么你就听着：我们拥护的不是你，而是他，这就是我们的秘密。我们早就不拥护你，而拥护他，已经有八个世纪了。整整八个世纪以前，我们从他那里接受了你愤然拒绝的东西，接受了他把地上的天国指给你看时向你呈献的最后的礼物：我们从他那里承受了罗马和恺撒的宝剑，只宣布自己是地上的王，惟一的王，虽然我们至今还没有能彻底完成我们的事业。④
>
> ——宗教大法官

① 陀思妥耶夫斯基转引了席勒《愿望》中的诗句，参见［俄］陀思妥耶夫斯基《卡拉马佐夫兄弟》（上），耿济之译，人民文学出版社2005年版，第282页。

② ［俄］陀思妥耶夫斯基：《卡拉马佐夫兄弟》（上），耿济之译，人民文学出版社2005年版，第289页。

③ 这里的“众人”意指宗教大法官提到的“其余那些软弱的，不能忍受强者们所忍受的事物的人”。参见［俄］陀思妥耶夫斯基《卡拉马佐夫兄弟》（上），耿济之译，人民文学出版社2005年版，第289页。

④ ［俄］陀思妥耶夫斯基：《卡拉马佐夫兄弟》（上），耿济之译，人民文学出版社2005年版，第283页。

陀氏笔下的宗教大法官是一个将近九十岁的老人，高大挺直，脸庞削瘦，眼眶深陷，但眼里仍发出火一般的光芒①。他曾是最坚定的信仰者，忍饥挨饿，在光秃秃的旷野之中苦熬数十年，靠吃蝗虫和草根为生。为了维护信仰自由，他曾做出悲壮牺牲。然而，宗教大法官现在不再是旷野中的先知，他接受了魔鬼的劝告，在尘世中修正耶稣的事业。他的权威如此巨大，以至于只需伸一下手指，那些驯顺的民众便让开了道，卫兵得以顺利带走耶稣，将其投进大牢。在监狱里，宗教大法官与耶稣直接对话，亲自揭开了罗马天主教会的秘密：早就接受了魔鬼撒旦的诱惑，而不再拥护上帝。他们用面包使意志软弱的人驯服，从众人手中接过了耶稣曾坚决维护的信仰自由。

但是，宗教大法官其实并非上帝在尘世的代言人，不可能拥有上帝那般神奇的力量，因此，他也无法把石头变成面包，而只是从意志软弱的众人那里取来他们亲手弄到的面包，然后再分给他们，这里面并没有任何奇迹。但那些受骗的众人却还会为能从宗教大法官手里取得面包而高兴，不单因为面包本身，永远服从使众人看到，自己辛苦弄到的面包不会再变回石头②。除了面包，罗马天主教会还从撒旦那里接过了凯撒的王国和宝剑，利用权威使意志软弱的臣民俯伏于自己脚下，借着上帝的名义欺骗他们，带给他们良心上的短暂安宁，如大法官所言：

> 那时候我们将给予他们平静而温顺的幸福，软弱无力的生物的幸福，——因为他们天生就是那样的生物。③

① 参见［俄］陀思妥耶夫斯基《卡拉马佐夫兄弟》（上），耿济之译，人民文学出版社 2005 年版，第 280 页。

② 同上书，第 291 页。

③ 同上。

这便是宗教大法官所谓的“正在完成的工作”以及艰苦奋斗的“自由”。

千百万乃至亿万意志软弱的芸芸众生害怕承担信仰自由，因为“天上的面包”（上帝的再次降临）太虚无缥缈、遥遥无期了，远没有“地上的面包”（宗教大法官的允诺）那样实际，能够满足他们的生存需要。因此，对于众人而言，从来没有比自由更难忍受的东西了[①]。一旦宗教大法官承诺提供他们地上的面包，他们就会像羊群一样全力追随，感激而驯顺，生怕面包会马上消失。与之相反，自由地辨别善恶不但无法为软弱的众人带来地上的面包，而且会把他们抛入一个更加痛苦的问题：该崇拜谁呢？对于意志软弱的众人而言，良心的宁静即宗教大法官引以为傲的良心自由远比信仰自由更可贵。这是因为：他们都有一种“蚁窝情结”——大家最后如何联结成一个无争辩、和谐一致的蚁窝[②]。

鸡窝、水晶宫及蚂蚁窝是陀氏特造的思想术语，形象地表达了意志软弱的众人关于全世界联合的思想，在陀氏的《地下室手记》中首次提出。鸡窝用来喻指自由联合体，它是脆的，总可以被打破和改变。鸡窝尽管不能满足人本性的次要诉求即联合的愿望，但它能满足自由意志及表达个性的愿望，所以三种联合体中最令人接受。水晶宫喻指在理性或艺术的原则之上建造的生活大厦，它比任何现实联合体都糟糕，因为尽管它能够满足人的一切生理需要，却与自由意志背道而驰，它压制个性。蚂蚁窝喻指某一类活生生的存在物自身普遍一致的联合，它植根于：在这些存在物中间，存在一个建立共同住处的普遍自然的本能。所有过集体生活的动物（比如

① ［俄］陀思妥耶夫斯基：《卡拉马佐夫兄弟》（上），耿济之译，人民文学出版社 2005 年版，第 283 页。

② 同上书，第 289 页。

蚂蚁）都被赋予了这类本能，但人却缺乏这类本能。如果说那些动物每时每刻都在和平地建设同一个对象，那么与之相反，众人每分每秒都在探寻不同的目标，他们的概念设计永远发生变化：刚刚开始在观念上建立一种普遍的东西，在特殊的个体那里就不得不发生分裂，同时满怀极端的敌视与仇恨[①]。

综上所述，陀氏将人的本性分为两个不同的层次：意志自由和表达个性是最主要、最本质的愿望，其次才是联合的愿望。就此而言，意志软弱的众人丧失了自身最宝贵的个性，将信仰自由拱手相让，陷入联合的魔咒之中，即便获得了良心上的短暂安宁，却不知自己已经被宗教大法官的谎言所骗：他们一旦获得地上的面包，也同时走向可怕的死亡。

《圣经·旧约》中，死亡第一次出现在《创世记》第二章。上帝对亚当嘱咐："园中各样树上的果子，你可以随意吃，只是分别善恶树上的果子，你不可吃，因为你吃的日子必定死"（创2：16—17）[②]。由此可见，"死"作为违背上帝命令的惩罚出现。彼时，亚当尚为"有灵的活人"，死亡惩罚尚未降临。直到后来，亚当、夏娃经受不住蛇的引诱，果真吃了禁果，上帝才发出一系列诅咒，惩罚他们最后必归于尘土。与此同时，上帝担忧他们会伸手摘生命树上的果子吃而永远活着，便将亚当和夏娃逐出伊甸园，还安设基路伯与剑把守通往生命树的道路。最终"亚当共活了九百三十岁就死了"（创5：5）[③]。由此可见，上帝原本造的是有灵的活人（不会死之人），由于人类始祖亚当、夏娃被私欲牵引，违背了上帝的禁令而偷吃禁果，因此受罚而成为有死的罪人。因此，作为原罪

---

① 参见［俄］罗赞诺夫《论宗教大法官的传说》，张百春译，华夏出版社2007年版，第129页。

② 《圣经》，爱德印刷有限公司2010年版。

③ 同上。

的惩罚，死亡才遗传到众人身上，如《罗马书》所言："这就如罪是从一人入了世界，死又是从罪来的；于是死就临到众人，因为众人都犯了罪"（罗 5：12）[①]。死亡成了罪人无法逃脱的命运，直到耶稣替众人承担了罪，经由十字架上的牺牲而使众人有了一次与上帝重归于好的机会：只要维护坚定的信仰，成为上帝的选民，最终会在末日审判的瞬时，灵魂与肉体皆得以复活并得救，从而摆脱死亡的宿命，重回伊甸园。

由此可见，摆脱死亡、渴求永生正是众人苦苦追寻的终极目的。宗教大法官虽然替人们承担了罪过，给予他们地上的面包与良心自由，但是，他却无法不欺骗那些追随于他的意志软弱的拥趸，因为他明白：自从接受了魔鬼撒旦的诱惑，他就无法真正地救赎人类，使他们摆脱死亡。他只得无奈地慨叹：

> 他们将无声无息地死去，他们将为了你的名悄悄地消逝，他们在棺材后面找到的只有死亡。但是我们将为了他们的幸福起见，保藏着秘密，而用永恒的天国的奖赏来引诱他们。[②]

意志软弱的众人对宗教大法官摇尾乞怜，主动将自己身上最珍贵的自由意志慷慨献出，虽求得了暂时的面包，却硬生生地切断了自己的救赎之路，等待他们的只有永恒的长眠。

所谓良心自由，实质就是彻底的偶像崇拜。

三　众人之间——"巴别塔"式自由

> 他们说："来吧，我们要建造一座城和一座塔，塔顶通天，

---

① 《圣经》，爱德印刷有限公司 2010 年版。

② ［俄］陀思妥耶夫斯基：《卡拉马佐夫兄弟》（上），耿济之译，人民文学出版社 2005 年版，第 292 页。

为要传扬我们的名，免得我们分散在全地上。”耶和华降临，要看看世人所建造的城和塔。耶和华说：“看哪，他们成为一样的人民，都是一样的言语，如今既作起这事来，以后他们所要作的事就没有不成就的了。我们下去，在那里变乱他们的口音，使他们的言语彼此不通”。于是，耶和华使他们从那里分散在全地上，他们就停工不造那城了（创 11：4—8）[①]。

——《圣经·创世纪》

“巴别塔”这个词取自《圣经·创世纪》第十一章。洪荒之后，诺亚方舟上留下的人类妄自尊大，竟然想修一座通天塔与上帝见面，上帝于是非常生气，混乱了他们的语言，造成他们的思想无法统一，同时滋生文化差异，分歧、猜忌等各种问题接踵而来，最终，这座塔化为一个泡影。在希伯莱语中，“巴别塔”这个词的意思正是混乱。

然而，数千年过去了，人类妄图建造巴别塔的企图却从未消失，尤其在宗教大法官所处的时代，来自天国的保证迟迟未能兑现，饥肠辘辘、意志软弱的众人迫切地需要地上的面包。他们于是举起面包的旗帜，摧毁了上帝的圣殿，并且在它的废墟之上筑起一所崭新的大厦，重新造起可怕的巴比伦之塔[②]。这座新的巴别塔便是运用科学技术与工具理性建造的“水晶宫”。对此，宗教大法官也曾大胆地预言：

你可知道，再过许多世纪，人类将用智慧和科学的嘴宣

① 《圣经》，爱德印刷有限公司 2010 年版。

② ［俄］陀思妥耶夫斯基：《卡拉马佐夫兄弟》（上），耿济之译，人民文学出版社 2005 年版，第 284 页。

告，根本没有什么犯罪，因此也无所谓罪孽，而只有饥饿的人群。在旗帜上将写着："先给食物，再问他们道德！"[①]

联系陀氏所处的十九世纪，乃至我们如今生活的二十一世纪，可以更清楚地看到：科学技术的突飞猛进令人瞠目结舌，宗教大法官的预言已然成真。科学发达了，技术演化了，自古以来人类的许多梦想逐一得到实现，比如疾病受到控制，粮食大幅增产，居住不再愁寒暑，登天入海也不再困难，矿物可以提炼衣料，人造宝石放出异样的光彩，核能可以发电，试管孕育婴儿，不仅如此，自从出现基因工程和人工智能以来，人类增加了一种史无前例的忠实巨霸，科学的进展更显得如虎添翼。以往人类绞尽脑汁、费时伤神、辛苦经营始能造就者，而今刹那之间轻易成事。于是我们的技艺更加急速进展，势如破竹，大有无所不能之慨；我们的知识也大量囤积，成年累月，大有不胜饱和之感。据统计：一七五〇年至一九〇〇年，人类的知识在一百五十年间增加一倍。一九〇〇年到一九五〇年，人类知识在更短的五十年间又翻了一番。接着仅在十年之内，我们的知识再次翻倍。可以预见，以后的知识将以更快的速度激增，八年、五年，甚至三年、两年，它们就会成倍数增长[②]。

与此同时，科学技术统治的领域也越来越宽，大到政治冲突、经济变革，小到我们日常的衣食住行，甚至蔓延至道德领域：自启蒙运动以来对人类理性的极度崇尚，颠覆了西方人的信仰，在"科学"、"自由"的大旗下，意志软弱的众人欢呼雀跃，将一切枷锁挣脱殆尽，以从未有过的轻松姿态捞取世界的每一份快乐享受，仿

---

① ［俄］陀思妥耶夫斯基：《卡拉马佐夫兄弟》（上），耿济之译，人民文学出版社 2005 年版，第 283—284 页。

② 参见王世朝《幸福论》，安徽人民出版社 1998 年版，第 77 页。

佛享有“巴别塔”式的自由。众人等不及来自天国的允诺，而要将天堂的幸福在现实中一下子挥霍，将明天的快乐在夜晚来临前就迅速分享。科学成了意志软弱的众人梦寐以求的宝葫芦，仿佛能变幻出任何的心中所想。众人醉心于科学的魔力、巴别塔的宏伟以及水晶宫的绚烂，匍匐于科技的翅腋之下，做着人生的幸福之梦。

然而，如前所述，巴别塔、水晶宫都是人类本性中的次要愿望即联合的表达，它们虽然可以满足人类所有的生理与物质需要，却泯灭了人天性中最主要的特征——自由意志和独特个性。它同时也彻底颠倒了自我、他人与上帝之间的源始关系。修筑巴别塔之前，众人与上帝这个唯一者共在，生活在上帝的荣耀之中，人与上帝的关系——孤独的个体与唯一的绝对他者之间的契约关系——优先于自我与他人的关系。换言之，个体首先处在与上帝的源始关系中，然后才有人与人之间的关系。个体首先要履行对上帝的责任：遵循绝对原则，以便获得生活的绝对荣耀和绝对价值。自我对他人的责任植根于自我对上帝的责任，也就是说，自我与他人的关系必须以自我与上帝的关系为前提，上帝位于在自我与他人之间。这也意味着，每个人都是独一无二的存在者，因为每个人皆能够同时必须独自面对上帝这个绝对的大他者。总而言之，自我与他人的关系必须以自我与上帝的关系为原则和尺度：一方面，每个人的存在都是绝对不可替代的；另一方面，自我与他人之间永远隔着上帝这个最高者，因此总有不可逾越的边界。所以，人类天性中首要的愿望是意志自由和个性表达，其次才是联合的需要。

修筑了通天的巴别塔之后，意志软弱的众人一边享受着现代科技带来的种种便利，一边被科技所异化，将本真的自由存在完全解构，消融于脆弱的科技联合体中，切断了自我与上帝源始的共在关联。自我与他人的关系便不再以自我与上帝的关系为根基，自我也由此陷入必然的因果链条之中，丧失了天性中原有的超验尺度，只剩下冷冰冰、干枯的联合需要。“巴别塔”式自由看起来给意志软弱的众人带来了地上的面包，殊不知，在科技联合体中，由于上帝的隐匿，缺少绝对公正的道德法则与分配原则，所以，好不容易弄到的面包一旦到了自己手里，就只会马上变成石头。

一言以蔽之，“巴别塔”式自由其实就是众人争利的自由。

结语　何为本真的自由？

对于意志软弱的众人而言，信仰自由固然令其痛苦不堪，因为它迫使他们无法在相互联合的共同体中抱团取暖，而必须独自面对自身，探索自身，实现自身。然而，靠自己双手建筑的巴别塔却更令他们惶惶不安、惊慌失措，迫于无奈只有重新匍匐在宗教大法官的脚下，献出自己的自由——既有信仰自由，也有“巴别塔”式自由，以求得良心短暂的安宁。所以，偶像崇拜既扼杀自由意志，也泯灭运用工具理性实现自由创新的能力。为此，宗教大法官曾信誓旦旦地宣告：

> 在我们这里，大家都将得到幸福，不会再发生反叛和互相残杀，好像在你的自由里到处都在发生的那样。我们会使他们相信，他们只有在把他们的自由交给我们并且服从我们的时候，才能成为自由的人。①

综上所述，宗教大法官独白式的长谈中，自由问题在三颗殊异的灵魂之中呈现为三种截然不同的样态：第一，耶稣拒绝了魔鬼撒旦的三大诱惑，两次降临人间，皆是为了维护众人天性中最宝贵的

---

① ［俄］陀思妥耶夫斯基：《卡拉马佐夫兄弟》（上），耿济之译，人民文学出版社 2005 年版，第 290 页。

东西——信仰自由，在信仰自由的决断下，自我与他人的联合更像是鸡窝即自由联合体。在自由联合体中，自我与他者的关系植根于自我与上帝的关系，以身居彼岸世界的绝对大他者上帝为尺度，每个人皆能成为独一无二的个体。第二，宗教大法官后来匍匐于魔鬼撒旦的脚下，修正了耶稣的事业，利用面包、神秘和权威使大多数意志软弱的众人俯伏于他，“馈赠”给他们地上的面包与良心上的短暂宁静，却也将他们引向恒久的死亡。良心自由使自我与他人的联合显得更像蚂蚁窝，行动一致，臣服于权威之下，却与绝对唯一的上帝渐行渐远。每个人终究无法成为真正的自己。第三，意志软弱的芸芸众生已经等不及来自天上的允诺，而决定自己动手修筑通天的巴别塔，充分享受科学技术与工具理性的无限发展带给他们的地上面包。殊不知，这种无限根本上会导向一种“恶的无限”，因为它容易遗忘自身的伦理边界。从“巴别塔”式自由的视角出发，自我与他人的联合更像是水晶宫，在它的华丽外表下，众人却被囚禁于其中，完全陷入必然的因果链条之中，丧失了独特的个性和意志自由。归根结底，在必然的因果链条之中妄图寻找真正的自由，无异于缘木求鱼。

既然人的天性之中最主要、最宝贵的愿望是独特的个性和意志自由，其次才是联合的需要，那么，依据这一标准，耶稣曾牺牲自己宝贵生命，坚决为人类维护信仰自由，这一自由方是本真的自由。所谓良心自由、“巴别塔”式自由皆不是真正的自由，二者实际上源于：意志软弱的众人无法承担本真自由的分量，因而自甘堕落，臣服于面包、神秘与权威之中，这类自由实则自欺欺人，营造出看似自由的幻象。当我们吮食地上的面包，醉心于构建工具理性的大厦，惊叹于宏伟的科学技术时，我们是否也曾反思：我们正在遗忘人之为人最原初的基石—— 自由天位。

自由天位的遗忘也是现代虚无主义危机产生的根源之一，它最大的危害在于：绝对唯一的大他者在我们的世界中被迫隐匿。“虚无主义”（nihilism）一词的哲学意义最早由雅克比提出，后来经屠格涅夫流传开来。按照尼采的说法，虚无主义“意味着最高价值的贬值。缺少目标，缺少对‘为什么’的回答”[①]。海德格尔也曾深入诠释尼采的“古典的虚无主义”，并将虚无主义运动与现代社会特有的技术统治现象联系起来，同时指出技术将存在者之存在揭示为“生产—消费”的无限循环，从而遮蔽了源始的一般存在[②]。统括之，虚无主义就是人生意义和方向的丧失，亦直指生命最高价值尤其道德与宗教价值的大范围崩塌。陀氏曾认为，如果上帝不存在，那么任何事情都将可能发生。因此，尼采、陀思妥耶夫斯基、海德格尔等思想家都曾向人们警示这种价值维度的缺失现象。其实，我们如今正承受由此带来的种种恶果：巨大的社会震荡、疯狂的战争、极端的性自由对家庭造成的威胁以及亦因亦果的传统价值观的混乱，杀死作为道德、正义、希望等精神支柱的上帝正在造成“一切皆有可能”的无序局面，这种根基的动摇正给我们带来前所未有的巨大孤独、失衡、失落、焦虑甚至绝望。

自由天位是人类与上帝共在的契约关系的基础，对它的遗忘便

---

① ［德］弗里德里希·威廉·尼采：《重估一切价值》下卷，维茨巴赫编，林笳译，华东师范大学出版社 2013 年版，第 569 页。

② 对海德格尔而言，虚无主义与形而上学是同一的，因为虚无主义是植根于传统形而上学的“西方历史基本运动”（die Grundbewegung der Geschichte des Abendlandes）。在前苏格拉底时代，它的根本可能性就得以展开，直至尼采那里终结，而现今，虚无主义植根于“技术”的统治中。海氏在双重含义上揭示了传统形而上学是虚无的：首先，在存在者（Seiende）层面，传统形而上学遮蔽了意义给予活动，存在始终未能出场（das Ausbleiben des Seins）。其次，在存在（Sein）层面，我们甚至遗忘了存在始终未能出场这一点［cf. Müller-Lauter，W.，*Historische Wörterbuch der Philosophie*（*Vol. VI*），Ritter，J.，Gründer，K. and Gabriel，G. eds.，Schwabe AG Verlag，2007，852 - 853］。

是对上帝的背离。在伊甸园里，人类的始祖亚当、夏娃已经由于偷吃智慧树上的禁果而背离了上帝，如今我们又因自由天位的遗忘而再次背离他。公元初年，耶稣第一次降临人世，经由十字架上的受难牺牲，人类重新获得与上帝重归于好的时机。陀氏笔下的耶稣再次降临人世，却被宗教大法官囚禁起来，并扬言要在众人面前烧死他。通过宗教大法官的独白，陀氏旨在讨论：在信仰自由、权威崇拜以及工具理性之中，究竟哪一种方式能使个体获得真正的自由？陀思妥耶夫斯基给出了自己的回答：那最后的慈爱之吻，瞬间消融了一切坚冰。宗教大法官最终打开了牢门，放走了耶稣，从而也为人类本真的自由敞开了未来。

参考文献：

1. ［俄］陀思妥耶夫斯基：《卡拉马佐夫兄弟》（上），耿济之译，人民文学出版社 2005 年版。

2. 《圣经》，爱德印刷有限公司 2010 年版。

3. ［德］弗里德里希·威廉·尼采：《重估一切价值》下卷，维茨巴赫编，林笳译，华东师范大学出版社 2013 年版。

4. ［苏联］巴赫金：《陀思妥耶夫斯基诗学问题》，白春仁、顾亚铃等译，河北教育出版社 1998 年版。

5. 王世朝：《幸福论》，安徽人民出版社 1998 年版。

6. Müller-Lauter，W.，*Historische Wörterbuch der Philosophie*（*Vol. VI*），Ritter，J.，Gründer，K. and Gabriel，G. eds.，Schwabe AG Verlag，2007.

Which is the authentic freedom?

—On the problem of freedom in the chapter of Grand Inquisitor

Abstract: The Brothers Karamazov is the last and greatest novel of Dostoevsky, the 19th century Russian writer. In the chapter of Grand Inquisitor, Dostoevsky focused on the Christian philosophical issues such as God's existence, freedom and happiness etc., in the context of grand inquisitor's monologue, which was actually the dialogue between the grand inquisitor and Jesus, though. With the aid in similar movie montage technique, he repeatedly mentioned the concept of freedom and rigorously examined it from the perspective of a three-layer relationship, namely that between Jesus and people, between the grand inquisitor and people as well as that among different people. Consequently, it shed light on three different kinds of freedom, namely the freedom of faith, the freedom of conscience and the freedom of "babel tower". Then which is the authentic freedom? Why should we strive for the soul of freedom? In the background of Christian philosophy, his exploration of the above problems has been carried out in an in-depth and arduous way, aiming at revealing the crisis of modern nihilism.

Key Words: the freedom of faith; the freedom of conscience; the freedom of "babel tower"; modern nihilism

（作者单位：中国社会科学院哲学研究所）

胡　镓

公民教育的"轻"与"重"[①]

——《回忆苏格拉底》第二卷第一章中的两种劝诫辨析

《回忆苏格拉底》卷二第一章中，苏格拉底转述了据称听自普罗狄科（Prodicus）的"赫拉克勒斯的选择"这个寓言。这则故事自古以来就频频出现于各类文学和哲学作品中，人们耳熟能详，在此笔者也无须赘述。本文更多关注的，是这则寓言出现的时机——它是在怎样的语境中出现的？为何苏格拉底要祭出这则故事？

阿里斯提普斯（Aristippus）在历史上也并非无名之辈。在拉尔修的《名哲言行录》中，阿里斯提普斯传出现于卷二第八章，与第五章的苏格拉底之间仅相隔色诺芬和埃斯基涅斯两人。其后才是我们或者更为熟悉的，同样也是苏格拉底学生的斐多、克里同和格劳孔等人。而且，阿里斯提普斯的传记占据了整整四十个编码（与苏格拉底传几乎相同），可见拉尔修在此人身上着墨之多。在评述阿里斯提普斯的哲学时，拉尔修最为频繁引用来与之进行对观的是伊壁鸠鲁。尤其是这两位哲人关于"快乐"与"幸福"的言论，在

① 基金项目：江苏高校哲学社会科学基金资助项目"柏拉图《希普帕库斯》中的'义利观'研究"（2016SJB720008）。

拉尔修的笔下呈现出一种参差间犹有共契的面相。他们都认为痛苦的消除不等于快乐的产生，快乐的目的应该是使自身免予不安。两者都追求肉体快乐之外的特殊快乐，特殊快乐具有目的性，而幸福即是这类具有目的性的特殊快乐的总和。延森（David Janssens）在《启蒙问题》一文中考察斯宾诺莎的启蒙动机时，关注的恰恰是斯宾诺莎在这一问题上对伊壁鸠鲁的接续。

一　自由与节制

色诺芬在《回忆苏格拉底》中曾转述了自然哲人普罗狄科（Prodicus）讲述的一段动人故事。后世将那段故事命名为“赫拉克勒斯的选择”（The Choice of Heracules）。[1] 故事发生在赫拉克勒斯从孩子走向成年的时候。有次他走到一片僻静处，坐下来思考自己以后的生活。此时两位身材高挑的女人走了过来。其中一位面容秀美、举止大方，她眼神正派，穿着洁白的衣服。另一位娇艳丰腴，明眸四顾，显得妩媚多情。衣着鲜艳的那位女子抢先向赫拉克勒斯发出邀约。她告诉赫拉克勒斯，如果与自己交友，他将会走上最快乐、最舒适的道路，一辈子不会经历任何困苦。因为他将享用别人劳碌的果实，而不必自己劳心费力——“凡是对你有用的东西，你尽可毫无顾忌地取来”。听完这番诱人的邀约，赫拉克勒斯连忙问起那位娇艳女子的名字。“我的朋友叫我幸福（Eudaimonian）”，那女子回答，“但那些恨我的人却管我叫邪恶（Kakia）”。

另一位女子这时走近赫拉克勒斯，希望说服他走上另一条道路。那位白衣女子告诉赫拉克勒斯，一切美好的事物，依诸神的规定，都需要通过付出辛劳来获得。不付出辛劳，我们也无法体验到

① 色诺芬：《回忆苏格拉底》，2. 1. 21—29，吴永泉译，商务印书馆2011年版，第47—49页。

事物的美好。人们如果在年轻时饱食终日无所用心，到了年老自然困顿潦倒，痛苦不已。只有付出辛劳，善于学习，我们才能得到“神明的恩宠”、“朋友的爱戴”，以及“国人的尊重”。如此，即使进入垂暮之年，我们也不会害怕被人遗忘，不会担忧在死后受到各种骇人的惩罚，而是能一直活下去，“受到人们的歌颂和纪念”（2.1.30—34）。

我们并不难读出这则小故事中隽永的寓意。但读懂了故事并不代表能践行其中的教导。赫拉克勒斯是半神，他出身高贵，神力无穷，曾创下许多丰功伟业。然而，这样一位卓然异于常人的英雄，也免不了经常被喜剧诗人拎出来加以讽刺。因为这位大力士有贪吃的毛病。他虽能耐擎天立地，却总是难以拒绝美食的诱惑。[①] 赫拉克勒斯的困境说明，也许人能够很强壮、很聪明，也很英勇，但这些能力未必一定能帮助我们战胜看似并不起眼的欲望。我们无法通过力量或机智战胜欲望。要抑制不恰当的欲望对我们生活的侵蚀，人必须学会节制。

色诺芬转述的这则小故事肇自苏格拉底与阿里斯提普斯（Aristippus）的对谈。这席谈话的主题正是节制。节制不是禁欲或憎恨欲望，而是一种对灵魂的良好治理（a certain well-orderedness）。[②] 唯有达成对自身欲望的良好治理，我们才能说此人做了自己的主人。否则，我们不过是欲望的奴隶，也就是身体中那个较低自我的仆从。节制在引导人走向内在的自由的同时，也将我们塑造成更好的那个人——如果将《回忆苏格拉底》第二卷第一章与《理想国》

① 阿里斯托芬：《鸟》，1583—1605，张竹明译，上海译文出版社 2008 年版，第 739—741 页。

② 柏拉图：《理想国》，430e1—5，中译参顾寿观译本，岳麓书社 2010 年版，第 179 页。英译见 Joe Sachs 译本，Focus Publishing，2006，p. 136。引文汉译略有改动。

卷五、卷八连起来读，我们不难得出这个观点。

在《理想国》卷八中，苏格拉底与他的同伴们接续着第五卷被中断的讨论，试图探究在不同的政制形式下的城邦中，人的不同生活。在民主制城邦中，人们生活的最大特点是自由。这既包括“人身自由”，也包括“言论自由”。可“言论自由”与“内在自由”两个概念并不相同。① 实际上，对于脱离了内在自由的其他两种自由，苏格拉底并未掩饰自己的批评——虽然在这样的城邦中，“人人都有可能做他所愿意做的事”（557b—c）。但人之所以能够随心所欲地生活，是因为再无人可以告诉他应该如何生活。所以，在自由的城邦中，我们不难看到这样一类人：

> 他每天的日子就是在调弄和讨好每一种偶然遇上的欲望中打发过去的：一会儿是在箫管弦歌中酩酊作乐，一会儿又只喝白水，饿得消瘦羸弱；一会儿他又重新从事体育竞技，而有那么几天他一事不做，万事都不关心；有时候又仿佛是在参研哲学……总之，在他的生活里，既没有什么章程，也没有什么必然。而他把这样的生活称作舒适、自由、快乐的生活……（561c8—561d10）

自由意味着选择自己认为合理或喜欢的，而非必须选择更好的。自由也同时意味着不同选项之间的差异被它们都是“可选项”这个属性掩盖起来，继而呈现出某种没有上下、高低、好坏之别的“平等”。“有益”的食物与“不那么有益”的食物都是“可供

---

① 盖尔：《康德的世界》，黄文前、张红山译，中央编译出版社 2012 年版，第 207—210 页；另参韦政通《儒家与现代中国》，上海人民出版社 1990 年版，第 82 页。

人食用”的食物。在这一点上，食物对于人而言可能至关重要的属性——对我们的健康有益还是有害——被我们利用某种超越了好坏的智慧忽略了。人们最后被要求的事情只有一项，那就是为自己的选择负责，这成为最低也是最高的道德要求。一个人将会对各类忠告充耳不闻，因为在他看来“所有的欲望都一个样，它们必须得到相同的尊重”（561c1—5）。尊重（Achtung），成为弥合不同追求之间差异与矛盾的唯一正当。[①]

可供自由选择生活方式的人生，让我们都成为徘徊于分叉小径的赫拉克勒斯。此刻，比起做出选择，我们更需要的，岂不是引导我们做出正确选择的智慧？苏格拉底向阿里斯提普斯转述了来自普罗狄科的小故事后，诚恳地提醒自己的学生要把这些事放在心上，要对当前的生活勤加考虑，因为“那是值得的”。苏格拉底的态度无疑在告诉我们，要做出正确的抉择并非易事。但更加令人为难的事实却是，我们往往还未学会检省自己的生活，就已经做出了选择。一旦我们的生活方式变得可以自由选择，人们往往倾向于跟随自己的欲望，而非首先对自己的欲望进行反思（558d5—559d）。也就是说，我们尚未真正意识到如何成为自己的主人，便已沦为了自己欲望的仆从。

品达云，礼法是万物之王。因为礼法规约着我们的生活方式。可一旦城邦民们不再愿意被规约，并将所有有悖其欲望的规约视为不正当的统治。自由——即自己“统治”自己——便成为他们唯一会接受的规约。如此一来，人们很难再接受来自苏格拉底的劝诫。甚至于谁要想劝诫他们，都会招致他们的愤怒。

柏拉图在《理想国》中为我们描画了这种愤怒的由来：在和阿

---

① 李猛：《“社会”的构成：自然法与现代社会理论的基础》，《中国社会科学》2012 年第 10 期。

德曼图斯的对谈中，苏格拉底将民主城邦的居民分为三类（564a10—565c），第一类是雄蜂式的人。他们是自由民。其中最有勇气的成为他们中的领袖，没勇气的则是随从。前者带刺，后者无刺。这些人在民主城邦十分凶狠。因为在民主制度中，他们都有机会参与统治，所以他们中那些能说会道的就会纠集着一帮随从，形成极大的势力。第二类则是富人。他们善于安排事务，家境殷实，因而成了那些雄蜂的蜜源。第三类是平民。他们靠自己谋生，不插手其他事务，也没有很多财产。可当平民会聚到一起，却形成了民主社会中人数最多，势力最大的团体。平民们的特点是无利不起早。苏格拉底认为，如果不能让他们分沾一些蜂蜜，他们也无意聚集起来。于是当权者——即能说会道，占据民主议会话语权的雄蜂们——不时将他们剥刮来的财富分一小部分给平民，从而间接地操控他们。一旦平民意识到他们的处境，必然会对此产生妒羡与不忿。另外，一直被雄蜂蜇刺、剥刮的富人们也会奋而起身维护自己的利益。于是平民，当权者和富人三个阶层开始了无休止的诉讼和纷争。在这种情况下，苏格拉底预言到，僭主将会先以民众领袖的面目出现。他们开始和蔼可亲，号称是为了平民的利益。只不过一旦驱跑了对手，大权在握，僭主的真面目才会露出来。他们不断地挑动争斗，使平民因积贫积弱而无法谋反。在挥霍完积累的财富后，他们就开始盘剥百姓，如同成年的儿子不但不供养父亲，反而让父亲供养。如若父亲不愿意，他们也毫不害怕对父亲使用暴力。由此，僭主政制取代民主政制统治了城邦，公民们悲剧地通过自己的选择走向了奴役。他们的选择显得比赫拉克勒斯的选择更加沉重。

在关于赫拉克勒斯的那则小故事中，身穿白衣的女子告诉赫拉克勒斯，通过辛劳收获快乐与尊重乃是来自诸神的训诫。虽然这则简短的故事并未告诉我们最后赫拉克勒斯作何选择。但熟悉赫拉克勒斯传说的读者不难推断出结果：赫拉克勒斯选择了那条艰苦而漫长的道路（虽然几经曲折），并最终完成了十二项英雄伟业。

《回忆苏格拉底》第二卷的第一章由三十四个小节构成。“赫拉克勒斯的选择”是苏格拉底教育阿里斯提普斯时援引的三个典故中最后的一个。讲述完这个故事后，色诺芬即结束了这一章，没有给阿里斯提普斯任何回应的机会。这使得苏格拉底对阿里斯提普斯最后的几句交代显得更像是命令——苏格拉底要求阿里斯提普斯，“把这些事放在心上”并“对你当前的生活加以考虑”，因为“那是值得的”（2.1.34）。

二　色诺芬的谋篇

通读《回忆苏格拉底》第二卷第一章，我们不难发现，苏格拉底引用普罗狄科的寓言之前，还引用了赫西俄德与艾皮哈莫斯（Epicharmus of Kos）的诗行。这三处典故分别来自神话诗人（赫西俄德）、喜剧诗人（艾皮哈莫斯）和哲学家（普罗狄科）三位在我们看来差别颇为明显的作家。三处典故的共同点除了都劝人通过勤勉获得幸福之外，还有一个值得注意的地方：三位作家都将自己劝喻的正当性归于诸神。[①] 与之相对的，苏格拉底在引用典故之前展开的劝诫则并未求助于诸神的谕令，而是采用了“提问—回答”式的对谈来引导阿里斯提普斯。而这种方式，正是我们更为熟悉的，经典的苏格拉底式辩证术（socratic dialectic）。如此一来，色诺芬笔下的苏格拉底就为我们展示了两种劝诫方法：一者诉诸辩证术；一者诉诸神话。

如果根据苏格拉底在本章所采用的两种劝诫方法来划分文本结

① 施特劳斯：《色诺芬的苏格拉底》，高诺英译，华东师范大学出版社2011年版，第33页。

构，我们可以将三十四个小节分成两个部分：第一至十九节为第一部分；第十九至三十四节则为第二部分。[①] 第一部分又可根据文意分为两个部分：第一至六节，记述了苏格拉底与阿里斯提普斯讨论统治者与节制美德的关系；第七至十九节，苏格拉底开始引导阿里斯提普斯将眼光转向自己，并思考统治者与被统治者的关系。实际上，若单纯按顺序读这一章，我们不免会觉得色诺芬的写作主题并不清晰。这就让他笔下的苏格拉底也同样显得思维跳跃、缺乏连贯。为何苏格拉底拉着自己的学生一会儿谈节制，一会儿又谈论起做统治者好还是被统治者好，到了最后，话题又转到了选择享乐的生活还是辛劳的生活——苏格拉底究竟想说什么？

本章一开始，色诺芬是在以自己的口吻说话。他赞扬了苏格拉底在饮食、情爱、睡眠和忍受辛苦等方面都恪守节制。不仅如此，苏格拉底还劝导他的伙伴葆有这一美德。当色诺芬开始叙述苏格拉底是如何劝导其伙伴时，他退到了幕后，我们直接看到的两个角色变成了苏格拉底与阿里斯提普斯。

苏格拉底上来就问了阿里斯提普斯一个有些复杂的问题。苏格拉底要求自己年轻的伙伴思考，如果有两位青年，一人将成为统治者，另一人则不会，阿里斯提普斯将分别给两人怎样的教育？在阿里斯提普斯作答之前，苏格拉底还预先划定了一个思考的起点：他们将从人最基本的行为——吃饭——开始讨论。

不管对统治者抑或被统治者而言，饮食是保证人得以存活的基本需求。苏格拉底在提问中虽然强调了两人政治属性差异（统治者与被统治者），但他并没有忘记两者自然属性的相同。在实行统治还是接受统治这一问题上，人们确实存在差异。这一差异来自不同的社会分工。而在更为基本的问题（饮食）方面，统治者和被统治

① 刘小枫：《苏格拉底谈自由与辛劳》，《浙江学刊》2010 年第 2 期。

者是一样的。但事实上，政治属性亦是人的自然属性——人是城邦的（政治的）动物。自然属性所决定的人在一些基本需求方面的相同，与他们因为政治生活所存在的差异并不抵牾。苏格拉底似乎有意提醒自己的学生，虽然在最基本的方面人和人趋于一致，但这无法消除人和人在其他方面的差异。毕竟，一个无法区分统治者和被统治者的城邦很难避免混乱。

我们还需注意，恰恰是政治属性上的差异造成了人在对待基本需求时遵循不同的行为准则。阿里斯提普斯也很清楚这一点。他肯定地说，应该教育统治者“把处理紧急事务看得比进食更要紧”。对统治者而言，使政治事务优先于个人事务，即是将对个人的关注置于对集体的关注之后。如此一来，苏格拉底和阿里斯提普斯的看法即可表述为，应教育统治者认清这一点：对于统治者而言，人的政治属性从逻辑上应优先于自然属性。换句话说，统治者因其特殊的政治属性，召唤出了其有别于被统治者的自然属性。这一变化虽不能改变统治者与被统治者的身体对食物仍具有相同的迫切需求这一事实，却对二者的灵魂秩序造成了巨大改变。灵魂的不同，对苏格拉底而言，才是决定人和之人之间最大不同的关键所在。

接续着关于饮食的讨论，阿里斯提普斯举一反三地对统治者在睡眠、情爱、勤劳与军事训练等方面提出了高于被统治者的要求。若我们没有忘记本章开头部分色诺芬关于苏格拉底的简短描述，不难发现，其实苏格拉底完全符合此处阿里斯提普斯对于统治者品质的描述。苏格拉底此时提出了一个新的问题：统治者在节制方面经受的更高要求的教育，是否能够使得他们比被统治者更易取得成功，因为他们不会因为缺乏自控力而遭遇失败：缺乏节制的人会因为贪图享乐而放松警惕，更容易落入他人布设的陷阱。这并不是什么高深的道理，却连神力无匹的赫拉克勒斯都需要付出巨大努力才能践行。“天将降大任于是人也，必先苦其心志，劳其筋骨，饿其体肤”——对欲望的节制不是目的，而是手段——为的是让具备统治者品质的人能够“动心忍性，曾益其所不能”。孟子的感叹与苏格拉底的劝诫异曲同工：要成为一名好的统治者，就必须对自我欲望有更严苛地节制，承受更多的沉重与辛劳。

有意思的是，虽然阿里斯提普斯能比较清楚地区分统治者与被统治者所应具备的不同品质。但当苏格拉底问起他觉得自己应该放在哪一类时，阿里斯提普斯很干脆地回应，他既不想做统治者，也不愿做被统治者。因为他既不愿忍受统治者必须承负的辛劳，又不愿被奴役。这位聪明的学生提出了第三条道路，即通过做一个自由的人去寻找自己的幸福。

三　正义与幸福

相较于《回忆苏格拉底》中关于节制的探讨主要集中于统治者。柏拉图《理想国》中的苏格拉底似乎考虑得更加周全一些。这可能与他的对话者中有格劳孔和珀勒马科斯这些想要成为统治者的青年有关。在《回忆苏格拉底》中，阿里斯提普斯明确表示他既不愿当统治者，也不愿成为被统治者。而在《理想国》中，格劳孔、阿德曼托斯、珀勒马科斯和忒拉叙马霍斯都表达或暗示了想成为统治者的愿望。在两部作品中，唯有苏格拉底的态度始终暧昧不明。苏格拉底问自己的同伴们，在一个正义的城邦中，节制是存在于统治者群体还是被统治者群体，格劳孔回答，应该是双方都有（431e—432a）。节制就像乐音中高低乐调的调和，唯有被所有人分享，才能使得具备不同品质的人能够和谐共处。此处提到的属于统治者与被统治者双方的节制，被苏格拉底具体表述为高与低的两种精神品质能够平和地接受自身及彼此。节制在被统治者身上体现为清楚地知道自身不堪重负，从而甘愿被更优秀的人统治。而在统治者身上则表现为勇于承担超过常人的辛劳，并且敢于接受并非所有人都能承担重负这一事实。

在《理想国》卷四中关于节制的集中讨论过后，紧接着就是关于正义的讨论。苏格拉底谐趣地表示，当他们找到何谓节制时，“正义”已然“正在我们脚前溜达，而我们却没有发现它”（432d7）。苏格拉底的玩笑话并非不值得严肃对待。因为这明显在暗示，如果缺乏对节制（当然也包括对话之前关注的勇气与智慧）的明确把握，正义就算近在眼前，我们也未必能看见。《理想国》卷四中的这段讨论使人关注“节制”与“正义”的紧密联系。而《回忆苏格拉底》卷二第一章中，甚至连正义（dikaios）这个词都没有出现（在卷二第一章中，虽有 dikaios 一词，但并不表正义之意）。在阿里斯提普斯的话语中，节制与辛苦紧密相连。他追求的既非节制、更非辛劳，而是自由（eleutheria）与幸福（eudaimonía）。

阿里斯提普斯的回答让我们想到了《理想国》卷四起首处的一个插曲。当苏格拉底陈述完他关于城邦卫士的生活安排后，阿德曼托斯提出了质疑：他认为苏格拉底对城邦卫士的安排太过于严苛，以至于城邦卫士虽然拥有城邦，却无法从城邦那里享有任何好处。他们不能拥有财产，生活也显得清贫无趣。阿德曼托斯认为，对于城邦卫士来说，那崇高的责任与聊胜于无的报酬之间存在着巨大的不对等。他的看法与阿里斯提普斯可谓不谋而合。对观苏格拉底对两位年轻人的回答，似乎也存在着某种奇妙的一致：他的回答都与幸福有关。

苏格拉底回答阿德曼托斯，他们之所以通过言辞建立起一座城邦，为的是在这个城邦中找到正义。而最为正义的城邦，就是能使城邦整体而非某个阶层获得最大幸福所在。为了使这一切显得可能，我们也不得不说服城邦卫士们接受辛劳且清贫的生活。为了说服阿德曼托斯接受自己的看法，苏格拉底花费了比之前讲述“大地神话”更多的唇舌——苏格拉底讲述大地神话的部分占五个编码（414d—

415c)，而回应阿德曼托斯则用了七个编码的篇幅（420b—421c）。

而对阿里斯提普斯，苏格拉底则问他，是统治者的生活更幸福，还是被统治者的生活更幸福。在这里，苏格拉底将他们的谈话主题做了一个置换。即做统治者还是被统治者的问题，被置换成了选择哪个会更幸福的问题。①

苏格拉底答复阿德曼托斯的话中隐含着一个选择：是选择牺牲城邦卫士的幸福来换取城邦整体的最大幸福，还是照顾城邦卫士的个人幸福，最终危害城邦整体的幸福。阿德曼托斯的回答表示他选择了前者。但他的回答又太过简略，我们不清楚他是出于理性，或者基于情感而做出了这样的答复。

在与阿里斯提普斯的对谈中，苏格拉底看似提供了一个选择（做统治者抑或被统治者），但聪明的阿里斯提普斯两个选项都没选。他提出了第三条选项，既不做统治者，也不做被统治者。阿里斯提普斯之所以如此回答，很可能是因为他明白，不论选择苏格拉底提供的哪条选项，都会落入苏格拉底早已埋设好的陷阱。可实际上，对于他的第三条道路，苏格拉底明确表示不过是一厢情愿的幻想，因为那“是不通过人间的道路”（2. 1. 12）。阿里斯提普斯拒绝二选一的理由在于他愿做一个世界公民（xenos pantachou）。他以为不成为任何一个城邦的公民即可以逃离政治身份约束，从而获得作为人而非（某个城邦的）公民的最大幸福。苏格拉底嗅到了阿里斯提普斯的幻想有可能给他带来的极大危险。他提醒自己的学生，一个脱离了母邦的人最终会沦为可能被任何城邦伤害的人，一个赤裸的生命（bare life）。② 更为关键的是，一个脱离城邦的人同时也

① 刘小枫：《苏格拉底谈自由与辛劳》，《浙江学刊》2010 年第 2 期。

② James Gordon Finlayson，“Bare Life” and Politics in Agamben’s Reading of Aristotle，*The Review of Politics*，Vol. 72，2010，p. 97.

放弃了其作为一个人的自然属性中不可或缺的政治属性，从而变得残缺——人只有在城邦中，才能将自身的潜在能力转化为现实。这正是使人的生命变得更加完善的必要条件，也是获得幸福的必经之路。①

在《理想国》卷一末尾，苏格拉底好不容易勉强地制住了忒拉叙马霍斯，让年轻的朋友们相信，正义的生活才是幸福的生活。但卷二伊始，他们又面临着一个更大的问题：究竟何谓正义？为了作答，苏格拉底提出了一个设想，将找寻正义的对象从“人”转移到“城邦”。因为从属于城邦的正义“更大”，更易于被我们看清。苏格拉底通过诉诸对政治正义的探究来反观个人正义，从而希望我们能对何谓幸福的人生做出最为清晰透彻的评判。但阿里斯提普斯也许会拒绝通过这个方法找寻正义，进而也难以看清幸福与正义之间的关系。因为他害怕城邦生活的辛劳与沉重。就像在论述城邦卫士简朴生活的必要性时，苏格拉底不得不求助于神话。面对自己这个幻想隐遁于静思生活的学生时，苏格拉底也不得不求助于普罗狄科讲述的那段故事。虽然我们不知道阿里斯提普斯最后如何看待这个故事，但在苏格拉底看来，讲述这个故事是他不得不做的事，因为那是值得的。

（作者单位：扬州大学文学院）

---

① ［古希腊］亚里士多德：《政治学》卷七，1324a 以下；中译见吴寿彭译本，商务印书馆 1983 年版，第 343—349 页。

冯　庆

《扎拉图斯特拉如是说》中的哲学友爱

一

亚里士多德是西方古典学术的集大成者，他的《诗术》被后世文学艺术理论研究者奉为经典，与此相应，同属于“政治学”的《尼各马可伦理学》中的“友爱”主题历经两千多年，依然为人所关注。二十世纪，“友爱”变成了核心的政治哲学和伦理学议题。法国哲学家德里达认为：

> 在友爱之中赞美可能的敌人的能力，就是自由的标记。就是自由本身。……友爱等于自由加平等。唯一缺席者就是博爱，而我们正在走向博爱……①

这种思路并非德里达自己的发明。《友爱的政治学》全书始终贯穿着两个声音，一个来自亚里士多德，一个来自尼采。德里达挑战亚里士多德的看法，自称要从尼采那里继承关于“友爱”的学说。这启发我们思考亚里士多德和尼采在友爱问题上的真实关系。

---

① ［法］德里达：《友爱的政治学》，胡继华译，吉林人民出版社 2006 年版，第 373、346—353 页。

过去人们很少尝试处理哲人之祖亚里士多德与诗人哲学家尼采的关系问题，认为后者不外乎站在反形而上学的立场上以前者为敌。的确，无论是在悲剧理论方面，还是在对待修辞和哲学的态度方面，亚里士多德和尼采看上去都大相径庭。学者温格勒卓有见识地指出：

> 如果尼采曾在文本脉络中阅读过亚里士多德的话，那么，他也许就不会那么心安理得地给亚里士多德贴上科学的“绝对化者”这个标签了。……仅仅是亚里士多德的伦理学著作就足以表明，生命在知识之外还有其他目标；我们也应当意识到，尤其对于亚里士多德而言，知识并不敌视生命（1216a—b）。只有在尼采那里，我们才第一次遇到这一观念。①

在尼采那里，“知识”与“生命”的确彼此为友——我们之后还会谈到这个话题。但是，作为古典学家，尼采真的毫不清楚亚里士多德的学说吗？尼采或许一直都在与亚里士多德及其传统对话，否则，眼光独到的德里达不会利用《人性的，太人性的：一本献给自由精神的书》一书中关于朋友的一段话来“解构”亚里士多德的友爱观。这段话值得全部引用如下：

> 关于朋友——你自己想一想，即使密友至交，感受也有多大的区别，意见也有多大的分歧；即使同一观点，在你和你朋友头脑中的地位和强度也有多大的差异；这种情况多么频繁地导致误解，导致反目成仇，分道扬镳。你想到这一切，你就会

① 见温格勒《尼采和阿奎那思想中的亚里士多德》，载刘小枫编《尼采与古典传统》，田立年译，华东师范大学出版社2007年版，第55—81页。

对自己说：我们所有的联盟和友谊都建立在多么不可靠的基础上，冰冷的暴雨和恶劣的天气离我们是多么近，每个人是多么孤独！谁看到了这些，而且还发现，别人的所有观点及其方式和强度，都和他们的行为一样是必然的和不能负责的；谁能觉察到，性格、职业、才能、环境交织在一起难解难分，形成的观点便具备这种内在的必然性——那么，谁或许就能摆脱那位贤哲高呼“什么朋友，没什么朋友！”时的悲愤感，就会承认，是的，有朋友，但他们是因为误解了你才成为你的朋友，他们必须学会沉默方能够与你保持友谊，因为要维护这种人际关系，有些事儿就永远不能说，永远不能提，一旦说了提了，友谊也就完了。难道有这样的人，即使知道自己的挚友其实对自己了解多少，也不会受到致命的伤害？——只要我们有自知之明，对自己本质的评价略低一点，认识到它是观点和情绪多变的所在，我们就又能和别人达成平衡了。诚然，我们完全有理由低估每个熟人，即使对伟人也不例外；但是，我们同样也完全有理由这样看待自己。——能如此容忍自己，我们就能相互容忍，也许每个人都能体验到更幸福的时光，就能说：

“朋友，没什么朋友！”垂死的贤哲这样叫道；

“敌人，没什么敌人！”我这活着的愚人这样叫道。①

由于世界上不存在绝对稳固的朋友关系，进而不存在朋友和敌人的区分——德里达的思路就是如此。但对这段话的这种理解，是否符合尼采的原意？

尼采这段话里“垂死的贤哲”的确指的是亚里士多德。但是，

① ［德］尼采：《人性的，太人性的：一本献给自由精神的书》上卷，魏育青译，华东师范大学出版社 2008 年版，第 275、276 页。

他极有可能误解了亚里士多德。最早指出“朋友啊，没有什么朋友”（O philoi，oudeis philos）来自亚里士多德的文献是《明哲言行录》，之后，蒙田和尼采都曾围绕这句话大做文章。问题在于，如今流传的《明哲言行录》中并没有这句话，这是因为，十六世纪的某位编撰者在开头的 O 下面加了一个下标的 ι，进而使之变成了“有很多朋友的，没有单个朋友”（oi philoi，oudeis philos）①。这两种语文学的考订实则引发出了两种不同的解释，其中蕴含着截然相反的哲学精神。就亚里士多德哲学整体而言，后一种翻译或许更符合他的原意。所以，我们不能将这句话真正坐实为亚里士多德哲学观的表达，相反，我们得回到亚里士多德的核心文本当中，归纳总结出他的友爱观，然后再看看尼采是否真正相信或反对这种友爱观，从而进一步看到尼采怎样用他自己的哲学或诗学来重新处理这种友爱观。

二

根据亚里士多德的记载，最初把“友爱”（philia）与“敌对”（Neikos）引入哲学的人是诗人恩培多克勒，他用这两个概念解释万物变动的原因（252a8—252b5，985a3—30）。② 亚里士多德本人则为友爱主题贡献了《尼各马可伦理学》的第八、九卷和《优台谟伦理学》的第七卷。“友爱”被他描述为连接城邦的因素，关系着“如何共同生活”的重大政治话题；进而，与公正相比，立法者更加重视对友爱的加强和对敌视的消除；最大的公正与友爱相关，

① Giorgio Agamben，“*What Is an Apparatus*?” *and Other Essays*，Stanford：Stanford University Press，2009，pp. 26 – 29.

② 此处对《自然学》（国内通常译作“物理学”）和《形而上学》的引用来自吴寿彭先生译文，商务印书馆 2006 年版；2012 年，下同，均只标注贝克编码。

爱朋友是高尚的事情（1155a20—30）[①]。根据《政治学》，从事物的根源考察，家庭、主奴关系和城邦都是自然生成的："城邦显然是自然的产物，人天生是一种政治动物，在本性上而非偶然地脱离城邦的人，他要么是一位超人，要么是一个鄙夫。"（1252a24—1253a8）[②] 人的自然本性决定了人需要共同生活，进而需要交朋友。友爱是人类自然本性的一种实现。由于在共同生活当中要面对不同的人，所以友爱分为三大类：出于有用的友爱、出于快乐的友爱和"为了朋友自身而希望朋友为善"的友爱，前两者基于偶性，后者以总体的善为目标，与德性相关，是最完美的友爱（1156a6—1156b36）。

简单总结出亚里士多德友爱理论的基本命题后，我们可以试着思考：在尼采那里，"敌人"与"朋友"的话题，会不会也与人的"自然本性"有关？毕竟尼采是一位哲人，而哲人首要关注的是研究对象的自然本性。

尼采无时无刻不在谈论朋友与敌人，正如他无时无刻不在窥察自己的心灵。《扎拉图斯特拉如是说》就是他自我窥探的代表作。可以认为，除了前述来自《人性的，太人性的：一本献给自由精神的书》一书的引文之外，尼采关于友爱的话题，大多集中在这部作品之中。而这部作品的诗性外貌显然迥异于亚里士多德的哲学论述。无论如何，只要我们承认尼采的哲人身份，那就得对他笔下的"寓意写作"展开大胆的猜测与小心的解读，从中剖析出与古典传统，尤其是与亚里士多德的学说能够构成对话的线索。

在作为尼采哲学"前厅"的这本书里，主人公扎拉图斯特拉的

---

① 对《尼各马可伦理学》的引用来自苗力田先生译文，《亚里士多德全集·第八卷》，中国人民大学出版社 1992 年版，下同，均只标注贝克编码。

② 对《政治学》的引用来自颜一、秦典华先生译文，《亚里士多德全集·第九卷》，中国人民大学出版社 1994 年版，下同，均只标注贝克编码。

第一句话是对着“太阳”说的：

> 你这伟大的星球啊！倘若你并不拥有你照耀的一切，你的幸福何在！①

扎拉图斯特拉的名字据说与恒星有关，他对太阳的指称或许有“自况”的意味。太阳作为最亮的恒星，要通过照耀一切来获得幸福，这种对人类的馈赠同时也是扎拉图斯特拉下山的理由。在第一卷最后一章《论馈赠的道德》中，这种太阳—黄金的馈赠精神被描述为至高美德，“馈赠者的目光如同黄金一般炯然。黄金的光辉缔结了日月之间的宁静。”（第 138 页）什么是“日月之间的宁静”？“宁静”大概是一种和谐状态，熟悉古典哲学的人会想到，古人眼中的宇宙就要适应于这种和谐状态。在这种和谐中贯彻着据说出自亚里士多德手笔的《宇宙论》曾提到的“连缀”（sunapsies）机制：

> 就这么一个协和，凭以调洽最相对反的诸本性（原理），而使天与地，以至于全宇宙，组合为有秩序的一个整体。(396b24—25)②

天体运行合乎时序，日月星辰在时序中构成整体。在现代人觉得漆黑混沌的无限空间当中，曾经有着古人坚定的秩序信念。正如亚里士多德在《形而上学》中所提到的：

---

① ［德］尼采：《扎拉图斯特拉如是说》，黄明嘉、娄林译注，华东师范大学出版社 2009 年版，第 30 页；下文引用本书皆采用随文注格式。

② 对《宇宙论》的引用来自吴寿彭先生译文，商务印书馆 2007 年版，下同，均只标注贝克编码。

> 所以“混沌”或“暗夜”不是历无尽时而长存，只因受到变化循环的支配或遵从着其他规律，这些事物得以常见于宇宙之间，故尔实现总应先于潜能。于是，假如永恒循环是有的，某些事物（星辰）必须常守着同一方式以为活动。（1072a8—12）

“永恒循环”或许和尼采笔下时常出现的“永恒轮回”一词有着某种相似之处。在古典天学那里，日月星辰要保持彼此的“宁静”——保持守常的运行，就要依照由“规律”带来的秩序。《扎拉图斯特拉如是说》内里穿行的“永恒轮回”是否也由这个“规律”作为前提？如果没有，是什么替代了它？“永恒循环”与人类的友爱又是否有联系？我们之后还会看到，昼夜的循环恰恰是揭示尼采笔下友爱生活的基本线索，是读进他文学修辞的法门之一。

让我们收敛思绪，回到《扎拉图斯特拉如是说》这一尼采沉思熟虑编织的文本当中，思考这样一个问题：该如何理解在开篇出现的扎拉图斯特拉—太阳—馈赠者三者的关系？

古典时期的哲人会认为，包含太阳在内的诸天体是“诸神”（391b10—392a30）。所有相信诸神存在的人，都认为它们存在于至高之处，因为“不朽的东西要与不朽的东西相伴”①（270b9），按这个逻辑，唯有诸神与诸神之间才有亚里士多德意义上真正的“友爱”。

一旦把尼采的写作与亚里士多德的古典天学和形而上学文本对勘，就会发现，发光天体就其照耀的意志而言，与《扎拉图斯特拉如是说》里的“馈赠者”具有同样的品质。亚里士多德笔下的

---

① 对《论天》的引用来自徐开来先生译文，《亚里士多德全集·第二卷》，中国人民大学出版社1991年版，下同，均只标注贝克编码。

“神”正是一位馈赠者：祂将智慧馈赠给人，使双方共同分有理性。《形而上学》最辉煌的段落揭示了“神”的馈赠，这种馈赠也是“神”至善之实现。思想与“所想者”——“理知对象”的接触最终成就了思想者对“神”的秉持，这种“通神”是一些人生命当中达到的最高幸福（1072b15—30）。与其说这种“通神”是神对人的单方面“馈赠”，不如说还包括着爱智之人对“神”进行探索并获得赠礼的某种创造性的潜能。

这让我们想起《论馈赠的道德》的语境：门徒们围绕着扎拉图斯特拉，赠送他手杖。扎拉图斯特拉是单方面的被馈赠者吗？我们看到，这位导师同时也馈赠门徒以格言：

> 肉体如是穿行于历史，它是变化成长者、战斗者。……你们的肉体提升了，复活了；它用狂喜带动精神狂喜，于是它成了创造者、评价者、博爱者和万物的恩主。（第139页）

这句意味深长、带有激励性质的格言，就此看来，可能正是打开尼采前述那段出自《人性的，太人性的：一本献给自由精神的书》中关于“朋友”说辞奥秘之门的钥匙。从这句话来看，扎拉图斯特拉希望门徒能成为自己的朋友，但前提是，门徒能够提升为与他类似的存在，成为“成长者、战斗者”，进而成为“创造者、评价者”。然后，这句格言有一个互相馈赠的语境：先知与门徒之间相互的馈赠有如亚里士多德笔下爱智之人与“神”的互通有无的关系。在亚里士多德那里，人对神的感通，端赖对“自然”的感知与思想：人和神分有智慧，所以他们之间可以交通，甚至人在一定程度上有成为神的可能性，如《尼各马可伦理学》中所言：“如若理智对人来说就是神，那么合于理智的生活相对于人的生活来说就是神的生活。”（1177b30—32）就亚里士多德的整个体系而言，自然之至善、神明之至善、理性的至善和人类集体生活的至善是同一的。基于这种信念，亚里士多德看到，最善好、最有德性之人总是“全心全意追求同一事物”，那就是“至善”。进而，由于独自的理智思考最为高贵、离“神”最近，最好的人总是愿意与自己为友；最好的朋友，就是另一个自己（1166a1—31）。这一合乎理智的生活就是我们熟悉的哲学生活，所以，最好的友爱是哲人之间的友爱，而哲人自己与自己之间也能构成友爱。我们在这个意义上把亚里士多德所说的最高的友爱称作“哲学友爱”。

有可能出现的问题是：如果人像神一样自足，就不需要朋友。但是，根据亚里士多德，对于接近神的哲人来说，不需要的仅仅是那种“有用的朋友”；他们依然会找寻“有德性的朋友”，这纯粹是为了分享快乐，是一种最高层次的友爱。原因在于，如果哲人总把自己想成认知的对象，那么他就会渴望认识自己，进而需要具有同等德性的朋友作为一面镜子：“感觉朋友必然是某种意义上的感觉自身，认知朋友也是某种意义上的认知自身。”这种由对自我的感觉和认知带来的友爱之乐，本身就是一种作为哲人生活目的的“至善”。在这个哲学生活的目的论意义上，哲人的完满是与天体不同的，天体根本不会思想，而哲人的完满（实现“通神”）则端赖感知、认识与思想（1244b—1245b20）。[①] 这些活动也就意味着对此生“幸福”（eudaimonia）的观照。哲人对“幸福”的理解和其他人是不一样的，因此他们的生活品质也就存在着天然的差异。

根据尼采一贯的思想和构思《扎拉图斯特拉如是说》的叙事逻辑，可以发现，这出好戏的主人公扎拉图斯特拉与“门徒”之间，存在着心性品质上的不平等。就像扎拉图斯特拉（或许具备“哲

① 此处对《优台谟伦理学》的引用采用徐开来先生译文，《亚里斯多德全集》第八卷，中国人民大学出版社 1992 年版，下同。

人”的面相）在德性上未能企及天体的完满一样，门徒也不是扎拉图斯特拉真正哲学友爱的分享者。他们跟随扎拉图斯特拉或许只是出于“有用”或一般的“快乐”，大多尚不具备足够的智慧与扎拉图斯特拉分享智性愉悦，进而无法像亚里士多德笔下哲人那样发现人类自然生活所应追求的共同善。“门徒”仍然是以偶像崇拜的方式领受馈赠之人，他们和扎拉图斯特拉之间的关系有如人与神的关系，亦有如扎拉图斯特拉在即将下山时与太阳的关系。扎拉图斯特拉从太阳那里得到启示，这相当于获得了一种“道法自然”的馈赠；于是，扎拉图斯特拉也模仿太阳——曾经启发过他的那一永恒天体——馈赠门徒以格言。无论如何，门徒皆因“误解”而成为扎拉图斯特拉的路上伴侣，他们之间并不存在亚里士多德所说的真正的高级友爱——哲学友爱。

借助对尼采在扎拉图斯特拉和门徒之间设立的区隔，我们终于认识到他和亚里士多德友爱论之间张力的来源。尼采在《人性的，太人性的：一本献给自由精神的书》中对亚里士多德的哲学友爱进行讽刺，是因为他洞察到，基于亚里士多德的哲学观，不够智慧的门徒对爱智者的“误解”是必然发生的。他当时的重大发现其实就是：社会生活中最高层级的“共同认知”（包括一个社会生活中的人在其内在心灵中达成统一的自我认知）和由此而来的“共同善”，其实是不可能完全实现的。在德里达念念不忘的那段话里，尼采说道：“……只要我们有自知之明，对自己本质的评价略低一点，认识到它是观点和情绪多变的所在，我们就又能和别人达成平衡了。”也就是说，《人性的，太人性的：一本献给自由精神的书》时期的尼采似乎认为，唯有通过修改对自我的评价，使之降格到众人之间，才能获得某种共同生活方面的彼此平衡。显然，这种表述意味着对亚里士多德规定的哲学友爱的暂时离弃。

古代与现代在友爱问题上的最大差异就是：作为最高级友爱之

目的的那种东西一去不复返了。在现代语境之下，尽管我们可以获得许多出于利益和出于乐趣而建立起来的友谊关系，但是，由于至高目的——“通神”生活的目的——不复存在，亚里士多德描述的高级友爱确实显得不可能。尼采暗示我们，古典的纯粹友爱——出于爱智慧而建立的真正的哲学友爱——在他的时代是缺乏基础的，至少是缺乏社会基础的。进而，对于当代谈论友爱的理论家来说，问题似乎变成了：在古典目的论及其哲学探索意义缺失的今天——也就是“哲学”发生品质转变的今天，有崇高爱智心性的人应当与什么样的人共同生活？这个问题远远比“我们应当如何共同生活”更为本质。

尼采在沉思这个问题之后，究竟给出了什么样的答案？据说尼采是现代性“第三次浪潮”的代表人物，将现代性推向了极致……施特劳斯曾经探问，如果尼采的“超人”——亦即扎拉图斯特拉作为“桥梁”一次次指向的那种状态——得以实现，那么人和人之间是否还会有一个自然的等级秩序？[①] 尼采至少在《扎拉图斯特拉如是说》的前半部分没有这样的想法。如果亚里士多德的秩序在尼采眼中的确崩溃了，那么也就不存在建立于友谊基础上的“馈赠”与“寻求馈赠”的意义，因为所有人都能躲进“相互容忍”的社交礼仪当中自寻其乐……如果尼采未曾抛弃德里达征引的那段话的表面上的观点，那么，《扎拉图斯特拉如是说》的整个第一卷就显得格外多余，因为这整卷书实质上都是在“馈赠”。尽管门徒总是误解扎拉图斯特拉，但后者一直渴望提升前者，同时，这位临时的“导师”绝不会为了迎合他们而过于降低自我——扎拉图斯特拉自己出

---

① ［德］施特劳斯：《现代性的三次浪潮》，丁耘译，《苏格拉底问题与现代性——施特劳斯讲演与论文集：卷二》，彭磊等译，华夏出版社 2008 年版，第 45 页。

众的高明言行，就是一个自然等级秩序的保证。扎拉图斯特拉把教诲馈赠给门徒，正如太阳把启迪馈赠给扎拉图斯特拉，又正如尼采把这卷书馈赠给我们。无论是尼采还是扎拉图斯特拉都始终在馈赠着，而这本身就保证了“闻道有先后”的秩序依然存在，并且还相信“后来者”能够超拔到“先觉者”的状态。

尼采告诉我们，《人性的，太人性的：一本献给自由精神的书》当中那段表述，其实来自于一位“愚人”（fool）。在《扎拉图斯特拉如是说》的“论爱邻人”一章中，扎拉图斯特拉也曾引用了一个“愚人”的话：“同人交往败坏个性，尤其是当人没有个性时。”（第113页）将这两种“愚人”说辞放在一起，不难看出《人性的，太人性的：一本献给自由精神的书》的引文其实具有某种反讽语气。这位“愚人”实际想要表达的意思是：如果同与自己品性不同的人委曲求全地交往，必然得拉低自己的品质、败坏“个性”，进而会被同化，与品性较低的人达成和谐。进而，我们不得不从更加深刻的角度去理解《人性的，太人性的：一本献给自由精神的书》中的这段说辞。这本书的第二三二节里有这样的话：“思想深刻的人在与别人打交道时，会觉得自己像个滑稽演员，因为要让人理解，他们必须先违心地谈论肤浅的东西。”[①] 这里的“滑稽演员”其实就是“愚人”（fool）。进而，“朋友啊，没有什么朋友”和“敌人啊，没有什么敌人”或许都只是尼采故作肤浅的反讽和误读，是扮演愚人并“违心地谈论肤浅的东西”。“朋友啊，没有什么朋友”是对亚里士多德哲学的刻意误读，揭示其在当下失去根基的尴尬局面；“敌人啊，没有什么敌人”则是对实在生活世界的刻意反讽，其中暗含的立场则是批判性的。把这些反讽与误读当真，就是

---

① ［德］尼采：《人性的，太人性的：一本献给自由精神的书》下卷，李晶浩、高天忻译，华东师范大学出版社2008年版，第533页。

对尼采要表述的真理的误读。

我们可以找到更多证据来证明尼采并未对亚里士多德的哲学友爱观绝望。在《快乐的科学》中，尼采曾用诗意的口吻——描述过“友朋星散”的状态：

> 我们曾是朋友，但时下形同陌路。……我们是两艘船，有各自的目的地和航线……两艘勇敢的船只静泊于同一个海港和同一个太阳下，看似二者皆达目的。然而，我们各自的使命有着强大无比的力量，它旋即驱散我们至不同的海域和航线……我们彼此必然成为陌生人，这是控驭我们的铁则！惟其如此，我们彼此应该更加尊重才是！对往昔友谊的忆念应该更加神圣才是！肯定会存在茫无际涯的曲线和星儿运行的轨道，我们各自的航线和目标仅为其中一个短距离罢了，让我们把自己升华至这一理念吧！人生苦短，我们的视力无奈过于微弱，以至于不可能超越崇高的朋友关系。如此，让我们还是信奉似天上星儿一般的友谊吧，即使我们彼此不得不成为地球上的敌人。①

这段由种种譬喻和象征构成的诗性话语已经十分清楚地表达了如天体般的友谊——崇高的友爱——依然值得信奉的前提，那就是面对命运时友爱双方在理念上的共同升华。尽管当下有某种命数决定了至高友爱的中止，但是对于“天行健”的高明之人来说，的确不存在“敌人”，“敌人”只在属于大多数人的大地之上存在。只要“馈赠”仍然在进行，那么真正友爱就终将来到。也就是说，唯有能够通过扎拉图斯特拉星体般的馈赠，上升为星体般的人物，才

---

① ［德］尼采：《快乐的科学》，黄明嘉译，华东师范大学出版社 2007 年版，第 268 页。

能成为扎拉图斯特拉的朋友，实现彼此之间的高级友爱。所以，《扎拉图斯特拉如是说》里的“馈赠”，恰恰为失序的时代提供了新目标。在这个意义上，尼采没有德里达想象的那么消极颓废。

当然，我们也可以有另外一种理解，那就是《人性的，太人性的：一本献给自由精神的书》中的“愚人”选段才是尼采的真实想法，而来自《快乐的科学》的诗意选段和整部《扎拉图斯特拉如是说》都是他面向世人的显白说辞。这样的猜测不是没有道理。事实上，我们目前尚未切入《扎拉图斯特拉如是说》当中关于“友爱”的核心篇章。我认为，在这些篇章里，尼采不光解释清楚了他自己的友爱观（及其与亚里士多德传统的真实关系），还回答了另一个更加深刻的问题，那就是，谁是作为大预言家和“桥梁”而生活着的扎拉图斯特拉的朋友。

三

在“论朋友”一章中，扎拉图斯特拉如是说：“我们相信别人时，就显露出我们应在何处相信自己。我们渴望一个朋友，这渴望就是我们的显露者。”（第105页）这与亚里士多德式哲学友爱构成字面上的契合：

> 一切与友谊相关的事物，都是从自身而推广到他人。一切谚语也都同意这个说法。例如，什么“心灵相通”“朋友彼此不分”“友爱平等”“血肉相联”，这一切主要都是就自身而言的。因此，一个人是他自己的最好的朋友，人所最爱的还是他自己。（1168b3—9）

但是，就其在尼采的语境中意指某位哲学“隐士”的自我交谈而言，扎拉图斯特拉似乎将这种友爱视为一种应当讽刺的东西：

“对一切隐士来说，都总有太多的深渊。所以，他们渴望着一个朋友及朋友的高处。”（第 104 页）这里的“隐士”或许指的是“前言”里那个向扎拉图斯特拉提供面包与葡萄酒的老人——他总是睡不安稳。扎拉图斯特拉曾提到：“我要对独居的隐士，也向成双的隐士唱我的歌；凡是有耳朵聆听那些闻所未闻之事的人，我要用自己的幸福令他的心沉重。”（第 48—51 页）而在“论朋友”中，“隐士”就是“成双”的。这位老隐士睡不安稳，或许是因为他总是与自己交谈，而“与自己交谈”抑或“我思”，则是流行的“做哲学”的方式，扎拉图斯特拉把这种生活称为“深渊”。在《偶像的黄昏》中，尼采发展了亚里士多德关于“城邦之外”的论断：“想要独自生存，必须是动物或者上帝——亚里士多德说。缺少第三种可能的情况：得是两者—哲学家……”[①] 在尼采看来，这种“独自生存”的哲学家是非道德的野兽与超道德的神的综合体。纵览整部《扎拉图斯特拉如是说》，唯有“隐士”符合这样的形象。

而“隐士”是“禁欲主义”的。“论朋友”的前一章是“论贞洁”，其中有一句话说：“贞洁对少数人是一种美德，对多数人几乎是一种恶习。”（第 102 页）老隐士或许是一位性属“少数人”——哲人——的禁欲主义者，他秉持亚里士多德“沉思—至福”的生活逻辑，希望通过禁欲的自我反思达到星辰的境界。但尼采却反讽地将其刻画为睡不安稳的人。还得注意的是，老隐士也是一位“馈赠者”，他向扎拉图斯特拉馈赠了面包和葡萄酒这些典出基督教的饮食。与此同时，扎拉图斯特拉当然也把自己的到访和言辞馈赠给了老隐士。

这两人在何种意义上互相馈赠？他们可否成为朋友？扎拉图斯

---

① ［德］尼采：《偶像的黄昏》，卫茂平译，华东师范大学出版社 2007 年版，第 28 页。

特拉说得很清楚："你的朋友也应该是你最好的敌人，当你对抗他的时候，你就会最接近他的内心。"他还说："你朋友平时的相貌怎样？这是你本人的面目，映于一面粗糙、残缺的镜子。"（第105页）老隐士的敌人是谁？他与自己交谈，是他使自己睡不安稳。在扎拉图斯特拉到来之前，老隐士的敌人是他自己；在尼采笔下，"禁欲主义"的一种表征就是对自己（的肉体欲望）的憎恶，如《人性的，太人性的：一本献给自由精神的书》第一三七节所言："在任何禁欲的道德中，人都在把自身的一部分奉为上帝顶礼膜拜，为此就必须将自身的其余部分妖魔化。"[①]《朝霞》第三七〇节也提到"思想者之爱敌人"的话题："切莫压制、隐瞒与你的思想反对的思想！要鼓励！此乃思想正直的第一要求。你必须每天展开反对你自己的战役。"[②] 老隐士正是一位对自我进行压制、反对和妖魔化的禁欲思想者。他一直与自己灵魂中低下的一面为敌，这样他就变成了"两个人"。问题在于，扎拉图斯特拉对于老隐士来说意味着什么？我们会看到，在两人甫相遇时，扎拉图斯特拉说了一句奇怪的话：

> 给饥者以食物的人，也会振作自己的灵魂：智慧如是说。（第48页）

这是在要求一次交换：用自己肉体的安慰，交换隐士灵魂上的安慰，而这种交换出于智慧。谁的智慧？或许是两人共同分有的，也有可能这两人根本就是同一人，肉体的安慰和灵魂的安慰也许是一致的，都是某种智慧的结论。我们必须留意这是个夜晚发生的故

---

① ［德］尼采：《人性的，太人性的：一本献给自由精神的书》上卷，魏育青译，华东师范大学出版社2008年版，第133页。

② ［德］尼采：《朝霞》，田立年译，华东师范大学出版社2007年版，第328页。

事。之后我们会看到，扎拉图斯特拉也是一个容易夜不能寐的人，他“惯于夜行，喜欢看万物熟睡的脸”（第49页）；在“论朋友”中，他暗示这时他正在看朋友熟睡的脸，而这样就等于透过“粗糙、残缺的镜子”看到了自己。在这个意义上，他发觉人是需要被超越的存在。或许扎拉图斯特拉与老隐士正是同一个心灵的不同面相，他们之间在自我认识和宽慰方面是朋友，但同时又在自我超越、寻觅智慧方面是敌人。

为了证明这一点，我们需要进一步考察《扎拉图斯特拉如是说》的那些“准备工作”。在《朝霞》第二一二节中，尼采表述了“自我认识的来源”：

> 每当一动物看见另一动物，它就在心里把自己与它比较优劣；野蛮时代的人也是这样。因此，每个人之认识自己，庶几近于纯粹认识自己的攻击和防卫能力。①

西塞罗曾经延续亚里士多德的看法，认为“真正的朋友就是另一个自我”，同时又加强了对纯粹友爱的奠基，把“爱自己”和“爱同类”都视为一种源自动物本性的自然法则。② 但在尼采的描述中，对自我或同类的爱体现为彼此作为敌人的能力的提升——这里所说的“攻击和防卫能力”就是作为敌人的能力。《朝霞》第三一二节提到：“不再能满足其愿望的朋友，人宁愿将其当作敌人。”③

---

① ［德］尼采：《朝霞》，田立年译，华东师范大学出版社2007年版，第263页。

② ［古罗马］西塞罗：《论老年·论友谊·论责任》，徐奕春译，商务印书馆1998年版，第76页。

③ ［德］尼采：《朝霞》，田立年译，华东师范大学出版社2007年版，第305页。

这里的“愿望”，就是自我确证、满足和提升的“意志”。诚如罗森所言，尼采或许认为，“相互支配的欲望必须掩饰为对对方的爱和对对方的力量和天赋的钦佩。……在人类中，互相妒忌必须转变为对超人的渴望。”① 把这一逻辑运用到哲学的自我反思当中，不难发现其意味着“认识自己”或“认识朋友”就是不断以自己和朋友为敌，试探对方权力意志的强弱，迫使自己与朋友提升，重新达至一种至高的关系。

尼采似乎要通过这种对权力意志的诉诸，来超越《人性的，太人性的》当中那种自我降格的世俗朋友关系，重新奠定高级哲学友爱的基础。与此同时，这种高级友爱与古典目的论不同的地方在于，在诸神隐遁的状态下，在禁欲主义作为一种哲学虚无主义的危机的时代，少数人唯有把自我规定、自我为敌的逻辑进一步扩展为自我提升的逻辑，借此获取生活的目的。这样的猜想可以在整本《扎拉图斯特拉如是说》昼夜循环的叙事线索中找到答案。如果扎拉图斯特拉与太阳构成彼此隐喻的关系，那么“夜晚”也就是思想者“扎拉图斯特拉”的力量最为薄弱的时候。就全书而论，对于扎拉图斯特拉来说，夜晚的确是他每每从事自我反观活动的时间，同时，他在夜晚经常会遇到奇形怪状的访客，从不同的方面对他产生刺激，促使他自我提升。

“夜晚”如何提升扎拉图斯特拉？不妨看看位于全书中部的那首具有“午夜”气息的“夜歌”。在其中，扎拉图斯特拉成了一位诗人，高唱“我的灵魂也是一位爱人者的歌”。“爱人者”的表述让人联想起柏拉图在《吕西斯》（*Lysis*）中关于如何让被爱者爱上爱者的讨论，当时苏格拉底曾经有一句可怕的话“几乎要脱口而

---

① ［美］罗森：《启蒙的面具：尼采的〈查拉图斯特拉如是说〉》，吴松江等译，辽宁教育出版社 2003 年版，第 126 页。

出”：一个人理应在与其所爱之人交谈时贬低他、挫伤他的信心(210e)。亦即，爱人者为了获得爱，甚至应当扮演“敌人”的角色。我们可以想到，扎拉图斯特拉也曾经在对话中被“小丑”(fool)之类的人物贬低、挫伤信心。在那个语境中，他在与“著名的智慧者”们争论之后独自唱道：

> 我的手从未停止馈赠，这令我贫穷；我看见期待的目光，看见渴望中的明澈之夜，这实在令我钦羡。……他们从我这儿取拿：但，我触及到他们的灵魂了吗？我的美中滋生一种饥饿：我要让那些被我照亮的人吃些苦头，我要掠夺那些接受我的馈赠的人——我这样渴盼恶。我的丰富生出这种报复：从我的孤寂中涌出这种恶念。……总是馈赠的人，总有失去羞愧的危险；总是施舍的人，手和心因一味施舍而起老茧。(第186页)

众人在光辉灿烂的扎拉图斯特拉身旁宛如黑夜，他们冰冷且麻木，领受着伟大灵魂的馈赠，却无动于衷。这令光自身也遭受隐没的危机。但扎拉图斯特拉并没有放弃馈赠，而是表示“我内心充满焦渴，这焦渴在思慕你们的焦渴！这是黑夜：唉，我必须是光！对黑夜之物的焦渴啊！孤独啊！”尽管如此，白昼或光明或发光的天体本质上对待彼此都是冷酷的，因为“神”不需要朋友：

> 在内心深处，每个太阳都怨恨发光者……宛如风暴，在自己的轨道上飞翔……紧随其无情的意志，这便是它们的寒冷。(第187页)

这似乎是森林中老隐士的状态，他只管施舍，但却仅仅是为了施舍而施舍，却无视被施舍者的生死苦乐（第49页）。扎拉图斯特拉永远不可能做到这一点。这首“夜歌”可以揭示这一模糊性的隐藏逻辑：扎拉图斯特拉作为人类，尚未能企及天体纯然禁欲状态下呈现出来的无情意志，进而尚未实现最高程度的完满，也就注定无法彻底实现仅仅与自我对话的哲学友爱；在生活中，他的“心”仍然会因为爱人类而软弱无力甚至陷入颓废，这种软弱无力的颓废感就是“午夜”在全书的隐喻意旨。“午夜”总会在（来自他人或自我的）敌意最盛时来临。在这个意义上，他有必要戴上一副老隐士的面具，就像因馈赠而生出的老茧那样，隐藏自己火烫不安的内心。但这样一来，“老隐士”显然仅仅只能表征扎拉图斯特拉所试图成长为的那一“自我”的一个方面。

四

在尼采的著述中，源出于“午夜”的软弱无力的颓废感，集中体现为瓦格纳式的艺术精神。“现代性通过瓦格纳说出它那最隐秘的话语：它既不隐其善，亦不掩其恶，它丢弃了所有的廉耻心。”[①]这便是“夜歌”中提到的“失去羞愧的危险”。在《瓦格纳事件》中，尼采表示，软弱无力者亦即“疲惫者”的三大兴奋点是“残忍、做作、无辜（白痴，fool）”[②]——这恰好就是扎拉图斯特拉的诸多对话对象（包括午夜状态下的他自己）的特征。

《扎拉图斯特拉如是说》中的确有一个戏份极重的角色影射瓦格纳式的诗人与艺术家，那就是在第四卷正式登场的“老魔术师”（Der Zauberer）。这三种颓废的征兆在他身上体现得淋漓尽致。这位“老魔术师”据说还与狄俄尼索斯有关。学者朗佩特认为，在尼

---

① ［德］尼采：《瓦格纳事件/尼采反瓦格纳》，卫茂平译，华东师范大学出版社2007年版，第15页。

② 同上书，第38页。

采那里存在着两种艺术精神：一种源于感激与爱，是歌德与荷马式的追求永恒化的馈赠意志（见《扎拉图斯特拉如是说》的“初愈者”和“论伟大的渴望”两章）；另一种则是颓废的僭政意志，是叔本华与瓦格纳的浪漫主义，即老魔术师这一形象身上狄俄尼索斯风格的来源。[①] 的确，在题为《魔法师》（曾在誊清稿中作“思想的忏悔者”）的篇章中，老魔术师的颓废之歌被尼采收入他精神崩溃前的最后一部文稿《狄俄尼索斯之歌》，题为“阿莉阿德尼的咏叹”。[②] 可见，老魔术师对于尼采而言是一个十分重要的人物。而将他同我们关于“敌友关系”的主题联系起来的证据，则是在第四卷《忧郁之歌》一章里他所唱的“裸体而来”的颓废歌声（第479页）。

首先，在前面的《论朋友》中，扎拉图斯特拉曾表示：

> 你想在朋友面前不着衣裳吗？在朋友面前袒露你的本色，便是对他的尊敬么？果如此，朋友就要让你见鬼去了！谁对自己毫无遮掩，谁就必招憎怒：所以你们完全有理由避免赤裸！是啊，假若你们是神，你们才会因自己着衣而羞愧！（第105页）

之后可以看到，老魔术师表现出来的“裸露”和扎拉图斯特拉表现出来的“反对裸露”构成了敌对关系。只有扎拉图斯特拉看得出来老魔术师哪怕“裸体就医”，本质上也是在掩饰自己的疾病——颓废之病（第417页）。接下来，他们展开了关于诗歌真假的争论。老魔术师先是伪装成一个颤抖、目光呆滞、仿佛被世界抛弃的孤独者形象，悲哀地吟唱：

---

① ［美］朗佩特：《尼采与现时代——解读培根、笛卡尔与尼采》，李致远、彭磊等译，华夏出版社2009年版，第442—445页。

② ［德］尼采：《狄俄尼索斯颂歌》，孟明译，华东师范大学出版社2013年版，第191—201页。

> 谁还会温暖我、爱我？给我滚烫的手吧！……你嘲讽的眼神从黑暗中注视我……你这幸灾乐祸而又未知的上帝？——哈哈，你悄然来临？在这午夜，你意欲何为？……你想潜入我的内心，进去，进到我最隐秘的思想里面？……给我心的火钵吧，给我这最孤独的人，给我冰吧！啊，七层坚冰，教我渴望，渴望敌人，给吧，甚至把你自己也给我，你这最残酷的敌人！把你自己——给我吧！（第411—415页）

这段诗歌与“夜歌”在意象与主题上有微妙的响应，而“夜歌”的作者是扎拉图斯特拉。与扎拉图斯特拉一样，老魔术师也渴望敌人，但他渴望的是占有敌人，占有那个“幸灾乐祸而又未知”的神——狄俄尼索斯。关于这段诗，《狄俄尼索斯颂歌》中的版本比《扎拉图斯特拉如是说》中的版本要多出最后一段：

> 一道闪电。狄俄尼索斯出场，一身绿宝石般的丽质。
>
> 狄俄尼索斯：
>
> 放聪明点，阿莉阿德尼！……
> 你长的是一对小耳朵，你长了我的耳：
> 好好听一句明白事理的话！——
> 人该相爱的时候，不是从相恨始么？……
> 我，就是你的迷宫……①

① ［德］尼采：《狄俄尼索斯颂歌》，孟明译，华东师范大学出版社2013年版，第201页。

显然，《扎拉图斯特拉如是说》第四卷中的两人相遇其实是一场模仿尼采另一文本的“戏剧”。老魔术师扮演的是狄俄尼索斯的祭司兼女伴阿莉阿德尼，通过歌咏召唤神灵的到来；而扎拉图斯特拉扮演的是神——狄俄尼索斯。在《狄俄尼索斯颂歌》中，酒神并没有主动参与表演，而是被女祭司所吸引、带入剧中。正是在这种互文语境下，扎拉图斯特拉才会想要用“真理的棍棒”打破老魔术师的试探。但这种举动则应了诗中所言：“人该相爱的时候，不是从相恨始么？”根据狄俄尼索斯这一教诲，友爱的起源实则是敌对，爱一个人就要像苏格拉底那样去盘诘、追问他，使他不得安宁。这岂不是前述的基于“权力意志”的那种激烈的友爱？当然，这也正是老魔术师对扎拉图斯特拉之所为。老魔术师嘲讽说，自己只不过是在扮演“精神的忏悔者”而已，而真的“精神的忏悔者”就是扎拉图斯特拉在“论诗人”一章中提到的有邪恶知识与坏良心的诗人。在那一语境中，扎拉图斯特拉承认自己就是一个“谎话连篇”的诗人：

> 我们诗人谁没有在自己的酒里掺假呢？我们的酒窖里储存了某些有毒的混合酒，许多不可形容的事情在那里发生。因为我们知之甚少，故而钟情精神贫乏者，尤其是年轻女子！我们甚至渴盼老妪夜间闲扯的琐碎家常。我们把这叫做我们永恒的女性气质。……天地间有多少只有诗人才能略微梦见的事物！尤其是天空之上：因为一切神明均是诗人的寓言，是诗人的诡骗！……我多么讨厌这偏偏被当做真事的子虚乌有啊！哎，我是多么厌倦诗人啊！

当扎拉图斯特拉对门徒说这些话时，门徒略微有些愤怒，但保持了沉默，也许因为他依然爱着说谎的诗人。但或许这段话本身就是极其高明的谎言，是对门徒施加的教育，促使他们通过暂时看破某些诗人的虚荣之海而进入另一个追求真理的境界。出于这种教育目标，扎拉图斯特拉设想诗人会成为精神的忏悔者，设想他们会自我反思，深入精神深处（第 221—225 页）。然而，在老魔术师身上，扎拉图斯特拉却洞察到诗人永远“必须欺骗”，他们

> 总有双重、三重、四重和五重的意思！至于你现在的自由，在我看来，还远远不够真实，远远不够虚伪！（第 417 页）

当然，并不是所有诗人都是如此。对于尼采笔下这样一类以说谎为天职的独特诗人来说，越是虚伪或许就越是真诚；这种真诚已经超越了对一般人应尽的义务，而是一种对灵魂深处真理的真诚，亦即自我“权力意志”的真诚。尼采眼中的瓦格纳就是一个说谎的天才：“他成了音乐家，他成了诗人，因为他身上的暴君习性和他的演员天分迫使他这样。谁只要没看出他身上占支配地位的本能，谁就无法参透瓦格纳身上的任何东西。”[①] 瓦格纳的统治意志与老魔术师和扎拉图斯特拉的统治意志是相同的。而扎拉图斯特拉与老魔术师都是诗人，彼此都有说谎的嫌疑与能力，这种能力超越了一般诗人，而是至高智性的体现。在这个意义上，他们具备构建至高友爱的部分条件。

老魔术师的的确确是“更高的人”。他的“颓废”是模仿出来的；他的真实行动，则是等待“最诚实的人”“智慧的容纳者”“知识的圣者”“伟大的人”——扎拉图斯特拉。这至少说明他有足够的智慧判断扎拉图斯特拉的智慧。作为最成功的说谎者，他也

---

① ［德］尼采：《瓦格纳事件/尼采反瓦格纳》，卫茂平译，华东师范大学出版社 2007 年版，第 50 页。

是最成功的揭穿谎言的人。《朝霞》第二二三节描述到这种人"可怕的眼睛"："没有什么比这样的眼睛更让艺术家、诗人和作家们害怕了……在你们的作品中，看到了你们的全部不安、窥伺、贪婪，你们的模仿与夸张……"① 老魔术师与扎拉图斯特拉有同样的诗人之心，至少看得出后者显白层次的谎言。耐人寻味的是，通过与老魔术师的对话，扎拉图斯特拉最终也学到了狄俄尼索斯式的揭示真理的权能，进而具备了"神样的眼神"："'你试探我什么呢？'——扎拉图斯特拉如是说，双目熠熠生辉。"（第418页）老魔术师说自己想要扮演更伟大的人，却刻意暴露自己的不伟大。扎拉图斯特拉则洞察到，这种说辞本身就是老魔术师以最为诚挚的姿态说出的试探性谎言。进而，扎拉图斯特拉以最诚挚的姿态说出了更高的谎言，继续考验老魔术师。这场斗智游戏在两人良久的沉默之中达到高潮：老魔术师自称的显白目标是找寻诚实伟大之人，其真实目标是试探扎拉图斯特拉是否缺少真正伟大的自我觉知的意志；扎拉图斯特拉看透了第二层的谎言，于是"彬彬有礼又诡计多端"地给老魔术师指路，要他"上到"扎拉图斯特拉那住着鹰和蛇的巨大洞穴。这毫无疑问是对柏拉图洞穴神话的颠倒使用，对于老魔术师而言或许是一个精心的骗局。正是在洞穴里，诗人—老魔术师遭到了"精神的良知者"——现代科学精神代言人的训斥，发生了思想转变（第418—419、484—487页）。

这场彼此算计并不只体现出思想史上所谓的浪漫主义对古典哲学的彻底敌意。② 也就是说，在尼采的安排当中，表面上作为诗人的老魔术师事实上不仅仅是在挑战并贬低作为哲人的扎拉图斯特

① ［德］尼采：《朝霞》，田立年译，华东师范大学出版社2007年版，第268页。

② ［美］朗佩特：《尼采的教诲——〈扎拉图斯特拉如是说〉解释一种》，娄林译，华东师范大学出版社2013年版，第514—515、525—529页。

拉。尼采或许认为，作为敌人—朋友，两人确实共同分享许多高层次的东西，并且在斗智当中彼此提升，哲人与诗人的界限在他们两人身上逐渐变得暧昧不明。在老魔术师身上有着哲人扎拉图斯特拉的一面，正如在老隐士身上有着受馈赠者扎拉图斯特拉的一面。老魔术师和老隐士，共同构成了扎拉图斯特拉在夜晚和白昼之间交互的思绪特征。比如，老魔术师在遭到训斥之后，给予扎拉图斯特拉如下的评价：

> 但黑夜来临之前，他又重新学会爱我、赞我；他若不做这样的蠢事，就不能久活。这人——爱自己的敌人：在我见过的所有人中，他最擅长这种艺术。但是，为此他却向自己的朋友们——复仇！

扎拉图斯特拉听到这些之后“兼具爱意恨意”，与那些身为“更高的人”的朋友们一一握手，并打算离开洞穴（第 487 页）。显然，老魔术师指出的正是我们先前发现的扎拉图斯特拉灵魂中无法消弭的人之自然天性——在“心”之中无法抑制的爱与恨。这种爱恨交加的自然激情或者说意志，使得扎拉图斯特拉无法彻底模仿天体，而必须在“白昼—黑夜”与“上山—下山”等人世间的永恒轮回当中自我成全。而这些天性中的爱恨激情，则由这些“更高的”朋友们身上“沉重的精神”带来。

从这些更高的朋友之后爆发出的笑声里，扎拉图斯特拉似乎听到了他们的软化与康复（第 498 页）。但在这之后，他惊奇地发现，这些“更高的人”竟然在共同膜拜一头驴子，视其为时代的新神，还发明了“驴节”。扎拉图斯特拉追问老魔术师，作为“自由精神”（《人性的，太人性的：一本献给自由精神的书》显然题献给老魔术师——诗人、艺术家中有哲学心性的人），他为什么要干这种事。聪明的老魔术师回答说："你说得对，这是一桩蠢事——这对我，也变得足够沉重了。"其实，这段文字首次出现在尼采一八八二年春夏之交的笔记之中："一个朋友对另一个很聪明的人说——这是一桩蠢事。聪明人答道：'这事把我的心情已经搞得够沉重的了。'"从一八八二年秋天开始，这段话以不同的形式反复出现在尼采的写作当中，曾经是扎拉图斯特拉本人口中的台词（第503—504页）。这让我们不得不想想，在一八八二年的尼采身上发生了什么？是什么使得他如此"沉重"？

我们可以稍微"索隐"一下。尼采于一八八一年八月在林中漫步时，驻足一座山峰之旁。在那里，他产生了"永恒轮回"的思想。这时他正在写作那些后来构成《快乐的科学》一书的篇章。其实，他本来在写作《朝霞》的续篇，但在一八八二年结识莎乐美之后，他改变了原先的计划，要用诗一般语言写就的警句出版《快乐的科学》。[①] 在这部书之后，他出版了《扎拉图斯特拉如是说》。看来，结识莎乐美和产生"永恒轮回"思想，是尼采这段时期在生活与思想上的两大转折，或许只有认清这两种转折的可能的统一性，才能够搞清楚这一时期尼采的创作意图。

《快乐的科学》的附录《"自由鸟"王子之歌》有一个题为"西尔斯马利亚"的片段，在其中，尼采写道：

> 我安坐于此，等候，等候——漫无目的，
> 那善与恶的彼岸，
> 我一会儿享受光明，一会儿享受黑暗，
> 全是游戏、海、正午，漫无目的之时光，

① 见［德］尼采《快乐的科学》的"编者前言"，黄明嘉译，华东师范大学出版社2007年版，第5、6页。

蓦然，女友来了！一个变两个，

扎拉图斯特拉与我擦肩而过……①

这个地方的“我”身处超越善恶的彼岸，他自称是在“无目的”地等待，但是最终“女友”的来到则给出了一个偶然的目的。“女友”来临并使“一”变成“二”时（回想一下“论朋友”的开篇），恰好扎拉图斯特拉与“我”擦肩而过，似乎这两者之间有必然的联系。显然，尼采暗示的是现代思想者内在的自我分裂和综合，也就是当下“愚人”（嘲讽者、颓废者）和未来“超人”（肯定者、超越者）的分裂和综合。

“愚人”在整部《扎拉图斯特拉如是说》里指的是那些通过反讽方式道说真理的人，他们所体现的就是狄俄尼索斯精神。这提醒我们注意《悲剧的诞生》。在其中，尼采曾看到，狄俄尼索斯式的人物与哈姆雷特有相似之处，都曾经洞察到这样的真理：对事物的本质的认识和对行动的厌恶是无法改变世界的，唯有幻想的遮蔽，才能让切实的行动得以发生。② 而在《哈姆雷特》中，小丑（fool）和哈姆雷特都是“胡闹者”，一个在“里面”胡闹，一个在“外面”。③ 这就如同老魔术师和扎拉图斯特拉一样，一个在“里面”说谎，一个在“外面”。掘墓的愚人是哈姆雷特遭遇存在之虚无的思想媒介，在《扎拉图斯特拉如是说》的前言中，令走钢索者跌死、使得扎拉图斯特拉启蒙民众之梦幻灭的小丑也扮演了类似的媒

---

① ［德］尼采：《快乐的科学》，黄明嘉译，华东师范大学出版社 2007 年版，第 412 页。

② ［德］尼采：《悲剧的诞生》，孙周兴译，商务印书馆 2012 年版，第 59 页。

③ ［英］莎士比亚：《莎士比亚全集》第五卷，朱生豪译，译林出版社 1998 年版，第 365、366 页。

介。这些情节上的呼应和暗示，就是尼采精心设计的对狄俄尼索斯精神——反讽精神——的最终表征：“过度揭示自身为真理，那种矛盾、由痛苦而生的狂喜，从自然天性的核心处自发地道出。”①作为思想者的哈姆雷特和刚刚下山的扎拉图斯特拉是热爱哲学的思想者面对尘世的外部人格，而在他们之内则有一个“愚人”不断地鞭笞他们的心，说出他们不敢面对的可笑真理。这样的谐剧设计要与一种肃剧的初衷结合起来才有反讽意味。在尼采眼里，肃剧就是“为了超越恐惧与同情，成为生成之永恒的喜悦自身……还包含着对于毁灭的喜悦……我，这个哲学家狄俄尼索斯最后的信徒，——我，这个永恒轮回的老师……”②

狄俄尼索斯的敌人—朋友是阿波罗。鉴于《扎拉图斯特拉如是说》的第一个隐喻是太阳，其末尾是朝向太阳而呈现的未来超人征兆，我们应当看到这本书与日神诗学的关系。狄俄尼索斯的诗学通过摹仿宇宙真理为音乐，构成对世界的无形象、非主观的重演或重铸；阿波罗的诗学则在诸如雕塑和史诗的梦境营造中使得原始的矛盾和苦乐变得感性而生动，激发人的积极生命力。用尼采本人的框架来说，这两种诗学的结合，就是希腊第一个抒情诗人阿尔基洛科斯的诗学，亦即抒情诗的诗学：

> 抒情诗人的形象无非是他本人，而且可以说只是他自己的不同客观化，因此作为那个世界的运动中心，他就可以道说“自我”了：只不过，这种自我与清醒的、经验实在的人的自我不是同一个东西，而毋宁说是唯一的、真正存在着的、永恒

① ［德］尼采：《悲剧的诞生》，孙周兴译，商务印书馆2012年版，第40页。

② ［德］尼采：《偶像的黄昏》，卫茂平译，华东师范大学出版社2007年版，第190页。

的、依据万物之根基的自我，抒情诗的天才就是通过这种自我的映像而洞察到万物的那个根基的。①

没有什么能比这段话更好地解释《扎拉图斯特拉如是说》中这种与万物同一的诗人精神。"最好的朋友是自己"——当我们回想起亚里士多德式的友爱论时，也就能够理解愚人、魔术师、老隐士等纷繁复杂的人格面具（person）之于扎拉图斯特拉这一整全人格的真实意义。当老魔术师膜拜驴子时，他主动承担了"沉重的精神"，自愿走进阿波罗式幻梦之中，与其他"更高的人"一起，成长为自愿遮蔽真理之人，为未来"超人"的来临提供准备。

在《扎拉图斯特拉如是说》的第二卷伊始，当持镜的小孩让扎拉图斯特拉看到自己心中的魔鬼时，他奋而起身，要继续去找寻他的朋友—敌人："我的敌人也是我幸福快乐的一部分。"（第147—150页）扎拉图斯特拉所启迪的朝向"超人"不断升华的权力意志，显然需要这种"对立"与"综合"的过程。扎拉图斯特拉心中的"魔鬼"或许就是狄俄尼索斯，他总是对幸福快乐充满渴望，而智慧就是"至善"，这恰好又是亚里士多德式的哲学生活方式的必然之旨；只不过，自然生发的友爱至福被哲学争斗带来的超克快乐所取代。这也就预示着，在过度启蒙的现代思想语境中，哲学内在的破坏性是导致哲学友爱变得不可能的根本原因。而尼采给出的答案就是，唯有继续披上权力意志的外衣，延续通向"超人"的意志，努力与"颓废"相斗争，才能延续某种看似高等哲学友爱的纯粹性——这就是找寻"朋友—敌人"的实际意涵。

从更为具体的角度来说，"超人"和"愚人"的象征性斗争实

① ［德］尼采：《悲剧的诞生》，孙周兴译，商务印书馆2012年版，第43—48页。

际上揭示的是，哲人需要与他自古以来最大的敌手——诗人时刻对话，并学习后者编织谎言、打造幻象的技艺，甚至变成一种新的抒情诗人。《扎拉图斯特拉如是说》的中间部分恰恰是三首诗歌："夜歌"、"舞蹈之歌"和"坟墓之歌"。这三首歌预示了扎拉图斯特拉是一个能够综合哲学与诗的未来哲人。在"论诗人"中，扎拉图斯特拉不断地暗讽歌德及其《浮士德》，原因就在于，在当时的扎拉图斯特拉眼里，歌德仅仅是一个以诓骗的形象示人的民族诗人，与荷马别无二致，是阿波罗诗学——伟大幻象与神话——的代言人。但在第四卷，通过与老魔术师和其他"高贵的人"设计出来的新宗教打交道，扎拉图斯特拉最终看到了阿波罗诗学通向"超人"的升华潜能，亦即用宗教谎言掩盖哲学禁欲主义与虚无主义，提供一种健康完善的显白说辞。这种高贵性属于在大地之上建立国家的成年男子（第506页）——政治家。与浪漫主义颓废诗学不同，这种塑造"超人"的诗学在多重的谎言背后，在发明"驴节"的喜剧精神背后，首先藏匿着愚人—狄俄尼索斯的坦诚与权力意志。对于学习了诗人技艺的哲学家来说，"在谎言中有一种无辜，它是对一件事物的好的信仰的标志。"[1]

当然，"超人"也不全是谎言。对于"扎拉图斯特拉"所象征的整体人格而言，如果欠缺自我探索、超越的超人精神，"魔术师"这样的抒情诗人就只是一个肤浅、虚荣的反讽者；同时，如果缺少一种积极的权力意志的信念，反讽也就无法回应实际生活提出的一系列挑战。而我们不难发现，写作《扎拉图斯特拉如是说》的尼采本人就在阿波罗与狄俄尼索斯两种面相（person）当中自由切换，正如扎拉图斯特拉从白昼到午夜的循环。这种循环本质上就是一种

① ［德］尼采：《善恶之彼岸——未来的一个哲学序曲》，程志民译，华夏出版社2000年版，第88页。

自我对话和自我友爱。我们清清楚楚地看见，从“前言”到“论诗人”和“夜歌”，最后到第四卷，扎拉图斯特拉本人的智慧程度在永恒的自我对话当中发生了质的改变：他从不同的面相那里学到了越来越多的东西，阿波罗和狄俄尼索斯的精神——以及与之相伴的善与恶、昂扬与颓废、表象与真理的本质——在他身上也就越来越融洽。就像学者莫瑞尔所说的那样：

> 我们怎样理解尼采本质上是历史上的所有人名呢？在其肯定的方面，这一提议宣称一个个体只有通过失掉他既有的身份，只有通过经历永不停息的改变，才能真正成为一个自我。只有以这种方式，永恒才能成为生命：从几个完全不同的面孔得来的一个变形面孔。这是真正身份（person）的运动——从罪犯到狄奥尼索斯。①

扎拉图斯特拉的“朋友”是谁呢？是太阳、老隐士、老魔术师、其他的“更高的人”，是鹰、蛇、狮子和梦中持镜的小孩，包括他“自己”。如果说尼采所面临的颓废时代的表征是漫无目的与彼此怨恨，那么尼采设计的扎拉图斯特拉与这些“朋友”之间的相友相爱，则构成了一次又一次的哲学对话和上升，通过自我的不断重构与超越，将实实在在的爱智行动标尺通过诗性的写作展现在更多心性高卓之人——《扎拉图斯特拉如是说》预想的那类读者——面前。扎拉图斯特拉经历的周而复始的永恒轮回过程，最终又彰显出真诚的自我完善的“超人”意志，最终用别样的方式实现了对古

① 转引自［法］弗拉狄耶尔《狄奥尼索斯对抗被钉十字架者》，成官泯译，载刘小枫编《墙上的书写——尼采与基督教》，华夏出版社2004年版，第204页。

典目的论友爱在当代的重新奠基和立法——尽管我们尚无法确认其是否有效。在尼采的期许中，作为桥梁的未来哲人通过体验颓废与自我进行对话，进而超越颓废，在知识与生活的夹缝当中，在午夜的诗歌与正午的立法之间，找到一条通向新目标的道路。这就是他在“论新旧标牌”中（也在《偶像的黄昏》的末尾）写下的“金刚石”对“煤炭”所提出的要求：你与我是同胞兄弟，但你若要成为我的同侪之人，就应当变得“比青铜还坚硬，比青铜还高贵”（第354页）。

五

或许如一些论者所言，尼采眼中的亚里士多德形象不佳：这个哲学家之祖其实甚少谈论尼采所热衷谈论的哲人“自我”。与柏拉图相比，亚里士多德本人的好恶爱憎与其思想之间缺少联系，呈现出科学家或展示纯粹哲学的圣徒（sage）姿态。[①] 显然，亚里士多德与尼采当然有着本质上不可调和的时代差异，由此也造成了双方的思路差异。但是，尼采又深切地理解这位古代政治哲学宗师友爱学说中的道德期许。正因为如此，他才会把现代的“自由精神”提炼、纯化成高贵哲学精神的象征——扎拉图斯特拉——的敌人，使之表现为可敬可贵的对手，进入高贵哲学精神内部，构成一种补充。尼采就此让树敌并超克之的“权力意志”推动“永恒轮回”的发展，使之成就一种新的“超目的论”。与成为“神”的古典目的论不同，对与自己完全势均力敌“朋友”的克服和内化成为新的目的。“人是必须被超越的”——而“我”的“午夜”与“颓废”

① See Monique Dixsaut, “Is There Such a Thing as Nietzsche’s Aristotle?” edit. R. W. Sharples, *Whose Aristotle? Whose Aristotelianism?* Burlington: Ashgate Publishing Company, 2001, p. 156.

一面，作为我的朋友，也是必须被超越和完善的。扎拉图斯特拉身上“愚人”与“超人”透过这种“化敌为友”的精神体验最终达成的综合，是尼采为现代哲学癌病开出的药方，是他对由亚里士多德总结出来的古典遗产——爱智精神——的存救措施。值得注意的是，这种药方要求哲学进一步政治化和诗化。这种政治化和诗化不再是哲人的世俗伪装，而是世俗价值本身被哲人通过“狂者进取”的姿态囊括到自己的灵魂深处进行的净化，是扎拉图斯特拉通过敌人—朋友的辩证上升而实现的对至高真理和一般意见之间的彼此对峙。这就是现代哲学心灵的“永恒轮回”。

“权力意志”作为显白写作，一直与“重估价值”联系在一起。而尼采“重估一切价值”的真实目标，是意欲重新得到一个自然与生命的“世界”——“永恒轮回”的世界。在尼采眼里，爱智其实就意味着爱生命、创造生命——这也就让现代哲人承担起了古代诗人的使命。与智慧为友，同时与自己的一生为友，调和两者之间的关系，使之重新焕发出活力，朝向真正的幸福挺进——这就是“重估价值”的真意。尼采试图和亚里士多德的纯粹哲学诉求在这个地方达成和解，但我们必须更多地看到他们之间因时代的迥异所造成的根本性的气质差异，并且认识到尼采深谋远虑的言辞正是在这一意义上进一步促成了现代性的最终完成，引发了后世思想者们的激烈的诗性革命，为二十世纪的激进意志提供了一条悲壮的道路。

（作者单位：中国人民大学哲学院）

宁宗一

一个教书人的心史

一 口述史：重新认识自我的过程

口述史，此前我一直没有给予过多的关注，因为我和我们这一代人阅读最多的还是名人回忆录和自传。及至近年口述史大热，名人口述史正式出版的，我也只翻阅过几本（多为名人经过整理的自述）。陈墨先生连续赠我四五本他对口述史研究的专著，我也只是断断续续浏览一过，只为从中学习知识，弄明白这种“文体”的一些特色和操作程序。但是我从来没把口述史跟我个人联系起来，即使往前追溯，也是我的老学生希望我写点回忆录或自传。而这些期待都一一落空。我有什么可写的，又有什么可回忆的？

直到二〇一七年挚友刘泽华临去美国时，他极其郑重地对我说：“宁兄，你不要拒绝做你的口述史，你坎坷的一生折射出这社会的面影。”我不否认，泽华的这最后叮嘱还是让我心动了。做，可以做，但怎么做？谁帮我做？这是个很复杂的问题。我的“小字辈”中有的自告奋勇，想给我做，但我考虑再三，我的口述史对他们有“补课”作用，但我可不是用口述史给他们“上课”！因为“代沟”使他们很不熟悉我口述的“背景”，他们绝对缺乏“现场感”。我的人生经历，估计得由我一一解释分析，而他们不可能流畅地把握、体验我人生历程的多样故事。

就在这个时候，我又想起了泽华和他夫人的建议："可以请陈鑫兄协助你来做！"而我和陈鑫是老朋友，深知他出身于历史专业，功底深厚，为人为学，皆平和认真严谨。我们只是一次交谈就拍板定案："咱俩合作！"

我深知真正的人生是从认识自己开始的，口述史无疑可以让我认识自己。可是难题是怎么做？首先一个问题就是，我这个最普通的教书匠，有资格做口述史吗？这话绝非故作谦抑，而是我在自省时经常想到的。我一九五〇年从北京来南开读书四年，一九五四年毕业留校后，过的就是教书生涯。在南开整整七十年，这七十年我没改过行、没做过别的工作，我所接触的就是一代又一代我挚爱的学生。我深知自己社会视野过分狭窄，一切故事都是在南开这方寸之地发生的，它有什么意义？它又怎么折射那复杂变幻的社会面影？后来我想通了。因为我看到无数作家不就是用他们的作品回照社会历史的背面吗？打通了这"结"，又有陈鑫对我不断地启发，也有我个人的"寻找"，我才有所启悟。口述史，既不是我的生活流水账，也不是我的成绩单。口述史，对我来说，一定是我宁宗一的反思史。我找到这把解开我"心结"的钥匙，是因为我终于想到：反思是知识人的义务。

当然，我知道反思不是一般的自我检讨、自我批判。反思乃是自我重新认知的过程，是一种对自我重新"发现"的过程。只有在此基础上，才能有真正意义上的反思。

就像生活中的"偶遇"一样，我有机会听命于老刘的期待，又有机会和小陈合作，我才有做口述史的机缘。于是在口述过程中，我在我现有的认知水平上逐步地进行和深化我的反思。正如易卜生所说：坐下来重新审视自己。

二　教书人的使命：从知识到思想的转化

一辈子做教书人的我，当然要把自己定位为知识人，而知识人与生俱来的文化历史使命就是创造思想、介入现实。具体而言，就是现实关怀、文化焦虑和学术创见。教书人当然不是政治操作者，但不能不有人间情怀，特别是从事我这行的——文学教学，必须从始至终认识到文学是捍卫人性的。越是一个灵魂不安的时代，越需要文学的抚慰。我是如此缓慢地认识到，文学真的是“软化”人的心灵的，文学最终是表达内心又回归内心世界深处的。回想我的老师给我们讲鲁迅、讲托尔斯泰，指引我们一步步领悟到大作家表达的内心怎样进入到我们的内心。（反观有些作品，我们真的读不出作者所写人群的内心，让我们感到的仅仅是他们狭隘的自我。对照之下，就会发现这样的作家表达的只是他们的内分泌，而不是内心。）由此我才认识到，只要人心不死，文学就不会消亡。我和我的一代又一代学生都是站在这个基点上，共同探讨文学的，但这是我经过一个漫长的岁月才醒悟到的！

而另一个更加漫长的过程，就是知识如何转化为思想，思想如何传递知识。在上世纪八十年代初，读十七世纪法国思想家帕斯卡尔的《思想录》时，我就牢记他说的，“思想形成人的伟大”“人的全部尊严就在于思想”。那时我心里思考的就是：知识是重要的，但是一个教师仅仅拥有知识是不够的，还必须把知识转化为思想，因为任何知识都不可能囊括和代替思想。我又想起弗里德曼的名言：“只有一种东西不可能，也永远不会成为商品，那就是思想的火花。”读赫尔岑论文学时，看到他也明确地说到：“那些不带思想的学者，其实处于反刍动物的第一胃的地位，他们咀嚼着反复咀嚼过的食物，惟是爱好咀嚼而已。”

扪心自问，一个教师是很容易陷入这种反刍动物第一胃水平的。一份讲稿，就能讲个三年五载……就在上世纪八十年代的节骨眼上，我曾反思过，我不要做一个反刍的动物，不断去咀嚼那些第一胃的食物。后来，是在给天津大学建筑系博士生讲美学史课时，我才第一次觉悟到，思想乃是生命体验，生命热情所燃烧的知识，是知识的升华，是理论、思辨和洞见交融后的结果。原来，没有“已故的思想”，“已故的思想”只是知识，真正的思想活在自我与知识的交互关系之中，是彼此的互动与重塑。从此我才逐渐明白，作为一个教书人，思想必须是敞开的，不断吸纳的。我应当像王元化先生说的那样，追求有思想的学术和有学术的思想。为此，扩大学术视野是我的第一要务。钱锺书先生《谈艺录·序》中所说“东海西海，心理攸同；南学北学，道术未裂”，化成了我一生教学的座右铭。

三　文脉传承：接过恩师点燃之灯

关于尊师重道继承文脉的问题。有一次小聚，我带着真诚的忏悔向一位院领导说到：当下南开文学院的文脉没能传承下来，而在尊师重道方面我们远不如历史学院做的好，差距极为明显。我的话，不是批评某一个人，而是把自己摆进去，进行了深刻地反思。一个学校能否进步，首先看的是它的师承做的如何。而对于现状，我们今天这批老一辈难辞其咎。

为什么我写了那么多篇怀念恩师的文章，其意甚明，就是带着忏悔的心情与灵界的恩师进行虔诚的对话，就是愿意舍近而就远，问道于灵界。因为我在反省自我时，想到我的恩师生前都勤于修身、慎于立言，但几乎无一例外地，在他们自己可能的环境内，为我们的民族文化做出了非凡的贡献。他们的人格精神点燃了我的心灵之灯。现在他们那些无言的思想，仍然给我在这个世界上坚守和承受一切的力量。他们宝贵的灵魂使我对自身命运有了太多的认知。今天，我在进行口述史，其实又是一次“重读自己”（法国作家司汤达语）。我的所有述说、倾诉，我的反思和忏悔，都会在口述中表达了出来。因为我终于发现，逝者所点燃之灯，在最深刻意义上说，就是为了净化我的心灵，而恩师们的学术智慧也渗透到我的学术研究中了。

时过境迁，往事并非如烟，要为了给历史留一份底稿。我觉得，我们每一个做口述史的人，都在述说自己这一代、上一代乃至上上一代学人的历史命运、人格精神以及学术传承。今天，我能有机会做口述史，难道不应该接过逝者递过来的灯，去点燃自己的良知吗？

今天我是第三遍读费希特的《论学者的使命》一书，我反复倾听他对我的敬告：

> 基督教创始人对他的门徒的嘱咐实际上也完全适用于学者：你们都是最优秀的分子，如果最优秀的分子丧失了自己的力量，那又有什么去感召呢？如果出类拔萃的人都腐化了，那还到哪里去寻找道德善良呢？

我不是优秀的教书人，更不是出类拔萃的知识人，但我在进行口述史时不敢忘记一个知识人应有的立场和良知，在时刻内省中不敢忘记一个学人的文化使命。恩师、先贤的灵魂，一直激励我寻找、再寻找文化人格的理想境界。今天我有机会做口述史，我想首先就是永志不忘老师的恩泽，即他们的高尚情操和风骨，为师之道必须继承和发扬。这是我们的文化使命。

四　学生：我最宝贵的财富

写了那么多自己内心的困窘，也许人们会问，既然是“一个教书人的心史”，那么应当多说点儿我和学生的故事，但是每每想到这个关键处，我就会在心理上难以自持！四十二年的正式受聘教师，多年的返聘教师，多个学校的兼职教师，说一句老话，当然是“桃李满天下”了。但是，这些数字只是“量”，而我更看重的是“质”！

前些年，我在一次毕业同学的大聚会上有个发言，大致内容是说，我从学生时代至今在南开生活几十年，作为一个典型的教书匠，我的物质生活在今日之社会真是显得有些寒酸。比如说，我还住在一所不到75平方米的老旧房子里，我的工资都加在一块不到“万元户”。但是我敢说，我却拥有一份不少人难以获得的“财富”。这份“财富”随着时间的推移，越显其珍贵。这就是我在教书岁月中，拥有我所爱、也让我被爱的无数学生。他们是我所有财富中最宝贵的。教师的天职，对同学只有赋予，而不应要求有任何回报。但是回望过去，我却享受了太多太多的回报，说感恩已远远不够了，因为感恩的前提必须是我的反思和忏悔。比如一九八五年我发生生活的巨变，个人的遭际却引来了铺天盖地的非议，谣言更是不绝于耳。而此时，那么多的同学顶着压力陪护我，给我打气，让我重新站立起来。他们给予我的不是物质，而是那在我心灵中永难抹去的精神抚慰。那一点一滴真挚的言与行，竟然在我灵魂深处积淀下了满满一箱昂贵的精神珍宝。于是在我这枯槁的身上，我竟然发现了我是一个真正的财富拥有者。所以我才说，我爱你们。这爱真的超越了师生、父子和一般友谊之情。我在忏悔自己盲动情绪造成不良的身心后果后，却获得了人间的挚爱，而这亲情就是非功利的爱。今天，我的理性之所以能有所提升，是和过去正反两面的教训分不开的。

罗曼罗兰曾有言：“人生有如一股奔流，没有暗礁就激不起美丽的浪花。”上世纪九十年代初，我的生活复归平静，我决心自编一本反思录——《心灵文本》。此书特点是，不仅收了我的一部分论文，还专辟了一组“众说纷纭宁宗一”，把别人说我好、说我差的文字都收了进去，作为我反思的参考。另外更重要的是，我没写自序，更没请名家赐序，而是专门请了我的“小字辈”代表人物金双、顺子二位各写一篇序文。金双的序文径直地题名《没大没小》，顺子的序文则是《性格与良知》。后来这本书移送大象出版社出版，我最担心他们编辑不能接受这“没大没小”的序文。而结果是，责编未动一字，这就说明他们认可了这两位“小字辈”写师长的文字有可圈点之处。后来书到了已移居加拿大的学生黄乐手中，她立刻给金双写了回信，说：

> 你的那篇“没大没小”随意的语言，却让我回味了很多遍，觉得你把先生总结得是全面又准确——“含羞草”“万人迷”“万事通”“八宝粥”“老顽童”“多情种”，像得很，像到骨子里去了。语言又诙谐，真真是为宁先生量身定做的一幅画像。你也是个画家了，和孙恩扬一样优秀的肖像画家。只是他用图像描绘先生，而你用的则是文字。我的仰慕之情可能有点小题大做，但真的是——佩服。

不妨留个谜底，如想看金双和顺子到底是怎么写的，就去翻翻《心灵文本》的序文吧！一篇自序，应该煞尾。面对陈兄整理的《一个教书人的心史》书稿，我要说的是，我虽然已经走在人生边上，但希望自己能把余热献给教育事业。在生活中，我一定更加努力扶助弱势群体，把这作为一个公民应尽的义务。虽然我们生活在一个物质主义的时代，“少吃点，少喝点，少拿点，少得点”这不是吃亏之事，而吃亏更是善良和仁爱。雨果就明快地告诫人们：“善良是历史中稀有的珍珠，善良的人几乎优于伟大的人。”我们教书人更应看重精神生活，我们就是要成为精神至上主义者，一个有真正仁爱精神的人。人之已老，其言也真。老子说："信言不美，美言不信。"我写的虽然粗糙，不堪入目，但您们看到了我真诚的良知，就是对我最大的鼓励。最后我要向每一位看到我和陈鑫合作的口述史的认识和不认识的朋友说：感恩：就会珍惜；谦卑：明白我是谁；反思：前进的基础。这不是誓言，但却是一段口述史的过程给我的人生启示。

2020 年 8 月 2 日晚 11 时 30 分

周颂伦

历岁月之磨砺，攀研究之新高
——“百年南开日本研究文库”第一辑述评

我国的日本史研究，随十一届三中全会以后改革开放大局的形成，以及中日关系相互谅解和文化交流大势的酝酿，出现了北京、天津、东北、上海四处局部热点，从二十世纪八十年代始，研究成果簇生，研究阵容屈指可估。三十余年来，国家助推的力量逐年加强，但中日两国关系冷暖不定，而各研究据点主客观环境有所变迁，致使研究的热度高度呈现彼消此长骤升骤降的局面。面对未及将所有研究力量统合成势分工合作的遗憾，南开大学日本研究院，始终将日本史研究视作重中之重，恪守历史研究必长年观察、通时静养的规律，一直以屏气凝神的耐心，立足本分，不求奇新，唯图日有寸进，稳扎稳打地推进研究。值二〇一九年南开大学百年校庆之际，作为回报各届校方的滋育之恩和各位先贤的开山之功，推出“百年南开日本研究文库”（第一辑），以为承上启下，总结经验，反思教训，为日后研究精进夯实平台。在出版说明中，郑重承诺以日本史研究成员为核心，也兼及各位客座教授和毕业生的成果，以开放、全面、远视为下一个目标，力图酿成更为先进的成果群。

从相关途径可知，推出这一文库，出自杨栋梁教授的“初心”，由现任院长刘岳兵教授安排实现步骤。各位师长和历任院长通力合作诚心支持，少壮后进们争先贡献研究成果，使得文库的编辑撰写按部就班步步跟进。虽然有吴廷璆先生主编的《日本史》（南开大学出版社一九九四年），杨栋梁教授主编的十卷本“日本现代化历程研究”（世界知识出版社二〇一〇年），杨栋梁教授主编的《近代以来日本的中国观》（江苏人民出版社二〇一二年）三部大著为基础，但通读之后便会发现，列入文库的各类成果，并不是将已版著书搬入文库之中，而是积累岁月磨砺之心得，新思考新劳作，推陈出新地将研究提升到了新的高度。其中有些原著者已仙逝他界，由其后辈或知己代为辛劳，增添了成果的厚度和新意。具体且由以下择要一一评述。

一

本文库共二十一册，二十册由江苏人民出版社出版（二〇一九年八月）外（尚有两册待版），唯《南开日本研究（1919—1945）》是南开大学出版社出版的（二〇一九年七月）。该册共收录七十余篇文章，以张伯苓为首约六十名学者入列著者名册，由刘岳兵编修并撰前言。傅思龄、蔡维藩、梁启超等名士、学者赫然在目，小仓章宏、渡边顺三、出渊胜次、小野武夫等日本学者官员在南开所作讲演所发文章也收录在内，还有几名西方人士所发文章，其背景以及发文机缘不及一一备考。按编者之见，所有收录文章可归入日本概论、国际关系中的日本、日本对中国东北的侵略三个专题。百年之后，学者之所以能够在庞大资料堆中编撰此书，唯赖爱国教育家、南开系列学校的主要创始人张伯苓先生的高瞻远瞩。

日本概论题目下收入十九篇文章，除最后一文《日本几个根本错误》（蔡维藩于一九四二年发表，此时已经可以据时势所见日本衰势渐呈之现状。正告日本：汝犯错犯罪）外，其余皆是一九三三年即日本退出国联（亦意味日本不顾国际社会谴责，一口鲸吞，发动“九一八”事变的预谋效果）后发表的。内中主要包括两个内容。其一，是对日本国情特别是经济情况的概论，认为日本经济自明治维新以来，发生了质地性的变化，由农业经济彻底转向为工业经济。称一九二八年时，日本国内铁道里程达一万二千一百九十九里，总体水准在各国中占据中游水平；一九二九年商船总吨位达四百一十八万六千六百五十二吨，低于英美却略高于其他强国；电线总长在不到三十年间增加一万倍；生丝业无论产出总量还是输出总量，都已居世界首位；钢铁业从一九一七年至一九二九年增产三倍以上；而对外贸易出超入超无常，前景殊难预计。就国家财政情形和人均收入而言，日本虽远高于亚洲各国，却又远低于欧美强国。故可谓增长之中埋伏隐患。这种认识是十分冷静客观的，无意之中为日后解释日本侵略邻国预伏经济原因。这一点可以在秋华著《日本的现势》中一目了然。作者以犬养毅内阁第六十次议会为例，讨论了日本政府为了应付经济危机和准备战争，对劳动大众加强了盘剥，造成了城市失业人口达三百余万众，工人罢工，佃作争议，凶年饥荒，怨民暴动。日本发动“九一八”事变企图挣脱枷锁，但因此而加剧了日美矛盾。同时，日本还遭遇到中国革命和苏联崛起的压力，已处于空前的不安之中。将日本面对的国内国外的困难都一语道尽，学人们似乎已看到了可以预料的后果。

其二，是对日本的外交政策特别是对华可能实行军事侵略的讨论。“日本之在近世外交界，似章鱼在混乱之水中。彼能运用于手腕于各方，此联一盟，彼结一约，然落其掌中者，当知其手紧也”（第5页）。此文写于一九一九年，此时日本充分利用外交手法，与英国缔结日英同盟，与俄国缔结密约，同美国就“满洲”铁路权益展开系列谈判，在中国和太平洋权益问题上默契达成势力范围划分。再加上同英、法、德所缔条约，同中国韩国等邻国缔结不平等条约，已经编织起一张条约网，将“满蒙”——中国权益紧紧包裹其中。“蹈瑕乘隙，无孔不入，狡哉日人，何其有极”（第9页）。撰文的学者或学生们，特别留意当时日本政府对我国交涉每每必称中日亲善。他们写道：“中日亲善，腾说久矣。愚者不察，从而和之。”（第9页）饭桌酒廷，杯盏交错。亲善妄语之中，满洲寻衅，庙街炮轰，中东争路珲春进军。使用怀柔政略，推动助乱主义。在报纸和杂志上，动辄虚情假意，搅乱局势，实际却是占铁路、侵“东蒙”、谋海港、霸“南满”。他们担忧，“日本之阴谋政策，方兴未艾。我知我国民之迷梦正长，转瞬锦绣河山，将不我有”。（第15页）当时的实际情形是，日本以“亲善”借口，诱导我国民中有一部分信以为真者，以为日本真能以“同文同种”为内心，帮助改善国政和社会。在这些笔者看来，称“满洲”为“生命线”的日本，已经进入世界强国之列。而且还看到日本成为强国，并非运气好才国势威，在区区岛国要“拧”出财富供养数千万国民，是“因为日本人天天认真地在那儿努力，在那儿干。流血流汗，目的直指东亚的‘门罗主义’”（第105页）。一旦势成，必令周边邻国鸡犬不宁还要俯首听命。这些议论在“九一八”事变前配合揭露“田中奏折”的舆论攻势，起到了唤醒中国社会各界警醒和奋起的作用，是弥足珍贵的史料。文库收录，足以让今人看到当时南开学人的日本认识水准是何等深入，而今天我们在这方面又究竟取得了怎样的长进。国际关系中的日本共收录三十二篇文章，展示着当时南开学人将日本政策置入世界格局中得到的认知。日美关系、日苏关系、日英关系以及中日之间的交涉，编者择要揽入，内中有数文颇受注目。傅思龄撰《日英美主力舰与主炮之过去现在及将来》（一九三四年）称，一九〇五年日俄战争之后，巨舰大炮主义盛行，日英美三大海军强国力量出类拔萃，也均面对巨大经济压力，遂有华盛顿条约之签订。此后，在该条约承认范围之内，三国都将主力舰作为重点，着力发展，在速力、装甲、大炮口径方面尤下功夫。

三国相较，虽有少许差异，却在总体上处于均势水准。按此判断，日本的加速追赶是收到效果的。傅先生撰此文时，日本已退出国联，也已经对外显露退出海军军缩条约的姿态。文章固然没有对三国海军主力舰可保留的吨位比例进行评价，但依笔者看来，傅先生对日本海军脱缰疾走充满担心。因为日本决心摆脱比例限制准备海洋霸权争夺而发动战争，对世界、亚洲、东亚局面的安危至关紧要。文章还详尽地列举了华盛顿会议对海军限制的数据，按这些数据得到的比例数字足可以使读者对当时海洋争霸局势一目了然。

蔡维藩撰《日德同盟的影响》（一九三六年十二月）。文章认为日德防共协定条约签订，震惊世界。欧洲列强可分为现状维持和现状推翻两派，推翻现状派各国以德意为首，在一九三六年十月前，已签六次条约，奥、匈追随德、意。日德同盟签订，日本从远东隔海加入，推翻现状派陡然增加有生力量，为反对英美而主张打破现状，可谓引发人类空前浩劫。该同盟条约实际将欧洲和远东的国际政治联结一起，而以军事合作攻守结契为要。在组织“剿共救世界”的名义下，推翻现状的各国间订有秘约，凡被认定为可“救济”之各国，都已暴露在他们的刺刀之前。至为紧要的是文章呼吁：全国团结应付不可避免之祸难，还须向主张维持现状的强国（英美）表示抵抗的决心。该文的价值在于在一九三六年的当时，指出浩劫必至，应以团结抗争，是对差不多同时发生的“西安事变”后第二次国共合作态势的呼应。

曹汉奇撰《日本究竟希望国民政府抱何态度》（一九二八年），此时，正值北伐所代表的“国民革命”一路北上，锋芒直指长城一线之际。日本阴谋炸死张作霖，张学良终于在翌年愤而“易帜”，归附“统一”。蒋介石以下的国民政府的对外态度十分鲜明，即要改变不平等条约的压迫，在税权和法权上完成独立。国民政府的态度是，条约届满，则以正当手续解除或重订。包括日本在内的列强，则虚与委蛇，推诿以行延宕之术。曹先生以外交电文为根据，指出日本政府欲“不得不讲要用适当之手段保护权利利益”。如果国民政府不改变废约之态度，日本则“决无考虑之余地”。曹先生以锐利观察为根据，指出日本之外交行动莫不以东三省为前提，一概举动，全在于维护乃至扩张在东三省的权利。日本政府对国民政府的“废约”要求，内心计算是若以东三省为“废约”交换，或能作出一些“让步”。这可能是日本希望国民政府秉持的态度。文章进而分析道：日本在东三省所得特权多是用阴谋诡计得来，没有条约上的根据，故而不敢与国民政府公平谈判。如果国民政府以牺牲东三省权利而“换回”关税自主与废除治外法权，在国家面子上很过得去，那日本则立定了百年大计之基础。作者出身吉林省（按当时行政区划）昌图县，受日本侵略之压迫，许多东北学生都在关内各地求学。特殊的家乡情怀，培养起他们对日本一举一动的习惯性警觉，故能一眼而洞察日本隐藏在计算深处的用心。曹先生的这篇文章对日本意图所作的解剖，可谓鞭辟入里的分析，彻底看穿了日本的图谋，完全揭穿于众。

日本对中国东北的侵略，题下共收录十九篇文章，撰文时间在一九二七年至一九三三年之间。显而易见，日本通过“九一八”事变用蛮横的武装手段实行了将“满蒙”与“中国本土”分离的政策，获得了数倍于日本本土的巨大势力范围，是文章议论的中心。皇姑屯事件发生后，日本的侵略野心昭然若揭，南开大学学生会为日本侵略“满蒙”发表宣言，指出日本在“南满”铁路猛烈扩张势力，抢夺路权，将松花江、牡丹江、图们江三流域之资源和出产悉数揽入怀中，亦造成“北满”利权唇亡齿寒，祸在肘腋，不堪设想。铁路与朝鲜清津港相衔接，则将东北财富输往海外的通道打开，日本的经济难题会迎刃而解，对东亚各国的侵略必愈加猖獗。由此，宣言认清“满蒙”为日本“全国生命之所系，决不轻易双手奉还，我中国欲图再生我完整之领土，亦非以全国之生命为抵押，难见时效”（第366页）。宣言准确地评论了日本侵略东北的恶果，认为“军阀互杀，更迭不替，循致授人以隙”，使日本得以连偷带抢，国权损失大半。所以必须全体中国人的团结一心，方可抵御日寇强加的压迫。“自勉以勉通报，谨此宣言”。南开学人对日本侵略本性的揭露，并在“五四”运动以后数十年间致力于坚持爱国热忱和反侵略斗争，应当就是一九三七年七月末日机轰炸南开大学校园的背景。

进入该专题的几篇文章，所说的或许是今天我国的日本史研究忽视了一些问题，并提出了切中要害的现实，试举几例。惠新在《所谓“大日本帝国”第一线》（第428页）一文中，借用日本教师编撰的用于课堂教学用的演习（练习题）说，日俄战争旅顺战役时，在西山制高点（又称尔灵山，二〇三高地）的争夺中，日军死伤四千八百人，在旅顺战死二万六百余人。“可贵的关东州，原是渗透我帝国军人的鲜血，集骨如山，英灵永眠的地方州啊”。日本称该地区为“关东州”，是工商业最为发达的地区，故称其为“第一线”；南开的学生组织“满蒙研究会”，翻译斋藤贤道的《满洲的化学工业》（第358页），列举原料、油房、油脂工业、酿造业、皮革业、造纸业、煤化业、油田页岩化工业、玻璃制造业和大豆，都是大有可为的产业，可以为日本带来财富。重要的是，译者指出，日本人替我们调查、探究、投资、开拓、经营，写成了这篇文章。“我们自己还不该明白吗，那么快来自己下手吧”！日本为何要阻止张作霖政权的铁路计划？刘克夷在《为什么日本出兵东北》（第405页）一文中列举说：同样数量的货物，中国铁路的运费要比“满铁”运费便宜许多，其据货物运达地不同，两条铁路的差价为长春至大连一千三百金元；长春经大连到达神户一千一百金元；长春至上海一千〇六十金元；关于“满洲”重工的制铁业。冯厚生在《东北的经济价值与日本》（第390页）一文中指出，美国出一吨铁造价为二十八日元，德国则为三十日元以上，而在抚顺鞍山，露天开采的煤炭和极方便开采的鞍山的铁矿，出一吨铁仅为八或九日元。“满铁”社长山本条太郎计算，日本每年要向国外购买四亿日元的铁和一亿日元的铁器，若将此五亿日元的进口用资全部投资“满铁”重工，该产生怎样的价值呢？等等。日本外相币原喜重郎曾有过一句名言：什么是日本在中国的特殊利权？就是日本在中国的全部现状。文章以充分说理和详尽数字，道破了币原所言“现状”之内涵——日本在中国东北每言每行均可收获巨大的利益。

该册收录的文章，从一九一九年起，至一九四五年止。这个时间段，恰好与戴季陶的日本研究时间段大致匹配。戴氏于一九一九年著《我的日本观》，一九二八年出版《日本论》。笔者认为，两本书相隔近十年，其间戴的日本观点发生了一些变化。早年所怀有的对日本民族的迷信，在《日本论》中转变成了借鉴日本民族的自尊心为我所用，以为自尊是民族发展的精神基础；早年用人道主义因素解释明治维新的进步性，《日本论》中转变为用民族信仰国体精神解释明治维新成功的原因；曾经的国际主义在《日本论》中转变为国粹主义。不难看出，戴氏的日本观点对日本民族和国家都有一种亲近好感。这种感觉明显是以进步日本为认识前提的。相对而言，本卷中国学人的日本论与戴氏的日本论相比较存在着一些困难点。为数众多的南开作者中，甚至还包括有日本人和欧美人。但是，可以比较的理由也很充分。但就中国人学者而言，虽然都正视明治维新后日本取得的进步，但两者的出发点却有天壤之别。南开学人们看到了戴氏所忽视的思想因素：日本人用进步主义所换来的成果，变成了侵略中国的手段或武器。戴氏崇褒日本的霸力，而南开学人们尊重日本的进步，但时刻警惕日本会欺侮、侵略中国。且在许多文章中，都注意利用条约方法、社会学方法、国际体系论方法和具体的统计数字来支持自己的观点。自然，众多学者的文章蜂拥而至，后又经过编者的删选，其体系性是难以与戴氏的论著相比较的。

二

一九六四年至二〇〇三年，南开大学日本史研究，经二〇〇〇年成立的日本研究中心，发展成为日本研究院，以研究院命名的日本研究机构，迄今乃国内唯一一家。本文库收录的七部重大成果，来自于在整个发展过程中呕心沥血作出重要贡献的七位学者。其中有两位已经作古，尚有仍在发挥余热的五位健在。

中国日本史研究的巨擘吴廷璆先生的《日本史通论》。凭借对吴先生学术思想体系的谙熟和深入理解，杨栋梁教授依据先生一九三六年至一九九七年的著作及论文，编辑合成此卷，以告慰先生在天之灵。《通论》并非吴先生主编《日本史》（南开大学出版社，一九九四年）的再修订，而主要是先生一生主要论文的集萃。迄今为止先生的这几篇论文，对后辈的日本史研究依然保持启发指导引领作用，自然应当加以特别评述。

通论者，通贯之论也。收录吴先生的宏篇大论，包括有中日古代交流、古代日本、近世日本、近代日本相关研究。《〈魏志．倭人传〉在日本》一文，评价了其史料价值，讨论了与之相关的日本国家的起源，以及与之密切相关的邪马台国位置。文章据《日本书纪》，指出这些记录承接了《魏志》的有关记载。在扼要地分析了各家对《魏志》邪马台国位置的判断后，作者的观点明显倾向九州说。《大化改新前后日本社会性质问题》一文，发表于一九五五年《南开学报》，在国内首提大化改新封建说。作者在构建这个观点时，系统地考察了当时日本社会的过渡性特点，在氏族社会与奴隶社会混合生成的状态中，大化改新将部曲民变成了班田农民。在天皇权威支配下，班田农民被紧紧束缚在土地上。这一说法在当时中国学界起到了突破性作用，封建说“从此获得普遍认可至今仍是高校世界通史和日本史教材所采用的学说”。“不彻底的资产阶级革命说”，是吴先生用近五万字的篇幅，在《明治维新与维新政权》一文中阐论的观点。革命和改革，分别针对着明治维新运动和明治政府的施政措施。文章用明治政府的改革举措，论证了资产阶级政权在构筑资本主义社会过程中所起到的关键作用。资本主义发展的后进性，使得以法国革命为典型的学者对明治政府的资产阶级性质存有疑虑，但迄今为止，在纪念明治维新一百五十周年的研究活动中，学者们依然坚持了这篇大作在深入思考和研究方面所清晰可辨的基础作用。

这三篇论文，自然不能概括吴先生日本研究的全部精华，值得仔细吟味的学说或观点对于吴先生来论，不胜枚举。而在所举之三篇论文而言，其史料选用以及鉴别之功力，行文铺开中展示论述之严谨，文章框架中蕴含构思之精妙，都是吾等后辈拾阶而上的梯子。

俞辛焞先生著《日本现代外交史论》。俞先生据自己在一九七九年至一九九七年间在《历史研究》、《南开大学学报》、《抗日战争研究》等重要学术期刊所发近三十篇论文，修正后归类合成一卷。该卷以“日本现代外交”为题，审视全书，所涉内容皆以敏感、重大、尖锐话题为要，虽不可谓剑走偏锋，但仿佛弄潮者一般，语不惊人不罢休也是眼见的事实。试举几例。

中国民间认为日本侵华的纲领性文件《田中奏折》确定了“大陆政策”的五个步骤，认为《奏折》是一九二七年六月二十七日至七月七日召开的“东方会议”的报告书，由田中义一首相向昭和天皇呈递。但日本政界学界均不承认有此文书，认为是人为编造的“伪”文书。中国方面信其有并编进了某些教科书中。俞先生在一九八四年访美时查阅到美国国会图书馆载有“东方会议”缩微胶卷，对会议的议程议题均有记录，于是将这些记录汇集成图表，慎重地提出除了议程中的四天空缺（是休会或不记录无法考证），但在可查记录中所讨论的问题，并不能直接判定“大陆政策”的五个步骤出于此会议之中。毫无疑问，清算东方会议的议程和议题，可认定是查实“奏折”真伪的有效途径之一，但也确实有引发反对之声的风险。一九八七年八月，我国另一位日本史大家邹有恒则通过对提出《奏折》主角之一蔡智楷取得《奏折》的质疑和对蔡文本身的“硬伤”，进一步指出《奏折》可能是伪物。自然，两位学者是都抱着实事求是的学问态度关注此事件的。再者，“国父”孙中山对日关系也是一个极为复杂的问题，最近十余年来甚至还有用“满蒙土地”换革命条件的风闻传出（没有核实）。在这个问题上，俞先生有一个方法论，向所有关心者提示。孙中山的共和理想与封建专制的矛盾，是国内矛盾；孙中山与帝国主义列强间的矛盾，是国外矛盾。孙中山始终将国内矛盾作为主要矛盾，而将与列强间的矛盾视作次要矛盾。进而，在日本提出对华二十一条前后，日本已经变成为中国最危险的敌人。先生告诫，在研究中要注意日本会利用孙中山与北京政权间的矛盾，“支持”孙从背后牵制北京政权。高屋建瓴的方法论，对后辈们处理孙日关系认清这种关系的真实状态，提示出用于研究的工具。凡此种种，可举许多例子。至于如何守护学问研究的立场，先生可谓良法多多。

在这一时段，聚合在南开日本史教研室的几位学者，进入研究室时间或稍有先后，但在吴先生指导和带领下所作的研究，也基本收录于文库之中。首先要提到的是王家骅（已故），他在日发表的两部著作《中日儒学之比较》和《日本现代化与儒学》，属于日本儒学思想史研究的精作，但有憾于没有中文出版。王先生研究思想精深，将这两部著作合为《日本儒学史论》一部出版，借助青年学者的翻译，使王先生的日本儒学两面性且与日本近代化的两面性交合的学术观点，重新得到了强调，是为补憾且告慰先生天灵之举，值得称赞。武安隆教授所著《日外文化交流史论》，是先生依据著作《文化的抉择与发展》和几篇大论文，并对所著《严修东游日记点注》作了增补后，汇编而成，致使“昨日黄花能以新姿再开”(先生语)。武先生对日本文化所持诸多独家观点，日本文化对外来文化吸收、接纳或周期性变化规律及其原因探索，特别是为校订史实和资料，不辞辛劳对《严修东游日记点注》作了大量增补，其踏实、严谨的治学态度，可堪楷模。米庆余教授的成果，是以《日本东亚政策研究》为题收入的。作为日本外交史研究的专门学者，日本的东亚政策的确是他庞大论著群中重要组成部分（自然远不是全部)。实事求是，扬清澈浊，锲而不舍，明白是非，是作者长期秉持的治学态度。在当前学界“东亚学”兴起的背景下，本卷所刊九个专题，从中日琉三国关系说起，在钓鱼岛群岛归属等争议问题上收笔，正好将近代日本对外政策中的几个核心问题全部涵盖。大陆政策，日英同盟，征韩论，九一八事变，“大东亚战争”，“台湾问题”，这些关节要点均在作者的考察视野之内。内中第八编《日本的神国观念与东亚》，对日本东亚政策的思想源流，作了究根穷底式的刨挖，不论在方法上还是在具体论证上，都有“一夫当关，万夫莫开”的气概。王振锁教授的学术生涯，一直将当代的日本政治学作为研究对象。收入文库的《日本现代政治史论》，是作者将已经发表的论文和专著，重新安排结构章节后，修订整理并补充了新的内容后集合成册的。通读全书，作者固然是现代日本政治的专家，但其考察的目光，始终照顾到了事件或思潮的来龙去脉，不作一事一议式“急就章”的议论。尤其值得重视的是，第六章《多党联合政权》，所涉问题都是当下发生，属于内匿颇多而难以断言的内容。作者以平静观察，强调平衡，预设余地的态度方法，对包括小泉政权和安倍政权在内的争议多分量重的诸多问题，都在“后自民党时代”的视野下，作了客观而沉着的分析论证，为日后的研究推进留下了一个承上启下的立足点。卢盛江教授的《空海〈文镜秘府论〉与中日文化交流》，是我国学者的中日文化交流中罕见的精专著作。有关空海的研究，多在通史或文集中可见到，然卢先生揪住空海的《文镜秘府论》，花费几乎可谓毕生精力，著有有关该问题的四卷本一部和三卷本一部，并在此基础上，提抽精髓，汇成收入文库的此部著作。通读全书，入唐求佛法的空海和尚的文学活动和文学创作一眼尽览。佛学、诗学、音韵学、考据考订学，乃至文本学，作者均有深入考察精细论证，用力用功之处，其独有的感觉和视角设定，让人吟味而发感慨。至于中日文化交流，作者以中国诗歌及其韵律学的日本化收尾，这样就在中日文化交流史中稳固地安排了空海及其《文镜秘府论》的位置。入深山、访古寺，几乎失传的六朝至唐的许多诗文，通过空海充满慧心的活动得以保存，又凭借卢先生充满精到的点评和校订，展现了多学科方法结合所作综合分析的魅力。

文库所收四位青年学者的成果，是对新兴力量的检阅。张玉来著《日本经济产业解析与演进》，以乐观目光审读进入二十一世纪以来的日本经济，特别对所谓“安倍经济学”，进行了积极评价，认为摆脱了通货紧缩的“痼疾”，压制了日本银行家白川方明的保守政策路线，依靠通货再膨胀理论推行适当宽松货币政策，在创新理念下寻求着日本经济演进的新路径。刘轩著《日本经济转型与治理复原论》，从对战后经济体制的定位讨论出发，批评了高速增长时期的规制改革，积极评价了国有经济的民营化现象。讨论在泡沫经济崩溃后经济转型的困境中，产生了信息化时代的治理变革，并在全球化背景下讨论战略选择的可能性，重点论证了“一带一路”下的中日经济新常态。臧佩红著《日本近现代教育政策研究》，对近现代以来日本教育长期存在的特点作了十分到位的解析。教育政策的原点，发自奉行“皇道主义”、适应“富国强兵”政策和兼容“文明开化”之时代要求，这种态势经历战后“民主化”和当代“国际化”历练，使庞大的教育体系浑然而成，也取得了值得称赞的教育成果。但其内部的“根性”，依然通过历史教育和教科书国定制度，稳固地表现出“国体精神”的基本守护和宣传者性格。尹晓亮著《战后日本能源安全保障研究》，高度发达的经济却无法通畅地获得能源资源的支持，是制约日本经济向自由天地跃进的根本性矛盾。作者认为，在全球化语境下，日本能源短缺不是刚性的“存量约束”，而是柔性的“流量约束”。这种“约束”表现为“供应约束”、“结构约束”、“地缘政策约束”、“环境约束”和“价格约束”。显而易见，这种性质的“约束”，就要求日本政府和企业用尽腾挪之术，安排巧妙的政策设计和制度设计。长期观察的视角下，日本所作出的克服能源瓶颈种种努力，不断地诉说着各类政策制定及执行的苦衷，也在不同程度上为遭遇同类困惑的其他国家提示了经验或教训。规避能源风险，日本所经历的弱化、稀释、破解的过程，形成了功效渐次“发酵”，政策形成和管理系统不断成熟的阶段。毫无疑问，这是一项充满前瞻目光的研究。

究而言之，进入本段评析的文库成果，描绘了老成精到与锐意进取两幅风景，互为补充且相得益彰。在这里，还想对温娟副教授著《日本近现代农业政策研究》略作评价。本书以江户时代的土地政策与农业政策说起，在战后日本农产品的贸易自由化问题上止笔，超过了明治维新以来近、现代的时间跨度。经历了三种社会制度的农业政策，研究的难度是可想而知的。在日本农业政策屡有失效记录的现实下，“第六产业进化”，可能对农业和农村经济的活跃有所帮助？作者在终章用详尽的数字，制成图表，表达了谨慎的乐观态度。

三

本文库收入的成果中，来自日本史研究室培养的硕博士、后来成为日本研究院的中坚学者们。他们既是承上启下的一代，又担负着开启推动下一个文库产生的责任。首先要评价的是杨栋梁教授的《日本近现代经济政策史论》。在前期研究的基础之上，作者对日本经济制度转型、经济改革、垄断资本、国家经济体制、战后改革与复兴，高度成长，又做了新的构思。对经济政策的分析，始终是著作的基本着眼点。而对世纪之交日本的对外经济政策，则是作者借此机会，向学界展现的崭新的思考。

冷战结束，世界进入“经济时代”，其最显著的表现是，崛起的中国改变世界经济格局，从二〇一〇年取代日本成为全球第二大经济体。十余年间，中日两国关系在骤冷乍暖中几度跌宕。由于发生了钓鱼岛归属纷争，安倍首相身处争执旋涡，他的经济学到底如何评说？杨教授在书中以极为冷静的理性，避开了某些热议导致情感式讨论频发时常会转移问题要害的时弊，紧紧抓住关键问题，展开了组合式的论证。以一九九七年的泰铢贬值为起点，东亚和世界各经济板块经历了一场金融风暴。有人质疑：出口导向、外资依赖、强政府、弱市场的“东亚模式”已经过时。与此同时，还有更多的学者热衷于讨论经济全球化热浪中东亚地区的作用。在克服危机的努力，国际间流动的资本总量快速增长，国际资本流动的结构性多化，新的国际金融格局和国际金融新秩序喊出了金融一体化的呼声。在东亚地区，以日元和人民币为基础建立亚洲国际货币制度出现新的可能性，中、日、韩三国学者几乎都有共识。十几年的实践证实，以中日经贸、中韩经贸、日韩经贸为依据的中、日、韩三国经贸合作，正在向中、日、韩建设经济共同体迈进。中国的一带一路政策构思，也是在这种现实中逐渐凸显的共赢战略。这种讨论，以务实、求准、远视、合作为话题，其实践意义，远较情绪主义或一切问题全部归结于政治化的倾向，更有利于人们在东亚、在世界各区域共生共存。杨教授的著作，收笔于二〇一七年六月。那时中日和东亚区域的形势中，争执下去的发声可谓沸沸扬扬。两年后，东亚金融合作，中日首脑的互访及东亚经济共同体，对命运共同体的推动，让我们看到了众多本质性的变动正在呈现。风物长宜放眼量，附庸风议常失态。以学问为凭借的提醒，尽到了学者天命的责任。

李卓教授著《日本社会史论》，基本由作者十余年在重大学术志上所发论文编辑修订而成。让人惊异的是，三十余篇论文进入本书的六章中，紧凑严实地融为一体，不给人以论文转身为专著的章节后容易发生的错杂感，盖由于作者长年以来坚持研究的稳定性和系统性所致。在全书中，作者的几个观点值得留意。血缘关系、婚姻关系、家族关系、地缘关系、业缘关系、等级关系、阶级关系形成集团，进而构成特定的社会。社会史考察，首先从家庭家族进入，然后向各类关系集团深入，就能完成对日本社会风土的考察，为全面而深入地解释日本社会奠定研究基础；日本社会的原点发自于大和时代，大化改新后百余年间，全面回归本来的社会秩序；平安时代的“脱华”，一直发展到明治年间的“脱亚”，是一个统一的进程；由于缺乏社会改革，导致了日本近代的非典型性质，各种在其他类型的近代化进程被摒弃的旧元素，在昭和期被改头换面地保存了下来。这几个重大观点，代表了作者对日本社会文化的基本考虑。家族——民族——国家集体即拟家族形态，在日本的政治文化生活中，一直发挥着不容忽视的作用。理解日本社会文化，宜从这一点进入，继而再扩大观察论证的工作面。

赵德宇教授著《日本近世与近代文化史论》，同样也是十余年间大量论文重新编辑的产物，但其中的几段小论，可谓代表着作者对近世以来日本文化史的基本看法。在习惯上，近世主要是指江户时代，乃学界共同的认识。作者认为日本传统文化是在江户时代得到最终完善乃至形成的。其中的重要元素表现为庶民文化、外来特别是西洋文化的日本化。在这一时代，儒学、国学和洋学三元思想奇妙结合，丰富、多彩而构成复杂文化样态。明治文化以半西洋、半传统混杂但内含封建与资本主义的因素，造成了其文化跛行的特点，表现出前沿的西方文明与原始的天皇之“二位一体”；而大正文化学者们对明治文化跛行性的反思，由于切割了明治文化中所含西方近代思想的进步性，同时却也松懈了极端国家主义、民主主义的束缚，引导人们追求多样性的精神解放。在结语中，作者认为自卑与自傲同在的日本文化，保存了传统文化的稳固性，认可了多元文化的并存性，还坚持着对优秀文化的摄取之道，面对着整合本土文化与外来文化的永恒性难题。

刘雨珍教授著《中日文学与文化交流史研究》，著者专就文化交流史安排三编共十二章。内中最引人注目的是黄遵宪著的《朝鲜策略》、《日本杂事诗》和《日本国志》相关论述，以及日本宫内省御用挂的宫岛诚一郎与清驻日外交官何如璋等人的交涉交友关系资料。《朝鲜策略》主张的东亚联合以及防俄联亚思想，属于当时国际情势下，部分中国知识分子的共识；而被李鸿章称为“博稽深考”的《日本国志》，其文献价值，按梁启超评论说，由于国人对日本一直缺乏了解，“不鉴不备，不患不悚”，故在甲午战败以后看来，“其于今日之事，若烛照而数计也”。宫岛城一郎是服务于明治政府的文官，汉学精深，他与清朝驻日外交官之间的笔谈，是为珍贵史料。而在此过程中，他曾利用私交搜集清朝对琉球态度情报报告大久保利通和岩仓具视，似有趣却也确实引人深思。著者作为日本文学研究学者，对中日关系史研究，从资料文献层面作出了贡献。

李凡教授著《日本的苏联及中东政策研究》，将日本外交的两个方面合为一册发表。但主要的著述，仍然是围绕日对苏政策展开的。第二章所述日本对苏的“中立”政策，展现了第二次世界大战其间两大阵营内错综复杂的政治关系。著者以日本不断扩大在中国的侵略为背景，配合以解释日苏间的外交回合的实质，在揭露日本侵略中国的同时，也评说了当时苏联所实施远东“绥靖”政策的嫌疑。“四国同盟”构想的出笼及其失效，诺门坎事件，都是在这一背景下的产物。第三章所述日本“北方领土”政策，对该问题的来龙去脉作了细致梳理，并特意引入了美国对该问题的关注及其施用的手段。日苏间的“北方领土”问题根本不可能平息，随时都有发酵酿成危机的可能。作者对日苏（俄）间这一问题埋伏的“病灶”的讨论，必要性殊为明显。在这两个专章中，著者一直注重基础资料的发掘和利用，值得赞赏。

刘岳兵教授著《近代中日思想文化交涉史研究》，后记有曰：研究计划中有这些专题，而每个专题研究都还在探索的路上。将专题中的“半成品”搜集起来，形成了基本的模样。读过全书，可以判断，“半成品”在编撰整合的工作中，已经浑然一体，几乎可谓一部新著。著者将近十年来有关中日思想文化交涉的思考，成体系分步骤地呈现在每位关心者案前。“内容虽然芜杂，也自信仍有条理”（笔者语）。条理何在，即如作者书名所题，近代中日思想文化交涉史这条主线，一直在各章各节的叙论中若隐若现地起着提纲挈领的作用。受于篇幅所限，本文只能对第六章《日本研究学术史回顾与展望》，略作评说。

进入著作考察眼帘的，有清末维新派的几位名望人士，由黄遵宪始，至章太炎等。梁启超有关日本国体民俗有违中国，虽有“极良之书”，但“在我只注供参考而已”的结语，以及周作人提倡日本研究不宜只作异中求同，而更应当为作同中求异的观点，迄今仍是值得学者们借鉴的告诫。中国日本思想史研究的奠基时代，著者重点解析的是朱谦之的日本思想研究。朱谦之在《历史哲学》中将关于哲学思想史的发展解释为宗教的历史时期、自我的历史时期、社会的或科学的历史时期以及综合的历史时期的观点，完全进入了自述的《日本思想的三时期》一文中。分期法奠定了朱谦之先生日本思想哲学史研究基本方法论。在具体讲到日本朱子学、阳明学和徂徕学研究时，作者肯定了马克思主义唯物论和史观的指导作用，同时也敏锐地让人看到了向自由主义的略微倾斜。朱谦之先生在孔德、黑格尔哲学影响下形成的哲学观，转变到接受马克思主义的唯物史观，在适应学术语境气氛的同时，又保持着青年求学时代培养的优秀学术素养。至于改革开放四十年来中国的日本思想研究，著者提到了王家骅、卞崇道等学者的研究和学术贡献，还特别重点评价了韩东育的有关研究。在著者眼中，韩东育教授可视作与李泽厚，成中英同等地位的研究者。凭借对中国古典思想哲学家及其典籍的谙熟，韩从江户日本思想史入手，活跃于当代中国思想哲学研究的前沿。韩尊重丸山真男的研究，却对其"古层论"观点发出了挑战，认为这一观点露出了民族主义的色彩和国粹主义的端倪。韩对"古层论"的质疑，是其思想史学说观点的爆发点。其全部著述的重点，仍是对江户儒学界特别是反朱子学各派别通过"脱儒"而全面贬低中国古代哲学的学问倾向，在这种倾向的背后，则是学术政治化思想作用的结果。著者赞成学界对韩"新法家"的评说，不过还敏锐地指出韩在研究时塑造出来的徂徕形象，几乎就是其本人的自画像。徂徕在《荀子》研究中所发现的精神因素，也是韩在徂徕学研究中所发现的，可服务于现实社会的解释。韩的学说以厚实的中国古典哲学研究为基底，故对日本思想文化的评说常有日本学者不曾察觉的分析。本章仅是近五十万字全书的一小部分，不仅将中国的日本思想史基本包括，而且时有尖锐评语，可以供学者特别是青年学者进行学术史梳理时参考之用。

将二十余年来的研究心得，集成新书，检验研究成果，在示范后进的同时，寻求同行批评，亦为南开百年校庆奉上拳拳之心。文库的编辑出版，是中国日本史研究界的一桩大事，更是南开日本史研究的一个里程碑。

四

毫无疑问，历岁月之磨砺后，研究攀上了新的高度。自改革开放以来，中国日本史研究步步推演的进程及其水准，是可以从文库收入的成果系列中，概而观之的。同理，如何改进研究，扬长避短，也可以在对文库的批评中，找到楔入点。

纵览全部书名，感觉以“史论”为题的占据较大比重，在已经出版的十九种著作中，有七种。采用“史论”作题，自然有作者的苦衷。因为要将长年的研究成果集成一册，“史论”的“宽容”性是可以获得一些方便的。但弊端也十分明显，其一，二十世纪九十年代之前，日本学者的著作冠以“史论”为题，可谓比比皆是。关于历史问题的散论，凭“史论”竟然也可以同许多历史问题的精论同居书架一隅，增加了学术史叙说的难度；其二，文库的入列者，必然大量参考日本学的研究成果，书中也大量引用了日本著作所列观点、句章甚至文献出处，这容易引发一些猜议或妄议。由此，下一辑编撰时，强调著作的专论性，已属必要。

在某几本入列著作中，拜读中时有一些错杂感。章节设计过多，或全书系统性严整度不足，或从书名上结构上觉得必须延伸连续的相关问题没有进入主题，匆匆收笔，有些突兀。增大专题性研究的分量也是今后研究应注意的问题。

分量如此巨大的文库编辑，从准备、联手出版到审稿和中期讨论，要花费许多时间，况有些学者已经过世，由主编方请人代劳，困难是很大的。但有几本成果，感觉尽可能再参考一些近十年来的新成果，以增加论述的周到性，对于提升质量高度，也是必要的。

如此，不一而足。一些技术性的过失，不再一一赘述。诸如美中不足瑕不掩瑜之类的客套，也不唠叨了。总之，所有十九本著作，都一一拜读过，收益不少。唯评论有冒失之处，恳请谅解。

（作者系东北师范大学历史文化学院教授）

徐 戬

形上之道与文质之辨
——评刘小枫的《海德格尔与中国》

依照黑格尔，密涅瓦的猫头鹰只在黄昏起飞，意思大概是，只有“过来人”才有可能理解自身所处的时代。改革开放以来，中国的思想水域波诡云谲，令人殊难把握这个大时代的整体景观。大体说来，“新启蒙”是思想解放的身份标识。当今中国处于新的历史方位，新时期的这一自我理解已颇有重新澄清的必要。重审改革开放以来的学思之变，是当代学术证成自我意识的必经之路。

每逢学术时风的重大转折，都绝不缺乏前赴后继的弄潮者。四十年来的思想浪潮堪称汹涌，凡身处其中者，即便没有被潮水吞没，也很难不呛上几口水。然而，倘若缺乏必要的思想距离，曾经的弄潮者未必就有资格充当“过来人”。

问题来了：谁能把握“新启蒙”的时代脉搏？

道术为天下裂，乃百年来中国思想界遭遇持续危机的表征。西学虽非内生于华夏文明，却已然内在于现代中国思想。就新时期而言，大规模的译介运动对于“新启蒙”可谓举足轻重，尤其是相继引进的西方“导师”们，成了支撑思想解放的重要外援。译介活动是思想性的“格义”行动，“格义”的前提是：存在着超逾时代甚至穿透民族和语言沟壑的精神视域。根据一种哲学化的说法，译介运动中最重要的西方导师分别是康德、海德格尔和施特劳斯。从现代性问题的思想遭遇上看，这三位来自“远西”的思想者，历史地成了我们的同时代人甚至“过来人”。

倘若如此，把握西方“导师”们的中国时刻，或许可以切中“新启蒙”的深层脉动。改革开放之初，中国社会刚刚从世界革命的血气中苏醒，从青年马克思那里发皇出来的“人学”成了思想启蒙的先导。随着“牺牲”与“爱欲”之间的社会纽带迅速瓦解，由此开启的西学浪潮呼啸而来。其中，经过李泽厚阐释的康德哲学给思想界带来巨大冲击，影响迄今仍然强劲。中国式的“新”康德主义摧枯拉朽般地占据了显学位置，原因似乎不难理解：“主体性”能使现代个体从历史车轮的必然性中夺回自主的权利。在某种程度上，由“人道主义”溯源至康德，是思想遭遇时代困境后的返回行动。这一“返回”不仅历史地完成了破除教条主义的使命，而且决定了“新启蒙”的内在理路。

继康德哲学掀起第一波浪潮之后，海德格尔的“形上之道”在中国迅速攻占了德国古典哲学的显赫地位。从欧洲思想史上看，启蒙运动在反对宗教偏见的革命中滋生出新的教条主义，显得革命尚未成功。海德格尔则把教条主义对象扩大到整个西方形而上学传统，对现代性的批判意识不可谓不深刻。尽管如此，在当代的特定历史语境中，启蒙哲学从未因此丧失其崇高声誉。

无论是康德还是海德格尔，都竭力破除旧“形上之道”对人的原初经验的遮蔽。据说，海德格尔对中国哲学有着同情的理解，“诗意地栖居”论远比康德哲学更具中国味道。中国思想者从中看到，中西“会通”有可能为中国思想打开一条“活泼泼的”林中空地。早在晚明，西方的“形上之道”就已入华，从此，“会通”之举代不乏人，在百年来的思想界尤为风行——其中最为卓著者，莫过于以牟宗三为代表的现代新儒家。在雅思贝尔斯“轴心文明”论的支撑下，现代历史哲学为“会通”的冲动提供了思想机缘。晚近的思想形势是，倘若对康德或海德格尔没有心得，就难以紧跟学人们在“会通”之路上疾行的脚步。其不言而喻的前提是：为了因应民族国家的现代挑战，必须对中国传统进行重新阐释——创造性地转化海德格尔的“形上之道”，已经成为使旧文明绝处逢生的新途径。如此一来，海德格尔便扮演了一个绝无仅有的角色：敞开中西文明发生深度交汇的可能性。

受现象学吸引的学人们或许并未意识到，海德格尔更加深刻地“响应”了“新启蒙”的返回行动。对于中国思想的精神承负来说，返回行动最终指向文明的自然根基，唯有如此方能找到思想的真正开端。然而，时下流行的“轴心文明”论是自由主义文化哲学的后裔，“返回”若无法突破自由主义的视域，必然会半途而废。在“会通”意识的支配下，启蒙的深层问题已然蔽而不明。

韩潮教授出版了专著《海德格尔与伦理学问题》（韩潮：《海德格尔与伦理学问题》，同济大学出版社 2007 年版），这部承载着厚重思考的专著并非哲学界司空见惯的“会通”类著作，而是旨在取径海德格尔的“形上之道”探究中国文明的思想法统……值得掩卷沉思的是，“会通”是否中西思想相遇的原初形式。全书穿行于中西哲学之间，充满了探求中国思想的历史性转机的紧张，尤其在对问题的尖锐化上超越了自己的时代。

十年如烟，如今刘小枫先生推出论著《海德格尔与中国》（刘小枫：《海德格尔与中国》，华东师范大学出版社 2017 年版），凭借以“古典学”的面目现身的政治哲学，同韩潮教授“一同思考”海德格尔哲学及其同中国思想的相关性。在这部新著中，刘小枫挑战当今哲学界的主流思路：海德格尔的诗意的思与中国古人之所思最为切近。他极力呈现的是，海德格尔的“形上之道”如何同施特劳斯的“政治哲学”对峙。施特劳斯和海德格尔之间的思想牵连乃是西方思想史上的要案。对我们来说，案情堪称关系重大：这不仅牵扯到“新启蒙”的自我理解，而且决定着中国思想的历史性转机。然而，要把海德格尔放到西方大传统中加以考察，绝非易事，何况海德格尔本人就是解读思想史的大师。一般而言，西方大思想家要么致力于“人生之远理”，要么致力于“人伦之近事”；依照政治哲学的眼光，要想切近“人生之远理”，必须从“人伦之近事”启程。在刘小枫笔下，哲学化的“形上之道”和政治哲学的问题意识如影随形，如此思想方式，难免让学院式的研究者无所适从。

首当其冲的问题是，刘小枫为何要让施特劳斯成为海德格尔的“拦阻者”？

恰在扉页，他借尼采之语提示我们：紧盯“即将起步的学术生涯”。正值中国的新文化运动风起云涌时，施特劳斯开始了自己的哲学人生。在当时的德国，新康德主义的影响如日中天，施特劳斯心目中的精神楷模乃新康德主义宗师柯亨。不幸的是，在犹太学术圈德高望重的柯亨已经去世，其杰出弟子卡西尔正执马堡新康德主义之牛耳，于是，年轻的施特劳斯并非偶然地成了卡西尔的学生。这让人不免想到，施特劳斯从康德哲学起步，同我们在改革开放之初的思想经历有着惊人的相似。

如果说，博士论文是学术生涯的起点，那么施特劳斯从一开始就站到了自己导师的对立一方。他的研究对象正是康德的著名论敌——拥有“谋杀启蒙”罪名的雅可比。施特劳斯紧紧盯住雅可比对启蒙哲学的致命挑战，继而与以泛神论之争为标志的“启蒙之死”以及由此引出的神学—政治问题迎面相逢。就问题意识而言，施特劳斯可谓出手不凡，在思想起点上就把我们的“新启蒙”甩出老远……雅可比对启蒙提出难以辩驳的指控：启蒙哲学陷入与对手相反的教条主义，已经沦为理智上的僭政。显然，这一指控攸关启蒙的存亡：雅可比相当于以古典式的启蒙颠覆了现代式的启蒙，逼迫新派知识人喝下苏格拉底曾经饮下的毒酒。由于偶然的历史机缘，我们钟情德国古典哲学，却从未跳进欧洲灵魂的深处一窥究竟，以致对启蒙哲学的核心问题相当隔膜，对泛神论之争不仅谈不上深度研究，甚至缺乏应有的关注。倘若如此，我们迄今对“德国古典哲学”的理解就相当成问题。

雅可比以“常识”哲学纠正启蒙理性主义，然而，这种“常识”哲学同样面临着无法克服的内在问题……施特劳斯并未止步于雅可比的康德批判，而是从现代哲学的“经验”困境出发，转而求助于胡塞尔的“意向性”哲学。鲜为人知的是，施特劳斯是现象学最为重要的阐释者之一。以施特劳斯的洞见重估作为严格科学的现象学，很可能会带来一种全新的哲学视域；或者至少提出这样的问题：“政治哲学”是否意味着对现象学原则的彻底化？从胡塞尔的“意向沉淀”入手，施特劳斯的挚友克莱因对古典数理进行了深度阐释，堪称对现象学的重大推进，为理解古典哲学提供了坚实的知识基础。

在二十世纪二十年代初，海德格尔的亚里士多德解释可谓石破天惊，让整整一代青年学人重新触摸到理论生活的实践根基。一九二九年，卡西尔同海德格尔狭路相逢，爆发了一场“达沃斯论战”，立刻在德国文化界引起轰动。从此，新康德主义一蹶不振，海德格尔成了当之无愧的哲学新王。海德格尔在古典解释上改弦更张，使“实践哲学往何处去？”成了世纪之问，深刻扭转了包括伽达默尔、洛维特和阿伦特在内的这代优秀头脑的致思方向。然而，在施特劳斯和克莱因看来，海德格尔的哲学革命并不彻底：尽管海德格尔一度扭转了哲学的致思方向，却同“苏格拉底问题”失之交臂。由于现象学并未真正解决“雅可比问题”，施特劳斯继而开始研究中世纪“异教”哲学。经过一番艰辛探索，他在中世纪启蒙的杰出代表法拉比和迈蒙尼德身上看到了“法”的原初含义，由此走向柏拉图式的古典政治哲学。

刘小枫没有屈服于海德格尔的现代性批判的洞见，反而致力于切断这种“溯源式思路”，并把问题意识从文质之辨上升到世界历史的层面。按海德格尔的说法，美国和苏联的形而上学铁钳扼杀了德国的“形上之道”，这无异于在讲，当今世界乃大争之世……离开这种你死我活的历史经验，有可能理解海德格尔吗？绝无可能。从中国文明的历史经验上看，我们的确很难体会西方历史上令人刻骨铭心的战争残酷。修昔底德同样生活在大争之世，我们很难想象古人会不懂得“历史”，情况反而有可能是——“我们学人”们不懂：只是自以为有历史意识，殊不知早已忘却现代中国的危难时刻。尽管海德格尔难以掩饰自己的世界历史抱负，却并未真正超逾现代政治的根本视域——正是霍布斯将规避死亡提升为现代政制的奠基性原则。关于修昔底德对政治的严峻理解，刘小枫完全赞同韩潮的睿见：修昔底德的理解同苏格拉底并无二致。要想为人类的政治知识找到自然根基，不能凭靠海德格尔的向死而生的“形上之道”，而是应该直面苏格拉底的出生入死的哲学人生。

刘小枫采取论战性的修辞，有如精心设计了一场当代的“达沃斯论战”，只不过剧情发生了逆转：让出自新康德主义“门下”的施特劳斯驳倒海德格尔。在施特劳斯临终文集《柏拉图式的政治哲学研究》中，最后一篇涉及的正是自己终生敬重的柯亨，这让人想起十八世纪的柯亨——雅可比的思想对手门德尔松。在审理事关斯宾诺莎遗产的泛神论之争时，施特劳斯牵挂的是启蒙问题与“犹太人问题”的关联，他以自己的学术生涯表明，“返回”行动决不能从现代视域出发。由于受制于启蒙哲学的前提，我们的“新启蒙”仅仅是看似与教条主义对立，实则委身于新式教条主义。

纵观改革开放四十年来的学思之变，其中的思想经验尽管独特却并不新鲜。我们曾经经历并且正在经历的“返乡”之旅——从康德走向海德格尔并最终恢复古典视域的精神嬗变，青年施特劳斯早就经历过了。在某种意义上，刘小枫相当于提出如此诘问：难道不能说施特劳斯才堪称我们时代的“过来人”？如果答案是肯定的，就必须承认“新启蒙”并非彻底的思想解放。问题在于，我们能坦然面对理智上的诚实吗？

一九五八年元旦，四位儒学大师联名发表了《为中国文化敬告世界人士宣言》，呼吁“西方人今日之良心”对“亚洲民族文化之特殊性”加以“尊重”与“同情的了解”……转瞬间，距离发布“宣言”已过去一个甲子，海外儒家早已在海内开花结果，然而，儒家的精神处境何尝改观？我们看到的是，罕有“世界人士”对我们世代相传的华夏正典抱有“同情的了解”，反而是“我们学人”们无不对西方的坚船利炮送来的历史哲学充满“同情的了解”。如果“同化”的前提尚未得到彻底反思，能说新儒家的头脑中有“中国人问题”吗？

早在现代大儒们“敬告世界人士”的二十五年前，施特劳斯在写给洛维特的私人信件中表露过如此心志：

> 没有理由去诉求十字架，更不要去祈求自由主义的十字架，只要世界上某个地方还有一颗罗马思想的火星在闪亮的话。即便真的无路可退，宁可去犹太人隔离居住区，也绝不选择任何十字架。(1933 年 5 月 19 日)

熟悉尼采的读者马上会想到，“十字架”的修辞语出《查拉图斯特拉如是说》……我们记得，一九三三年是攸关犹太民族生死存亡的年份，施特劳斯没有选择任何思想“避难”，而是坚毅地承负起“流亡”的历史命运。相比现代大儒们的“祈求”，施特劳斯堪称义无反顾：非但拒绝自由主义的“十字架”，而且拒绝任何“十字架”——思想立场何等决绝！在驳斥时下流行的“轴心文明”论时，刘小枫的立场同样决绝：不应消弭各大文明的“存在理解”的高下之争。历史化的“自然”乃是现代“形上之道”的要核，为了克制现代的“形上之道”，必须抵制追根溯源式的现代性批判。

透过一场“图穷匕见”的古今辩难，刘小枫把韩潮在《海德格尔与伦理学问题》中的尖锐探问彻底化了。全书以“海德格尔何时以及如何到中国”起笔，以“苏格拉底问题与中国”收尾，无异于用苏格拉底之“相”（eidos）取代了海德格尔致力于返回的“原初伦理经验”。在刘小枫眼里，无论中国和西方的古典“形上之道”之间存在着多大差异，古今之变仍然是思想的首要问题——在现代性的顶峰重启苏格拉底哲学，是当今思想必须涉身的世界历史旋涡。

出于偶然的历史机缘，“新时期”学术不由自主地依凭了西方“后”学的东风。然而，以为可以凭靠各种“后”学来告别令人心酸的历史记忆，实在是一场严重的历史误会。激进“后”学本身就是欧美式“文革”的创新成果，曾经风靡一时的阿尔都塞、萨特、福柯乃至如今当红的巴迪欧、朗西埃，都曾在“造反有理”的感召下洗心革面。后现代理论挑战公序良俗，让现代灵魂犹如断了线的风筝，彻底无家可归。刘小枫拒绝从激进“后”学撇清海德格尔，并竭力探明其源头——“诗意地栖居”论的理论深渊。

面对新时期的精神瓦解，“古典学”在更高的层面完成了“新启蒙”的自我扬弃：不仅为四十年来的“西学东渐”画上句号，而且赓续了晚清的经学意识，把中西之争转化为一场古今对峙下的“文质之辨”。正因如此，刘小枫并未解说如何“保持与‘善’的理式最为直接且充分的知识性关系”，而是执意挑明中国思想在哲学上的可能性：把握文质之辨的“转移之机”，首先需要恢复自然的视域。

四十年来学思之变的真正落脚点，是启蒙了的“返回”意识：寻绎中国自身的法统。中国思想的绝处逢生，绝不能“祈求自由主义的十字架”，跟所谓“世界人士”接轨，遑论对传世经典挥起历史主义的手术刀，变相地切除自身的文明品性。理由很简单：华夏文明向来禀有扎根大地的自然品性，一个依托乡土的现代中国乃是新大地法的唯一希望。

（作者单位：中国人民大学哲学院）

史　料

孔海珠

远东国际反战会议在上海召开始末

“左联”时期，一九三三年九月三十日，在上海召开了一次远东反战的国际会议（又称：远东泛太平洋反战大会）。这是一次反对侵略战争，保卫世界和平的会议。这个会议奇迹般地在上海成功召开，不能不说很大程度得力于上海左翼文化组织的人力支持，地下党组织的精心安排，中国民权保障同盟的出面组织，尤其在宋庆龄先生亲自主持下，得到了世界反帝大同盟的支持，派来国际代表出席会议。由于当时上海处在国民党反动统治之下，以及租界当局的极力阻挠和破坏，一时使大会召开困难重重。与欲公开召集会议的前期“热闹”筹备相比较，最后只能秘密举行，致使会后国内报导此消息不多，人们似乎在不知不觉中会议已经结束了。正如会议召开的数月之后，对于此消息仍然闭塞不确，十二月六日，鲁迅在回答萧军、萧红对这次会议的询问的信中说：“会是开成的，费了许多力；各种消息，报上都不肯登，所以在中国很少人知道。结果并不算坏，各代表回国后都有报告，使世界上更明了中国的实情。我加入的。”①

---

① 《鲁迅全集》第十二卷（书信），人民文学出版社 1976 年版，第 678 页。

那么，会议得到哪些左翼人士的支持，具体情况又是怎样呢？这个会议有什么国际影响？起因又是什么？这得从头简要地说起。

一　起因，李顿调查团的组成

一九三一年九月十八日，日本满铁守备队制造了震惊中外的“九·一八”事变。东北军不战而退，仅三个月东北三省全部被日军占领。中国共产党和日本共产党为反对日本帝国主义强占东三省共同发表《中国日本共产党为日本帝国主义强占东三省宣言》。①事变发生三天后，我国根据国联公约第十一条，正式要求国联行政院根据该条规定立即设法阻止事件的扩大，以维持中日间和平。②恢复九月十八日前的原状，并审定赔偿中国损失的范围及其性质。③后虽有国联理事会决议劝告中日双方退兵，然而无效，日军以猛烈炮火向辽宁进攻，大肆破坏，我兵士死伤严重。

一九三二年一月十八日，日本浪人在上海寻衅，发生冲突。后日本海军陆战队占领天通庵车站，并向北站、江湾、吴淞等地进攻，驻淞沪的第十九路军在蒋光鼐、蔡廷锴两将军指挥下，不顾国民党政府的阻挠，奋起抗战，爆发“一·二八”事变。当战争事态进一步扩展，国联在日内瓦决定各国在沪领事组成调查团，调查当地情况，调查沪变的原因和经过。上海调查团由西班牙、挪威、英、德、法、意、美等国总领事组织而成，意大利代办齐亚诺为主席。④

---

① 中国共产党中央委员会机关报《红旗周刊》第一册，1931 年第 19 期。

② 国联公约：即国际联盟（League of Nations）根据 1919 年巴黎和会上通过的《国际联盟盟约》。国际联盟，于 1920 年 1 月成立的国际组织，总部在日内瓦。第二次世界大战爆发后，无形中瓦解。1946 年 4 月正式宣告解散。见《辞海》，上海辞书出版社 1999 年版，第 2172 页。

③ 《调查团由京西上的情况》，《申报》1932 年 4 月 5 日。

④ 《国联决定组沪案调查团》，《申报》1932 年 2 月 1 日。

中共中央发表《中国共产党关于上海事件的斗争纲领》，号召民众反对日本帝国主义及一切帝国主义，反对国民党及资本主义出卖上海。同日，中共江苏省委发表《告十九路军兵士弟兄书》，鼓励十九路军的士兵弟兄英勇抗日。宋庆龄亲自到吴淞战地慰问十九路军指战员。①

二月十六日，日本帝国主义伙同汉奸成立“东北最高行政委员会”，建立傀儡政权“满洲国”。伪都决定在长春，溥仪定三月九日就职②。对此非法行为，引起国内民众一致抗议。

宋庆龄以国际反帝大同盟名誉主席的名义向高尔基及全世界的进步人士和文化人士发出呼吁，请求他们给中国抗日战争以援助。反帝大同盟总部也发表宣言，谴责日本的侵略罪行。

在这样的形势下，由李顿担任主席的“国联调查团”，英美法德意五国委员共十二人，于一九三二年三月十四日抵达上海外滩新关码头。中国政府派顾维钧负全责招待。希望调查团注意沪案开始以来事实真相勿为片面所蒙蔽。也希望调查团本着国联决议案精神以公正态度调查东北事件。

国联调查团在中国近半年内，走访有关各地调查，也赴日本找有关人士谈话，写调查报告。如调查团“连日与张学良谈话，询问详情，凡东北问题，如军事、财政、铁路、纸币、韩侨一切案件，均由李顿详询。张学良及主管人员一一具答”。这时李顿表示，“无论如何，国联终必求一公平解决”。③

直到八月四日，国联调查团正式开始起草《国联调查团报告书》。内容有①序论。②满洲问题及中日一般问题的历史的观察。

---

① 《吴淞战地视察　访问翁旅长纪》，《申报》1932年2月13日。

② 《溥仪将就伪职》，《申报》1932年3月5日。

③ 《接见各界代表　李顿答复提问》，《新闻报》1932年4月16日。

③现在的实情。④调查团的批评。⑤结论。并有庞大附属书一册。[①]

李顿在国联无线电台播音演讲称：远东局势虽为严重，但非绝望。满洲自称独立国政府，不能加以承认，也不能承认它的存在。关于日本承认满洲实属无理。调查团所建议的解决方案，对中日均有利益。是和解技术所必需的方法。[②] 十九国委员会开会，决定将《国联调查团报告书》送交国联大会审议。

后国联秘书长与日本代表的接洽，忽然产生所谓新妥协案，内容一味迁就日本。中国外交部当局表示，不论国联对处理中日争端采取何种方法或条件，凡与我国不利的，我坚决拒绝。颜惠庆、顾维钧两代表访问十九国委员会主席希孟，对中国政府态度有所阐明。并称中国政府决不能接受任何不否认满洲的决议案。之后，会议一致主张不承认“满洲国”。决定采用《国联调查团报告书》第九章的十项原则作建议书的基础。明言斥责“满洲国”的不合法，并宣布不与“满洲国发生任何政治关系，将通知美俄两国一致行动”。[③]

对于这样的所谓和解方案，不分是非，不谈侵略者撤退，明显偏向日本，必然引起中国人的不满和抗议，从而得到世界正义呼声的支持。

二　声势宣传，“告世界人民书”

反对世界大战，宋庆龄与爱因斯坦、罗曼·罗兰、高尔基等联名发表“告世界人民书”，定于八月一日在日内瓦召开国际反战大会。执行委员会发出请求书：现在远东已发生战事，日本已向中国

---

① 《国联调查图案起草最后报告》，《申报》1932 年 8 月 8 日。

② 《李顿讲演满洲》，《中央日报》1932 年 11 月 22 日。

③ 《十九国委会昨开会一致主张不承认“满洲国”》，《中央日报》1933 年 2 月 7 日。

侵略，将来结果将对苏俄加以干涉，或成为泛滥全世界之洪流。请求书上联署者有宋庆龄、罗兰、特来苏尔、巴比塞、高尔基、爱因斯坦、辛克莱、曼恩及世界闻名著作家和科学家。[①] 中共江苏省委积极配合，决定将上海民众反日救国联合会同上海反帝大同盟党团合并。洪灵菲任上海反帝大同盟党团书记、刘英任党团组织委员、吴驰湘任宣传委员。[②]

这时，蒋介石在庐山召开的军事会议，议决拨三千五百万元作“剿共”年费，剿共总部设在汉口，蒋介石任总司令，组成左中右三路军，对湘鄂西、鄂豫皖苏区采取包围形势。开始了对中央根据地第四次“围剿”。与之相对应，中国共产党中央委员会发布《为反对帝国主义国民党的四次“围剿”告民众书》。[③]

一九三二年八月二十七日，在荷兰首都阿姆斯特丹举行了为期五天的国际反战大会，出席代表两千多人，代表全世界三十多个国家，三千多万工人。成立了反对帝国主义战争的国际委员会，设总办事处于巴黎。高尔基任执行委员，因荷兰当局拒绝，未能参加会议。我国宋庆龄未能亲自参加会议，但仍被选于永久委员会的代表。大会发表宣言，反对世界战争，谴责日本帝国主义侵略中国，反对瓜分中国，并决定第二次世界反对帝国主义战争大会在上海召开。巴比塞在会上发言说：像这样代表多数的团体及个人的反战大会的召集，这是有史以来的第一次。

在“九一八”周年纪念日，中央国府分别举行纪念大会，各地民众公开演讲，散发传单，通过提案纷纷请求中央下令讨伐东北叛

① 《反对世界大战!!! 反战会定八月一日在日内瓦召集》，《文艺新闻》1932年第57期。

② 中共上海市委党史资料征集委员会主编：《中共上海党史大事记》（1919—1949），知识出版社1988年版，第327页。

③ 《红色中华》1932年第27期。

逆者。①

十月六日，中华苏维埃临时中央政府主席毛泽东、副主席项英和张国焘代表临时中央政府发表《反对国联调查团报告书通电》。指出："国际联盟是各帝国主义瓜分中国的强盗联盟，他派遣李顿调查团来华的主要任务，便是计划瓜分中国与镇压中国苏维埃旗帜之下的一切革命运动。"② 是日，还发表《中华苏维埃共和国临时中央政府反对国联调查团报告书》，指斥调查团出卖中国以取好日本。

共产国际执行委员会政治书记处政治委员会召开会议，听取了贝拉·库恩委员关于给远东反战大会指示的建议。决定：中国、日本、朝鲜和满洲的代表应该参加上海的大会。还发出"对远东反战大会的指示"：①远东反战委员会的行动将以上海召开国际会议的形式进行，大约在一九三三年三月中旬举行。②召开会议的动议将由国际反战委员会（巴黎）以发号召书的方式提出。③会议的主题是中日冲突。④派往满洲的委员会将由欧美著名作家组成。⑤参加大会应有著名的社会活动家、政治组织、工会组织和群众组织的代表以及群众大会和部队中选出的代表。⑥务必保证直接从日本来的代表参加会议并在会上讲话。⑦必须注意使会议按其性质成为非共产主义的群众性活动。⑧口号。⑨经费等九个方面。指示还提到：在上海会议开幕前，那些不能去上海的日本代表应召开日本反战会议。③

---

① 《举国一致悼念国难》，《申报》1932 年 9 月 19 日。

② 中共中央书记处编：《六大以来——党内秘密文件》，人民出版社 1980 年版，第 303—304 页。

③ 中共中央党史研究室第一研究部译，黄修荣主编：《联共（布）、共产国际与中国苏维埃运动（1931—1937）》第 13 卷，中共党史出版社 2007 年版，第 229—232 页。

三　开始筹备，将在上海召开反战国际会议

在各方面非常好的形势下，一九三二年十二月初，日本反战同盟准备召开远东反战会议，派在日本留学的日共党员胡风回中国，邀请中国共产党派人到日本商讨反战大会有关事宜。并想了解中国红军战争情况。胡风受日本共产党在反战同盟的领导人指示来到上海。[①]

在上海，左翼文化总同盟成员楼适夷接到中共中央上海局（临时中央）宣传部长朱镜我交代的任务，立刻到日本与日共取得联系，确定远东泛太平洋反战会议的开会地点问题。与胡风同乘“长崎丸”到日本东京。日共中央委员池田寿夫会见楼适夷，同时会见的有胡风等代表。会谈是讨论一九三三年远东泛太平洋反战大会的筹备工作。池田寿夫谈到自从日本帝国主义发动侵略中国东北的战争以后，在国内加强法西斯统治，公开与半公开的革命政治性活动，已变得十分困难。之后，又开过预备会议。决定以预备会议的名义向“国际”提议召开一个正式的远东反战会议。[②] 一九三三年一月中旬，楼适夷回到上海向党组织汇报情况。[③]

共产国际执行委员会政治书记处于一九三三年一月十六日，致电中共中央并抄送共产国际代表，电报说：“由知识分子代表组成的一个研究小组拟赴满州和华北去研究日本的作战行动。打算在上海召开有中国、日本、朝鲜和菲律宾代表参加的合法的反战大会。最好吸收一切真正的民族革命人士参加。……在中国，筹委会领导人是宋庆龄。”[④]

---

① 胡风：《胡风自传》，江苏文艺出版社 1996 年版，第 22 页。

② 同上书，第 24 页。

③ 楼适夷：《关于远东反战大会》，《新文学史料》1984 年第 2 期。

④ 《联共（布）、共产国际与中国苏维埃运动（1931—1937）》第 13 卷，中共党史出版社 2007 年版，第 295 页。

世界反帝大同盟组视察团将来华，该视察团组织由世界非战大会所发起。该会认为因国联调查团所撰的《国联调查团报告书》，颇多袒护日本之处。故决定自动组织一个有国际性质的调查团，前往中国东北三省，实地调查，一待调查结果，专制报告书，公诸全世。①

由此，杨杏佛向沪上记者说明反帝大同盟组织，并告世界名流所组织的非战会将组调查团来华，前往东北调查。孙夫人宋庆龄女士已去电欢迎。杨杏佛又介绍说：该组织实名“反帝国主义大同盟”，宋庆龄为该同盟名誉会长之一。参加国家：欧美及中印等国，重要分子包括社会党与工党等，以左倾方面者居多，其中属世界有名著作家及科学家，均极有地位而有权力者。“其目的在反对任何一国以武力侵略其他国家。”② 共产国际执行委员会驻华代表兼驻上海远东局书记阿图尔·埃韦特向共产国际报告说，已在着手筹备在上海召开反帝大会。一切的筹备正在进行中，上海反帝大同盟发表《欢迎世界反帝大同盟东北调查团来华通电》。在中国共产党的领导下，上海工人、学生界、文化界等二十八个团体于八仙桥青年会举行“国民御侮自救会”成立大会，大会通过了章程，宋庆龄出席并发表演说。还通过了筹备欢迎世界反帝国主义战争委员会派遣来华调查团等多项决议。③

四　受阻，国民党当局禁止召开反战大会

四五月间，国民党当局禁止召开反战大会，并抓捕了大批中共

---

① 《世界反帝大同盟组视察团将来华　宋庆龄已致电欢迎　目的在调查“满洲国”》，《大美晚报》1933 年 2 月 6 日。

② 《杨杏佛说明反帝国大同盟组织》，《申报》1933 年 2 月 7 日。

③ 中共上海市委党史资料征集委员会主编：《中共上海党史大事记》（1919—1949），知识出版社 1988 年版，第 343 页。

党员。设在上海的中共江苏省委遭到破坏，书记章汉夫（化名史东）被捕，五月十四日，国民党公安局的暗探蓝衣党，在叛徒的带领下，在公共租界上海昆山花园丁玲住处（中共秘密联络处），抓捕了丁玲、潘梓年；同日下午，江苏省委宣传部长应修人（化名丁九）被从四楼窗口抛下摔死。宋庆龄、蔡元培、鲁迅、胡愈之、林语堂、叶圣陶等大批著名人士签名发出《反对白色恐怖宣言》；中国民权保障同盟亦组织“丁潘保障委员会”进行宣传和募捐工作。日本反战同盟为呼应国际反战同盟在上海开反战大会，拟派遣代表在上海设一反战大会后援会，利用满洲事变，进行促起殖民地独立运动计划。长崎警察部特高科为此通牒各署，严密取缔由长崎开往上海的日本反战同盟会会员。①

为配合宣传，《文艺月报》一九三三年六月一日在上海创刊，登载诗歌《欢迎反帝非战同盟》，征君译著的《国际反战作家给苏联和中国大众的信》，以及巴比塞、辛克莱、罗曼 · 罗兰、爱丹生、里丁等五位国际反战作家的照片。

六月四日，在法国巴黎举行西欧反法西斯代表大会，并成立反法西斯世界委员会。罗曼 · 罗兰为名誉总裁，亨利 · 巴比塞为主席，宋庆龄为副主席。该大会与会代表三千人以上，由劳动联盟秘书拉萨蒙主持开会，参与会议者有各项联合阵线、失业人员组合、反帝同盟、妇女国际和平联盟、各国职工会、各社会主义者组织、劳动知识分子组合等。巴比塞以一九三二年八月在阿姆斯特丹组织之国际反帝国主义战争委员会的名义，向大会申请，在“保证无产阶级胜利的群众斗争联合战线”的口号下将反法西斯斗争与反帝国主义战争斗争联结一起。他在《反战对全世界宣言》中说道：“这

① 《日本反战同盟声援上海反战大会》，《国际周报》1933 年第 4 卷第 4 期。

战争到处都在准备，到处都出现了。……在对面却站着亚姆斯达旦之正在活跃而继长增高的运动，群众之集合，工人之统一，体力劳动者与精神劳动者之团结，欧洲的斗争委员会之组织网，由蒙德微道大会形成拉丁美洲反战力量的集中，而亚洲则在不久的将来，将在上海和东京召开反战运动大会。"①

国际间的反战统一战线正在热烈地形成。六月上旬，中共上海中央局根据中央指示，重新组织成立中共江苏省委，任命袁孟超为省委书记，冯雪峰为宣传部部长。冯雪峰接受组织交给的任务，为远东反战大会从公开召开转为秘密召开做准备。② 同时，上海各界二十余团体成立援救华北，欢迎巴比塞调查团各界代表会筹备会，会址设于法租界贝勒路恒昌里二十七号。六月十七日发表启事，定于六月二十日召集各团体代表讨论。

中共中央发表《中央关于欢迎国际反帝非战大同盟代表团来华及反帝大会的筹备通知》，通知各级党组织，国际反帝非战大同盟代表团将在七月来华，准备九月初在上海召开世界远东反战大会，要求各级党组织根据中央的指示开展群众运动，尤其责成中共江苏省委立即经过公开半公开的群众组织发动组织欢迎筹备委员会。③

这时，恐吓已然来临，杨杏佛、宋庆龄、鲁迅、蔡元培均受到特务的暗杀警告。杨杏佛专程前往宋庆龄寓所通知宋庆龄，特务已将她列入暗杀名单，请她务必注意安全。宋庆龄说自己也已接到若

---

① 《国际每日文选》第 18 号，1933 年 8 月 18 日，第 2—10 页；《反战新闻》第 2 号，1933 年 9 月 6 日。

② 冯雪峰：《关于顾玉良和李一纯在 1933 年 6、7 月间情况的参考材料》，《新文学史料》2013 年第 1 期。

③ 中共中央书记处编：《六大以来——党内秘密文件》，人民出版社 1980 年版，第 396—397 页。

干恐吓信，并叮嘱杨杏佛“务须小心”。然后，暗杀随即发生了，杨杏佛在法租界亚尔培路三百三十一号（今陕西南路）中央研究院大门口被国民党暗杀，国民党当局以此来威吓宋庆龄。六月十九日宋庆龄为杨铨被害而发表的声明说：“我们非但没有被压倒，杨铨为同情自由所付出的代价反而使我们更坚决地斗争下去，再接再厉，直到我们达到我们应达到的目的。”①

宋庆龄的坚定感染了每个中国人，六月中下旬，上海成立各界欢迎巴比塞代表团及远东反战会议筹备委员会，宋庆龄被推选为主席。这是中共江苏省委根据中共中央指示，决定宋庆龄公开出面筹备，以筹委会主席的身份公开地做宣传和组织工作。具体工作由中共江苏省委宣传部长冯雪峰主持。②

五　支持，“文总”等组织参加筹备

在筹备委员会的领导之下，成立了各种群众团体组织。宋庆龄签发了给上海各团体的委任书：“根据筹备委员会第二次决议通过之决议，你们被委任为本会会员。鉴于世界反战大会代表现已陆续来沪，我们应该一致努力筹备欢迎。以便对他们的热情援助，表示我们的热烈心意。”参加筹备工作的组织有上海反帝大同盟（简称“上反”）、中国左翼文化界总同盟（简称“文总”）和左翼作家联盟（简称“左联”）。由冯雪峰、刘芝明（“上反”党团书记，“社联”成员）和张凌青（又名张耀华，“社联”成员，《正路月刊》主编）三人组成核心小组。参加筹备工作的成员还有叶以群（“左联”）、周扬（“左联”）、田汉（“剧联”）、吴觉先（“社联”）等

① 《杨杏佛昨晨被暗杀》，《申报》1933 年 6 月 19 日；《宋庆龄选集》上卷，第 124—125 页。

② 张凌青：《世界反帝大同盟远东反帝反战会议筹备工作的一些情况》，《党史资料丛刊》1983 年第 1 辑，上海人民出版社 1983 年版，第 40—42 页。

人。[1] 筹备工作核心小组采用秘密工作方法，广泛发动群众团体举行欢迎会、散发传单、发布宣言、接待大会代表等。为此，各界代表大会筹备会在威海卫路（今威海路）中社召开筹备会议，讨论欢迎巴比塞调查团来华之一切事宜。到会者有平津后援会、新文学社、春令文艺社、中国论坛社、电灯厂、三三剧社、民权保障同盟等各派代表参加讨论。上海的文化团体各学校也纷纷成立欢迎筹备会，准备作大规模的欢迎。发起者有清华大学、燕京大学、北京师范大学、北京大学等校。[2]

上海《大美晚报》于七月六日刊载消息：《国际反战会议本月中旬在沪举行　英代表启程来上海》。报称，英国上院工党议员马莱勋爵今日由英国伦敦启程前往中国，将出席在上海举行团体反对战争之国际大会。日本、加拿大和美国均有代表要来上海参加远东反战大会。……并称将有大批左翼作家抵沪，约达一百五十人左右。会议地点本来考虑在华界，因怕受右翼团体破坏，故改在法租界。

在远东反战大会筹备期间，上海中央局专就此事作了讨论，商议解决两个问题：一是急需解决提供一二十个负责人临时商讨问题的地点；二是如何发动各阶层群众响应这个政治运动。上海中央局组织部部长黄玠然后与组织部成员一起租到一幢新建的住房作为会场。[3] 冯雪峰、刘芝明和张凌青三人在北四川路老靶子路（今武进路）转弯角上的一家旅馆借一间房间召开核心小组会，决定：①八月八日下午二时在南京路冠生园茶座召集各团体代表（包括工会、

---

① 冯雪峰：《有关“远东反战大会”的材料》，《义乌方志》2013 年第 2 期。

② 《各团体筹备欢迎反战远东调查团》，《文艺月报》第 1 卷。

③ 黄玠然：《关于一九三三年上海中央局的回忆》，《党史资料丛刊》1985 年第 1 辑，上海人民出版社 1985 年版，第 123—125 页。

青年团、学生组织）进行动员，传达中共江苏省委的指示精神，在码头上开一个盛大的欢迎大会，以造成浩大的声势；②征求文化界人士签名《欢迎巴比塞代表团宣言》。

《国际作家总联盟为反战给全世界作家的信》发表于《文学杂志》一九三三年七月三十一日第三、四期合刊。以鲁迅为首的一百零五名中国作家联名签名发表《中国著作家欢迎巴比塞代表团启示》，他们的态度是："同人等对此伟大的世界反战会议，对此主持正义的巴比塞代表团，极端表示拥护。当此反战会议即将于九月初开幕，各国代表团纷纷来沪之时，仅此表示欢迎。"在启示上签名的包括"文总"、"左联"、"社联"、"剧联"、"影联"各文化团体的成员。①

六　猜测不断，挡不住正义宣传鼓动

在上海召开反战大会是决定了，但是，会议时间和地点难以确定，各种猜测消息不断。马莱为该反战大会之主席，原想使中国民众早日将其与国联的李顿调查团相比较，看出谁才是中国民众真正的朋友。但因远东各国在严重压迫下筹备工作的困难，及世界委员会方面关于代表团人员的决定，须与各国委员会详细磋商以及经费等等问题的不易解决以致延迟半年之久。②

又因各国代表延缓到沪，开会时间和地点无法决定。一时间，沪上报纸新闻都是关于这次会议的猜测消息。有说：据极可靠方面消息，现已决定会议暂为中止举行，是环境不许的缘故。也有说，巴比塞调查团仍按计划到沪，前往东北调查。并称，朝鲜、台湾代

① 《访问张凌青记录》1986年9月27日，《宋庆龄在上海》，学林出版社1990年版，第85页。

② 万里宾：《世界反战运动》，《时事问题丛刊》（14），上海陶尔斐司路生活书店发行1933年版。

表已抵沪，但五人中有三人被捕，其他二人行踪不明。又有说，远东反战大会正在积极进行，太平洋沿岸代表抵沪者有日本二人、朝鲜三人、美国一人，朝鲜代表团中途有二人被秘密逮捕，下落不明。原定于一九三三年三月在上海开会，英国、美国、德国、日本及其他各国报名参加有三百余人。日本方面，在日本军警严重压迫之下，秋田雨雀等仍踊跃组织"远东和平之友人会"，筹备集合反帝各团体参加会议的有三十余进步团体。印度甘地决定派重要代表参加，朝鲜方面也续派代表来沪等等。[①] 此时，《中国论坛》主笔伊罗生前往日本，据日文报揣测，伊罗生此行是因为上海反帝大会的日本代表尚未选出，故赴日本有所商议，并猜测上海会议遭受许多困难，反帝大会移至日本进行。[②]

总之，消息纷杂。后经宋庆龄证实，远东反战大会将在九月中旬在沪召开。《大美晚报》发表消息的同时又发表宋庆龄的宣言《反对帝国主义战争》，宋庆龄在宣言中邀请各工会、各工人团体、各学生文化团体等各界推选代表参加大会。

共产国际也密切关注这次会议，执行委员会驻华代表兼驻上海远东局书记阿图尔·埃韦特给共产国际执行委员会皮亚特尼兹基的第六号报告信中说："反战大会的筹备工作已经开始，由于压制任何合法的反帝运动的宣传，存在很大的困难。""因为民权同盟总干事被杀，和威胁要处罚其他积极分子之后，所有动摇的自由派分子都表现得惊慌失措，大部分人拒绝参加任何工作，而一部分人退出了组织；宋庆龄表现得很好，仍与我们合作。"[③]

为正视听，上海各界欢迎巴比塞调查团筹备委员会，为筹备欢

---

① 《世界反帝反战大会最近进展真相》，《大晚报》1933 年 8 月 2 日。

② 《伊罗生昨日东渡　反帝会有移日说》，《大美晚报》1933 年 8 月 8 日。

③ 《联共（布）、共产国际与中国苏维埃运动（1931—1937）》第 13 卷，中共党史出版社 2007 年版，第 458—469 页。

迎事宜及纪念“八一”，在大沽路永庆坊五十三号该会会所召开记者招待会，报告筹备经过，并述该会要求：准备欢迎工作，在经费上及其他方面援助筹备工作的进行，将帝国主义侵略中国的事实反帝运动状况，写成意见书递交本会以便交给调查团，邀请调查团代表演讲，发动群众拥护调查团等。宋庆龄以筹委会主席的身份负责招待记者发布消息，与国际代表一起同国民党当局交涉开会地点等。

《红色中华》第九十九、一百零一期发表《国际反帝运动的活跃》《为帝国主义瓜分中国与国民党的五次“围剿”告全国民众书》的文章，宣传国际反帝非战会议，为拥护九月间在上海举行的反战大会，表示要抓紧宣传鼓动，反对帝国主义瓜分中国，反对帝国主义国民党反动派疯狂地组织第五次“围剿”。朱德以中华苏维埃中央革命军事委员会主席名义，发表《中国红军在反帝最前线为大会作有力的后盾》致电上海民权保障大同盟宋庆龄女士转世界反帝非战代表大会。①

七　各方困难，全面的搜捕又开始了

除了上面的消息称：“远东反战大会正在积极进行，太平洋沿岸代表抵沪者有日本二人、朝鲜三人、美国一人，朝鲜代表团中途有二人被秘密逮捕，下落不明。”日警在上海环龙路某号逮捕远东反战会议日共方首席代表崛江及其夫人。崛江及其夫人系第三国际驻沪秘书局之协助，任远东反战大会筹备委员，联络日本左翼团体参加远东反战会议。日警当局决将潜伏沪上日共分子一网打尽，崛江夫妇被捕以后又抓捕同文学院多名学生。将他们关押于日领署监狱。②

---

① 《红色中华》第106期第二版（拥护世界反帝非战大会　反对国际帝国主义瓜分中国专栏），1933年8月31日。

② 《日人崛江夫妇密谋赤化日本　本阜日警发觉即加被捕　并捕同文学院学生多名》，《时事新报》1933年8月14日。

八月十七日上午九时，张耀华（即张凌青）在施高塔路（今山阴路）四达里五十六号家中被上海市公安局遣派的武装探警非法抓捕，后被解至南京以“危害国民罪”判刑五年。当晚，找他联系工作的刘芝明、“社联”的史存直、林天木和“文总”的张云志也在张耀华家中全部被捕，上海反帝大同盟党团被破坏。后又有十七人在狄思威路（今溧阳路）被抓捕，其中有部分是远东反战大会筹备委员会的群众团体分子。①

九月的一天下午五时，上海反战同盟书记楼适夷在离开狄思威路（今溧阳路）江丰家后，在北四川路被特务跟梢并被捕。随后，江丰也被捕。楼适夷被捕后，由“左联”成员周文接替他的工作。②

《反战新闻》态度鲜明地刊登《中国青年文艺团体欢迎反战代表团宣言》和《世界反战会对全世界宣言》，中国社会科学者联盟发表《拥护国际反战大会宣言》和《中国文总欢迎反战调查团宣言》。③

八　宋庆龄上船，迎接外国代表并发表欢迎演说

世界远东反战会议主席马莱一行五人于八月十八日上午十时到达上海招商局中栈码头。其成员有：（1）世界远东反战会议主席，劳工党麦唐纳组阁时代陆军总长，曾在海军服务十九年的英国代表马莱勋爵（Lord Marley）；（2）法共领导人，法共机关报《人道报》主编保罗·伐扬－古久里（Paul Vaillant-Couturier）；（3）比利时社会民主党人士马尔度（D. P. Mayteaux），曾任比利时首都布鲁

---

① 《危害反战会议的恐怖》，《中国论坛》1933 年第 2 卷第 10 期。

② 楼适夷：《关于远东反战大会》，《新文学史料》1984 年第 2 期。

③ 《反战新闻》第 2、3 号。

塞尔市代理市长；（4）英国代表汉密尔顿（Gerald Hamilton），曾任英国伦敦泰晤士报驻德记者；（5）比利时代表，社会党成员、著名作家波比（Georges Poupy）。同行的还有柯都利亚夫人。巴比塞因病未来上海。他们十一时许上岸登陆。宋庆龄蔑视国民党发布的外国代表一律不许登陆的禁令，亲自上船迎接外国代表并发表欢迎演说。还有妇女协会杨女士及工人、学生、文化界等各群众团体八十余人、法日籍人二十余人到码头迎接国际代表，他们举着中英文欢迎字样的横幅。邮轮一靠岸，就放鞭炮、呼口号、散发传单。马莱一行下榻在南京路华懋饭店（一九五六年改名为和平饭店）。①国际代表在沪期间由上海麦伦中学教务主任兼教师、原中华基督教青年会全国协会校会组干事曹亮担任马莱团长的全程英语翻译。

鲁迅、茅盾、田汉联名发表《欢迎反战大会国际代表的宣言》，在群众中公开地用作传单散发。中国左翼作家联盟发表《致上海反战会议各国代表巴比塞同志等的欢迎词》。② 刘桦良在《反战代表到沪》中写道：世界反战会议五人到沪了，这不但是上海人所注目的事，而且是中国、全世界的人都瞩目的事。然而，下午二时，当群众即将离开码头时，英籍巡捕在公共租界内抓捕了十五人。这成了租界当局对欢迎的反应。③

上海民众热烈地举行着选举运动，法南的交专、新华、交大、及绸厂工人举行大会选举远东反战大会代表。沪西内外棉厂、闸北丝厂、铁路工人、浦东的码头工人、左翼文化界均在一两天之内举行选举大会。

马莱勋爵到沪后，即与宋庆龄积极筹备各种事宜。反战会议

---

① 《世界反战会主席马莱等今晨抵沪》，《大美晚报》1933 年 8 月 18 日。

② 《反战新闻》1933 年 8 月 29 日第 1 号。

③ 《危害反战会议的恐怖》，《中国论坛》1933 年第 2 卷第 10 期。

会期已定九月三日至五日，地点已择定法租界八仙桥青年会，并经法租界当局核准。但据青年会负责人称，尚未有人前来接洽租赁会场。①

为表示拥护国际反帝非战代表大会，中央苏区反帝拥苏总同盟发表《致国际反帝非战代表大会全体代表的信》和中华苏维埃中央苏区“八一”示威大会主席团代表苏区一百万全副武装的示威群众发表《致上海国际反帝非战大会主席团转全体代表的信》。日本读者有岛田一郎为支持上海远东反战会议，作介绍日本群众反战运动的文章《反战调查团来华之后之日人面面观》发表于中国《生存月刊》第四卷第五号一九三三年九月一日。江西全省各县反帝拥苏同盟反帝拥苏同盟青年部为热烈庆祝远东反帝非战大会的开幕，发表《致国际反帝非战代表大会全体代表信》。②

八月中旬，刚从法国回沪的青年作家、世界语者协会会员李又然接到曾在法国留学时的朋友江丰（上海美联成员）的通知，邀请他担任反战大会的工作。八月下旬，由楼适夷到霞飞路李又然的寓所通知他到华懋饭店去会见法国代表古久里，并以宋庆龄名义派车接送。李又然担任古久里在沪期间法语翻译，直至古久里离开上海。③

上海近一百个工农民众团体在远东反战大会筹委会的领导之下，积极开展欢迎运动和拥护远东反战大会运动，不断举行飞行集会、演讲会、散传单、公演等。中共中央发出《中央关于筹备世界反帝非战大会的紧急通知》。通知要求：各地代表至迟必须在九月

① 《世界反帝会九月三日起开会　有择定青年会说》，《大美晚报》1933年8月19日。

② 《红色中华》1933年第104期。

③ 李又然回忆录：《古久里——文学回忆录》，《江城》文学月刊1979年11、12月号合刊。

七八号抵达上海。并对下列几个方面作了五项指示：根据中央指示，冯雪峰加紧了远东反战大会的筹备工作。首先，楼适夷接受冯雪峰的安排，接替刘芝明工作，任上海反战同盟书记，与“左联”的华蒂（叶以群)、“美联”的周熙（江丰）和熊某组成新的上海反战同盟的党团。主要任务有：（1）接待全国各地来参加大会的代表；（2）发动群众，组织欢迎大会，并请国际代表出席演讲；（3）扩大反战大会的宣传工作，创办报纸《反战新闻》专题报道反战大会筹备工作的消息和各群众团体的宣言等。此刊共出六期。九月中旬楼适夷被捕后，《反战新闻》停刊。①

九　左翼文艺界，热情接待参加反战大会来宾

应宋庆龄之邀加入中国民权保障同盟的鲁迅，撰文《新秋杂识》，对国民党予以揭露，对远东反战大会予以支持。文章载一九三三年九月二日《申报·自由谈》。并在九月五日，鲁迅到河滨大楼会见了借住在那里的法共著名作家伐扬·古久里。鲁迅日记记载：“晚见 paulvaillant-couturier，以德译本《Hans-ohne-Brot》乞其署名。”②

为了组织群众欢迎国际反战大同盟代表团，在新亚酒家召开了中共区委书记联席会议，出席会议的有冯雪峰、中共江苏省委巡视员曾一凡、法南区委书记小顾和中南区委书记黄霖。

在“文委”的领导下，电影界田汉、司徒慧敏等人参与接待反战国际代表团，安排代表团到杨树浦工厂区接触中国工人，赴大场参观陶行知办的山海工学团，访问“一·二八”战争遗址。还到司

① 楼适夷：《关于远东反战大会》，《新文学史料》1984 年第 2 期。

② 《鲁迅日记》，人民文学出版社 1976 年版，第 844 页。

徒慧敏试制电影录音设备的实验室参观，实验室得到马莱的称赞。[①]九月四日晚七时，田汉请严春棠做东道主，在东亚饭店浣花厅举行热烈欢迎国际代表马莱和古久里的晚宴，出席晚宴的有陈瑜（田汉）、黄子布（夏衍）、张凤吾（阿英）、叶灵凤、曹亮、娄放飞等，还有各电影公司的名导演、名演员胡蝶、金焰、程步高、卜万苍、周剑云、郑正秋、许幸之、史东山、孙师毅、王人美、周伯勋、郑君里、舒绣文等四十余人。严春棠、郑正秋、卜万苍等在欢迎宴会上致欢迎词，马莱、古久里致答词。马莱致词由曹亮作翻译。马莱首先说明此次来华的意义，然后谈到东西方被压迫民族怎样能联合起来共同反对帝国主义瓜分殖民地的战争。古久里致词由娄放飞翻译。古久里陈述了全世界热爱和平不愿做奴隶的人们反对帝国主义战争的必要。[②] 十八日晚上，马莱、古久里及其夫人一同到黄金大戏院观看戏剧协社演出的世界反帝名剧《怒吼吧！中国》，并给与评论：虽因经济困难及剧院关系，而舞台成绩殊属惊人，表演技巧优良非凡。对于剧情也给以肯定。[③] 后马莱曾在同乐茶园向七十余名印刷工人演讲。

十　是否公开举行，仍无法确定大会地点

与上面公开热闹的接待背后，能否公开地举行这次会议，成了悬而未决的未知数。因受日本对上海租界之威胁，虽有主席团马莱勋爵等往各方疏通，要求谅解，但能否公开举行会议仍未确定。有文章说：马莱等抵沪以后，为了开会的地点问题，与上海法租界、公共租界当局、市政府当局，以及南京中央当局，似已

① 司徒慧敏：《往事不已　后有来者》，《电影艺术》1980 年第 6 期。

② 田汉：《影事追怀录》，中国电影出版社 1981 年版。

③ 《马莱惊叹“怒吼吧，中国”》，《大美晚报》1933 年 9 月 18 日。

经过若干度的接洽，然而一直到今天，还不见有明白的结果。但无论如何，反帝国主义战争运动的意义的重大，绝不会因而削弱的。同时还说道：国际被压迫阶级的反帝国主义运动，也非有联合的阵线不可。世界反战会，就是全世界被压迫阶级联合阵线的一种表现。

在这种情况之下，上海文化界八十余人在四马路（今福州路）大西洋西菜社召开恳谈会，宋庆龄出席担任主席。大会上提出上海文化工人当前的任务，要求小说家、诗人、戏剧家、教育者及同愿望的中外新闻记者，各用他们特殊的职能，用他们的天才，以及武器去广播反战的意义到大众中去，使广大的群众到反战大会旗帜的周围，打破目前开会的种种困难，使大会能在上海完成它的使命，以这艰难的斗争来酬答世界代表们不远万里的劳瘁。[①] 在欢迎马莱、古久里等国际代表的大会上，鲁迅出席并陪同客人。

各行各业都在行动，上海妇女协进会招待反战代表马莱等各代表，共到会妇女代表一百四十余人，其中有许多丝厂女工。各代表有演说，大家都异常兴奋。正式的群众欢迎大会在上海码头召开，三百多人到会，并请国际反战代表演讲。[②]

《中国论坛》配合反战大会，连续刊发《反战会议力抗帝国主义的阻碍》以揭露帝国主义和国民党破坏阻扰反战会议召开的事实，国民党将同情反战会议的五十多人抓捕入狱。英国的《字林西报》说远东反战大会是共产党的深谋狡计，借此理由拒绝发表法国代表环音考托（即伐扬·古久里）九月四日写的答辩词。在《中国论坛》上刊登了他写的答辩词的主要内容。发表比利时代表马尔度撰写《声讨国民党》，文章指出："在参加反战代表团动身来华

① 张兆榕：《上海文化界欢宴反战代表》，《抗争》1933 年第 2 卷第 20 期。
② 《上海群众热烈欢迎反帝代表团》，《红色中华》1933 年第 114 期。

的时候，我并不相信我等到远东的考察会遇到许多困难。”“反战代表团是中国人民真正的朋友，但国民党政府却正以全力与帝国主义合作，制止阻扰反战代表团的任务。”“我一定要将这些事实告诉欧洲以及全世界的工人。”在《中国论坛》第二卷第十期发表《巴比塞号召统一战线》，其中说道：在这一年中，发生的流血恫吓的事情需要我们加紧工作。我们必须更加的努力。我们必须克服反战统一斗争的最后阻碍物。只有所有反战以斗争的人们根据统一斗争的行动——亚姆斯特丹反战大会的主要口号——才能粉碎这类修改凡尔赛条约不顾新的屠杀的反动。

这些议论和宣言在《中国论坛》上用中英文双语刊发，在国际上起到了相当大的宣传作用。

十一　无奈之下，会议秘密举行了一天

九月十九日晚，马莱接公共租界正式公函，回复其九月十二日要求在公共租界内举行反战会议的信函。公共租界公函称：“按照现在情形，举行会议一事碍难照准。”马莱对《大美晚报》记者表示，虽然中国华界及租界当局的反对和禁止开会，反战会议筹委会仍想在中国境内举行，能否在船上开会要慎重考虑。[①] 作家王独清作《赠反战代表》也写道：“对政府当局对远东反战会议的阻挠，给予国际代表处处不便，该主席向各方的疏通和奔走，也终于无效。怀着希望来，却要带着遗憾走，迟迟不能召开远东会议，表示愤慨，这是中国的耻辱。”“反战会议虽然是一种公开的集会，然而他底任务中是不可否认地含着严重的历史意义。”最后他表示“对真正的斗士们敬礼”。[②]

---

① 《反战会泛舟集会》，《大美晚报》1933 年 9 月 21 日。

② 《时事新报》1933 年 10 月 1 日。

这时，上海中央局组织部在霍山路临时租到一幢新造好的还没来得及安上水电的红砖洋房，交了一个月的房租，作为秘密会议地点。地点定了，其他的动作马上跟上，周文接到“左联”党组织通知，同时，其爱人郑育之也被党组织调动为远东反战大会做筹备工作。华蒂（叶以群）设计，请他们购买两个大的假樟木箱放到郑育之的娘家，等候行动。[①] 接着，周文、郑育之扮作新婚夫妇将两个假樟木箱搬出娘家，到上海三马路（今汉口路）六百六十六号东方旅社，不断地采购会议上日用的锅、盆、碗碟、茶杯、刀叉、汽炉等生活用品，和代表们特别是国际代表们食用的面包、罐头、水果、汽水、苏打水等食品放入箱子。之后，周文、郑育之由交通员带领，乘坐汽车开往沪东这个开会地点。一切在悄悄地进行着。半路，周文还借故下车（他的任务是刻写宣传品，先不进会场）。曾担任沪中区委书记的黄霖，接到联系人曾一凡的通知，到省委的秘密机关接受中共江苏省委的指示，由他担任远东反战大会的警备委员长，保证大会的安全。

他们商定由黄霖、朱姚和刘少奇的儿子毛毛（刘允若），与郑育之他们组织成一个临时家庭。先后由内部交通员梁文若带领他们到远东反战大会会场。他们各自承担不同的任务：朱姚是“母亲”；黄霖是“大儿子”；梁文若是“大儿媳妇”；毛毛是“孙子”；某高个子同志是“二儿子”；郑育之是“二儿媳妇”。另还有几位保卫人员，共十人负责保卫大会的安全工作。

保卫人员各自坚守岗位，准备棉被和毯子，更有铁棍、石灰等防御工具。冯雪峰到会场仔细检查安全工作和准备工作，并关照：（1）今晚有重要代表到会场；（2）隔壁住着的是一位外国巡捕房

---

① 郑育之：《掩护召开世界反帝大同盟远东会议的经过》，《鲁迅研究资料》第 5 辑，天津人民出版社 1980 年版。

的侦察头子，行动时务必注意安全。

九月二十八日起，从黄昏至午夜，参加远东反战会议的代表，由中共江苏省委组织部长或巡视员曾宝陆续带入会场。有满洲、察哈尔、福建、广东、江苏、上海等国内包括苏区红军、东北义勇军、工人、农民、学生、十九路军士兵的代表。

国际反战大会派来的代表，宋庆龄安排他们住在外滩的华懋饭店，但旅馆有包打听监视。冯雪峰找到夏衍想办法，怎么把这几位代表从华懋饭店送到指定的开会地点，时间又很紧迫，一定要他次日清晨到内山书店杂志部和冯雪峰见面，告诉他具体办法。夏衍想了很久，终于决定去找洪深，“一是洪深很讲义气，又有胆量；二是他能讲英语，便于和外国代表直接交谈。”第二天一早，夏衍把这个打算告诉冯雪峰，他表示同意，把开会地点的门牌号码告诉了夏衍，并要他陪洪深一同去接送外宾，因为这个地点事先不能让任何人知道。二十九日那天下午五时，夏衍约洪深在“中社”茶室碰面，看到茶室门外已经停了辆车门上漆着明星公司商标的汽车，这是接送电影明星的专用车，这要比雇出租车要安全多了，因为包打听和三道头是不会把电影明星和外国反帝代表联想在一起的。他们在茶室喝了一杯咖啡，等到天色已晚，才一起到华懋饭店接人。

那天洪深穿了套深色西装，吸着雪茄，俨然高级华人的气派，所以直上饭店七楼如入无人之境。他对马莱、古久列说：“奉孙夫人之命来接你们去开会”，这是事先约定的口号，陪他们下电梯时还用英语讲“到了上海，总得看京戏，今晚给你们安排一台好戏”之类的话，有意让暗探们听到，出门之后就坐上了明星公司的汽车，夏衍在车上等了十来分钟时间。他们上车后还到永安公司一带闹市绕了一圈，看看后面有没有人盯梢，然后再掉头开往目的地。夏衍和洪深陪外宾下车，向守卫对了暗号，送他们到门口就离开了。[1]

这样，马莱爵士、作家古久里和比利时社会民主党人波比，分别由夏衍、洪深送往会场。那天，上海《大美晚报》、《中国论坛》的记者伊罗生到场。原先选举出代表八百多人，由于召开秘密会议，会场又小，只能从中再选出少数各地代表到会，其中有农民四人，苏区红军二人，国民党军士兵三人，知识分子及学生九人，妇女九人，其余为工人。加上国际代表共六十五人到会。[2] 出于安全考虑，没有安排鲁迅、茅盾出席会议，然而，鲁迅十分关心和支持这会议，曾捐款以补筹备经费之不足。[3]

这段时间里，在宋庆龄的莫利爱路（今香山路）寓所周围，被特务监视着。宋庆龄不顾安危化了装从寓所出发，由交通员梁文若带领，甩掉特务的跟踪，直到凌晨三点后才进入会场。[4]

十二　大会实况，宋庆龄执行主席

世界反对帝国主义战争会议第二次大会（即上海远东反战大会）开幕，宋庆龄担任执行主席，并用英语、法语或华语为中外代表翻译。马莱任主席。大会推选马莱、宋庆龄、古久里、波比及苏区代表、满洲代表、东北义勇军代表、平绥铁路工人代表、察哈尔义勇军代表等九人为主席团；并推毛泽东、朱德、鲁迅、片山潜（日）、高尔基（苏）、伏罗希洛夫（苏）、罗曼·罗兰、基德、巴

---

① 参见夏衍《懒寻旧梦录》增补本，生活·读书·新知三联书店2006年版，第166—168页。

② 《反战大会终于在帝国主义国民党压迫下开成功了!》，《中国论坛》1933年第2卷第11期。

③ 冯雪峰：《关于反战大会》，《鲁迅研究资料》第1辑，文物出版社1976年版，第97页。

④ 黄霖：《宋庆龄主持召开的远东反战大会》，《革命回忆录》第11辑，人民出版社1984年版，第26—34页。

比塞（法）、特莱塞（美）、台尔曼（德）、曼·托革勒、季米特洛夫（保加利亚）为大会名誉主席。[1]

大会开始后，首先宣读了日本、朝鲜、安南（越南）、中国各地的贺电。宋庆龄致开幕词。大会有三个报告：（1）马莱作了远东情形和关于各国人民反对帝国主义战争的报告；满洲代表和法国代表古久里作补充发言。（2）宋庆龄在会上作了题为《中国的自由与反战斗争》的演说，对帝国主义和国民党反动派干涉和禁止这次大会的召开做了抨击和抗议。她号召："在整个远东，尤其在中国，发动一个强有力的运动，反对帝国主义战争。"（3）苏区代表报告苏区红军和工农群众生活斗争的情况。其他发言的有福建、满洲的代表及上海的纱厂女工和码头工人、失业海员的代表，其中有许多重要的意见。

古久里的发言，首先讲到大会的伟大的成功及其意义，并痛斥对大会成功估计不足的观点与表现，认为中国出路只有苏维埃道路等等。大会通过五大提案：（1）海员工人码头运输工人铁路工人不帮帝国主义运送枪炮给中国国民党来进攻苏区红军；（2）没收帝国主义送给国民党的枪炮来武装东北义勇军去打日本帝国主义；（3）兵工厂的工人不替帝国主义造枪炮来进攻苏区红军；（4）反对国民党对苏区的经济封锁；（5）白军士兵不到前线上去打工农自己的红军。[2]

由于楼里没有接上水电，只能点蜡烛照明；喝的开水是派人到外面街道的"老虎灶"打回来。面包不够也只能请采购员上街买回来，大家均着分吃，边开会边等待。而且因为开会人多，又不能开

---

① 《出席国际反帝反战代表大会的苏区红军代表回来的报告书》，《红色中华》（国际反帝反战大会专号）1933 年第 129 期。

② 同上。

窗，所以会场里非常闷热。为了防止暴露，大家都压低了嗓门讲话，鼓掌也不能出声，只准做鼓掌的样子。即便如此，还是有风险存在，因为出门买面包的“弟弟”没有按时回来，担心他暴露了行踪，引来特务，影响大会继续进行。紧张地等待和准备打断会议时，那“弟弟”归来了。原来他采取“远离会场、分店采买面包”的办法，从提篮桥一直跑到南京路，返程延误了时间。这紧张的神经差一点折断，否则采取紧急休会，撤退……后果不堪设想，好在有惊无险。

会议通过了《反对帝国主义战争反对法西斯蒂的决议及宣言》《反对白色恐怖的抗议书》《反对帝国主义法西斯蒂恐怖的抗议》《为反对帝国主义反苏联的武装干涉的挑衅的抗议书》《为反对帝国主义和中国军阀进攻中国红军的的抗议书》等决议。各代表都在决议书上签了字。最后选举了远东反帝反战执委。正式成立反对帝国主义战争委员会中国分会，宋庆龄被选为主席。古久里致闭幕词，他指出：“阿姆斯特丹世界反战大会的决议在远东的执行最为迫切。”“西方代表团回国后，必定要召集广大群众会议，将代表在中国看见的一切告诉他们。”①

“左联”复旦大学小组成员、复旦大学党团支书伍孟昌作为学生代表出席会议，并在会上担任记录。②

从第一天二十九日深晚，到第二天三十日傍晚，整整二十四小时，会议结束，保卫人员协助各位代表分批全部安全离开会场，宋庆龄最后一个离开。搬运进去的东西也全部撤离会场。事后，宋庆龄对夏衍说：“这样的会，对她是生平第一次，会场没

① 常美英、田军：《宋庆龄与远东反战会议》，《宋庆龄在上海》，学林出版社 1990 年版，第 83—84 页。

② 伍孟昌口述，祝晓风整理：《遥想“左联”当年》（节选），《中华读书报》2000 年 3 月 1 日。

有桌椅，连外国人也席地而坐，为了照顾她，一位女同志给她找来了一张小板凳。”

十三　共产国际发布《关于上海反战大会成果和评价的决议》

远东反战会议开完之后，虽然新闻受到管制，还是通过各种媒体，包括挂着外商招牌的报纸，和向各处散发关于胜利召开反战大会的传单散发了出去。国民党当局和警方以为要“流产”的会议，居然在他们的眼皮底下召开了，他们疑惑开会的事是否属实？几天之后，侦察处才在一个场所，发现新造的房子因没有供水，马桶塞满大小便，甚至在二楼的浴缸里积有大量粪便，才相信反战会议已经开过了。这事成了确实的佐证，留下传奇笑谈。

大会结束以后，国际代表大都走由华赴欧的路线，先行抵达苏联，其中有马莱、古久里和马尔度。上海各群众团体曾召开多个欢送大会，并发表了《欢送国际反战代表宣言》。上海几家媒体先后发表文章报道大会情况。《大美晚报》于十月二日发表《反战会秘密开会》；《申报》于十月三日发表《反战会开会记》；《中国论坛》于十月四日发表《反战大会终于在帝国主义国民党压迫下开成功了!》，同期发表了大会通过的通电、宣言、决议；《时事新报》于十月五日发表《反战会议代表离沪　昨赴海参崴转西伯利亚返欧　会议决案将至巴黎后始发表》。《红色中华》于十一月二十六日出版“国际反帝反战大会特刊”，发表《出席国际反帝反战代表大会的苏区红军代表回来的报告书》和部分大会文件。共青团沪东区委在国际反战会议开完后，为欢送反战代表回国及庆祝大会成功，发表《告劳动青年书》等等。[1]

---

① 《中共沪东地区党史大事（1919. 5—1949. 5）》，上海杨浦区党史办编印1996年版。

共产国际执行委员会驻华代表兼驻上海远东局书记阿图尔·埃韦特在写给共产国际的第八号报告中说:“我们成功地举行了规模不大的秘密代表会议,有来自国内各地的六十位代表参加。”中共江苏省委关于建立反战反法西斯蒂分会小组与苏维埃第二次代表大会选举运动工作大纲提出:据远东反战大会的经验和教训,大会工作的群众基础,胜利完成各区的反战反法西斯的分会。在上海选出大批的代表去参加全国苏维埃的第二次代表大会,这是我们粉碎帝国主义国民党第五次“围剿”有力的回答。

当时,远东反战反法西斯代表大会总筹备会,有过一个总结:《庆祝远东反法西斯大会的胜利!》文中说,在国际帝国主义与国民党最无耻最野蛮的压迫与破坏之下,远东反战反法西斯代表大会赖上海及全国民众之热烈拥护与积极参与,筹备委员会与国际代表团之努力,冲破了一切的,任何障碍与阻扰,胜利地完成了这项十分重要的工作。无疑地在推动远东革命运动与抵制太平洋帝国主义战争上,将占有不容忽视的作用。

十一月三日,共产国际执行委员会政治书记处政治委员会开会研究远东反战反法西斯大会的结果。中共中央驻共产国际执委会代表王明在会上发言,认为:“上海反战大会不仅对于反战工作的进一步开展而且对于远东都具有很大的意义。我们现在从日本同志那里得知,在上海反战大会的影响下,日本爆发了保卫这次大会和反战方面的大规模运动。这次大会对于保卫苏维埃中国也具有很大的意义。同时也指出不足之处。应该加强我们在上海的反战委员会,还要吸收广大公开的人士,在行动中有更多合法或半合法的机会等等多个建议。”① 于是,远东反战大会国际代表团写报告向共产国

① 《联共(布)、共产国际与中国苏维埃运动(1931—1937)》第13卷,第586—588页。

际执行委员会政治书记处政治委员会汇报远东反战大会的情况，共产国际执行委员会政治书记处政治委员会会议作出了《关于上海反战大会成果和评价的决议》。会议决定在全国各地广泛地开展作报告运动宣传大会的成果；必须在日本根据大会的材料组织报告运动，尽快散发报告；在美国、加拿大、中美洲、南美洲宣传大会的成果；此外，还必须发表古久里和英国代表汉密尔顿的报告，用法、英、德三种语言在《世界战线》杂志特刊号上发表等等。

确实如此，这次大会的胜利召开，对于反帝反战工作起到了推动作用，要抓住这个大好形势。而且，这次大会预示着国际反法西斯斗争的统一战线将要形成，中国的抗日斗争得到世界进步力量的同情和支持。虽然与世界第一次反战大会在荷兰公开举行不同，荷兰会议的规模要大得多，各国名人参加也更多，影响很大。相比较，在上海受阻于各方势力干涉，只得秘密举行，其风险很大，难度更高，能够胜利完成预定的各项议程，得到中国共产党和共产国际的重视，更加显示出上海左翼进步势力的强大，有一支以冯雪峰为首的坚强的灵活的队伍，团结在宋庆龄为核心的旗帜下，为中国革命向抗日战争的发展过渡起到了强有力的推动作用。

还有一个后续的情况，因中共江苏省委宣传干事曾一凡被捕，由于冯雪峰不知情，仍去曾一凡住处找他，被蹲守的特务围堵，冯雪峰与特务对打后侥幸逃脱；中共江苏省委和上海中央局认为冯雪峰在上海工作已不安全，后经中央苏区决定，调他前往苏区瑞金工作。十二月中旬，冯雪峰会同陕北来的贾拓夫从上海出发前往瑞金。

新中国成立之后，关于这次大会很少有人提及，直到冯雪峰临终前，对前来看望他的左联时期的交通员郑育之交代，请她回到上海后寻找当年召开反战大会的会址，这是一个重要的纪念地。事过六十年后，经过仔细访问调查后，郑育之于一九九三年八月十五日确认霍山路八十五号是召开世界反帝反战远东会议的原址。后勒碑纪念。二〇一三年九月二十七日，在上海隆重召开纪念远东反战会议召开八十周年纪念会。一本重要的纪念集《远东反战会议纪念集》由中国出版集团东方出版中心二〇一四年十一月出版。

（作者系上海市社会科学院研究员）

古远清

台湾新世纪文学大事记（2000—2019）

提要： 大事记的内容，包括重大政治事件、文化热点、文学思潮、文学运动、文学论争、重要会议、刊物创刊终刊、重要作品发表出版、重要作家活动及去世等项。

2000 年

1 月 5 日，资深作家王昶雄和谢冰莹分别去世。

1 月，《文学台湾》第 1 期“卷头语”希望新世纪成为“台湾文学独立纪元”。

1 月 8—9 日，“解严以来台湾文学国际学术研讨会”在台湾师大举行。

2 月 10 日，《传记文学》创办人刘绍唐去世。

2 月 15 日，“李敖诺贝尔文学奖提名暨《北京法源寺》新书发表会”在台北举行。

3 月 4 日，《柏杨全集》出版。

3 月 19 日，为选举最高领导人发生“枪击案”。

3 月 24 日，李登辉辞去国民党主席，由连战担任代主席。

4 月，尔雅出版社陆续推出商禽等人的世纪诗选。

4 月 12 日，《李乔短篇小说全集》10 册出版。

5 月 12 日，五十年代红极一时的杨念慈小说《废园旧事》再版。

5 月 14 日，“行政院新闻局”举办“向资深作家致敬”作品回顾展。

5 月，陈水扁和吕秀莲出任台湾地区最高领导人。

7 月 8 日，“台独”组织台湾南社成立，社长为作家曾贵海。

7 月，陈映真发表批驳陈芳明文章《以意识形态代替科学知识的灾难》，陈芳明于 10 月发表《当台湾文学戴上马克思面具》反驳陈映真。《中外文学》发表刘纪蕙编《中国符号与台湾图像专号》。

8 月 11 日，吴守礼发表《国台对照活用辞典》。

8 月，张大春出版小说《城邦暴力团》。高行健获诺贝尔文学奖。

9 月，成功大学成立“台湾文学研究所”。

10 月 6 日，小说家孟瑶去世。

10 月 9 日，陈映真在北京发表《论“文学台独”》。

10 月 15 日，《文学台湾》发表赵天仪的演讲稿《台湾文学研究的方向》。

10 月，高行健小说《灵山》狂印 10 万册。

11 月，骆以军出版长篇小说《月球姓氏》。

12 月 18 日，“台独教父”叶石涛为日文版《台湾文学史纲》作序时指出：“我真正的祖国是台湾，但是我内心的故乡是日本。”

是年，水瓶鲸鱼主编《失恋杂志》，带动网路轻文学的平面出版新模式。林海音、赖和、钟肇政、叶荣钟、孙观汉等老作家全集陆续出版。

2001 年

1 月 15 日，《台湾 e 文艺》创刊。

1 月 17 日，“教育部”鼓励公立大学增设台湾文学系或台湾研究所。

1月21日，陈映真发表《天高地厚》，批评高行健的诺贝尔奖授奖词。

1月，台湾加入WTO，两岸的图书零售开放，大陆书开始以低价进入台湾市场。

2月8日，京剧《红灯记》不作任何修改在台北上演。

2月22日，日本出版漫画《台湾论》，汉译本在台湾问世后引起反日的“深蓝”人士强烈抗议。

2月28日，张春风《台语文学概论》出版。

2月，高行健开始担任台北市驻市作家。《海翁台语文学》创刊。

3月31日，世新大学成立“世界华文文学资料典藏中心”。

3月，琦君小说《桔子红了》改编为电视剧上演。李乔出版《文化·台湾文学·新国家》，认为“文化台独论”才是建设未来“台湾国”的根本。

4月25日，李敖举行《上山·下山·爱》新书发表会。

5月，“国立文化资产保存研究中心”公布《全台诗编印计划》以及《日据时期台湾史料编译计划》。

6月，《杨逵全集》《洪醒夫全集》出版。

7月1日，由张良泽主编的《台湾文学评论》创刊。风靡全球的儿童读物《哈利·波特》第三部在台湾出版，奇幻故事热掀起。

7月，“文建会”与美国加州大学合作出版《台湾现代诗系列》英译本。“文建会”与日本下村作次郎合作主持《台湾原住民文学日译计划》。

8月22日，“文建会”把眷村住民称为“新住民”，成为和“原住民”并列的弱势族群，引发张大春和朱天心的强烈不满。

8月，蓝博洲发表报道文学《消失在历史迷雾中的作家身影》。邱贵芬主编的《日据以来台湾女作家小说选集》出版。

10月3日，《自立晚报》停刊。

2002年

1月16日，本土作家柯旗化去世。

1月，吕正惠、赵遐秋主编《台湾新文学思潮史纲》在北京出版。

2月，张春凤等著《台语文学概论》出版。

3月9日，《现在诗》创刊。

3月20日，《未央歌》作者鹿桥在波士顿去世。

3月31日，《张文环全集》出版。

3月，台北市长马英九主持“钱穆故居”开启典礼。根据李乔大河小说《寒夜三部曲》改编的电视剧《寒夜》，在公共电视台播出。

4月20日，李欧梵当选中央研究院院士。

6月，“台湾文学资料馆”在真理大学麻豆校区开馆。吕正惠《殖民地的伤痕——台湾文学问题》出版。

7月18日，九歌出版社出版“新世纪散文家”书系。

7月，陈映真在《联合文学》发表中篇小说《忠孝公园》。

8月，陈水扁提出“一边一国论”。陈映真编《反对言伪而辩——陈芳明台湾文学论、后现代论、后殖民论的批判》出版。

9月9日，由焦桐策划的《台湾现代文学教程》系列书籍出版。

9月22日，美学家王梦鸥去世。

9月25日，陈水扁出席成功大学台湾文学系成立茶会。

10月11日，大陆赴台作家无名氏去世。

10月22日，《王昶雄全集》出版。

11月22—24日，成功大学举办“台湾文学史书写国际学术研讨会”。

11月，《台湾原住民的神话与传说》10册出版。

是年，为配合九年一贯课程的实施，教科书全面开放不再由

“国立编译馆”垄断，改为民间各自编辑，是为“一纲多本”的开始。

2003年

3月，“吴浊流文学艺术馆”于苗栗落成。

4月15日，《文学台湾》发表《展望光复以来台湾文运》，另发表彭瑞金《文学只有独立，没有统一问题》、黄英哲《1950年代台湾的“国语”运动（上）》，下篇在该刊7月15日发表。

4月18日，孙大川主编《台湾原住民汉语文学选集》共7册出版。

4月，成功大学台湾文学研究所设立博士班。

5月2日，港版《苹果日报》登陆台湾，很快成了畅销报纸。

5月4日，“中国文艺协会”主办的《文学人》季刊创刊。

5月20日，文坛新秀黄国峻自缢身亡。

夏，“行政院”公布“文书由左向右”，以便跟国际接轨。

6月9日，《壹诗歌》诗刊创刊。

7月10—12日，龙应台在《中国时报》连载《五十年来家国——我看台湾的“文化精神分裂症”》。

7月，张大春出版小说《聆听父亲》。

8月，《INK印刻文学生活志》创刊。《七等生全集》共10册出版。

9月1日，《野葡萄文学志》创刊。

10月9日，小说家王蓝去世。

10月10日，九歌出版社出版《中华现代文学大系：台湾1989—2003》共12册。

10月15日，许达然发表《建议〈文学台湾〉考虑横排》。

10月17日，“台湾文学馆”开馆。“文建会”主委陈郁秀致词时称“台湾人终于拿到台湾文学解释权”。

10月27日，原《幼狮月刊》主编司徒卫去世。

10月，应凤凰等合著的《台湾文学百年显影》出版。静宜大学成立台湾文学系。

11月13日，陈映真批判藤井省三在东京出版的《百年来的台湾文学》。

11月28日，由中国文化大学中文系等单位主办的“回顾两岸五十年文学学术研讨会”在台北举行。

12月6—7日，由佛光人文社会学院等单位主办的“两岸现代诗学国际学术研究会”在宜兰举行。

12月27日，由陈映真发起的“人间学社”成立。

12月，中国温家宝总理访问美国时，引用余光中的诗云：“这一湾浅浅的海峡，确实是我们最大的国殇、最深的乡愁。”

是年，“国艺会”推出“长篇小说专案补助案”。许俊雅编《无语的春天：二·二八小说选》出版。

2004年

1月11日，柏杨、朱天文、杨照等作家结合社运界人士筹组“族群平等行动联盟”，对正在进行中的台湾最高领导人选举表明族群立场和主张。

2月，由台湾文学馆委托施懿琳编纂的《全台诗》共5册出版。聂华苓出版自传《三生三世》。

3月10日，九歌出版社开始出版“年度童话选”。

4月5日，青年作家袁哲生自杀。

4月15日，《台湾文学评论》发表黎湘萍《解读台湾——以两岸知识者关于台湾文学史的叙事为例》。

4月29日，白先勇改编昆曲《牡丹亭》在台北上演。

4 月,《台湾文艺》停刊。

5 月 20 日，陈水扁再次当选为台湾地区最高领导人，后任命钟肇政为“总统府资政”，李乔、叶石涛、杨青矗为“国策顾问”，吴锦发为“文建会”副主委。

5 月 21 日，北京赵稀方在大陆发表《视线之外的余光中》，重提余光中的“历史问题”。

5 月 24 日，评论家胡秋原去世。

6 月 23 日，诗人王禄松去世。

6 月，台湾文学馆举办“台湾新文学重大事件评选”。

7 月 15 日,《文学台湾》发表彭瑞金《战后初期“台湾文学路向之争”的真相探讨》。

7 月 23 日,《文星》杂志创办人萧孟能在上海去世。

7 月，“文建会”启动《台湾大百科全书》编辑计划。北京人艺在台北上演老舍名作《茶馆》。《印刻文学生活志》制作张爱玲专号。

8 月，藤井省三在台北出版《台湾文学这一百年》。

9 月 21 日，余光中就其乡土文学论战中的历史问题，在广州《羊城晚报》发表《向历史自首?》。

10 月 15 日，《文学台湾》发表郑炯明《你所不知道的陈映真》。《台湾文学评论》发表沙漠《“台湾文学”与“锁国文学”》，并发表陈俊宏《一场鸡同鸭讲的浪漫演出——解读黎湘萍的〈解读台湾〉》，同时发表黎湘萍《爱与美——回应陈俊宏先生》。

10 月 16 日，“行政院”文建会主办“多元族群与文化发展会议”，强调官方将推动各族群语言都成为“国家语言”。

10 月 17 日，陈水扁主持“台湾文学馆”成立一周年庆祝活动，并同时举办“北钟南叶主题书展”。

10 月，柏杨、琦君、齐邦媛、钟肇政、叶石涛获得“总统府国家二等卿云勋章"。《人间思想与创作丛刊》制作《余光中风波在大陆》《陈映真驳藤井省三》专题。台湾大学、中兴大学、中正大学"台湾文学研究所"成立。

11 月 27 日，"台湾新文学发展重大事件研讨会"在台湾文学馆举行。

12 月 21 日，统派教师向"教育部"陈情提高文言文比例，认为如果象征中华文化的文言文消退了，那"中华民国就将国不成为国了"，而"独派"教师则认为提高文言文比例是"殖民教育"，是"中国猪"所为。

2005 年

1 月 1 日，本土诗人李魁贤出任"国家文学艺术基金会"董事长。

1 月 14 日，以余光中领衔的"抢救国文教育联盟"成立。

1 月 15 日，《文学台湾》发表彭瑞金《台湾的确需要文化大革命》。

2 月 24 日，联经出版公司与上海季风书园合作专卖简体字版图书的"上海书店"在台北开幕。

3 月 14 日，《反分裂国家法》在北京通过。

3 月 24 日，台湾师大人文教育中心主持编纂的《台湾文化事典》出版，后因内容涉及"台湾地位未定论"引发争议。

3 月，《青少年台湾文库——文学读本》12 册出版。

4 月 6 日，评论家黄武忠去世。

4 月 15 日，《文学台湾》发表林瑞明《台湾文学研究的回顾与展望》。

5 月 2 日，孟樊主编《当代诗学》创刊。

6 月 2 日，叶洪生等著《台湾武侠小说发展史》出版。

7月2日，“台湾海翁台语文教育协会”主办的“第一届海翁台湾文学营”在台南举行。

7月16日，马英九出任国民党主席。

7月31日，《分裂的台湾文学》在台北出版，后被陈信元批评为“极尽分化之能事”。

8月，《蓝博洲文集》在北京出版。

9月16日，资深编辑家马各去世。

9月17日，由陈芳明负责的政治大学台湾文学研究所成立。

9月30日至10月1日，“台湾大河小说作品学术研讨会”举行。

11月3日，小说家潘人木去世。

11月26日，《盐分地带文学》创刊。

11月，诗人杜十三炮打“独派”政客谢长廷，后引发蓝绿作家不同的诠释。

12月15日，《文学台湾》开始连载曾贵海《台湾战后反殖民与后殖民诗学》。

12月27日，评论家魏子云去世。

是年，“龙应台文化基金会”成立。

2006年

1月2日，评论家沈谦去世。

1月24日，台湾文学馆主办首届台湾文学研究论文奖，并公布得奖名单。

1月26日，龙应台在《中国时报》发表《请用文明来说服我》的“公开信”。

1月，由“教育部”青少年台湾文库策划的文学读本12册出版。

2月19、20日，陈映真在《中国时报》发表《文明与野蛮的辩证——龙应台女士〈请用文明来说服我〉的商榷》。在此前后加拿大樊舟也发表《请不要用文明说服我——评龙应台近作》。

2 月 23 日，《联合报》特辟《差异与交锋》专栏，连续刊登 8 篇讨论龙应台和陈映真的文章。

2 月 24 日，台北电视新闻播放余光中和“教育部长”杜正胜辩论的新闻。

3 月 17 日，和“抢救国文教育联盟”对立的“抢救白话文联盟”等单位主办的“还原台湾文学的主体性——台湾文学再正名”座谈会举行。

3 月，蔡金安主编的《为台湾文学正名》出版。杨逵文学纪念馆在台南落成。《青少年台湾文库——文学读本》12 册由“国立编译馆”出版。

5 月 9 日，翻译家叶笛去世。

5 月 14 日，诗人上官予去世。

5 月，成功大学中文系成立“现代文学研究所”。

6 月 1 日，《中央日报》停办。

6 月 6 日，《台湾日报》停办。

6 月 7 日，散文家琦君去世。

6 月，向阳主编《20 世纪台湾文学金典》出版。

7 月 6 日，汉学家夏志清当选中央研究院院士。

7 月，《高雄文学小百科》出版。黄锦树等编《重写台湾文学史》出版。邱家洪的作品《台湾大风云》计五册出版。

8 月 30 日，“台湾大河小说家作品学术研讨会”在台湾文学馆举行。

8 月，邱贵芬编《台湾政治小说选》出版。张双英《二十世纪台湾新诗史》出版。

9 月 6 日，第 21 届《联合文学》小说新人奖决审认为：新台湾写实主义已经诞生。

9 月 9 日，“红衫军”倒扁走上街头，诗人詹澈任副总指挥，龙应台从香港赴台声援，陈芳明发表《除了挺扁，民进党能做什么》。

9 月 30 日，诗人胡品清去世。

10 月 6 日，陈映真二度中风入院，暂别文坛。

10 月 15 日，《文学台湾》发表曾贵海《思辨与逻辑——谈陈芳明〈台文所与中文所〉一文中的观点》。

10 月 20 日，黄英哲主持编译的《日治时期台湾文艺评论集(杂志篇)》举行新书发表会。

11 月 30 日，《民生报》停刊。

12 月，《龙瑛宗全集》共 8 册出版。

是年，“国家统一纲领”宣告终止。台湾皇冠出版社开始状告大陆六家出版社侵犯张爱玲的著作权。苏伟贞《张派作家世代论》出版。台湾文化界讨论“悦纳异己”论述。

2007 年

1 月，香港《亚洲周刊》选出 2006 年中文十大小说，苏伟贞《时光队伍》、张大春《战夏阳》入选。台湾文学馆出版 3 册《全台赋》。

2 月 6 日，柏杨捐赠其文物计 17456 件，入藏北京“中国现代文学馆”。

春，李敖开始严厉批判大陆文坛，并说季羡林不是国学大师，不过是语文能力较强。

3 月，台湾文学馆正式定名为“国立台湾文学馆”。刘亮雅等人合著的《台湾小说史论》出版。

6 月，北京上海等 12 家出版社联合发表声明，不承认“皇冠”继承张爱玲著作权的合法性。

7 月 25 日，资深作家刘枋去世。

8月,《文学“台独”批判》两巨册在北京出版。由黄哲永等人主编的《全台文》75册出版。台湾文学馆筹备处改制，正式以官方四级机构营运。

9月，钟怡雯、陈大为主编的《马华散文史读本1957—2007》(卷一)出版。

11月9日，根据李乔同名史诗改编的《台湾，我的母亲》开始在全台地区巡回演出。

11月10日,“柏杨国际学术研讨会”在台南大学举行。《吴新荣日记全集》举行新书发表会。

12月25日，诗人文晓村去世。

12月,“国家文艺基金会”公布“长篇小说创作发表专案”补助名单，由钟文音等四位作家获得。文史哲出版社出版王尧主编《文革文学大系》12册。

是年，朱天文出版长篇小说《巫言》。高考文史试题中国古典文学和中国历史所占分数大幅升高，另还有中学课本没有的夏志清《中国现代小说史》和王德威的论文《一种逝去的文学?》作为考试内容，引发“独派”的强烈反弹。《人间思想与创作丛刊》推出“学习杨逵精神”专辑。

2008年

1月15日,《青溪论坛》创刊。

1月,《台湾当代新诗史》在台北出版，后引起争论。

2月1日，小说家王拓出任“文建会”主委。

2月23日，评论家尹雪曼去世。

2月28日，台湾文学馆举办“二·二八文学展”。

4月5日,《诚品好读》停刊。

4月7日,“推理文学研究会”成立。

4 月 10 日，九歌出版社出版 7 本《台湾文学 30 年菁英选》。

4 月 10—13 日，“中国苦难文学”暨“戒严与后戒严时代台湾文学”国际研讨会在台北举行。

4 月 29 日，资深作家柏杨去世。

4 月，《皇冠》杂志发表新发现的张爱玲游台湾手稿。《叶石涛全集》20 册问世。

5 月，“中国文艺协会”会刊《文学人》革新号出版。

5 月，马英九当选为台湾地区最高领导人。

5 月 24—25 日，由陈芳明主持的“余光中先生八十大寿学术研讨会”在政治大学举行。

5 月，《余光中评说五十年》在北京出版。

6 月，彭瑞金《高雄市文学史》出版。《2007 台湾儿童文学年鉴》出版。“文建会”出版阅读文学地景系列套书。

7 月，《文讯》主编的《2007 台湾作家作品目录》3 册出版。

8 月 15 日，陈水扁因涉嫌洗钱退出民进党。

9 月 10 日，资深作家巫永福去世。

9 月，陈芳明出版散文集《昨夜雪深几许》。

10 月 22 日，剧作家姜龙昭去世。

11 月 23 日，以出版“台独”书籍著称的前卫出版社因经营困难清仓卖书。

12 月 11 日，资深作家叶石涛去世。

2009 年

1 月 27 日，前《中央日报》副刊主编孙如陵去世。

2 月，张爱玲遗作《小团圆》由皇冠出版社出版。

3 月 10 日，王鼎钧完成《文学江湖》等四部回忆录。

3 月 25 日，女作家曹又方去世。

3 月，谢里法历史小说《紫色大稻埕》问世。

4 月 10 日，《洛夫诗歌全集》新书发表会举行。

4 月 15 日，《文学台湾》发表陈建忠《诠释权争夺下的文学传统：台湾“大河小说”的命名、诠释与叶石涛的文学评论》。

4 月 18 日，台湾八所大学 14 位学生共同组成“风球诗社”，并创办同名诗刊。

4 月 26 日，创办于 1992 年 4 月的《联合报》“读书人”副刊停办。

5 月 1 日，《文讯》杂志制作《怀想五四，纪念五四》专辑。

5 月 5 日，前《中国时报》“人间”副刊主编高信疆去世。

5 月，《黄春明集》8 册由联合文学出版社出版。林博文出版《1949 石破天惊的一年》。

7 月 21 日，由吴三连台湾史料基金会主办的“盐分地带文艺营”举办 30 年后因学员少停办。

7 月，台湾原住民作家笔会成立。

8 月 7 日，台湾文学馆举办“林海音文学特展”。

8 月 27 日，资深作家艾雯去世。

8 月 28 日，陈芳明在接受采访时表示，不再把“台独”作为自己追求的人生理想，并呼吁在两岸和解的历史转折点，岛内的两派也应和解。

7—8 月，《文讯》策划专题“回顾关键年代——1949 文化事件簿”。

8 月，台湾文学馆举办“林海音文学特展”。

9 月 1 日，为配合国民党撤退台湾 60 周年，龙应台推出《大江大海——1949》。在此之前林博文也出版了《1949 石破天惊的一年》。

9 月 15 日，杨青矗出版长达 80 万言的小说《美丽岛进行曲》，由“冲破戒严”“高雄事件”“政治审判”组成。

9月,《文讯》杂志社等单位策划“向大师致敬”活动,出版《人间风景——陈映真》专辑。吴锦勋采访撰述的《台湾,请听我说——压抑的、裂变的、再生的六十年》出版。

10月5日,日本文坛巨擘大江健三郎首次踏上台湾土地。

10月20—29日,由罗智成策划的第十届台北诗歌节举行。

11月1日,隐地《遗忘与备忘》出版。20万字回忆录《巨流河》作者齐邦媛获第五届“总统”文化奖。台湾高準与大陆学者就余光中评价问题,在台北出版的《传记文学》再次交锋。

11月21日,“台文笔会”成立,理事长为李勤岸。

12月6日,高雄文学馆为叶石涛去世一周年竖立铜像,并发表《叶石涛全集》续篇。

2010年

1月14日,刘兆玄接掌“国家文化总会”会长。

1月29日,小说家萧飒去世。

2月1日,李瑞腾出任台湾文学馆馆长。

2月6日,《文学客家》创刊。

2月27日,第一本二·二八本土母语文学选集《天光》出版。

4月15日,《文学台湾》发表《日文版〈台湾文学史纲〉的出版——兼论战后日本学界的台湾文学论述》。

4月17日,封德屏出任“中国妇女写作协会”会长。

4月,朱天文系列作品共4册由上海译文出版社出版。

5月21—22日,“第四届经典人物——李昂跨领域国际学术研讨会”在中正大学举行。

5月22日,诗人秦岳去世。

6月4—5日,“演绎现代主义:王文兴国际研讨会”在中央大学举行。

6 月 26 日，诗人商禽去世。

7 月 1 日，华文诗人许世旭在韩国去世。

7 月 16 日，骆以军《西夏旅馆》获香港“红楼梦奖”。

7 月 26 日，有大陆资本背景的新经典文化出版社在台湾成立。

8 月，推理杂志《九曲堂》创办。陈映真出任中国作家协会名誉副主席。

9 月 9 日，张爱玲自传小说《雷峰塔》《易经》由皇冠文化出版公司出版。孙大川出版新书《搭芦湾手记》。

9 月 15 日，诗人杜十三在南京去世。

9 月 24—26 日，杨牧国际学术研讨会在政治大学举行。

10 月 5 日至 11 月 28 日，“眷村文化节·想我眷村作家——主题馆藏展”在桃园县举行。

10 月 16—17 日，由江苏盐城师范学院等单位主办的“蔡文甫作品研讨会”在该校举行。

11 月 7 日，“台湾客家笔会”成立。

10 月 17 日，由陈芳明、廖咸浩等参与的“国民文化与国民文学的座谈会”在台湾文学馆举行。

12 月 2 日，梁实秋文学奖颁奖典礼在台北举行。

12 月 2—7 日，世界诗人大会在台北举行。

12 月 4 日，《锦连全集》出版。

12 月 10 日，六册《马森文集》出版。

是年，国民党为庆祝“中华民国建国 100 年”，拟拍摄“国父”纪录片，顾问平路认为孙中山不是什么圣人，后受到胡佛及周阳山的批驳。

2011 年

1 月 4 日，皇冠文化集团等单位举办的“三毛逝世20周年纪念特展”在台北开幕。

2月15日，“九歌200万长篇小说征文”揭晓，张经宏的《摩铁路之城》获首奖。

4月，“他们在岛屿写作——文学大师系列电影”上演。

5月21—24日，百年小说研讨会分别在台北、台南召开。

5月24日，黄春明在台南演讲《台语文书写与教育的商榷》，遭到蒋为文在现场举大字报抗议，两人发生冲突。

7月1日，诗人罗智成任中央社社长，张曼娟接任香港光华新闻文化中心主任。封德屏未经陈映真授权，将其文章收入《现当代作家资料研究汇编02——吴浊流》，特在《文讯》封二向其发表道歉启事。

7月6日，散文家陈冠学去世。

7月15日，翻译家叶泥去世。

8月18日，诗人罗盘去世。

8月22日，小说家钟铁民去世。

9月24—25日，第四届两岸四地当代诗学论坛在台北教育大学举行。

10月1日，民俗学家朱介凡去世。

10月，“台湾文学的内在世界”在台南开幕。

11月2日，陈芳明《台湾新文学史》新书发表会在台北举行。

11月29日，“两岸文学高峰会议——大陆文学作家参访暨文学交流会议”在台北举行。

12月25日，学者朱炎去世。

12月，《墨人全集》计60册问世。

2012年

1月2日，小说家陈烨去世。

1 月 13 日，龙应台出任“文建会”主委。

1 月 15 日，小说家余之良去世。

2 月 24 日，小说家周啸虹去世。

2 月 25 日，散文家陈之藩在香港去世。

3 月 19 日，由台南市文化局出资的《台江台语文学季刊》创办。

3 月 31 日，《现当代作家资料研究汇编（第二阶段）》新书发表会在台北举行。

3 月，“蒋勋热”在大陆持续不断，中信出版社推出 8 辑蒋氏作品。

4 月 30 日，诗人陈千武去世。

5 月 21 日，龙应台出任“文化部”部长。

6 月 1 日，《短篇小说》创办，傅月庵任主编。

6 月 22 日，榴红诗会在府城举行。

8 月 12 日，诗人钟鼎文去世。

8 月 30 日，由人间出版社出版的《人间思想》丛刊问世。

11 月 9 日，由台北市文化局筹建的“华文文学资讯平台”开放，并上线测试。

11 月 16—18 日，第二届“21 世纪世界华文文学高峰会”在台中市举行。

11 月 17 日，小说家古之红去世。

11 月，第 49 届台湾金马奖颁给大陆和香港奖项数目首次超过台湾，引来民进党“立委”攻讦：“金马奖成了疯马奖，必须停办。”

12 月 26 日，学者颜元叔去世。

12 月，《台湾文学史长篇》33 册全部完工。林央敏《台语文学史及作品总评》出版。北京电台音乐台最受两岸听众喜欢的“中国歌曲排行榜”，计划在台北举办颁奖盛典，后遭民进党以暴力抗争导致取消。

2013年

1月6日，“银铃会”同仁锦连去世。

2月2日，两岸儿童文学作家交流会在台北举行。

2月，台北市文化局拟斥资3.3亿，打造以“华文文学创作”为主题的台北文学馆。

3月4日，浦忠成《原住民文学史纲》英译本出版。

3月，“重访后街：以陈映真为线索的1960年代”系列活动开始举行。

4月4日，小说家张放去世。

4月，湖南卫视举办《我是歌手》节目，引来时任民进党主席苏贞昌搅局，大骂大陆的对台工作做到“入岛、入户、入脑”。

6月19日，小说家郭良蕙去世。

7月22日，诗人纪弦在美国去世。

7月31日，台湾文学馆举办“钉根与散叶：台湾文学系所特展”。

9月1—3日，“台湾文学大会师”活动于北、中、南三地举行。

9月3日，传记作家王璞去世。

9月15日，大陆作家莫言访台。

9月24日，戏剧学者黄美序去世。

10月11日，小说家萧白去世。

10月12日，台湾文学馆10年馆庆典礼与系列活动在台南举行。

11月，《人生拼图——李魁贤回忆录》出版。郭枫在香港《明报月刊》发表《诗活动家纪弦的台湾独步》，后引发罗青的回应。

12月29日，学者夏志清在美国去世。

2014年

1月11日，《中国时报·开卷》好书奖举行颁奖典礼。

1月17日，翁志聪出任台湾文学馆馆长。

1月19日，香港《亚洲周刊》2013年十大小说评选揭晓，黄锦树等人作品入选。

1月27日，赖和文教基金会等团体发布《台湾文学界致龙应台部长公开信》，指责翁志聪出任台湾文学馆馆长系“行政霸权践踏文学专业”。

3月3日，出版家姚宜瑛去世。

3月27日，“全球华文写作中心揭牌仪式暨文学创作座谈会”在台湾师范大学召开。

4月12日，台湾与马来西亚文学交流暨新书发表会在东华大学举办。

5月1日，诗人周梦蝶去世。

5月10日，《笠》诗刊五十周年系列活动在台北、台中等地分别举行。

5月24日，台湾文学馆首次邀请大陆学者古远清主讲《台湾文学在大陆的传播与接受》。

6月23日，第18届“国家文学奖”揭晓，旅美作家王鼎钧获奖。

6月28日，第32届华文学生文学奖颁奖典礼在明道中学举行。

6月30日，首届《联合报》文学奖大奖揭晓，陈列获奖。

8月17日，“文学生命力的延伸——谈文学馆的想象与实践”座谈会在高雄举行。

8月23、24日，“第三届两岸民族文学交流暨学术研讨会”在台北举行。

9月1—2日，“台湾文学大会师”在台湾大学举行。

9月22日，美国第4届纽曼华语文学奖由朱天文获得。

10月15日，“文学台湾基金会”于高雄市筹建“文学台湾馆”

积极进行中。

10 月 17—18 日，施叔青国际学术研讨会在台北举行。

10 月 24—26 日，两岸新诗国际论坛在台湾举行。

10 月，自称是“湾生”后裔的陈宣儒，化名田中实加出版纪实文学《湾生回家》，由远流出版社推出 5 万多本。后来作者向读者道歉，承认自己不是台日混血的“湾生”后裔。

11 月 22—23 日，首届全球华文作家论坛在台北举行。

11 月 28—12 月 3 日，两岸文学刊物主编高峰论坛在台北召开。

12 月 1 日，“文化部部长”龙应台发布“辞官声明”，后由洪孟启任“代理部长”。

12 月 16—22 日，第二届海峡两岸文学笔会在台湾举行。

是年，中岛利郎、河原功、下村次作郎编著的《台湾近现代文学史》在日本出版。

2015 年

1 月 14 日，由《文讯》主持的澳门作家座谈会在台北召开。台北市国际书展大奖揭晓。

2 月 10 日，马森《世界华文新文学史》新书发表在台北举行。

2 月 27 日，涂静怡出版回忆录《秋水四十年》。

3 月 21 日，隐地在《联合报》发表《文学史的憾事》，尖锐批评《世界华文新文学史》。

3 月，大陆学者林丹娅主编《台湾女性文学史》出版。

4 月 15 日，《文学台湾》为一位政客写的《直销台独——“台湾独立建国”道路的探索》做大幅广告。

4 月 27 日，夏志清纪念研讨会暨《夏志清·夏济安书信集》新书发表会在台北举行。

4 月 29 日，诗人辛郁去世。

5月23日，“日本台湾学会”与“天理台湾学会”学术大会在日本天理市举行。

5月28—29日，两岸青年文学会议在北京举行。

5月30—31日，钟肇政文学国际学术研讨会在台中举行。

6月4日，小说家廖清秀去世。

6月13日，大陆学者古远清在《联合报》发表《吃了一只辣椒》声援隐地。

6月27日，第二届“《联合报》文学大奖”得奖者为王定国。

6月，马森在《新地文学》发表公开信，用“不共戴天”形容他与隐地的分歧。

7月15日，第4届两岸交流纪实文学奖颁奖典礼在台北举行。

7月18日，第13届花踪文学奖颁奖典礼在吉隆坡举行，余光中获世界华文文学奖。

7月31日，成功大学中文系特聘教授陈益源出任台湾文学馆馆长，“独派”团体强烈抗议起用“立场亲中”的陈益源接任馆长。

8月24日，“铭记民族历史，珍爱两岸和平——海峡两岸抗日题材作品座谈会”于北京举行。

10月15日，彭瑞金在《文学台湾》发表《高喊台湾文学独立，会引发战争吗?》。

10月26日，第38届“时报文学奖”得奖名单在台北揭晓。

12月10日，隐地出版新书《深夜的人》，内有《文学史的憾事（续篇）》，回应马森对他的攻击。

12月15日，陈芳明《台湾新文学史》日译本出版。

12月16日，由《文讯》等单位主办的“2001—2015华文长篇小说20部”及“2001—2015台湾长篇小说票选前30部”名单揭晓。

12月，《两岸诗》在台北创刊。

是年，“国科会”（“行政院国家科学委员会”）的研讨计划申请类别中，仍然只有“中国文学”，没有“台湾文学”。“教育部”的教师升等著作类别中，同样没有“台湾文学”。《台中文学地图》《府城文学地图》的出版，掀起了文学地图热。“桃园文学奖”改为“钟肇政文学奖”。淡水“真理大学台湾语言学系”停办。陈芳明的《台湾新文学史》由下村次郎的团队翻译成日文在日本出版。

2016年

1月7日，香港《亚洲周刊》公布2015年十大好书，其中有蓝博洲《台湾学运报告》。

1月29—30日，日本横滨国立大学举办“第五届国际工作坊：台湾文学中的日本表象的相互性”，由垂水千惠主持。

2月1日，《文讯》杂志发表《小说引力，台湾魅力——记“2001—2005华文长篇小说20部”评选活动》《“2001—2015长篇小说”评选调查报告》。

4月26日，施叔青担任香港浸会大学驻校作家。

5月1日，《文讯》杂志制作《澳门东西交汇的历史性与独特性》专题。

6月5日，中山医学大学台文系倒闭，后引发媒体讨论台文系是否将逐一关门。

6月30日，《叶石涛短篇小说英译选集》新书发表会在台南举行。

7月15日，《文学台湾》发表彭瑞金《台湾文学系话题再起》。

7月16日，“小说引力”台湾与马来西亚、新加坡讲座在台北举行。

8月9日，乡土作家王拓去世。

8月16日，台湾大学出版中心举办“何处是故乡——漂泊人生下的越境认同”讲座。

8 月 20 日，加拿大华裔作家协会向诗人洛夫先生颁发“加华文学成就奖”，欢送即将回台湾定居的洛夫伉俪。

9 月 1 日，中兴大学特聘教授廖振富出任台湾文学馆馆长。

9 月，古远清《台湾新世纪文学史》，由台湾花木兰文化出版社出版。

10 月 15 日，《文学台湾》制作该刊一百期纪念专号，其中康原认为该刊系“走过台湾独立心灵的长河”。

10 月 24 日，两岸文学出版交流见证者陈信元去世。

11 月 22 日，左翼作家陈映真在北京去世。

12 月 31 日，蔡英文印制春联“自自冉冉，欢喜新春”，立刻招来台湾文学馆馆长廖振富质疑：该“春联”存在“自自由由”被错成“自自冉冉”等三大问题。

12 月，台湾现当代作家研究资料汇编第六辑出版。

2017 年

1 月 23 日，三民书局创办人刘振强去世。

1 月，纪大伟《同志文学史：台湾的发明》出版。

2 月 13 日，二鱼出版社“年度诗选”编委会举行最后一次聚会。

3 月 7 日，小说家纪刚去世。

3 月 21 日，“禁书畅读 300 本展览”在台中举行。

5 月 4 日，“《文学季刊》五十周年回顾研讨会”在台北政治大学举行。

9 月 22 日，小说家李永平去世。

11 月 4—5 日，首届“陈映真思想研讨会暨《陈映真全集》发表会”在台北举行。

12 月 14 日，诗人余光中去世。

12月31日，隐地“‘年代五书’研讨会”在台北举行。

2018年

1月,《文讯》杂志制作“余光中纪念特辑”“台湾现当代作家研究资料汇编100本”特辑。

1月2日,《春风》诗刊座谈会在台北举行。

1月27日,“春光再明媚——黄春明特展”举行开幕典礼。

3月18日，杂文家李敖去世。

3月20日，诗人洛夫去世。

4月1日,《文讯》制作“洛夫纪念特辑”。

4月21日，诗人阮襄去世。

4月29日，辛郁遗作《轻装诗集》出版。

7月1日,《文讯》“文艺资料中心”开放。

8月，古远清《蓝绿文坛的前世与今生》在香港出版。

10月8日，志文出版社创办人张清吉去世。

10月22—23日，第三届海峡两岸中华诗词论坛暨“聂绀弩杯”年度诗坛人物发布会在湖北武汉隆重举行。

10月27日，台湾大学台湾文学所教授苏硕斌接任台湾文学馆新任馆长。

11月3日，首届琦君研究高峰论坛在温州举行。

12月8日，第六届两岸文化发展论坛·青年论坛8日在福州市举行。

是年,《夜行——台马小说选译》出版。

2019年

1月23日，散文家林清玄去世。

3月25—28日，第11届世界华文作家协会代表大会在台北举行。

4 月，学者柯庆明去世。

5 月 23 日，出版家平鑫涛去世。

6 月 13—14 日，“新世纪重评《红楼梦》两岸交流论坛”在台湾大学举行。

6 月 29 日，“‘风车诗社’与跨界域艺术时代”研讨会召开。

6 月，柳书琴主编《日治时期台湾现代文学辞典》出版。

8 月 30 日，诗人羊子乔去世。

9 月 1 日，《文讯》制作“台湾文学的博硕班未来、出路与论题关注”专辑。

10 月 15 日，汕头大学《华文文学》因王德威的文章停刊整顿半年。

10 月，郑慧如《台湾现代诗史》出版。

11 月，古远清《余光中传》由长江文艺出版社出版。

12 月 1 日，《文讯》制作“让我们想象读者特辑”。

（作者单位：陕西师范大学人文社会科学高等研究院）

《人文》缘起

一部人类文明的历史，总是时刻面临着来自非文明要素的挑战。换言之，一部人类文明史也即是一部企图通过寻求理性或科学能力以应对生活或说支配环境之雄心彰显的历史。说得直白些，就是如何确认不确定性与确定性之间“我思我在”的命题。就人文的不确定性而言，在当下，她尤其需要作为孪生姊妹并自以为是的科学的理解。本来，没有人文的不确定性为其张目，科学只能以自身的式微结束自己。

由此，我们想到那个人们耳熟能详的词语：“兼容并包”。“崇论闳议，创业垂统，为万世规。故驰骛乎兼容并包，而勤思乎参天贰地。”这句出自《史记·司马相如列传》的话，在今天看来同样适合我们的《人文》。世道人心，人文关怀，皆无迹可循，实在有失学术之大体。然则考据或实证之价值，却也不全在于校勘辑佚，将饾饤獭祭视为现代学术之根本。毕竟考据之学，虽始于儒家经籍的训诂，但其目的却在于明理，只是世风日下，弃宏纲巨目而不顾，寻其枝叶，较其铢两，在细枝末节处耗费了无端心神，问其究竟，却答不出所以然。流弊所及，则是在当今之世，竟也有种种为学术而学术的倡导，用功虽深，所学却窄，见树不见林，能入而不能出，毕其心力而渺然一得者，既乏高瞻远瞩之雄心，又无总览并包之气魄。鉴于此，本刊以人文关怀为中心，治学方法上不求一律，既不非薄考据，也不惮乎义理，而倡导考据和义理并重，所谓自创新解，必当言之有据而不哗众取宠。

汉宋之争久矣，近世以来的中体、西用，科学、人文以及当下的学术、思想之争无不充盈着学派的张力。我们无意于“前朝”的剑影，更无意于“今世”的鼓角。我们于此倡导博古通今的真学问，培育明体达用的新文风。其间所论学术，必遵轨道，重师法，求系统，务专门，不做无根之谈；所发文章，必讲法度，明事理，通文法，求晓畅，切忌言之无物。然则在这熙来攘往的时代，学术为名利所绑，文章为时势而作，良有以也，所以学风和文风的端正实难刻日而求，但是，学术乃天下之公器，文章乃经国之大业，我们既志在于此，就当笃行正道，只求其是，不求其异，发乎其所不得不发，言乎其所不得不言也。

为此，我们更愿意在“比慢”中“坐”而论道。古人云：“临渊羡鱼，不如退而结网。”此之谓也。

《人文》学术集刊约稿启事

《人文》学术集刊由河南大学高等人文研究院主办，《人文》编辑部编辑，中国社会科学出版社出版。《人文》坚持正确舆论导向和办刊宗旨，坚持社会效益第一，注重内容建设和办刊品质。《人文》以人文关怀为中心，突出学术原创性与新知传播，注重实证研究，鼓励综合创新，力图融通各学科，探讨各种学术思想和历史文化问题，推介不同知识领域的深度思考，展示中国思想学术界新成果。《人文》学刊力争为学术界提供一个优质学术成果发表平台，与学界朋友共同为新时代中国学术的发展尽力。

人文关怀，学术品质；突出新见，文思兼美。这是我们的追求。一本严肃的、高品位的学术文化辑刊，是我们的目标。

我们希望您的文章，具有鲜明的问题意识，重大的理论意义，能体现该学科学术水平，反映该学科研究前沿和研究热点；希望您的文章材料结实，论述饱满，阐释明晰，证成新见，发人之所未发。

在主体文章之外，《人文》另设“对话”“学林”“札记”“书札”“史料”“书评”等栏目，以求多形式、多层面地反映学者们的研究成果。《人文》文章以学术文章（论文）为主，也欢迎思想学术随笔及其他形式的学术文章。内容凡涉人文、思想、学术、文化等，有新意，文笔晓畅清新，写作认真的文章，编辑部都将认真阅读，及时反馈，择优刊用，优稿优酬。

请阁下不要一稿多投。大作自发至本邮箱50天后，未接到编辑部通知的，作者可自行处理。

接稿邮箱：renwenxuekan@163.com

稿件体例规范及审稿说明

1. 来稿请作者文责自负，来稿应未正式出版（包括未在重要网络公开发表）。

2. 来稿请用电子版。稿件文件名，请用“作者名+文章标题+日期”组合，如“文开喜：钱钟书的语言艺术，20200501”。

3. 本编辑部有权对稿件修改和删改。如不同意请明示。

4. 来稿请以中文写作。来稿中外国人名、地名，请一律以中文译名形式出现。因本学刊将与国际相关学术期刊互登目录，来稿请给出中英文标题、中英文摘要、中英文关键词。获得国家社科基金等资助的文章，可依次注明基金项目来源、名称、项目编号等基本要素。

5. 文章字数：一般文章以5000字至12000字为宜；短栏目（“札记”“书札”“书评”等）最短不限。

6. 正文中年代、数字请用汉字。

7. 注释为页下脚注。短栏目文章为文中注。征引他人著作，请注明出处，包括：作者/编者/译者、出版年份、书名/论文题目、出版地、出版者，如是对原文直接引用则应注明页码。

8. 来稿应遵循学术规范，引文注释应清楚准确。专业术语及特殊术语应给出明确界定，或注明出处，如属翻译术语请用圆括号附原文。

9. 各类表、图等，请分别均用阿拉伯数字连续编号，后加冒号并注明图、表名称；图编号及名称置于图下端，表编号及名称置于表上端。图片需注明出处，如“数据来源：2003 年统计年鉴、2008 年统计年报”。使用他人图片需提供授权。

10. 《人文》按学界惯例，会将阁下文章提交相关专业专家，匿名外审。

11. 凡被本学刊选用的文章，《人文》在两年内有权用于与《人文》其他相关学术传播，包括网络传播。如阁下不同意，请明示，如不注明，将视为同意。

12. 请附作者简介及相关信息。作者简介包括：姓名、单位、职务职称、电子邮箱地址，手机。作者信息包括：身份证号，银行户名，银行卡号，开户行（具体到支行）；通信地址、邮编。我们会及时给阁下奉寄稿费与样书。

赐稿《人文》的文章，即视为阁下同意上述约定。

感谢您的垂注与赐稿！

《人文》编辑部

附 《人文》第一卷、第二卷目录

第一卷目录

第二卷目录